Goriot
Baba

Balzac

YAKAMOZ YAYINCILIK

ISBN 978-605-384-008-4

1. BASKI AĞUSTOS 2008

DÜNYA KLASİKLERİ SERİSİ 20

Goriot Baba

YAZAR	BALZAC
ÇEVİRİ	BARBAROS KÜPÇÜK
YAYIN YÖNETMENİ	E. HALUK DERİNCE
SANAT YÖNETMENİ	FARUK DERİNCE
YAYIN KOORDİNATÖRÜ	ŞAFAK DUMLU
BASIN ve HALKLA İLİŞKİLER	AKİF BAYRAK
DAĞITIM SORUMLUSU	RAMAZAN YORULMAZ
BASKI	KİLİM MATBAASI
	Maltepe Mah. Litros Yolu, Fatih Sanayi Sitesi. No: 12/204 Zeytinburnu/İST.

İNTERNET ALIŞVERİŞ

www.dr.com.tr • www.ideefixe.com. • www.kitapyurdu.com. • www.hepsiburada.com.

Gürsel Mah. Alaybey Sk. No: 10/2 Kağıthane/İst.

Tel: 0212 222 72 25 Faks: 0212 222 72 35

E-posta: info@yakamozyayinlari.com

Sonsuz Kitap, Yakamoz Yayınları'nın tescilli markasıdır.

Goriot
Baba

Balzac

Mme Vauquer, genç kızlığında de Conflans adıyla bilinen, Paris'te kırk yıldan beri, Quartier Latin'le Saint-Marceau mahallesi arasında, Neuve-Sainte-Genevieve sokağında bir aile pansiyonu işletir.

Vauquer pansiyonu adıyla bilinen bu yer erkekleri de, kadınları da, gençleri de, yaşlıları da kabul eder. Buna rağmen, şimdiye kadar bu saygıdeğer kuruluşa hiçbir leke gelmemiş, hakkında en küçük bir dedikodu dahi çıkmamıştır. Ne var ki, otuz yıldan beri burada genç bir kadının oturduğu görülmemiştir. Genç bir adamın böyle bir yerde oturması için kendisine ailesi tarafından mutlaka çok az bir para veriliyor olması gerekir. Bununla birlikte, 1819'da bu dramın başladığı sırada, burada zavallı bir kızcağız kalıyordu. Dram kelimesi, yaşadığımız bu içler acısı edebiyat çağında hem yalan yanlış, hem de gereğinden fazla kullanılmış olsa dahi, iyice gözden düşmüş olan bu sözü burada kullanmak zorundayız.

Hikâyenin gerçek anlamda dram olması, umarım eserin sonunda birkaç damla gözyaşı döktürmesine yardımcı olur.

Bu eser, Paris'in dışında bir yerde acaba anlaşılacak mı? Bundan şüphe etmemek imkânsız? Gözlemlerle ve yerel renklerle dolu bu hayat sahnesinin özellikleri Montmartre ve Montrouge tepecikleri arasında bulunan, her an dökülmeye yüz tutmuş alçı parçalarıyla çamurdan kapkara kesilmiş derelerin bu meşhur vadisinde değerlendirilebilir. Bu vadi gerçek acılarla ve çoğu sahte sevinçlerle doludur. Burası öyle korkunç çalkantılar içindedir ki, azıcık devamlı bir heyecan yaratabilmek için insanı şaşkına çevirecek bir şeyler olması gerekir. Bununla birlikte, kötülükler ve erdemler yığınının yüce ve kutsal hale getirdiği acılara orada da yer yer rastlanır. Bencillikler, çıkarlar onları görünce durur ve merhamet duyar. Ama bundan edindikleri duygu, çabucak yenip yutulan lezzetli bir meyve gibidir.

Jaggarnat Tanrısınınkine benzeyen zafer arabası, diğerleri kadar kolay biçimde ezilmeyerek, tekerleklerinin hareketini engelleyen bir yürekle karşılaştığı zaman hemen onu parçalar ve şanlı yürüyüşüne devam eder. Siz, bu kitabı bembeyaz bir ellerle tutan siz, "Belki de bu beni eğlendirir..." diyerek yumuşak bir koltuğa gömülen siz, işte böyle yapacaksınız. Goriot Baba'nın gizli acılarını okuduktan sonra duygusuzluğunuzu yazarın sırtına yükleyerek onu abartmayla suçlayarak edebiyat yaptığını iddia edeceksiniz; sonra da oturup büyük bir iştahla yemeğinizi yiyeceksiniz. Ah! Şunu bilin ki bu dram ne hayali bir öykü, ne de bir romandır. Bu dramdaki her şey doğrudur, o derece doğrudur ki bunun özelliklerini herkes kendi içinde, belki kendi yüreğinde bulabilir.

Bu öyle pek gösterişli olmayan pansiyonun işletildiği ev, Mme Vauquer'in kendi malıdır. Bu ev Neuve-Sainte-Genevieve sokağının alt tarafında, Arbalête sokağına doğru bir yokuşun başladığı yerdedir. Bu yokuş o kadar sert ve o kadar aniden belirir ki, atlar buradan ender olarak çıkıp inerler. Bu durum sarı renkler saçarak, kubbelerinin yansıttığı yoğun renklerle etrafı karanlığa boğarak havanın şartlarını değiştiren iki anıt arasına, Val-de-Grace Kubbesi ile Pantheon Kubbesi arasına sıkışıvermiş olan sokaklardaki sessizliğe uygundur.

Burada kaldırımlar kurudur, derelerde ne çamur, ne de su bulunur. Duvarlar boyunca da otlar yükselir. En gamsız adam bile buradan geçerken duygulanır. Bir arabanın gürültüsü burada bir olay olur. Burada evler insanı boğar, duvarlar ceza evi kokar. Yolunu şaşırıp da buraya düşmüş olan bir Parisli, burada orta sınıfa özgü pansiyonlar, ya da okulları, fakirlik ya da iç sıkıntısını, ölüme yaklaşan bir ihtiyarlığı, çalışmak zorunda olan neşeli bir gençliği görür. Paris'in hiçbir semti bu kadar dehşet uyandırıcı; hatta şunu da ilave edelim, bu kadar yabancı değildir. Özellikle Neuve-Sainte-Geneviève sokağı bu hikâyeye uygun düşen, tunçtan bir çerçeve gibidir. Yolcu, Catacombelara inerken çevresindeki gün ışığı her basamakta nasıl azalır, rehberin sesi nasıl gitgide daha bir derinden gelmeye başlar, tıpkı öyle.

Kurumuş yüreklerden ya da içi boşaltılmış kafataslarından hangisini görmenin daha dehşetli olacağına kesin olarak kim karar verebilir?

Pansiyonun ön cephesi küçük bir bahçeye bakar, bu yüzden evin yan tarafı, Neuve-Saint-Geneviève sokağı içindedir. Ve bütün yan taraf bu sokaktan deriliğine görünür. Ön cephe boyunca, evle küçük bahçe arasında apaçık altı kulaç genişliğinde, biçimsiz çakıl taşları döşeli çukur bir yer vardır ve bunun önünden, beyazlı, mavili, büyük çivi saksılara dikilmiş sardunyalarla, zakkum ve nar fidanları bulunan bir yol uzar. Bu yola iki kanatlı bir kapıdan girilir, bu kapının üzerinde Vauquer Evi ve altında "kadın, erkek ve çocuklara ayrılmış orta sınıf pansiyonu" sözleri okunan bir levha görünür.

Gündüzleri gürültücü bir çıngırakla kuşatılmış, kafes parmaklıklı bir kapıdan bakılınca, sokağın karşı tarafına düşen duvarda, mahallenin bir ressamı tarafından yeşil mermer biçiminde boyanmış bir kemer görünür. Bu resmin canlandırdığı kemerin altında ise bir Aşk Tanrısı heykeli bulunmaktadır. Sembol meraklıları, bu heykeli örten cilayı görünce, ondan birkaç adım ötede tedavi edilen Paris Aşkının bir efsanesini bulacaklardır.

Heykelin ayaklığının altında, zamanla yarı yarıya silinmiş, 1777'de Paris'e dönen Voltaire için yapılmış, coşku gösterilerine tanıklık eden şu yazı vardır.

"Kim olursan ol, efendin karşında bak. O böyledir böyle, yine böyle olacak."

Gece olunca kafes parmaklı kapının yerine kapalı bir kapı geçer. Genişliği ön cephenin uzunluğuna denk olan küçük bahçe, sokak duvarı ile komşu evin ortak duvarı arasında yerini alır, bütün duvarı kaplayan sarmaşıklar evi tamamen gizler ve Paris için adeta ilgi çekici bir manzara yaratarak gelip geçenlerin bakışları-

nı çeker. Bu duvarların her biri, zayıf ve tozlu ürünlere Mme Va-
uquer için her yıl bir korku ve müşterileriyle bir konuşma konu-
su olan, ağaçlar ve üzüm salkımlarıyla kaplıdır. Duvarların her
birinin yanında da ıhlamurlarla örtülü daracık bir yol vardır. Ve
kızlık adı Conflans olan halde Mme Vauquer bu ıhlamur ismini
müşterilerinin gramer alanındaki ikazlarına rağmen yanlış söyle-
mekte diretmektedir. İki eşit yol arasındaki dört köşe yerde engi-
nar ekilmiştir ve bunun çevresinde budanmış meyve ağaçları bu-
lunur. Yerde ise kuzukulağı, marul ve maydanoz vardır. Ihlamur
ağaçlarının altında da yeşile boyalı ve etrafına iskemleler yerleş-
tirilmiş yuvarlak bir masa. Yazın en sıcak günlerinde, buraya
kahve içecek kadar zengin olan kimseler gelir, yumurtadan civ-
civ çıkartabilecek bir sıcakta kahvelerinin keyfini çıkarırlar. Üç
kat olan ve üzerinde de çatı katı bulunan cephe ucuz duvar taşı
ile yapılmış, Paris'in hemen hemen tüm evlerine iğrenç bir özel-
lik ve görüntü veren sarı renge boyanmıştır. Her katta açılmış beş
pencerenin küçük camları ve panjurları vardır ve bu panjurların
hiçbiri aynı şekilde kaldırılmış olmadığından karışık bir görüntü
sergilemektedirler. Evin arka tarafında her katta iki pencere bu-
lunmaktadır. Zemin katta da bu pencereler demir parmaklıklar-
la kapatılmıştır. Yirmi adım genişliğindeki avluda domuzlar, ta-
vuklar ve tavşanlar hiçbir sorun çıkarmadan yaşarlar. Bu avlu-
nun sonunda ise odunları saklamak için gerekli olan bir ambar
vardır. Bu ambar ile mutfak penceresi arasında, olağan yağlı su-
ların altına aktığı bir yemek dolabı asılıdır. Bu avludan Neuve-
Saint-Geneviève sokağına dar bir kapı açılır. Bulaşıcı hastalıklar-
dan korkan aşçı kadın bu duruma engel olmak için evin pislikle-
rini süpürür ve sokağa açılan kapıyı düzenli olarak yıkar.

Orta sınıfa hizmete sunulmuş bulunan pansiyonun alt katın-
da, sokağa bakan iki pencere ile aydınlanmış bir oda vardır ve
buraya bir kapı-pencereden girilir. Bu salon, basamakları boyan-
mış, tahtaları ovulmuş ve dört köşe tuğladan örülme bir merdi-
ven aralığı ile mutfaktan ayrılmış bulunan bir yemek odasına açı-
lır. Biri soluk, diğeri parlak çizgili kumaştan yapılmış koltuklar

ve iskemlelerle döşenmiş bulunan bu salonun görünüşü insana gerçekten büyük acı verir. Ortada Sainte-Anne mermerlerinden yuvarlak bir masa bulunur. Üzerinde, bugün her tarafta karşılaşılan yarı yarıya silinmiş yaldızlı çizgilerle süslü beyaz porselenden bir çanak vardır. Zemini oldukça bozuk olan bu odanın duvarları, insan beline kadar olan kısmı boyalı tahtadandır. Duvarların geri kalan kısmı Telemaque'ın kimi sahnelerini canlandıran vernikli bir kâğıtla kaplıdır. Burada adı masal dünyasına geçmiş renkli kişilikler vardır. Demir parmaklıklı pencereler arasındaki pano, kiracılara Calypso tarafından Ulysse'in oğluna çekilen ziyafet tablosunu sunar. Bu resim kırk yıldır, sefaletin kendilerini kelepçelediği yemekle oyalanarak, kendilerini kendi durumlarının üzerine çıkmış sanan genç kiracıların alaylarını harekete geçirir. İçinin temizliğinden ancak önemli günlerde yakıldığı anlaşılan, taş ocak, alabildiğine kötü bir zevk örneği sayılan mavimsi mermerden bir asma saatin yanında bulunan, eski ve kullanılmış, yapma çiçeklerle dolu bir vazo ile süslenmiştir. Bu ilk oda, adı anılmayan ama pansiyon kokusu denmesi gereken bir koku yayar. Bu oda kapalılık, küf ve bukukluk kokar; insanı üşütür, burnu sulandırır, elbiselerin içine işler. Burası insana içinde yemek yenilen bir salonu hatırlatır. Kiler ise düşkünler evi gibidir. Ama genç, ama yaşlı her kiracıdaki nezleli ve balgamlı zamanların saçtığı öğesel ve bulantı verici pislikleri değerlendirmek için bir yol bulunsaydı, bu koku belki tanımlanabilirdi. Durum böyle olmakla birlikte, siz kalkar bu odayı, bu ürkütücü yavanlıklarına rağmen, kendisine bitişik olan yemek odasıyla karşılaştırırsanız, bu salonu kadınların, o bundan önce şık özel odası kadar hoş ve kokulu bulursunuz yine. Boydan boya tahta duvarlarla kaplı bu salon, pisliğin garip şekiller meydana getirecek derecede yığın yığın biriktiği bir arka planı gösteren, artık belirsiz duruma gelen bir renge boyanmıştır. Bu salonun duvarlarına, üzerinde kesme, mat sürahiler, hareli hareli madeni halkalar, mavi kenarlı, Tournai işi, kalın porselen tabak yığınları bulunan, yapış yapış büfeler dayanmıştır. Bir köşeye, her kiracının yemek veya şarap lekeli peçetelerini saklamaları için her biri numaralı, gözlü bir dolap konmuştur. Burada bir türlü parçalanmak bilmeyen, her yerden sürülmüş, ama uygarlık yıkıntılarının iyileşmesi imkânsız olanlara karşı gösterdiği gibi yine şuraya buraya konmuş o eşyalar görülür. Siz, burada yağmur yağınca içinden birden papaz efendi çıkan bir barometre, tümü parlak çizgili kara cilâlı tahta çerçeve ile kaplı, tiksinti uyandıran, kötü gravürler; bakır kakmalı bir bağadan duvar saati; yeşil bir soba, tozun yağla yapış yapış olduğu, argand yağ kandilleri, patavatsız bir kiracı, parmağını bir dolmakalem gibi kullanarak adını yazsın diye, oldukça yağlı muşamba örtülü bir uzun masa, topal iskemleler, hiçbir zaman eksik olmadan öteye beriye serpilen eski hasır parçaları; kırık delikli, bozuk menteşeli, tahtası yanık olan sefil ısıtma gereçleri görürsünüz. Bu eski, çatlak, titrek, yıpranmış bir şekilde kurulmuş bakımsız eşyaların durumlarının hikayenin havasını iyice ağırlaştıracağını ve okuyucuları sıkacağını biliyoruz. Ama bunları tek tek anlatmak gerekir. Ama coşkulu, sabırsız okurlar kızsa bile ayrıntıları, buranın şiirsiz yoksulluğunu içine kapanık, dış dünyadan uzak yıllanmış yoksulluğunu anlatmak zorundayız. Yakın gelecekte çürüyüp yok olacak bu çamursuz ama lekeli bu yeri okur iyice tanımalıdır.

Sabahın yedisinde burada hareket başlar. Önce Mme Vauquer'in kedisi girer bu odaya. Kedi tabaklarla dolu bir yığın çanağın içinde bulunan süt kokusunu almıştır. Büfelerin üzerinden sıçrayıp, süt kâsesine ulaşmıştır bile. Sonra başındaki tülden yapılmış takkenin altından bir tutam kirli saç sarkan Mme Vauquer terliklerini sürüyerek odaya girer. Yaşlı, tombul, ortasından papağan gagasını andırır bir burun çıkıveren yüzü; bıngıl bıngıl ufacık elleri, bir kilise faresi gibi semiz varlığı, pek etli butlu ve löp löp eden gövdesi içine acının damla damla aktığı, vurgunculuğun sinsice sokulduğu, kokuşmuş sıcak havasını Mme Vauquer'in midesi bulanmadan soluduğu bu odaya uygun düşer. İlk güz donu kadar soğuk yüzü, kırış kırış ifadesi dansözlere has gülümseyişten ıskontocunun acı bakışına kadar uzanan gözleriyle pansiyon onun varlığını nasıl açıklarsa, bütün varlığı da pansiyonu özetle işte böyle açıklar. Hapishane gardiyansız olmaz. Biri olmadan diğerini düşünemezsin. Tifüs nasıl bir hastaneden çıkan kokuların sonucu ise bu mini mini kadının soluk şişmanlığı da bu hayatın eseridir öyle. Eski bir elbiseden yapılma, yünü yırtık kumaşın delikleri arasından fırlayıveren, ilk iç etekliğinden kısa olan, örme yün etekliği, salonu, yemek odasını, küçük bahçeyi özetler, mutfağı dile getirir ve kiracıların önceden içine yönelir. O buradaysa eğer görünüş tamamdır. Neredeyse ellisine varmış olan Mme Vauquer, başından felaketler geçmiş olan kadınlara benzer. Cam gibi gözü, kendini daha pahalıya satmak için çalım yapmağa kalkan bir arabulucu kadının o durgunca tavrı vardır onda. Ne yazık ki durumunu düzeltmek için her şeyi yapmağa, Georges ya da Pichegru o an yakalanmaya eyvallah deseler, onları ele vermeğe hazırdır. Bununla birlikte, kendileri gibi sızlandığını ve öksürdüğünü duyunca onu talihsiz sanan kiracıların dediklerine bakılırsa kesinlikle iyi bir kadındır. Mme Vauquer kimdi? Kadıncağız ölen kocası hakkında hiç açıklama yapmazdı. Adamcağız elindekileri nasıl tüketmişti? Madam, "Acılar içinde..." derdi. Kocası kendisine kötü davranmıştı. Sürekli ağladığını ve hayatta çekilebilecek her acıyı ve çileyi çektiğini, bundan dolayı acıma duygularını kaybettiğini söyleyen bu kadın, hep sert adımlarla dolaşırdı. Bu durum ise hizmetçi kadın tombul Sylvie, aşçı kadın ve yatılı kiracıların iki ayağını bir pabuca sokardı.

Gündüzcü kiracılar, çoğu zaman, ayda sadece, otuz frank tutan akşam yemeğine gelirlerdi. Bu hikâyenin başladığı günlerde, yatılılar yedi kişiydi. Evin en iyi iki dairesi ilk kattaydı. Mme Vauquer daha az önemlisini kullanırdı, öteki ise Madam Couture'e, Fransız Cumhuriyetinin bir devlet memurunun dul karısına aittir. Bu kadının yanında, kendisine analık ettiği, Victorine Taillefer adında genç bir kız yaşıyordu. Bu iki kadının kirası bin sekiz yüz frank olurdu. İkinci katın ilk dairesi, biri Poiret adında bir yaşlı tarafından, öteki ise, hemen hemen kırkında bulunan, kara bir peruk takan, favorilerini boyayan, kendisine eski tüccar diyen ve Mösyö Vautrin adını taşıyan bir adam tarafından tutulmuştu.

Üçüncü katın dört odası vardı. Biri Matmazel Michonneau adında yaşlı bir kız; öteki de Goriot Baba denmesine izin veren, eski bir tel şehriye, İtalyan makarnası ve nişasta fabrikatörü tarafından kiralanmıştı. Öbür iki oda ise, göçmen kuşlara, Goriot Baba ile Matmazel Michonneau gibi, yiyip içmelerine ve oda kiralarına ayda en çok kırk beş frank yatıran şanssız öğrencilere ayrılmıştı. Ne yazık ki Mme Vauquer bu gibilerinin varlıklarına fazla katlanmaz ve bu gibilerini ancak daha iyilerini bulamayınca kabul ederdi; çünkü çok yemek yerlermiş. O sıralarda, bu iki odadan biri hukuk fakültesini okumak için ta kalkıp Angouleme taraflarından Paris'e gelen, kendisine yılda bin iki yüz frank göndermek için de kalabalık ailesi akla karayı seçen bir delikanlıya aitti. Eugène de Rastignac -ismi böyleydi- ailelerinin kendilerine bağladığı umutları, daha genç yaşında anlayan, öğrenimlerinin gelirini daha şimdiden ölçüp biçerek, bir an önce hedefine varmak için, çalışmalarını toplumun yarınki durumuna göre önceden ayarlayarak bir hayata hazırlanan, acı yüzünden işe dört elle sarılmış o gençlerden biri idi. Eugène de Rastignac'ın etrafı iyi gözlemleme ustalığı, ince zekâsı bu hikâyenin gerçekle iç içe olmasını sağlıyordu hiç şüphesiz. Bunun yanında hikâyenin renkli bir hale gelmesinde genç adamın sıkıntılara karşı gösterdiği direnç de bu başarısında büyük bir etkendir.

Bu üçüncü katın üstünde çamaşır serilecek bir tavan arasıyla içinde Christophe adında bir uşağın, aşçı kadının, tombul Sylvie'nin yattığı iki de çatı odası vardı. Mme Vauquer'in, yatılı yedi kiracıdan başka, topu topu, ancak hepsi de yemeklere gelen, hukuk ve tıp öğrencileri ile mahallede oturan, iki üç yerli insanı vardı. Salon on sekiz kişilik yemeğe göre düzenlenmişti ama yirmi kişiyi de alabilirdi. Fakat sabahları, burada toplanışlarıyla kahvaltıya bir aile yemeği havası veren, sadece yedi insan bulunurdu. Her biri terliklerle iner, içten olmanın güvenine dayanarak, gündüzcülerin giyimi kuşamı ya da davranışı, hatta bir önceki akşam olup bitenler hakkında, kılı kırk yararcasına gizli gözlemler ileri sürerlerdi. Bu yedi kiracı, oda kiralarının miktarına göre kendilerine, astronomi bilgininin açıklığı ile özen ve saygılar gösteren Mme Vauquer'in şımarık çocuklarıydı. Rastlantıyla bir araya gelmiş bulunan bu insanlar aynı düşüncenin etkisi altındaydı. İkinci katın kiracıları ayda ancak yetmiş iki frank kira öderlerdi. Fakat Bourbe ve Salpetriere arasında, Eren-Marcel semtinde görülen, sadece Madam Couture'in dahil olmadığı bu ucuzluk, bu kiracıların az çok belli acıların ağırlığı altında yaşadıklarını gösterir. Bu evin içinde esen insanın içini karartan hava, yaşamaya çalışanların aynı biçimdeki giyim kuşamında da belli olurdu. Erkekler rengi tamamen kaçmış redingotlar, kibar mahallelerde boş arsalara atılıveren kaliteli ayakkabılar, eski zamanlardan kalma çamaşır, sadece özü kalan elbiseler giyerlerdi. Kadınların yıpranmış, yeniden boyaya girmiş ve solmuş elbiseleri, yamalı eski dantelâları, kullanıldıkça matlaşmış eldivenleri, her zaman yağlı yakaları ve sökük atkıları vardı. Elbiseler böyle olduğu halde, hemen hepsinin, yontulmuş sağlam ve hayatın kargaşalarına göğüs germiş vücutları, değerleri düşmüş akçelerinki gibi soğuk ve keskin yüzleri vardı. Solgun dudaklar açgözlü dişlerle silahlanmıştı. Bu kiracılar insana, son bulmuş ya da hâlâ devam eden dramlar sezdiriyordu. O rampaların ışığında, boyalı dekorlar arasında oynanmış dramlar değil ama canlı ve sessiz dramlar, yürekleri için için yakmaya devam eden dramlar...

Yaşlı Matmazel Michonneau, yorgun gözleri üzerindeki merhamet perisini ürküten yeşil tahtadan, pirinç telle çevrili kötü bir siperlik vardı. Sıska, seyrek ve hüzün verici püsküllü atkısı sanki bir iskeleti örtüyor gibiydi âdeta. Atkının gizlediği şekillerse alabildiğine keskindi. Bu yaratığı acaba hangi asit kadınca şekillerden yoksun bırakmıştı? Güzel yüzlü ve güzel duruşlu olmalıydı. Günah mı, acı mı, yoksa hırs mı onu bu hale getirmişti?.. Çok mu sevmişti? Süs eşyası ticareti mi yapmıştı, yoksa sadece yosmalık mı? Gelip geçenlerin fellik fellik kaçtıkları, yanlışlıkla o zevklerin önüne sermiş olduğu çirkef bir gençliğin başarılarının diyetini mi ödüyordu? Donuk bakışı insanı iliklerine kadar ürpertiyor, biçimsiz yüzüyse korkutuyordu. Kış başlarında yuvasında öten bir ağustosböceğinin ince sesi vardı onda. Mesane nezlesine tutulmuş, kendisini parasız pulsuz sanan çocukları tarafından yüzüstü bırakılmış bir ihtiyar adama bakmış olduğunu söylerdi. Bu yaşlı adam ona mirasçılarının zaman zaman iftiralarına sebep olan, ölünceye kadar sürüp gidecek bin franklık bir gelir bırakmıştı. Sınırsız arzuları yüzünü biçimsiz bir şekle soktuğu halde, bu yüzde vücudun birkaç güzellik kırıntısı sakladığını hissettiren bir beyazlıktan ve tendeki bir körpelikten yine de az çok bir kalıntı vardı.

Mösyö Poiret mekanik bir insandı sanki. Başında eski yumuşak bir şapka, soluk fildişi topuzlu bastonunu elinde, düştü düşecek gibi sallaya sallaya, içi âdeta boş bir pantolonu kötü bir şekilde örten redingotunun solmuş eteklerini dalgalandıra dalgalandıra, bir sarhoş adamınki gibi sallanan o mavi çoraplı bacaklarla, kirli yeleğinin ince, uzun boynuna dolanmış boyunbağına az uygun düşen, muslinden buruşuk gömleğini göstere göstere, botanik bahçesindeki bir yolda gri bir gölge gibi yürüyüp gittiğini görünce bir yığın insan aklından, bu Çinli gölgenin İtalyan bulvarında dolaşıp duran Yasefoğullarının kahraman, cesur soyundan olup olmadığını geçirirdi içinden. Hangi iş böyle onun belini bükmüştü? Karikatürü çizilse, gerçekten bambaşka görülebilen, çarpık yüzünü, acaba hangi aşırı istek böyle karartmıştı? Neymiş bir zamanlar? Belki adalet bakanlığında, yüksek işlerin cellâtlarının kendi gider pusulaları, öldürülen insanlar için kara örtüler, sepetler, kepek bıçaklar için sicim gibi öteberilerin hesabını yolladıkları dairede memurluk etmişti. Belki de bir kesim evi kapısında kayıt memurluğu ya da sağlık işlerinde müfettiş yardımcılığı yapmıştı. Sözün kısası bu adam, büyük toplumsal değirmenimizin eşeklerinden biri, hatta Bertrand'larını bile tanımayan şu Parisli Ratonlardan biri, üzerine tüm felaketlerin ya da pisliklerin öbek öbek yığıldığı bir kök, kısacası, kendilerini gördüğümüz zaman, "Bu gibiler topluma ne de olsa gerekli" dediğimiz soydan insanlardan biriydi. Canım Paris, bu maddi ve manevi acılardan sararıp solmuş olan yüzleri bilmez. Zaten Paris, engin bir denizdir. İskandil atın, derinliğini asla ölçemezsiniz. Onu dolaşın, tanımlayın. Onu dolaşmak için gösterdiğiniz çaba ne olursa olsun, bu denizin gezginleri, ne kadar çok ve ne kadar ilgiye değer kişiler olursa olsun burada, gene de her zaman için görülmedik bir yere, bilinmedik bir mağaraya, çiçeklere, incilere, canavarlara, işitilmemiş, edebî dalgıçlarca unutulup gitmiş bir şeye rastlanır. Vauquer evi bu yönüyle akıl almaz garip bir evdir.

Bu evde kalan iki ayrı insan, kiracılarla ve sürekli gelenlerin kalabalığı ile dikkat çekici bir başkalık yaratırdı. Matmazel Victorine Taillefer'in yüzünde kansızlığa uğramış genç kızlarınkine benzer, hastalıklı bir beyazlık vardı. Bununla birlikte sürekli bir hüzün, müthiş bir sıkıntı, yoksul ve zayıf davranışla bu tablonun, arka planını yaratan genel acıya da katlandığı halde, yüzü artık ihtiyar değildi, hareketleri ve sesi canlıydı. Bu dumanı üstünde felaket, zalim bir toprağa yeni dikilmiş ve solmuş yapraklı küçük bir fidana benzerdi. Pembemsi yüzü, kızılımsı saçları, ince beli, çağdaş ozanların ortaçağ heykelciklerinde buldukları o çekiciliği sererdi ortaya. Siyahla karışık çakır gözleri bir tatlılığı, Hristiyanca bir boyun eğişi dile getirirdi. Sade pek pahalı elbiseleri, genç biçimler yaratırdı. Bazı noksanların tamamlanması şartıyla güzeldi. Mutlu olsaydı, çekici de olurdu. Kadınların süsleri nasıl boyalarıysa, mutlulukları da şiiridir. Bir balonun sevinci, bu solgun yüze pembe renklerini yansıtmış olsaydı, sevimli bir hayatın tatlılıkları daha şimdiden çukurlaşmış bu yanakları ala boyamış olsaydı, bu acılı gözleri aşk ateşinde yakmış olsaydı... Victorine çiçeği burnunda, en alımlı kızlarla savaşabilirdi. Onda kadını bir daha yaratan şey, kumaşlar ve aşk mektupları yoktu öyle. Hikâyesi bir kitabın konusu olabilirdi. Babası onu tanımamak için mazeretler buluyor, onu kendi yanında barındırmayı düşünmüyor, kendisine yılda ancak altı yüz frank para veriyordu. Baba bütün servetini de oğluna aktarabilmek için çeşitli sahtekârlıklar yapmıştı. Victorine'in, bir zamanlar yanına sığınıp da kederinden ölen annesinin uzak akrabası sayılan Madam Couture, öksüz kıza sanki öz çocuğuymuş gibi bakıyordu. Cumhuriyet ordusundaki levazım komiserinin dul karısının, ne yazık ki ölen kocasının kendisine bıraktığı maldan ve emekli aylığından başka hiçbir şeyi yoktu dünyada. Günün birinde bu zavallı kızı, hayat nedir bilmeden ve parasız pulsuz, insanların içine bırakabilirdi. İyi kalpli kadın, dindar bir kız olarak yetiştireyim diye Victorine'in, her pazar şaraplı ekmek ayinine, her on beş günde bir de günah çıkartan papaza götürürdü. Haklıydı... Dinî duygular, annesinin onu bağışladığını söylemek üzere her yıl sevgili babasının evine giden ama her yıl başını baba evinin küt diye kapanmış kapısına çarpan bu kabul edilmemiş kıza, ne de olsa bir alışkanlık sağlardı. Erkek kardeşi, tek arabulucu insan, dört yılda bir kere bile onu görmeye gelmemişti, ona hiçbir yardımda da bulunmuyordu. Kızcağız babasının körlükten uyanması, kardeşinin yüreğinin yumuşaması için Tanrı'ya yalvarıyor, onları suçlamadan onlar için dua ediyordu. Bu vahşice davranışı anlamlandırmak için Madam Couture ile Mme Vauquer argo sözlüğünde yeteri kadar kelime bulamıyorlardı. Bu alçak milyonere küfürler ettikçe, Victorine tatlı, acı dolu çığlığı gene de aşkı dile getiren, yaralı güvercin şarkısına benzer sözler söylüyordu.

Eugène de Rastignac'ın hepten güneyli bir yüzü, beyaz teni, simsiyah saçları, mavi mavi gözleri vardı. Tutumu, davranışları her zamanki havası, ilköğrenimi, ancak sağlam zevkle dolu geleneklerden doğmuş bulunan, soylu bir aile çocuğu olduğunu gösterirdi. Elbiselerini iyi kullanıyorsa, sıradan günlerde geçen yılın elbiselerini eskitmeye çalışıyorsa da kimi sefer yakışıklı bir delikanlı gibi giyinip sokağa çıkıyordu. Çoğu zaman eski bir redingot, kötü bir yelek, öğrenci işi kara, rengi solmuş, iyi bağlanmamış pis bir boyunbağı, bunlara uygun bir pantolon ve altı yenilenmiş ayakkabılar giyiyordu.

Bu iki kişiyle öbür kiracılar arasında Mösyö Vautrin tam bir köprü konumundaydı. Kendisi insanların, "İşte müthiş güçlü bir adam!" dediği insanlardan biriydi. Geniş omuzları, dolgun gövdesi, diri adaleleri, kalın, dört köşe ve parmak boğumları gür ve koyu kızıl kıl yığını ile iyice örtülü elleri vardı. Zamanından önce baş göstermiş buruşukluklarla iz iz olmuş yüzü, insancıl ve nazik davranışlarının yalanladığı, sert ifadeler saçıyordu Gürültülü sevinci ile yeknesak, alçak davudi sesi, hiç hoşa gitmiyordu. Yardımsever ve güler yüzlü idi. Bir kilit bozulmağa yüz mü tuttu, onu hemen parçalayıp söker, onarır, eğeler, gene yerine takar, ağzını açıp: "Bu meret beni bilir..." derdi. O zaten her şeyi, gemileri, denizi, Fransa'yı, dış ülkeyi, olayları, insanları, olup bitenleri, kanunları, otelleri ve ceza evlerini bilirdi. Eğer biri ona pek yana yakıla kendi durumundan söz açarsa, hemen elini uzatırdı. Çok zaman Mme Vauquer'e ve birkaç kiracıya ödünç para vermişti; ama babacan duruşuna rağmen, derin ve kararlı bir bakışla insana öyle korku salardı ki iyiliklerini görenler, borçlarını ödemeden ölemezlerdi. Tükürürken yaptığı davranışla, kötü bir işten sıyrılmak için kendisini bir cinayet önünden uzaklaştıramayan kesin bir soğukkanlılığı ortaya sererdi. Ağırbaşlı bir yargıç gibi bakışı, bütün işlerin, bütün yüreklerin, bütün duyguların içine işler gibi olurdu. Alışkanlıkları, öğle yemeğinden sonra dışarı çıkmak, akşam yemeğine tekrar gelmek, bütün gece dışarıda sürtmek, Mme Vauquer'in eline teslim ettiği anahtarla, gece yarısına doğru eve girmekti. Bu iyilikten sadece o faydalanırdı. Yalnız birazcık soytarılık olsun diye, belinden tutup yakalayarak, anne dediği dul kadınla arası güllük gülistanlıktı! Bu koca çemberi sarmak için yeterince uzun kollara ancak Vautrin sahip olduğu halde, temiz yürekli kadın işi kolay sanırdı yinede. Bu adamın yaratılışının bir özelliği de yemekten sonra yediği yemişle birlikte içtiği, konyaklı kahve için bol keseden ayda on beş frank vermekti. Paris hayatının fırtınalarına göğüs germiş bu delikanlılardan, ya da kişiliklerini doğrudan doğruya ilgilendirmeyen, konuya tenezzül etmeyen, bu yaşını başını almış kimselerden daha az basit insanlar, Vautrin'in kendilerinde uyandırdığı kuşkulu havaya kulak asmazlardı. O çevresini dolduran insanların işlerini bilir ya da bulurdu ama hiçbiri, onun ne düşüncelerini anlayabilirdi, ne de çabalarını. Görünüşteki babacanlığını, her zamanki uysallığını ve sevincini başkaları ile kendi arasında bir sınır gibi ortaya çıkardığı halde, çoğu zaman da yaratılışının korkunç derinliğini belli ederdi. Sık sık Juvenal'e yaraşır ama kanunları alaya almaktan, yüksek toplumu iğnelemekten, bu topluma anlamsızlığını kabul ettirmekten hoşlanır gibi sandığı bir öfke, toplumsal duruma kin beslediğini, hele kendi hayatının derinliğinde özenle saklanmış bir sır bulunduğunu düşündürebilirdi.

Birinin iktidarına ya da ötekinin güzelliğine belki de sezmeden, kendini kaptırmış bulunan Matmazel Taillefer, kaypak bakışlarını, gizli düşüncelerini, bu kırklık adamla genç öğrenci arasında bölüştürürdü fakat rastlantı günün birinde durumunu değiştirebileceği ve kendisini yağlı bir kuyruk yapacağı halde, içlerinden hiçbiri ona önem verir görünmezdi. Zaten, bu insanlardan hiçbiri aralarından herhangi birisi tarafından ortaya atılmış felaketlerin uydurma mı, yoksa gerçek mi olduklarını araştırma çabasına girmezdi. Hepsinin birbirine karşı saygılı durumlarının sonucu sayılan güvensizlikle karışık bir ilgisizliği vardı. Birbirlerinin acılarını dindirmede beceriksiz olduklarını bilirlerdi ve hepsi de bu acıları dinleye dinleye, geçmiş olsun dileklerinin içini boşaltmışlardı. İhtiyar karı - kocalara benzemişler, artık söyleyecek hiçbir şeyleri kalmamıştı. Demek oluyor ki aralarında sadece mekanikleşmiş bir hayatın bağlantıları, kuru bir çark işleyişi vardı. Hepsi de bir körün önünden, burunlarının dikine gitmek bir acının hikâyesini heyecan duymadan dinlemek, bir ölümde bir yoksulluk dalgasının, kendilerini en korkunç can çekişmesine karşı ilgisiz bırakan sonucunu görmek zorundaydılar. Bu başına buyruk evde saltanat süren Mme Vauquer, bu kederli ruhların en mutlusuydu. Sessizlikle soğuğun, kurulukla ıslaklığın bir bozkır gibi yücelttiği bu küçük bahçe, sadece onun gözünde, sevimli bir koru idi. Tezgâh pası kokan bu soğuk evin, bir onun için mutlulukları vardı. Bu bodrumlar onun malı idi. Cezalara çarptırılmış bu kürek mahkûmlarını, üzerlerinde saygıdeğer bir baskı sağlayarak beslerdi. Bu zavallı insanlar, Paris'te onun verdiği fiyata, temiz, yeterli gıdaları, güzel ve kullanışlı olmasa bile temiz ve sağlıklı duruma getirmek için çaba harcadıkları bir daireyi nerede bulurlardı? Göz göre göre bir haksızlığa uğramış bile olsa kurban, bunu ses çıkarmadan kabul edecekti.

Böylesi bir beraberlik az da olsa toplumun bir aynası gibiydi. Aynı masada yemek yiyen on sekiz kişi arasında, okullarda olduğu gibi, toplumda olduğu gibi, hoşa gitmeyen zavallı bir adam, alayların hedefi sayılan garip bir insan vardı. İkinci yılın başlarında bu adam, Eugène de Rastignac'a göre aralarında da iki yıl yaşamak zorunda kaldığı bütün bu insanların en göze batanı oldu. Bu kederli eski tel şehriyeci, bir ressamın, tarihçi gibi, tablonun bütün ışığını başının üzerine yoğunlaştırdığı Goriot Baba'ydı. Bu yarı kin dolu aşağılama bu acıma duygusuyla iç içe olan zulüm, bu felaket densizliği hangi rastlantıyla, acaba eski kiracıyı yerden yere vurmuştu. Buna insanın ahlâk düşüklüklerinden daha az bağışladığı o gülünçlüklerden ya da o gariplikerden biri mi yoksa kendi mi sebep olmuştu? Bu sorular toplumsal haksızlıkla pek yakından ilgilidir. Gerçek alçak gönüllülükle, zayıflıkla ya da işi oluruna bırakışla her şeyi sineye çekeni her şeye boyun eğdirmek, belki de insan yaratılışından ileri gelir. Hepimiz gücümüzü bir insanın ya da bir nesnenin zararına göstermeyi sevmez miyiz? En zayıf yaratık, ufacık çocuk, don olunca bütün kapıların zilini çalar, ya da adını tertemiz bir anıta yazmak için ayağını yerden kaldırır.

Goriot Baba hemen hemen altmış dokuz yaşlarındaydı. İş hayatından uzaklaştıktan sonra, 1813 yılında, Mme Vauquer'in evine yerleşmişti. Başlangıçta Madam Couture tarafından kullanılan daireyi tutmuştu ve o sıralar, beş frank fazlalığı ya da eksikliği kendisine hiçbir etki etmeyen bir insan olarak, bin iki yüz frank oda kirası veriyordu. Mme Vauquer, bu dairenin üç odasını sarı bez perdelerden, Utrecht kadifesiyle örtülü pırıl pırıl tahta koltuklardan, duvara çiviyle tutturulmuş birkaç resimden, şehrin etrafındaki meyhanelerinin geri çevirdikleri kâğıtlardan meydana gelmiş kötü bir oda takımının satın alınışında, sözüm ona harcamak için peşin para alarak dayayıp döşemişti. O sıralar, adına saygıyla Mösyö Goriot denen Goriot Baba'nın gösterdiği insanca kaygısızlık, onu belki hiç işten anlamayan bir aptal yerine geçirebilirdi. Goriot Baba pek zengin bir elbise ve çamaşır dolabı, ticaret hayatını bırakırken kendinden hiçbir şey esirgemeyen tüccarın o dağlar gibi eşyasıyla geldi. Mme Vauquer tel şehriyecinin dantel göğüslüğünde, her birinde iri bir elmas bulunan küçük bir zincirle tutturulmuş iki iğne taşıdığı için inceliği tamamen göze çarpan, yarı Hollanda işi on sekiz gömleği hayranlıkla seyretmişti. Hep açık mavi bir elbise giyen adam, süslü püslü bir kalın altın zinciri gerdiren göğsünün altında çalkalandığı, beyaz pikeden bir yelek taşırdı her gün... Tütün tabakasında ama gene altından tabakada, sözüm ona birkaç aşk serüveninin suçunu üzerine yükleyen saçlarla dolu bir madalyon vardı. Ev sahibesi onu bir çapkın diye suçladığında, bir burjuvanın sevimli gülümsemesi konmuştu dudaklarına. Dolapları -bu sözü avam diliyle söylüyordu- evindeki bir sürü gümüş takımlarla doldurmuştu. Kepçelerin, yahni kaşıklarının, peçetelerin, salça kâselerinin, tepeleme tabakların, yaldızlı küçük kahvaltı tabaklarının, sözün kısası az çok güzel, ağırlığınca para eder soydan ve bir türlü bırakmak istemediği bir yığın parçanın çıkarılıp yerleştirilmesinde, adamcağıza seve seve yardım ettiği zaman dul kadının gözleri parlamıştı. Bu hatıralar adama, sanki aile hayatının o tatlı günlerini anımsatıyordu.

Bir tabakla kapağı, dudak dudağa öpüşen iki kumruyu gösteren küçük bir kâseyi tutarak Mme Vauquer'e:

"Bu, karımın ilk evlilik yıldönümümüzde bana verdiği hediyedir!" demişti. "Zavallı kadın! Kızlığında zar zor biriktirdiği paraları buna vermiş. Görüyorsunuz ya, madam, bundan ayrılmaktansa tırnaklarımla toprağı kazmayı tercih ederim. Tanrıya şükür! Hayatımın son günlerinde, kahvemi her sabah bu fincanla içebileceğim. Durumum pek fena sayılmaz. Yanımda ömrümün sonuna kadar beni doyuracak ekmeğim var."

En sonunda, Mme Vauquer, o saksağan gözüyle, büyük defterde, bir toplanınca, bu gözde Goriot Baba'ya hemen hemen sekiz-on bin franklık bir gelir sağlayabilecek olan bir iş görmüştü. O günden sonra, kızlığında adına Conflans denen, o sıralar tam kırk sekizinde olduğu halde, ancak otuz dokuz yaşındayım diye konuşan Mme Vauquer, düşüncelere daldı. Goriot'nun gözlerinin çevresi oyuk oyuk olduğu, bu da artık kendisini, sık sık gözlerini silmek zorunda bıraktığı halde, kadıncağız onda tatlı ve kusursuz bir hava buldu. Zaten, dört köşe uzun burnu gibi etli, dışarı çıkık baldırı, dul kadının önem verir gibi gördüğü, temiz yürekli adamın ay şeklinde ve aptalca sâf yüzünün de onayladığı, manevi güzelliklerini ortaya döküyordu. Bu adam olanca zekâsını, duygu yoluna harcamasını bilen, sağlam karakterli bir insan olabilirdi. Politeknik okulunun berberinin her sabah pudralamağa geldiği, güvercin kanadı gibi saçları, basık alnında beş kıvrım meydana getiriyor, yüzüne bir güzellik veriyordu. Biraz kaba olduğu halde, üstüne başına öyle çekidüzen veriyor, tütününü öyle gösterişli içiyor, tabakasında hep makuba bulacağına kalıbını basan insan gibi, tütünü öyle kokluyordu ki, Mösyö Goriot'nun evine yerleştiği günden beri, Mme Vauquer, yeniden Goriot'da doğmak üzere, kendisini Vauquer kefeninden çekip alan tutku ateşinde, yağda kızartılan bir keklik gibi geceleri yana yana yatağa giriyordu. Evlenmek, pansiyonunu satıp kurtulmak, burjuvanın bu nazlı çiçeğine destek olmak, mahalle içinde hatırı sayılır bir kadın olmak, yoksullar adına bağış toplamak, pazarları Choisy'ye, Soisy'ye, Gentilly'ye ufak yollu gezintiler yapmak; temmuz ayında, kiracıların verdikleri yazar biletlerini beklemeden, aklına estiği gibi kalkıp tiyatroya gitmek, locaya oturmak; bütün bu cenneti sıradan Paris aileleri gibi düşlemişti. Azar azar toplanmış kırk bin frangı olduğunu kimseye söylememişti. Zenginlik, kendisinin besbelli, yağlı bir kuyruk olduğunu sanıyordu.

Tombul Sylvie'nin, o her sabah çökük hale gelmiş bulduğu güzellikleri kendi kendine onaylamak içinmiş gibi, yatağında o yana bu yana dönerken içinden:

"Her şey vız gelir, benim de dünyalığım var!" diyordu.

O günden sonra, hemen hemen üç ay, dul Mme Vauquer Mösyö Goriot'nun berberinden yararlandı. Sıkça gelen hatırı sayılır kimselerle, evine düzenli bir tatlı hava verme ihtiyacı bir yana bırakılırsa, birkaç tuvalet harcaması yapmaktan da geri kalmadı. Artık sadece en saygıdeğer insanları kabul edeceğini ileri sürerek, kiracılarının kimini değiştirmek için, türlü hilelere başvurdu. Bir yabancı gelince ona, Mösyö Goriot'nun, Paris'in en gözde ve en sayın tüccarlardan birinin, kendi evini tercih ettiğini abartarak, anlatıyordu. Başında, 'VAUQUER EVİ' yazısı okunan ilanlar dağıttırdı. 'Bu ev...' diyordu ilan, 'Lâtin ülkesinin en eski ve en ünlü burjuva evlerinden biridir.' Bu evin üçüncü katından Goblenler vadisi görülüyordu. Pek güzel bir görünüşü varmış, iyi bir bahçesi varmış, bahçenin sonunda ıhlamur ağaçları ile kaplı bir yol uzanıyormuş. İlanda, 'temiz havadan ve sessizlikten,' söz ediliyordu. Bu ilan ona otuz altı yaşında olan, savaş meydanlarında can vermiş bir generalin dul karısı olması bakımından, işlerin sona ermesini ve kendisine hakkı olan bir aylığın bağlanmasını dört gözle bekleyen Madam la Kontes de l'Ambermesnil'i kazandırdı. Mme Vauquer yemeklerine önem verdi, salonlarda hemen hemen altı ay ateş yaktırdı. İlanlardaki sözleri öyle güzel yerine getirdi ki bu işe kendi kesesinden bile para harcadı. Kontes de l'Ambermesnil Mme Vauquer'e, 'canım dostum,' diyerek Marais'de Vauquer evinden daha ucuz bir pansiyonda işlerinin sona ermesini bekleyen, dostlarından ikisini, Barones de Vaumerland ile Albay Kont Picquoiseau'nun dul karısını kiracı olarak getireceğini söylüyordu. Bu kadınlar, zaten Milli Savunma Bakanlığı daireleri işlerini bitirince alabildiğine paraya kavuşacaklardı.

"Fakat daireler hiçbir işi bitiremez..." diyordu.

İki dul kadın, akşam yemeğinden sonra, birlikte Mme Vauquer'in odasına çıkıyor, koca yemişi şarabı içerek ve ev sahibesinin kendileri için ayırdığı tatlıları yiyerek havadan sudan konuşuyorlardı. Madam de l'Ambermesnil, ev sahibesinin Goriot hakkındaki düşüncelerini, üstelik, daha ilk günden sezmiş olduğu o güzel düşünceleri, pek yerinde buldu; adamı tam bir erkek olarak görüyordu.

Dul bayan:

– Ah! Sevgili hanımcığım, oldukça sağlam bir erkek, gerçekten kendisine çok iyi bakmış, hâlâ bir kadına istediğini verebilecek bir erkek.

Kontes kendi düşüncelerine uymayan giyimi kuşamı hakkında Mme Vauquer'e hafif yollu tavsiyelerde bulundu.

Ona:

– Adımınızı dikkatli atmalısınız, dedi.

İnce eleyip sık dokuyan, hesaplarını çok iyi yapan iki dul kadın, kalkıp birlikte Palais-Royal'a gittiler, orada, Galeri de Bois'dan, tüylü bir şapka ile bir hotoz aldılar. Kontes dostunu La Petite Jeannette mağazasına götürdü, orada da bir elbise ile bir atkı seçtiler. Bu savaş aletleri tamam olup da dul bayan silahları kuşanınca, Gözde Sığır ilanına benzedi. Artık kendisini, kendi yararına öylesine değişmiş buldu ki kendisini Kontesin baskısı altına girmiş sandı ve biraz cimri olduğu halde, yirmi franklık bir şapkayı kabul buyurmasını rica etti. Doğrusunu söylemek gerekirse Kontes'e, Goriot'yu gözlemek ve onun yanında kendisini övme görevini vermek istiyordu. Madam de l'Ambermesnil bu işi pek içten kabullendi, ihtiyar tel şehriyeciyi sıkıştırdı, onunla bir konuşma yapmayı başardı; fakat adamı kendi hesabına baştan çıkarmak konusundaki arzusunun, kendisine fısıldadığı girişimlere karşı çıktı dememek için, adamcağızı utangaç bulduktan sonra, kabalığından da öfkelenerek konuşmadan çıktı.

– Meleğim, dedi sayın dostuna, bu adamdan hiçbir şey elde edemezsiniz! Gülünç denecek derecede korkak, bir cimri, bir hayvan, başınıza ancak belâ açabilecek bir aptal bu.

Mösyö Goriot ile Madam de l'Ambermesnil arasında öyle şeyler geçmişti ki Kontes bir daha onunla karşılaşmak bile istemedi. Ertesi gün, altı aylık oda kirasını unutarak ve beş franklık bir yamalı elbise bırakarak ortadan kayboldu. Mme Vauquer, araştırmalarında ne kadar sıkı davrandıysada Kontes de l'Ambermesnil hakkında Paris'te hiçbir bilgi edinemedi. Bir dişi kediden daha güvensiz olduğu halde, kendisinin temelli faka bastığını yana yakıla ileri sürerek, bu yürekler acısı konudan durmadan söz açıp duruyordu; fakat yakınlarına güvensizlik duyan ve kendilerini ilk yabancıya teslim eden birçok insana benziyordu. Kökünün insan kalbinde bulunması kolay olan, garip ama gerçek manevi huy. Kimi insanların belki de birlikte yaşadıkları kişilerden artık kazanabilecek şeyleri yoktur; ruhlarının boşluğunu onlara göstermiş olduktan sonra, içten içe onlar tarafından ağır bir yargı ile suçlandırılmış olduklarını duyarlar; yalnız, kendi içlerinde güdük kalan bir yenilmez övgü isteğine kapılarak ya da sahip olmadıkları özelliklere sahiplermiş gibi görünme arzusunun pençesinde kıvranarak, günün birinde yoksul kalma tehlikesini göze alarak, kendilerine yabancı olanların saygı ya da sevgisini kazanmayı umarlar. Bundan başka, borçlu olduklarından, dostlarına ya da yakınlarına zerre kadar iyilikte bulunmayan cimri doğmuş insanlar da vardır; oysa tanımadıklarına yardım ederlerken, bundan bir fedakârlık zevki duyarlar. Sevgilerinin alanı ne kadar daralırsa, o kadar az severler; bu alan ne kadar genişlerse, onlar da o kadar iyiliksever olup çıkarlar. Mme Vauquer de besbelli aynı şekilde, pinti, dümenci, pek kötü iki ruha sahip bulunuyordu.

O zaman Vautrin kendisine:

– Ben olsaydım burada, diyordu, başınıza bu tip dertler gelmezdi! Size bu soytarı kadını "A'dan Z'ye" anlatmış olurdum. Bu tiplerin ne olduğunu çok iyi bilirim ben.

Bütün dar kafalı insanlarda olduğu gibi, Mme Vauquer'de de olayların etkisinde kalma ve bu olayların sebepleri üzerinde yargıda bulunmama alışkanlığı vardı. Kendi suçlarını başkasına yüklemeğe bayılırdı. Bu ortadan yok oluş baş gösterince, namuslu tel şehriyeciyi felaketinin sebebi olarak gördü ve o günden sonra, sözüm ona, adamın her şeyini anlamaya başladı. Cilvelerinin ve gösteriş olsun diye yapılan harcamaların anlamsızlığını sezince, bunun sebebini bulmakta gecikmedi. Kendi deyişine göre, kiracısının uzun zamandır kendi hâvasında yaşadığını anladı artık. Sonunda o kadar nazlıca beslenen umudunun kuşkulu bir temele dayandığı, bilgiç bir insanmış gibi görünen Kontesin kesin deyimine göre, artık bu adamdan hiçbir şey koparamayacağını iyice anlamış oldu. Düşmanlık yolunda, dostluk yolunda aşamadığından daha da ileri gitti besbelli. Kini, aşkının değil, kırılmış umutlarının sebebi oldu. İnsan gönlü sevginin zirvelerine çıkarken huzur duysa bile kin dolu duyguların o sarp yamacında azıcık durur. Fakat Mösyö Goriot kiracısıydı, bu yüzden dul kadın yaralanmış, benliğinin öfkelerini önlemek, bu hayal kırıklığının kendisine çektirdiği acıları gizlemek ve başpapaz tarafından gönlü kırılmış bir keşiş gibi, içten dileklerini susturmak zorunda kaldı. Küçük insanlar, iyi ya da kötü duygularını, sonsuz küçüklükler içinde giderirler. Dul bayan da bundan farklı davranmadı. Dişiliğinin verdiği avantajına, kurnazlığını da ekleyip elde edemediği Mösyö Goriot'ya ağır işkenceler yaptı. İşe pansiyonunda yapılmış gereksiz eklentileri ortadan kaldırmakla başladı.

Eski durumuna döndüğü sabah, Sylvie'ye:

– Artık salatalık da yok, ançüez de, aptallıkmış bunlar! dedi.

Mösyö Goriot az yemek yemekle yetinen bir insandı. Servetlerini kendileri kazanan zenginler gibi cimrilik, onda alışkanlık haline gelmişti. Çorba, et haşlaması, bir tabak sebze, kendisinin bir zamanlar olduğu gibi bundan sonrası için de en güzel yemeği olabilirdi. Zevklerini hiçbir şekilde yok edemediği kiracısını üzmek Mme Vauquer'e çok zor geldi. Yaman bir insana rastlamanın acısı ile onu gözden düşürmeye yeltendi. Goriot'ya karşı duyduğu düşmanlığı da böylece, zevk olsun diye intikamlarına ortaklık eden kiracıları ile bölüştü. İlk yılın sonuna doğru, dul kadın o kadar güvensiz duruma düştü ki içinden, çok güzel bir gümüş takımına ve iyi bakılmış bir kızınkiler kadar güzel elmaslara sahip bulunan, bu yedi-sekiz bin frank gelirli tüccarın, zenginliğine oranla pek az bir kira vererek, evinde, sanki ne demeye oturduğunu düşünüyordu. Bu ilk yılın, ekseri günlerinde, Goriot en çok haftada bir veya iki kere dışarıda yemek yemişti. Sonra, ayda ancak iki kere şehirde yemeğe başlamıştı. Mösyö Goriot'nun ufak tefek eğlenceleri Mme Vauquer'in öyle tuhafına gidiyordu ki kiracısının yemeğini evde yemesinden de rahatsız olmaya başladı. Bu değişimler ev sahibesinin canını sıktığı kadar, yavaş yavaş bir gelir azalışını sezmesine de sebep oldu. Bu alabildiğine basit ruhların, en yersiz alışkanlıklarından biri, kendi zavallılıklarını başkalarına yüklemektir. İkinci yılın sonunda Mösyö Goriot, Mme Vauquer'den ikinci kata geçmeyi, oda kirasını dokuz yüz franga indirmeyi istediği zaman, hakkındaki dedikoduları ne yazık ki haklı çıkardı. Öyle kesin bir tutuma ihtiyacı vardı ki artık, kış boyunca odasında ateş filân yaktırmadı. Dul Vauquer parasının derhal peşin verilmesini istedi; Mösyö Goriot buna 'evet' demek zorunda kaldı. O andan sonra da kadın Goriot Baba hakkında dedikodulara başladı. Bu düşüşün sebeplerini bulana aferin. Zor iş! Goriot Baba, sahte Kontesin dediği gibi içten pazarlıklı, sessiz bir adamdı. Kafasız kişilerin söyleyecekleri hiçbir şeyleri olmadığından bütün gevezelerin mantığına göre yaptıkları işten hiç söz etmeyenlerin, işlerinin kötü gitmesi gerekirmiş. Bu pek kibar tüccar bir düzenbaz, bu gözde çapkın, garip bir ihtiyar oldu böylece. O sıralar Vauquer evine kiracı olarak gelen Vautrin'e göre, Goriot Baba, bazen borsaya giden ve maliyeci ağzının oldukça kesin deyişine göre de tüm mal varlığını sıfıra indirdikten sonra milletin parasını dolandıran bir insandı. Bazen, her akşam başını belâya sokan ve kumarda on frank kazanan o küçük kumarcılardan biri olurdu. Bazen onu, gizli polise bağlı bir ihbarcı olduğunu düşünürlerdi. Fakat Vautrin, onun böyle bir insan olabilecek kadar kurnaz olmadığını ileri sürerdi. Goriot Baba az vadeyle ödünç para veren bir cimri, piyangoda numara oyunlarıyla gününü gün eden bir adam da olurdu. Düşüklüğün, utancın, âcizliğin pek karanlık şeylerden meydana getirdiği olanca verimi de sayılırdı. Ne var ki yaşam biçimi ya da düşkünlüğü ne kadar iğrenç olursa olsun, uyandırdığı, kovulmasıyla sonuçlanacak kadar ileri gitmiyordu hiçbir zaman. Oda kirasını öderdi, üstelik yararlı da olurdu, millet sevinçli ya da öfkeli anlarda sevincini veya öfkesini ondan alırdı. Genel olarak en uygun yargı kabul edilen, Mme Vauqer'inkiydi. Kendini iyice korumuş, gözü kadar sağlam ve daha nice gün kendisiyle eğlenilebilecek bu adam, kadına göre, garip zevkleri olan bir çapkındı. Dul Vauquer iftiralarını şu olaylara dayandırıyordu. Altı ay kendi sırtından geçinmeyi başaran o uğursuz Kontesin ortadan kayboluşundan birkaç ay sonra, bir sabah, daha yataktan bile kalkmadan önce merdivenlerde, bir ipek elbisenin hışırtısını ve kapısı tam zamanında açılan, Goriot'nun odasına giren genç ve çevik bir kadının hafif ayak sesini işitti. Tombul Sylvie gelip hanımına namuslu olmayacak kadar pek güzel giyinmiş, bir tanrıça gibi kuşanmış, üzeri çamursuz, göz göz işlemeli ayakkabılı bir kızın, sokaktan mutfağına kadar bir yılan balığı gibi süzülmüş olduğunu, kendisine Mösyö Goriot'nun odası nerede diye sorduğunu anlattı. Mme Vauquer ile aşçısı dinlemeye koyuldular. Kısa süren ziyaret sırasında söylenmiş, bir yığın sıcak söz işittiler. Mösyö Goriot sevgilisinin peşinden çıkınca, tombul Sylvie de hemen eline sepetini aldı ve âşık çifti izlemek için, sanki pazara gidiyormuş gibi yaptı.

Döndükten sonra hanımcığına: "Sevgililerini böyle yaşattığına göre Mösyö Goriot müthiş zengin olmalı" dedi. Düşünün bir kere direkli köşede, o kadının bindiği bir güzel konak arabası vardı.

Yemek sırasında, Goriot'nun gözlerine vuran güneş ışığı onu rahatsız etmesin diye Mme Vauquer gidip bir perdeyi çekti.

Sabahki ziyareti ima ederek:

– Güzellerin gözdesisiniz, Mösyö Goriot, güneş hep sizin yüzünüzde ışıyor. Şaşılacak şey! Müthiş bir zevkiniz var doğrusu, çok güzeldi...

Kiracıların bir ihtiyarda görmek istedikleri bir çeşit gururla:

– Kızımdı, diye karşılık verdi.

Bu ziyaretten bir ay sonra, Mösyö Goriot bir başka ziyaret kabul etti. İlk sefer, sabah kıyafeti ile gelen kızı, bu sefer, akşam yemeğinden sonra ve kibarlar âlemine gitmek üzere giyinmiş geldi. Salonda gevezelik eden kiracılar, sarışın, ince vücutlu, sevimli ve Goriot Baba'nın kızı olamayacak kadar zarif bir güzel gördüler.

Onu tanımayan tombul Sylvie:

– İşte, ikincisi! dedi.

Birkaç gün sonra, uzun boylu ve alımlı mı alımlı, esmer, kara saçlı ve parlak gözlü bir başka kız, Mösyö Goriot'yu sordu.

Sylvie:

– "Etti üç" dedi.

Önce, öteki gibi babasını sabah sabah görmeğe gelen bu ikinci kız, birkaç gün sonra geceleyin balo elbisesi ve araba ile geldi.

Bu kibar kadında, ilk ziyaretini yaptığı sabahki sade giyimli kızdan hiçbir iz görmeyen Mme Vauquer ile tombul Sylvie:

– Bu da dördüncüsü, dediler.

Goriot henüz bin iki yüz frank oda kirası veriyordu. Mme Vauquer, zengin bir adamın dört beş metresi olmasını çok doğal buldu, bu gelenleri kızlarıymış gibi gösterdiği için de adamcağızı gene müthiş bir çapkın sandı. Bu kadınları Vauquer evine getirmesine pek alınmadı. Yalnız bu ziyaretler ona, kiracısının kendine karşı olan ilgisizliğini anlattığı için, ikinci yılın başlangıcında kendinde, adamdan kocamış zampara diye söz etme hakkını buldu. En sonunda, kiracısı oda aylığını dokuz yüz franga indirince, bu bayanlardan birinin merdivenden indiğini gördüğü zaman ona, pansiyonunu ne hale soktuğunu pek küstahça sordu. Goriot Baba, kendisine bu bayanın büyük kızı olduğu karşılığını verdi.

Mme Vauquer ters ters:

– Otuz altı kızınız mı var yoksa? diye sordu.

Kiracı, yoksulluğun olanca çaresizliğini kabul edip batmış bir adamın yumuşaklığı ile:

– Hayır, sadece iki kızım var, diye karşılık verdi.

Üçüncü yılın sonuna doğru, Goriot Baba üçüncü kata taşınarak ve oda kirasını ayda kırk beş franga indirerek, harcamalarını biraz daha kıstı. Tütünü bıraktı, berberine gitmez oldu ve artık saçına pudra sürmedi. Goriot Baba ilk olarak saçını pudralamadan ortaya çıkınca, ev sahibesi saçlarının rengini görüp şaşkınlıkla bir çığlık attı. Saçları kirliydi ve yeşili andırır bir gümüş rengindeydi. Gizli acıların günden güne daha da çökerttiği yüzü, masayı dolduran bütün yüzlerin en kederlisi gibi görünüyordu. O zaman hiç bir kuşku kalmadı artık: Goriot Baba gözleri hastalıkların gerektirdiği ilâçların kötü etkisinden ancak bir doktor sayesinde kurtarılmış, ihtiyar bir çapkındı artık. Saçlarının iğrenç rengi, aşırılıklarından ve bunlara devam etmek için almış olduğu ilâçlardan kaynaklanıyormuş. Temiz yürekli adamın maddi ve manevi durumu, bu dedikoduları haklı çıkarıyordu. İç çamaşırı eskiyince, güzel çamaşırlarının yerine metresi, yarım franga pamuklu çamaşır satın aldı. Elmasları, altın tabakası, kösteği, mücevherleri birer birer yok oldu. Yaz–kış, kaba çuhadan kahverengi bir redingot, keçi tüyü bir yelek ve meşin derisinden gümüş renkli bir pantolon giymek için, açık mavi elbisesini, bütün o güzelim elbisesini elden çıkarmıştı. Yavaş yavaş baldırları zayıfladı, pörsüdü, bir burjuvanın mutluluğuyla dolgunlaşmış yüzü ölçüsüzce buruş buruş oldu. Alnı kırıştı, çenesi çukurlaştı. Neuve–Eren–Genevieve sokağına yerleştiğinin dördüncü yılında, artık Goriot Baba bambaşka biri olmuş ve tanınmayacak kadar değişmişti. Kırkında bile görünmeyen altmış iki yaşındaki sevimli tel şehriyeci, şişman ve yağlı, bal gibi bön, şen elbisesi gelip geçenleri eğlendiren, gülümseyişinde genç bir hava bulunan burjuva, sersemleşmiş, sarsak, acılı bir yetmiş yaşında insan gibi görünüyordu. Cin gibi mavi gözleri, olgun ve gümüşî demir rengini almışlar, sararmışlardı, artık yaş akıtmıyorlardı. Kırmızı kenarları artık kan kusuyora benziyordu. Bazı insanlara, korku veriyordu, bazılarına da acıma duygusu. Alt dudağının sarkıklığına dikkat eden ve yüz açısını hesaplayan genç tıp öğrencileri, adamcağızı hiçbir sonuç elde etmeksizin uzun zaman hırpaladıktan sonra, aptallık hastalığına tutulmuş diye teşhis koydular. Bir akşam, yemekten sonra, Mme Vauquer, şüphesiz babalığını öne sürerek alaylı alaylı: "Eee, kızlarınız, sizi görmeye gelmiyorlar mı artık?.." deyince, Goriot Baba bir yerine bıçak batırılmışçasına titredi.

Hüzünlü bir sesle:

– Arada sırada geliyorlar, diye karşılık verdi.

Öğrenciler:

– Demek öyle ha! Hâlâ görüyor musunuz onları? diye bağırdılar. Aşkolsun size, Goriot Baba!

Fakat ihtiyar, verdiği cevabın yol açtığı şakaları işitmedi. Kendisini gelişigüzel inceleyenlerin geri zekâlılığından kaynaklanan, bir ihtiyarlık uyuşukluğu diye gördükleri bir düşünce âlemine dalmıştı gene. Onu iyice tanımış olsalardı, maddi ve manevi durumunun yarattığı hava ile belki canla başla ilgilenirlerdi. Fakat bu çok güç bir şeydi. Goriot'nun bir zamanlar gerçekten tel şehriyeci olup olmadığını ve servetinin değerinin ne olduğunu öğrenmek kolay olduğu halde, onun durumuna karşı ilgileri uyanan yaşlı başlı kimseler, mahalleden çıkmıyor ve bir kayalıktaki istiridyeler gibi pansiyonda ömür çürütüyorlardı. Diğerlerine gelince: Paris hayatının kendine özgü akışı onlara Neuve–Eren–Genevieve sokağından ayrıldıktan sonra, alaya aldıkları zavallı ihtiyarı unutturuyordu. Bu anlayışsız delikanlılar için olduğu gibi, bu dar kafalılara göre de Goriot Baba'nın kuru yoksulluğu ve budalaca zenginliği herhangi bir yetenekle uyuşamazdı. Kızlarım dediği kadınlara gelince, herkes Mme Vauquer'in fikirlerini paylaşıyordu. Herkes Goriot Baba'nın her şeyi yapabileceği doğrultusunda bir mantık yürütüyor ve şöyle diyordu:

"Goriot Baba'nın kendisini görmeye gelmiş olan bütün kadınlar kadar zengin kızları olsaydı, evinde, üçüncü katta, ayda kırk beş franga oturmaz, bir yoksul gibi de giyinmezdi..."

Bu yargıları hiçbir şey yalanlamıyordu. Hem bu dramın patlak verdiği günlerde, 1819 yılının kasım ayı biterken, zavallı ihtiyar hakkında, pansiyonda herkesin iyice kesinleşmiş düşünceleri vardı. Onun hiçbir zaman ne kızı olmuştu, ne de karısı. Müzede çalışan bir memur, yemeğe gelen ve parasını tıkır tıkır ödemeye alışmış bir adam, zevklerindeki aşırılık onu bir salyangoza, insan şeklinde bir yumuşakçaya çevirmiş diyordu. Poiret, Goriot'nun yanında bir kartal, bir centilmen ve efendiydi. Poiret konuşuyor, düşünüp taşınıyor, karşılık veriyordu. Başkalarının söylediklerini değişik kelimelerle tekrarlama alışkanlığında olduğu için, konuşurken, düşünüp taşınırken ya da karşılık verirken, doğrusunu söylemek gerekirse, hiçbir şey söylemiyordu. Ama her şeyden konuşmaya kalkılıyor, canlı ve hassas görünüyordu. Oysa Goriot Baba, gene müzedeki memurun dediğine göre, hep Reamur'ün sıfırı üstünde bulunuyordu.

Eugène de Rastignac üstün delikanlıların, ya da güç bir durumun seçkin insan özellikleri ile bazen işbirliği ettiği kimselerin bilmiş olmak zorunda oldukları bir ruh havası içinde geri gelmişti. Paris'te geçirdiği ilk yılında, fakültede iyi bir derece için çok çalışmanın gerekmemesi, onu Paris'in gözle görülür eğlencelerini tanıma yolunda başıboş bırakmıştı. Her tiyatronun repertuarını bilmek, Paris lâbirentinin çıkışlarını incelemek, gelenekleri öğrenmek, dili bellemek ve başkentin özel zevklerine alışmak; iyi ve kötü yerleri dolaşmak eğlenceli dersleri izlemek, müzelerin zenginliklerini ölçüp biçmek isterse bir öğrencinin bunlara zamanı olmaz. Bir öğrenci artık kendisine çok büyük gibi gelen saçmalıklara tutku duyar. Kendisinin bir büyük adamı, dinleyicisinin seviyesinde kalmak için kendisine para ödenen bir kolejde, Fransızca profesörü bulunmaktadır Kravatına önem verir ve Opera Comique'in ön sıralarındaki kadınlar için çalım satar. Birbirini izleyen bu derslerde kabuğundan sıyrılır, hayatının ufkunu genişletir, en sonunda da toplumu oluşturan insan tabakalarının üst üste sıralanışını kavrar. Arabaların güzel bir güneş altında Champs–Elysee'den birbiri ardınca gidişlerini hayran hayran gözlemekle işe başlarsa, hemen bu arabaları kıskanmaya başlar. Edebiyat ve hukuk bakaloryaları kabul edilip de tatile girdiğinde Eugène, bu çıraklığı farkında olmadan atlatmıştı. Çocukluk hayalleri, taşra düşünceleri yok olmuştu. Değişmiş kafası ve taşkın tutkusu ona baba ocağının ortasında, aile yuvasında gerçeği gösterdi. Babası, annesi, iki erkek kardeşi, iki kız kardeşi, tüm malı emekli aylıklarına dayanan bir halası, küçük Rastignac toprağında yaşıyordu. Hemen hemen üç bin frank gelir getiren bu toprak, bütün endüstrisi bağdan gelen ihtimalin kararsızlığına bağlanmıştı. Ama bu ihtimalleri bir yana bırakarak, her yıl kendisi için bin iki yüz frank bulmak gerekiyordu. Çok zaman kendisinden saklanmış bulunan bu sıkıntı havası, çocukluğunda, kendisine pek güzelmişler gibi gelen kız kardeşleri ile hayal edilmiş bir güzellik düşünü onda gerçekleştiren Paris kadınları arasında yapmak zorunda kalmış olduğu karşılaştırma, delikanlıya bel bağlayan bu kalabalık ailenin karanlık yarınları, en önemsiz başarıyı bile saklamakla, gösterdiği kılı kırk yararcasına dikkat, ailesi için mengenelerin tortusundan yapılmış içki, sözün kısası burada bir

GÖRİOT BABA

bir gösterilmesi gereksiz bir yığın haller, onun yükselme arzusunu kamçıladı ve onda üstünlük susuzlukları uyandırdı. Büyük insanlarla yüz yüze geldiğinde, yalnız kendi değerinden başka hiçbir değere borçlu kalmak istemedi. Fakat zekâsı, düpedüz güneyli zekâsı idi. Çalışırken, verdiği kesin kararlar güçlerini hangi yolda göstermeyi, yelkenlerini hangi yöne açmayı bilmeden, deniz ortasında kaldıklarında delikanlıları sarıveren o duraksamalarla uğraşmış olabilirdi artık. Önceleri işine bütün gücüyle sarılmayı istediyse de birtakım bağlantılar kurma ihtiyacıyla hemen kararını değiştirdi, kadınların toplumsal hayata ne kadar etkisi olduğunu anladı. Bu hayatta kendisini koruyacak kadınları bulmak için, büyük adamlar dünyasına girmeye birden karar verdi. Hoş bir eda ve kadınların seve seve büyüsüne kapılıp gittikleri bir cins sihirli güzellikle zekâsı ve ateşi artmış ince görüşlü bir delikanlı için sanki eksik miydi böyleleri? Bu düşünceler aklına kırlar ortasında, kendisini pek değişmiş bulan kız kardeşleriyle güle oynaya yaptığı gezintiler sırasında gelmişti. Bir zamanlar saraya gelin gitmiş halası, Madam de Marcillac, sarayda seçkin kişiler tanımıştı. Gözü yüksekte bulunan genç, halasının pek sık anlatmış olduğu anılarda, hiç değilse hukuk okulunda giriştiği kadar önemli, bir sürü toplumsal zafer yollarını birden gördü. Yine de canlandırılabilecek olan akrabalık bağları hakkında kadını sorguya çekti. Yaşlı kadın, soy sop ağacının dallarını sarstıktan sonra, zengin akrabaların bencil tayfası arasında yeğenine el uzatabilecek olan bütün kimselerden, Madam la Vikontes de Beausèant'ın en az inatçı olacağına karar verdi. Bu genç kadına eski üslûpta bir mektup yazdı. Bu mektubu, Vikontes'in gözüne girerse, kendisini öteki akrabaları ile de tanıştıracağını söyleyerek, Eugène'e verdi. Paris'e gelişinden birkaç gün sonra, Rastignac halasının mektubunu tutup Madam de Beausèant'a yolladı. Vikontes ertesi gün için bir balo davetiyesi ile karşılık verdi.

1819 Kasımının sonunda burjuva pansiyonunun genel durumu böyleydi. Birkaç gün geçince Eugène, Madam de Beaseant'ın balosuna gittikten sonra eve, gecenin saat ikisine doğru döndü.

Kaybolmuş zamanı kazanmak için kahraman öğrenci, dans ettiği sıra kendi kendine, sabaha kadar çalışacağına dair söz vermişti. Geceyi bu sessiz mahallenin ortasında ilk olarak uykusuz geçirecekti, dünya saltanatlarını görerek kendisini gücün çekimine sahte bir gücün çekimine bırakmıştı çünkü. Akşam yemeğini Mme Vauquer'in evinde yemişti. Bu yüzden pansiyon kiracıları balodan onun ancak ertesi sabah gün doğarken, hani bir zamanlar Prado şenliklerinden ya da Odeon balolarından döndüğü gibi, ipek çoraplarını çamur içinde bırakarak ve iskarpinlerini yamru yumru ederek döneceğine inanmışlardı.

Sürgüyü sürmeden önce Christophe, sokağa bakmak için kapıyı açmıştı. Rastignac işte bu anda geldi, arkasında oldukça gürültü eden Christophe olduğu halde, gürültü etmeden odasına çıkabildi. Eugène soyundu, ayağına terliklerini geçirdi, sırtına kötü bir redingot aldı, çalı çırpı ateşini yaktı, hemen çalışmaya hazırlandı. O kadar ki Christophe kaba kundurularının gürültüsü ile delikanlının hafif gürültülü hazırlıklarını bastırdı. Eugène hukuk kitaplarına gömülmeden önce birkaç dakika düşünceye daldı. Madam la Vikontes de Beauseant da, evi Eren–Germain semtinin en güzel evi sayılabilen, Paris modasının kraliçelerinden birini tanımıştı. Zaten bu kadın, gerek adı ve gerekse serveti bakımından, kibarlar dünyasının en önemli kişiliklerinden biriydi. Zavallı öğrenci, halası de Marcillac sayesinde bu evde pek hoş karşılanmıştı ama ne de olsa bu ilginin önemini kavrayamamıştı. Bu parlak salonlara kabul edilmek yüksek bir soyluluk demekti. En kapalısı sayılan bu topluluğa girince, her tarafa gitmek hakkını da kazanmıştı. Bu parlak topluluk içinde gözleri kamaşmış, Vikontes'le de ancak birkaç kelime konuşabilmiş olan Eugène, bu gözde salonu dolduran Parisli tanrıçalar yığını arasında, bir delikanlının hemen delicesine gönül verebileceği bu kadınlardan birini seçmekle yetinmişti. Kontes Anastasie de Restaud, uzun boylu ve hoş endamlı, Paris'in en güzel kadınlarından biri sayılıyordu. İri kara gözler, çok güzel bir el, iyi yaratılmış bir ayak, ateşli hareketler, Marki de Bonquerolles'un saf kan bir at dediği bir kadın getiriniz göz önüne. Bu sinir inceliği üstünlüğüne hiçbir gölge düşürmüyordu; dolgun ve yuvarlak şekilleri vardı. Fakat şişman diye nitelendirilemezdi. Saf kan at, cins kadın, bu deyimler gök meleklerinin, 'ossianique' yüzlerin, züppelik tarafından 'reddedilmiş bütün eski aşk mitolojisinin yerine geçmeğe başlıyordu. Fakat Madam Anastasie de Restaud, Rastignac için arzu edilebilir kadın oldu. Yelpaze üzerine yazılmış kavalyeler listesinde iki dans turu sağlamış, ilk kontrdans sırasında da onunla konuşabilmişti.

Kadınların pek hoşuna giden o coşkun sesle birden:

– Bundan sonra sizi bir daha görme şerefine nerede erişebilirim efendim? diye sormuştu.

Kontes:

– Orman'da, Bouffonlarda, kendi evimde, istediğiniz her yerde Mösyö Rastignac... diye cevap vermişti.

Ve serüven düşkünü güneyli, bir delikanlı bir kontrdans ve bir vals sırasında bir kadınla ne kadar içli dışlı olursa bu güzelim Kontesle işte o kadar içli dışlı olmuştu. Madam de Beausèant'ın yeğeni olduğunu söylediği için, büyük bir bayan olarak gördüğü bu kadın tarafından çağrıldı, böylece evine girip çıkma hakkını kazandı. Rastignac kadının kendisine yolladığı gülümsemeye bakarak, ziyaretinin zorunlu olduğu fikrine kapıldı. Büyüklerinin zaferi içinde yaşayan ve Leydi Brandon, Düşes de Langeais, Kontes de Kergarouet, Madam de Lanty, Markiz d'Aiglemont, Madam Firmiani, la Markiz de Listomere ve la Markiz d'Espard, Düşes de Maufrigneuse ve Grandliuler gibi, en kibar kadınlar arasında boy gösteren çağın ünlü küstahlarınca, Maulincourtlar'ca, Ronquerolleler'ce, Maxime de Trailleler'ce, de Marsaylar'ca, Ajuda Pintolar'ca, Vandenesseler'ce öldürücü kusur sayılan bilgisizliği, bilgisizliğiyle alay etmemiş olan bir adama rastlamanın mutluluğuna ermişti. Bereket versin ki saf öğrenci, Düşes de Langeais'nin âşığına, kendisine Kontes de Restaud'nun Helder sokağında oturduğunu söyleyen, bir çocuk kadar sade generalle, Marki de Montriveau'yla karşılaştı. Genç olmak, hayata susamış bulunmak, bir kadını tutkuyla istemek ve iki evin kendisi için açıldığını görmek! Vikontes Beausèant'ın evinde Eren-Germain mahallesine ayak basmak, Kontes de Restaud'nun evinde Antin Yolu'na diz sürmek! İç içe geçmiş Paris salonlarına bir anda dalıvermek ve buralarda bir kadının gönlünde yardım ve destek görerek kendini güzel delikanlı sanmak! Düşmeyeceğine inanan bir cambaz güveni içinde üzerinde yürümesi gerekli sert ipe, şöyle sıkı bir tekme savuracak kadar kendini tutkulu hissetmek, sevgili bir kadında kendini alıp götürecek olanların en iyisini bulmak! Bu düşünceler içinde ve bir çalı çırpı ateşi yanında, hukuk ile yoksulluk arasında, yükseklere çıkan bir kadının önünde kim Eugène gibi gelecek düşlerine dalmaz, bu geleceği başarı ile donatmazdı! Uçarı düşüncesi gelecek zevkleri öylesine bir güçle tasarlıyordu ki kendisini, Madam de Restaud'nun yanında sanıyordu ki bu sırada Eren Joseph'in bağırışına benzer bir iç çekişi gecenin sessizliğini bozdu, delikanlının yüreğinde can alıp veren bir adamın hırıltısını andıran bir yankı uyandırdı. Yavaşça kapısını açtı ve koridora çıkınca, Goriot Baba'nın kapısının altında bir ışık çizgisi gördü. Eugène komşusunun keyifsiz olmasından korktu, gözünü anahtar deliğine yaklaştırdı, odaya baktı ve sözde tel şehriyecinin gece vakti yaptığını kılı kırk yararcasına incelemekle, topluma hizmet edeceğini düşünmeksizin kendisine pek garip gelen işlerle uğraşıyor gördü ihtiyarı. Devrilmiş bir masanın kenarına bir tabakla altın yaldızlı bir çorba kâsesini bağlamış bulunan Goriot Baba, bu türlü türlü oymalı takımları halat gibi bir şeye sarıyor, öyle güçle sıkıyordu ki bunları sanki külçe haline getirmek için yapıyordu besbelli.

Bu halat yardımı ile yaldızlı gümüşü bir hamur gibi sessiz sessiz yoğuran ihtiyarın damarlı kollarını görünce Rastignac içinden:

– Vay be!.. Ne adammış! dedi.

Eugène bir an doğrularak:

– Yoksa bu adam işini daha güvenli yapmak için, ahmaklık eden zayıflık gösteren, hatta dilenci gibi yaşayan bir hırsız ya da bir hırsız yatağı olmasın? dedi.

Öğrenci gözünü yeniden anahtar deliğine dayadı. Halatını

açmış olan Goriot Baba, gümüş külçesini aldı, örtüsünü yaydıktan sonra külçeyi masanın üzerine koydu. Bu külçeyi yuvarlak çubuklar haline getirmek için çalıştı, inanılmaz bir kolaylıkla işi yapıp bitirdi.

Yuvarlak çubuk hemen tam bir kusursuz biçim alınca, Eugène kendi kendine:

"Bu adamda sanki Polonya'nın efsanevi kralı Auguste'ün gücü var..." demekten kendini alamadı.

Goriot Baba eserine üzüntülü bir şekilde baktı, gözlerinden yaşlar boşandı. Bu yaldızlı gümüşü ışığında külçe haline getirmiş olduğu ince mumu söndürdü, Eugène de adamcağızın içini çekerek yattığını duydu.

Öğrenci: "Bu adam delirmiş!" diye düşündü.

Goriot Baba yüksek sesle:

"Zavallı çocuk!" dedi.

Rastignac bu söz üzerine, bu olay hakkında hiçbir şey söylememeyi, komşusunu yersiz bir şekilde suçlamanın doğru olmayacağını düşündü. Odasına gidecekti ama bu sırada tahmini güç ve merdivenden çıkan, kalın ökçeli ayakkabı giyen kimseler tarafından yapılması gereken bir gürültü duydu birden. Eugène kulak kabarttı ve doğrusu, iki adamın birbiri ardından gelen soluklarını duydu. Ne kapı gürültüsünü ne de adamların ayak seslerini duymadan, birden ikinci katta, Mösyö Vautrin'in odasında zayıf bir ışık gördü.

İçinden:

"Bir burjuva pansiyonunda ne sırlar varmış da haberimiz yokmuş..." dedi. Birkaç basamak indi, dinlemeye koyuldu ve kulağına para sesi geldi. Az sonra ışık söndü, kapıdan ses gelmediyse de yeniden iki soluk duyuldu. Sonra, iki adam aşağıya indikçe gürültü giderek azaldı.

Mme Vauquer, odasının penceresini açarak:

– Kim o? diye bağırdı.

Vautrin kalın sesiyle:

– Benim, Mme Vauquer, diye karşılık verdi.

Eugène odasına girerken:

– Tuhaf şey! Christophe kapıyı sürgülemişti dedi. Etrafında olup biteni iyice görmek için insan Paris'te uyanık durmalı.

Bu basit olaylara kapılıp tutkulu aşk düşüncesinden uzaklaşarak çalışmaya başladı. Goriot Baba hakkında içinde uyanan kuşkularla, hele parlak bir kaderin habercisi gibi zaman zaman karşısına dikilen Madam de Restaud'nun yüzüyle uğraşa uğraşa sonunda yatağına yattı ve yumrukları sıkılı bir halde uyudu. Delikanlılar çalışmaya adadıkları on gecenin yedisini uykuda harcarlar. Sabaha kavuşmak için yirmi yaşını geçmiş olmak gerekir.

Ertesi sabah Paris yoğun bir sise teslim olmuştu. Bu Parislilerin yabancı olduğu bir durumdu.

İş görüşmeleri olmaz, öğle saati çaldığında millet daha saat sekiz sanır. Saat dokuz buçuk olmuş, Mme Vauquer ise henüz yatağından kalkmamıştı. Christophe'la tombul Sylvie, onlar da gecikmişler, pansiyon kiracılarına ayrılmış, Mme Vauquer bu haksızlığı görmesin diye, Sylvie'nin uzun uzadıya kaynattığı sütün kaymaklı taraflarıyla hazırlanmış kahvelerini keyifle içiyorlardı.

Christophe, ilk kızarmış ekmeğini kahvesine batırdı.

– Sylvie, dedi, kim ne derse desin gene de iyi bir adam olan Mösyö Vaurin, bu gece yeniden, iki adamla görüştü. Mme Vauquer, bundan rahatsız olur, en iyisi kendisine hiçbir şey söylememeli.

– Sana bir şey verdi mi?

– Susayım diye bu ay için beş sous verdi.

Sylvie:

– Elleri sıkı olmayan Vautrin ile Madam Couture bir yana, diğerleri yılbaşı günü bize sağ elle verdiklerini, sol elle geri almak isterler, dedi.

Christophe:

– Hem de ne verirler? dedi, beş sousluk kötü bir para. Bak Goriot Baba ayakkabılarını iki yıldır kendisi boyuyor. Şu Poiret denen cimri, boyacıyım diye geçiniyor ama boya bulsa ayakkabılarını boyayacak yerde içer bu boyayı, öğrenci denen uyuza gelince, bana kırk sous veriyor. Kırk sous fırçalarıma bile yetmez benim, üstelik eski elbiselerini de satıyor.

– Ne yerler be! Şaşıyorum doğrusu.

Sylvie, hafif hafif kahvesini yudumlayarak;

– Boş veeer! dedi. Yerimiz gene de semtin en iyi yeri. İnsan rahatlıkla geçinip gider burada. Ha, Christophe sana bir şey dediler mi? Vautrin dede hakkında.

– Evet. Birkaç gün önce sokakta bir adama rastladım, bana "sizin evde favorilerini kendi boyayan şişman bir adam oturuyor mu?" diye sordu. Ben de "hayır efendim, o favorilerini boyamaz. Onun kadar neşeli bir adamın, öyle favorilerini boyamağa falan vakti olmaz" dedim. Bunu Mösyö Vautrin'e söyledim de, bana "iyi etmişsin, oğlum! Hep böyle karşılık ver. Kusurlarımızı ortaya sermek kadar kötü bir şey yoktur. Sonra evlenecek kadın bulamayız" dedi.

– Beni de çarşıda rahat bırakmadılar. Onu, gömleğini giyerken görüp görmediğimi sorarak benden laf almak istediler.

Sonra durdu ve ekledi:

– Bak, Val–de–Grâce'da saat ona çeyrek kalayı bildiriyor ama kimsenin yerinden kımıldadığı yok.

– Boş ver! Hepsi de çıkıp gitti. Madam Couture'le genç kızı daha saat sekizde gittiler. Eren–Etienne kilisesine Tanrı'ya dua etmeye. Goriot Baba, elinde bir paketle çıktı. Öğrenci ancak dersten sonra, saat onda dönecek. Hepsinin gittiklerini merdivenleri temizlerken gördüm. Goriot Baba taşıdığı paketle bana çarptı, paket de demir gibi sertti doğrusu. Bu adamcağız ne iş yapıyor acaba? Ötekiler onu topaç gibi çeviriyorlar ama o, gene de iyi bir adam, hatta öbürlerinin hepsinden iyi. Pek bir şey vermez; ama beni ara sıra evlerine gönderdiği kadınlar bahşiş verirler, hem bu kadınların kıyafetlerinin güzelliği alabildiğine göz alıcıdır.

– Kızlarım dediği kadınlar, bir düzine kadar değil mi?

– Ben bunlardan sadece ikisine gittim, onlar da buraya, babalarına gelenlerdi.

– Hanım kımıldanmaya başladı. Şimdi dırdıra başlar, odasına gitmeliyim. Sen de süte bak Christophe, kediye de göz kulak ol.

Sylvie, hanımının yanına çıktı.

– Aman Tanrım! Sylvie, saat ona çeyrek var, bir çocuk gibi uyutmuşsun beni. Böylesi de hiç başıma gelmemişti.

– Bıçakla kesilecek kalınlıkta sis var ortada.

– Sabah kahvaltısı hâlâ hazır değil mi? Bırak şimdi sisi.

– Amaan! Kiracılarınızın yerinde durması mümkün değilmiş, sabah olmadan çekip gitti hepsi.

Mme Vauquer:

– Doğru konuş Sylvie, dedi. Sabah karanlığında desen daha doğru olur.

– Olur, madam, nasıl isterseniz öyle konuşurum. Siz de saat onda sabah kahvaltısı ediyorsunuz zaten. Michonette'le Poireau yerlerinden kımıldamadılar. Evde sadece onlar var, uyuşmuş bir halde uyuyorlar.

– Ama Sylvie, bu ikisinden öyle bahsediyorsun ki sanki şeymiş gibi...

Sylvie kaba bir kahkaha attı.

– Neymiş gibi, dedi. İşte ikisi bir çift olmuş.

– Tuhaf değil mi? Sylvie,

Sylvie:

Christophe kapının sürgüsünü çektikten sonra Mösyö Vautrin bu gece nasıl içeri girdi?

– Zannettiğiniz gibi değil Madam. Mösyö Vautrin'in geldiğini işitti de kapıyı açmak için aşağı indi. Sizin sandığınız şey de bakın...

– Bana gömleğimi ver, sonra da çabuk git bak yemeğe. Koyun etinden kalanla patatesli bir şeyler hazırla. Pişmiş armut da çıkar, hani tanesi yirmi kuruş olanlardan.

Az sonra, Mme Vauquer aşağıya indi. Tam da o sırada kedisi bir çanak sütün üzerindeki tabağı devirip sütü hızlı hızlı içmeye başladı.

– Mistigris! diye bağırdı kadın.

Kedi kaçtı, sonra gelip bacaklarına sürtündü.

– Evet, evet, sürtün bakalım seni gidi koca haylaz, dedi. Sonra bağırdı,

– Buyurun, ne oldu, madam?

– Baksana, kedi neler yapmış.

– Şu Christophe denen hayvanın kabahati bu. Sofrayı hazırla demiştim ona. Nereye gitti acaba? Üzülmeyin, Madam; Goriot Baba'nın kahvesi olur. İçine su koyarım, anlamaz bile. Hiçbir şeye dikkat etmiyor zaten, yediğine bile.

Mme Vauquer tabakları yerleştirirken:

– Şu soytarı herif, acaba nereye gitti yine? diye sordu.

– Bilmek mümkün mü? Her tarakta bezi vardır o herifin.

Mme Vauquer:

– Çok uyumuşum, dedi.

– Bunun için de gül gibi tazesiniz, madam.

Bu sırada kapının zili çaldı, Vautrin o kalın sesiyle şarkı söyleyerek salona girdi:

"Yıllarca dolaştım ben dünyayı yıllarca,

Ve her yerde görüldüm ben..."

Ev sahibesini görüp, çapkınca kollarına atılarak:

– Vay! Vay! Günaydın, Vauquer Anne, dedi.

– Aman, bırakın canım...

– Terbiyesiz adam, dedi. Haydi, böyle söyleyin. Bunu demeğe can atıyorsunuz ha? Bakın, sofrayı sizinle beraber hazırlayacağım. Nasıl? Kibar bir insanım değil mi? Evet hazırlayacağım.

Mercimeği fırına vermek esmerle kumralla

Sevmek, ah çekmek...

Garip bir şey gördüm...

...............................tesadüfen.

Dul kadın:

– Ne gördün? diye sordu.

– Goriot Baba, saat sekiz buçukta Dauphine sokağında, eski sofra takımları ve sırmalar satın alan kuyumcudaydı. Aptal olmayan bir adam için oldukça mükemmel şekilde külçe haline getirilmiş, bir tomar gümüş sofra takımını iyi bir paraya sattı ona.

– Bu doğru mu?

– Evet. Arkadaşlarımdan Krallık Vapurları'ndan biriyle yurt dışına çıkan birini uğurladıktan sonra buraya dönüyordum. Göreyim diye Goriot Baba'yı bekledim. Tek amacım vardı: o da gülmek. O mahallede, Gres sokağına geldi, Gobseck adında, herkesçe bilinen tefecinin dükkânına girdi, babasının kemiklerinden domino yapabilecek, müthiş bir adamdır bu; bir Yahudi, bir Arap, bir Rum, bir Çingene, asla soyulmayan bir adamdır, paralarını banka'ya yatırır.

– Ne iş yapar bu Goriot Baba?

Vautrin:

– Hiçbir iş yapmıyor, dedi. Para bozduruyor. Kadınlar için kendisini mahvedecek kadar ahmağın biri d...

Sylvie:

– Geldi işte, dedi.

Goriot Baba:

– Christophe, benimle beraber yukarı gel, diye bağırdı.

Christophe Goriot Baba'nın arkasından yukarı çıktı, az sonra da aşağı indi.

Mme Vauquer uşağına:

– Yolculuk nereye? diye sordu.

– Mösyö Goriot'nun mektubunu götürüyorum.

Vautrin üzerinde, Madam la Kontes Anastasie de Restaud sözlerini okuduğu mektubu Christophe'un ellerinden çekip alarak:

– Bu da neyin nesi? diye sordu.

Mektubu yeniden Christophe'a uzatarak

– Nereye gidiyorsun? dedi.

– Helder sokağına... Mektubu yalnızca Madam la Kontes'e vermem söylendi.

Vautrin mektubu ışığa tutarak:

– Bunun içinde ne var? dedi. Bir banknot mu? Hayır -zarfı açtı... Ödenmiş bir senet, diye bağırdı. Vay be! Amma da kibarmış bunak doğrusu.

Geniş eliyle, Christophe'un kafasını avuçlayıp, onu olduğu yerde bir topaç gibi döndürerek:

– Haydi, git, koca tilki, dedi. İyi bir bahşiş koparacaksın.

Sofra hazırlanmıştı. Sylvie sütü kaynatıyordu. Mme Vauquer, hâlâ:

"Yıllarca dolaştım ben dünyayı yıllarca,

Ve her yerde görüldüm ben..." diye şarkı söyleyen Vautrin'in yardımı ile sobayı yakıyordu. Her şey tamamlanınca, Madam Couture ile Matmazel Taillefer içeri girdiler.

Mme Vauquer Madam Couture'e:

– Sabah sabah nereden geliyorsunuz böyle, a güzelim? diye sordu.

– Saint–Etienne du Mont'da dualarımızı ettik. Bugün Mösyö Taillefer'e gidiyoruz ya!

Madam Couture sobanın önüne oturup, duman çıkan ayakkabılarını da sobanın ağzına yaklaştırarak:

– Zavallı kız, yaprak gibi titriyor, dedi.

Mme Vauquer:

– Haydi ısın, Victorine.

Vautrin yetim kıza bir sandalye uzatarak

– Babanızın kalbini yumuşatması için Ulu Tanrı'ya dua etmek, iyi bir şeydir kızım. Ama bu yetmez. Bu pis herife, söylendiğine göre, üç milyonu olan ama size drahoma vermeyen bu alçak adama haddini bildirecek bir dost lâzım. Bu zamanda güzel bir kızın drahomaya ihtiyacı vardır.

Mme Vauquer:

– Zavallı çocuk! dedi. Ne var ki babanız kendi felaketini, kendi eliyle hazırlıyor.

Bu sözler duyunca, Victorine'in gözleri doldu, dul kadın da Madam Couture'un kendisine yaptığı bir işaret üzerine sustu.

Komiserin dul karısı:

– Onu bir görebilsem ah! Kendisiyle konuşabilsem, karısının son mektubunu eline verebilsem, dedi. Mektubu posta ile göndermeye cesaret edemedim; el yazımı tanır...

Vautrin sözünü keserek:

– Suçsuz, kötü talihli ve mazlum kadınlar! diye bağırdı. Zor durumdasınız değil mi? Birkaç güne kadar işlerinizle ilgileneceğim, her şey düzelecek merak etmeyin.

Victorine Vautrin'e hem ıslak hem de ateşli ama adamı hiç etkilemeyen bir bakışla:

– Ah, efendim, dedi. Babama ulaşmanın bir yolunu bulursanız, kendisine onun sevgisiyle annemin şerefinin, benim için dünyanın tüm zenginliklerinden daha değerli olduğunu söyleyin. Kalbini biraz yumuşatabilirseniz, sizin için Tanrı'ya dua ederim. Hiç şüpheniz olmasın ki bir minnettarlığın...

Vautrin alaycı bir sesle:

"Yıllarca dolaştım ben dünyayı yıllarca..." diye şarkı söyledi.

Bu sırada, Goriot, Matmazel Michonneau, Poiret, belki de Sylvie'nin koyun etinden kalanları hazırlamak için yaptığı salçanın kokusuna kapılarak, aşağı indiler. Yedi kiracının "günaydın,

günaydın" diyerek sofra başına geçtikleri sırada, saat onu göste-
riyordu. Sokakta öğrencinin ayak sesleri duyuldu.

Sylvie:

– Eee, Mösyö Eugène, dedi. Bugün herkesle beraber yiyecek-
siniz.

Öğrenci pansiyon kiracılarını selamladı, sonra Goriot Ba-
ba'nın yanına oturdu.

Koyun etinden bolca alarak ve Mme Vauquer'in hep göz
ucuyla baktığı ekmekten bir parça keserek:

– Bugün başımdan tuhaf bir macera geçti, dedi.

Poiret:

–Bir macera mı? diye sordu.

Vautrin Poiret'ye:

– Neden şaşırdın ki yaşlı bunak, dedi.

Efendi, böylesi serüvenler yaşamak için gelmiştir dünyaya.

Matmazel Taillefer genç öğrenciye çekinerek şöyle bir baktı,

Mme Vauquer:

– Anlatın bakalım maceranızı, dedi.

– Dün gece, Madam la Vikontes de Beausèant'ın balosunday-
dım, kendisi yakınımdır. Muhteşem bir konağı, ipek döşeli oda-
ları var. Kısaca bize öyle bir ziyafet verdi ki krallar gibi eğlendim
orada...

Vautrin birden sözünü kesti:

– Kralcık gibi, dedi.

Eugène, hemen:

– Bayım, ne demek istiyorsunuz? diye atıldı.

– Kralcık diyorum, Kralcıklar Krallardan daha çok eğlenirler
de ondan.

Her şeyi hemen onaylayan Poiret:

– Doğrudur, kral olmaktansa küçük bir kuş olmak isterdim

çünkü...

Öğrenci onu susturup sözüne devam etti:

– Neyse, dedi. Balonun en göz alıcı kadınlarından biriyle, göz kamaştıran, hayatımda gördüğüm kadınların en hoş olanıyla dans ediyordum. Başında şeftali çiçekleri vardı. Bir yanına da havaya güzel kokular saçan doğal çiçek demetleri iliştirmişti; fakat sözle anlatamam! Dans ederken kendinden geçmiş bir kadını anlatmak imkânsızdır. Oysa bu sabah, saat dokuz sularında, bu tanrısal Kontes'e yaya olarak rastladım, Grès sokağında, görmez miyim? Ah! kalbim durdu sanıyordum ki...

Vautrin, öğrenciye derin bir bakışla...

– Buraya geldiğini sanıyordunuz, dedi. Gobseck Baba'ya, bir tefeciye gidiyordu besbelli. Paris'teki kadınların yüreklerini eşelerseniz, âşıktan önce tefeciyi bulursunuz orada. Sizin Kontesin adı Anastasie de Restaud'dur, Helder sokağında oturur.

Bu söz üzerine, öğrenci Vautrin'e dik bir bakışla baktı. Goriot Baba birden başını kaldırdı, konuşan iki adama pansiyon kiracılarını aptallaştıran ve endişeli, bir bakışla...

Goriot, acıyla bağırdı:

– Christophe, oraya geç varacak! Demek ki gitmiş.

Vautrin Mme Vauquer'in kulağına eğilerek:

– Anladım, diye fısıldadı.

Goriot, makine gibi ve ne yediğini bilmeden yemek yiyordu. Şu anda göründüğü kadar sersem ve dalgın görünmemişti hiçbir zaman.

Eugène:

– Bay Vautrin, onun adını size, size kim söyledi?, diye sordu.

Vautrin cevap verdi:

– Goriot Baba biliyor ya! Ben neden bilmeyeyim?

Öğrenci:

– Mösyö Goriot biliyor mu?, diye bağırdı.

Zavallı ihtiyar:

– Nasıl, çok mu güzeldi dün?, diye sordu.

– Kim?

– Madam de Restaud.

Mme Vauquer Vautrin'e:

– Şu ihtiyar zamparaya bir baksanıza, nasıl da parlıyor gözleri!

Matmazel Michonneau yavaş bir sesle öğrenciye:

– Yoksa kadına bu mu bakıyor? diye sordu.

Goriot Baba'nın yiyecekmiş gibi baktığı Eugène:

– Ah! Evet, müthiş güzeldi, dedi. Eğer Madam de Restaud orada bulunmasaydı, benim tanrısal Kontesim balonun kraliçesi olurdu. Delikanlıların gözü yalnız ondaydı; listesine on birinci adam olarak yazılmıştım, bütün kontrdanslara kalkıyordu. Öteki kadınlar öfkelerinden kuduruyorlardı. Dün mutlu bir insan varsa, herhalde o ta kendisiydi. 'Yelkenli gemiden, dörtnala giden attan ve dans eden kadından daha güzel hiçbir şey olmadığı' sözü çok doğru bir sözdür.

Vautrin:

– Dün bir Düşesin evinde, çarkın tepesinde bulunuyordu, dedi. Bu sabah ise basamağın en altında, bir tefecinin yanında. Paris kadınları böyledir işte. Kocaları çılgın lükslerini sağlayamazlarsa, satarlar kendilerini. Eğer kendilerini satmayı beceremezlerse, daha güzel bir şey bulmak umuduyla analarının karınlarını deşerler. Diyeceğim yapmayacakları şey yoktur.

– Belli, belli!

Goriot Baba'nın, öğrenciyi dinlerken güzel bir günün güneşi gibi aydınlık olan yüzü, Vautrin'in bu öldürücü sözleri karşısında birden karardı.

Mme Vauquer:

– Peki, sizin başınızdan geçen macera nerede? Kendisiyle konuştunuz mu? Hukuk öğrenimini isteyip istemediğini sordunuz mu?

Eugène:

– Beni görmedi, diye karşılık verdi. Yalnız Paris'in en güzel kadınlarından birine, sabahın saat ikisinde balodan eve dönmesi gereken bir kadına Grès sokağında, saat dokuzda rastlamak, tuhaf değil mi? Böyle şeyler insanın başına ancak Paris'te gelir.

Vautrin:

– Amaan sende, çok daha tuhaf şeyler olur burada, diye bağırdı.

Matmazel Taillefer'in aklı yapacağı girişimle öyle doluydu ki zor duymuştu. Madam Couture gidip giyinmesi için kendisine işaret etti. İki kadın çıkarken, Goriot Baba da onları izledi.

Mme Vauquer Vautrin'le öbür kiracılarına:

– Nasıl, gördünüz mü onu? diye sordu. Bu kadınlar uğruna, hayatını mahvettiği gün gibi ortada.

Öğrenci:

– Güzel Kontes de Restaud'nun kendisini Goriot Baba'ya teslim ettiğini, bana asla kabul ettiremezsiniz.

Vautrin sözünü keserek şöyle dedi:

– Fakat sizi buna inanın diye zorlamıyoruz. Paris'i iyice tanımayacak kadar gençsiniz henüz; günün birinde bu şehirde adına dertli kimseler denenlerle karşılaşılacağını da öğreneceksiniz.

Bu sözler üzerine Matmazel Michonneau Vautrin'e anlayışlı bir bakışla baktı. Sanki boru sesini duyunca zıplayan bir alay beygirini andırıyordu.

Vautrin derin bir bakışla ona baktı. Sözünü keserek:

– Evet, öyle, dedi. Biz de büyük küçük dertlere düşmedik mi sanki?

İhtiyar kız, çıplak heykel gören bir rahibe gibi gözlerini yere kaçırdı.

Vautrin:

– Evet, dedi. Böyle insanlar bir düşünceye kapılırlar ve bundan bir türlü kendilerini kurtaramazlar. Belli bir kaynaktan alınan ve çoğu zamanda kokuşmuş bir suyu isterler. Bu kaynaktan içmek için, karılarını, çocuklarını satarlar; ruhlarını şeytanın hizmetine sunarlar.

Kimileri için bu kaynak, kumardır, borsadır, bir tablo, ya da böcek koleksiyonudur, müziktir. Kimileri için de kendilerine tatlılar yapan bir kadındır. Bu gibi adamlara, dünyanın bütün kadınlarını sunabilirsiniz. Ama asla değer vermezler ancak tutuldukları derde çare olan kadınları isterler. Bu kadın, çok zaman kendilerini hiç sevmez, onlara kötü davranır, zevk kırıntılarını pek pahalıya satar; böyle olduğu halde, bizim maskaralar bıkmazlar, kadına son kuruşlarını vermek için, son yorganlarını bile emniyet kasasına yatırırlar. Goriot Baba da bu adamlardan biri işte. Kontes, sessiz olduğu için adamı soyuyor, böyledir burjuva dünyası işte! Zavallı adam sürekli onu düşünüyor. Görüyorsunuz, aşkının dışında budalanın biri. Ona bu konuyu açtığınızda, yüzü bir elmas gibi ışıltılar saçar. Bu sırrı anlamak zor değil... Bu sabah yaldızlı gümüş takımını, külçe yapmak için götürdü. Onu, Grès sokağındaki tefeci Gobseck'in dükkânına girerken gördüm. Beni dinleyin! Buraya dönünce borcu ödenmiş bir senedin bulunduğu mektubun adresini bize gösteren şu alık Christophe'u kalkıp Kontes de Restaud'nun evine yolladı. Şu kesin ki Kontes ihtiyar tefeciye gittiğine göre, acelesi vardı. Goriot Baba onun borcunu kibar şekilde ödedi. Bunu anlamak için fazla düşünmeye gerek yok. Genç öğrencim, bu size şunu gösterir ki Kontesiniz güler, dans eder, cilveler yapar, şeftali çiçeklerini sallar ve elbisesini düzeltirken, dendiğine göre, kendisinin protesto edilmiş borç senetlerini ya da sevgilisininkileri düşünerek aklı başından gidiyormuş.

Eugène:

– Gerçeği öğrenmek için ben de müthiş bir merak uyandırıyorsunuz. Yarın Madam de Restaud'nun evine gideceğim, diye bağırdı.

Poiret:

– Evet, yarın Madam de Restaud'nun evine gitmeli.

– Belki orada ince davranışlarının karşılığını almağa gidecek olan, iyi yürekli Goriot Baba'yı bulursunuz.

Eugène suratını iyice ekşiterek:

– Şu halde, dedi. Paris'iniz bir pislik yuvası desenize?

Vautrin:

– Hem de tuhaf bir bataklık, diye karşılık verdi. Burada, araba içinde çamura batanlar namuslu kişilerdir, yaya olarak çamura batanlar ise namussuzlardır. Bu bataklıktan herhangi bir şey alın isterseniz. Adliye Sarayı'nın meydanında hemen gösterilirsiniz. Bir milyon çalın salonlarda bir fazilet örneği olarak gösterebilirsiniz. Bu ahlak düzenini devam ettirmek için jandarma ile adalete otuz milyon ödüyorsunuz... Harikulade!

Mme Vauquer:

– Ne! diye bağırdı. Goriot Baba yaldızlı gümüş yemek takımını eritti mi?

Eugène:

– Kapağında iki kumru yok muydu? diye sordu.

Eugène:

– Tamam o.

– Herhalde bu takımı çok seviyordu. Kâse ile tabağı külçe haline getirtince ağladı. Tesadüfen gördüm, dedi.

Dul kadın:

– Canı gibi seviyordu onu, diye karşılık verdi.

Vautrin:

– Adamcağıza bakın hele, tutkuları ne kadar kuvvetli diye bağırdı. Bu kadın onun ruhunu esir almayı biliyormuş doğrusu.

Öğrenci odasına, Vautrin sokağa çıktı. Birkaç dakika sonra, Madam Couture ile Victorine, Sylvie'nin gidip kendileri için tuttuğu bir kira arabasına bindiler. Poiret kolunu Matmazel Michonneau'ya uzattı, birlikte günün iki güzel saati boyunca Bitkiler Bahçesi'nde dolaşmağa çıktılar.

Tombul Sylvie:

– Vay vay, hele bakın şu çifte kumrulara, dedi. Bugün ilk olarak birlikte çıkıyorlar sokağa, ikisi de o kadar kuru ki, hani birbirlerine çarpsalar, bir çakmak gibi ateş çıkaracaklar.

Mme Vauquer gülerek:

– Matmazel Michonneau'nun atkısına bakın, dedi.

Akşamın saat dördünde, Goriot döndüğü zaman, tüten iki lambanın ışığında, Victorine'i gözleri kızarmış buldu. Mme Vauquer sabahleyin Mösyö Taillefer'e yapılmış verimsiz ziyaretin hikâyesini dinliyordu. Kız ile bu ihtiyar kadını görmekten sıkılan Taillefer onlara hadlerini bildirmek için yanına çıkmalarına izin vermişti.

Madam Couture Mme Vauquer'e:

– Hanımcığım, diyordu. Düşünün bir kere Victorine'i oturtmadı bile, kızcağız hep ayakta durdu. Bana ise kalktı, öfkelenmeden, soğuk bir şekilde, evine bir daha gitmek zahmetine katlanmamamızı; kızcağızın, kızım demiyordu, kendisini ziyaret ettiği için -canavar herif, yılda bir gidiyordu!..- ilgisini kaybettiğini Victorine'in annesi servetsiz evlendiği için, kızın da alacak hiçbir şeyi olmadığını söyledi. Sözün kısası öyle ağır sözler söyledi ki bu zavallı yavruyu hıçkıra hıçkıra ağlattı. Bunun üzerine kızcağız babasının ayaklarına kapandı, sadece annesi için yalvardığını, arzularına ses çıkarmadan boyun eğeceğini; fakat zavallı ölünün vasiyetnamesini okumasını rica ettiğini söyledi; mektubu aldı, olağanüstü güzel ve dokunaklı sözler söyleyerek babasına sundu. Bu sözleri bilmem nereden buluyordu, Tanrı söyletiyordu ona bu sözleri, çünkü zavallı yavrucak öyle kendinden geçmişti ki onu dinlerken, ben kendimi kaybetmiş şekilde ağlıyordum. Bu canavar herifin ne yaptığını bilir misiniz? Tırnaklarını kesiyordu! Zavallı Madam Taillefer'in gözyaşlarıyla ıslatmış olduğu mektubu aldı ve: 'Güzel!' diyerek fırlatıp attı ocağa. Öpeyim diye ellerine sarılan kızını, yerden kaldırdı, ellerini geri çekti. Zalimlik değil mi bu? Oğlu olacak koca alık, kız kardeşine selam bile vermeden içeri girdi

Goriot Baba:

– Yani canavar mı bunlar? diye sordu.

Madam Couture, adamcağızın uyarısına dikkat bile etmeden:

– Bundan sonra da, baba–oğul bana selam vererek ve özürler dileyerek gittiler; acele işleri varmış. Ziyaretin özeti bu... Hiç değilse, kızını gördü. Kızı nasıl inkâr ediyor, bir türlü anlamıyorum. Kızı, neredeyse kendisine iki su damlasının birbirine benzediği gibi benziyor.

Pansiyon kiracıları, gerek yatılı olanlar ve gerekse sadece yemeklere gelenler, karşılıklı olarak birbirlerine günaydın diyerek, Paris'in kimi yerlerinde, ahmaklığın temel kural sayıldığı bir tuhaf nükteden hız alan, ustalığı ise daha çok, edasında ve söyleyişinde olan ipe sapa gelmez sözler söyleyerek, peşi sıra geldiler. Bu şekil argo sürekli değişir. Bu argonun temeli olan şakanın, bir aylık ömrü bile yoktur. Siyasi bir olay, cinayet mahkemesinde görülen bir dava, sokaklara düşmüş bir şarkı, bir oyuncunun tuhaflıkları, her şey daha çok düşünceleri ve kelimeleri bir top gibi ele almaya, bunları raketlerle karşılamaya dayanan bu sözcük oyununun oynanmasına yardımcı olur. Görüş açısını panoramalardan çok daha uzak bir sınıra götüren Diorma'nın yeni buluşu, bazı resim atölyelerine, kelimelere rama hecesini katarak konuşma şakası getirmişti. Bu şakayı, Vauquer Evinin sürekli müşterisi olan genç bir ressam getirmişti.

Müze memuru:

– Eee, Mösyö Poiret, şu küçük sağlık–rama nasıl bakalım? dedi.

Sonra, yanıtı beklemeden, Madam Couture'le Victorine'e:

– Sorununuz var bayanlar, dedi

Rastignac'ın dostu, bir tıp öğrencisi, Horace Bianchon:

– Yemek yemeyecek miyiz? diye bağırdı. Mideciğim topuklarıma indi.

Vautrin:

– Müthiş bir soğuk–rama var! dedi. Goriot Baba, şöyle biraz kımıldasan. Hay aksi! Ayağınız, sobanın ağzını tamamen kaplıyor.

Bianchon:

– Mösyö Vautrin, dedi, neden soğuk–rama diyorsunuz? Bir yanlışlık var, soğuğorama denir.

Müze memuru:

– Hayır, dedi. Kural olarak soğuk–rama'dır: J'ai froi aux pieds, denir.

– Eveet! Doğru!

Bianchon, Eugène'i boynundan yakalayarak ve boğarcasına sıkarak:

– İşte davasını kaybetme hukuku doktoru, Rastignac Markisi Ekselâns, diye bağırdı. Herkese selam!

Matmazel Michonneau sessizce içeri girdi, hiçbir şey söylemeden sofradakileri selamladı, sonra da gidip üç kadının yanına oturdu.

Bianchon, Matmazel Michonneau'yu işaret ederek, alçak bir sesle Vautrin'e:

– Bu yaşlı yarasa beni her zaman ürpertiyor, dedi. Gall sistemi üzerinde duran ben, kendisinde Yehuda'nın yumrularını görüyorum.

Vautrin:

– Mösyö kendisini tanıdılar mı? diye sordu.

Bianchon:

– Ona kim rastlamamıştır ki! diye karşılık verdi. Yemin ederim, bu beyaz ihtiyar kız, bende bir taban tahtasını çürüten, o uzun kurtların etkisini bırakıyor.

Kırklık adam favorilerini sıvazlayarak:

– İşte böyle delikanlı, dedi.

"Ve güldü, yaşadı güllerin yaşadığı gibi,

Bir sabahçık..."

Poiret elinde çorba kâsesini saygılı bir şekilde tutarak içeri giren Christophe'u görünce:

– Evet! Evet! İşte enfes çorba–rama dedi.

Mme Vauquer:

– Affedersiniz efendim, lâhana çorbasıdır bu, dedi.

Bütün delikanlılar kahkahalarla, güldüler.

– Yanıldı, Poiret!

– Poirrrrret'te yanıldı!

Vautrin:

– Mme Vauquer'e iki aferin kondurun, dedi.

Memur:

– Bu sabahki sise dikkat eden oldu mu? diye sordu.

Bianchon:

– Yoğun ve eşsiz bir sisti bu, dedi. Kederli, hüzünlü, boğucu bir sis, bir Goriot sisi.

Ressam:

– Goriorama, dedi. Çünkü göz gözü görmüyordu.

– Hey! Maylord Goriot, sizden bahsediliyor.

Sofranın sonunda yemeklerin getirildiği kapının yakınında oturan Goriot Baba, kimi zaman, gene kendisini gösteren eski bir ticarî alışkanlığı ile peçetesinin altına soktuğu bir dilim ekmek parçasını koklayarak başını kaldırdı.

Mme Vauquer kaşıkların, tabakların ve seslerin gürültüsünü bastıran bir sesle sert bir şekilde ona:

– O da nesi öyle, ekmeği beğenmiyor musunuz? diye bağırdı.

Zavallıcık:

– Tam tersine Madam, birinci sınıf, Etampes unundan yapılmış, diye karşılık verdi.

Eugène ona:

– Bunu nasıl anladınız? diye sordu.

– Beyazlığından ve tadından

Mme Vauquer:

– Tadına burnunuzla bakmış olmalısınız, dedi. O kadar tutumlusunuz ki mutfağın havasını koklayarak beslenmenin yolunu bulacaksınız sonunda.

Müze memuru:

– O halde bir icat belgesi alın, diye bağırdı. Müthiş bir servet kazanırsınız.

Ressam:

– Hadi canım, bir zamanlar tel şehriyeciliği yaptığına bizi inandırmak için böyle söylüyor.

Müze memuru yeniden:

– Sizin burnunuz bir imbik mi? diye sordu.

Bianchon:

– Ne, ne? dedi.

Memur:

– İmbik, imbik!

Bu cevap salonun dört bir yanından bir yaylım ateşi hızıyla fırladı, zavallı Goriot Baba'nın bir aptal gibi, yabancı bir dili anlamağa çalışan bir adam gibi sofradakilere bakışı da ortalığı, kahkahaya boğdu.

O da yanında bulunan Vautrin'e:

– İm...ne? diye sordu.

Vautrin Goriot Baba'nın şapkasını bir yumrukla bastırıp başına geçirerek ve gözlerinin üstüne kadar indirterek:

– Ayak nasırı, babalık! dedi.

Bu ani saldırı karşısında şaşırmış bulunan zavallı ihtiyar, bir süre öylece kala kaldı.

Çorbasını bitirdiğini sanarak, Christophe'a tabağını alıp götürdü; öyle ki, Goriot, şapkasını çıkardıktan sonra kaşığını eline alınca, onu masaya vurdu. Sofrada bulunanların hepsi de kahkahalarla güldüler.

İhtiyar:

– Bayım, dedi. Pis şakalar yapıyorsunuz, eğer bana gene böyle el şakaları yaparsanız...

Vautrin sözünü keserek:

– Peki, ne olur, baba? dedi.

– Ne mi olur, bir gün bunu pek pahalıya ödersiniz sonra...

Ressam:

– Cehennemde, kötü çocukların konulduğu o karanlık köşede mi? dedi.

Vautrin, Victorine'e:

– Matmazel, hiçbir şey yemiyorsunuz. Yoksa baba inadından dönmedi mi?

Madam Couture:

– Bir felaket, dedi.

Vautrin:

– İkna etmeli onu, dedi.

Bianchon'un oldukça yakınında bulunan Rastignac:

– Fakat Matmazel yemek yemediğine göre, yemek konusunda bir dava açabilir. Bakar mısınız lütfen! Goriot Baba Matmazel Victorine'i nasıl süzüyor?

İhtiyar, zavallı genç kızın, gerçek bir acının, babasını seven ama değeri bilinmeyen çocuğun acısı bulunan yüz çizgilerine bakayım derken yemek yemeği unutuyordu.

Eugène yavaş bir sesle:

– Dostum, Goriot Baba hakkında yanılmışız. O ne bir aptal, ne de duygusuz bir insan. Senin Gall Sistemini ona uygula, hakkında ne düşündüğünü söyle bana. Bu gece yaldızlı gümüş takımını sanki balmumundanmış gibi ezip büktüğünü gördüm; hem şu anda, yüzünün hali olağanüstü duygularını ortaya çıkarıyor. Hayatı, bana incelenmeye değecek kadar esrarlı görünüyor. Evet Bianchon, boş yere gülüyorsun, şaka yapmıyorum, çok ciddiyim ben.

– Bu adam klinik bir vaka dedi. Kabul; isterse, otopsisini yaparım onun.

– Yok canım, sen onun kafasını incele.

– Tamam ama aptallığı bulaşıcıdır belki. Ertesi gün, Rastignac şık bir şekilde giyindi ve öğleden sonra saat üçe doğru, yolda delikanlıların hayatını heyecanlarla, olağanüstü derecede güzelleştiren o baş döndürücü çılgın hayallere kapılarak Matmazel de Restaud'nun evine gitti: Delikanlılar böyle anlarda ne engelleri, ne de tehlikeleri hesaplarlar, her şeyde başarı görür, yaşayışlarını yalnızca hayal güçlerinin oyunu ile şiirleştirir, gene ancak çılgın arzularında yer bulan tasarıların suya düşmesi ile kendilerini bahtsız ya da kederli bulurlar; bilgisiz ve çekingen olmasalardı, toplumsal hayat imkânsız olurdu. Eugène üstüne çamur sıçratmamak için titizlikle yürüyordu; ama Matmazel de Restaud'ya ne söyleyeceğini düşünerek yürüyor, kafasını işletiyor, hayali bir konuşmanın ince cevaplarını buluyor, üzerine geleceğini kurduğu aşk ilânına uygun küçük olaylar tasarlayarak, ince sözlerini, Talleyrand'a yaraşır cümlelerini hazırlıyordu: Öğrenci, çamura battı, Palais–Royal'da ayakkabılarını boyatmak ve pantolonunu fırçalatmak zorunda kaldı.

Başına bir felaket geleceğini düşünerek yanına almış olduğu beş sous'yu bozdururken içinden:

– Zengin olsaydım, arabayla gider, rahat rahat düşünebilirdim, dedi.

Sonunda Helder sokağına vardı ve Kontes de Restaud'yu sordu. Kapıda bir araba gürültüsü duymadan onu yaya geçerken gören uşakların alaycı bakışını, günün birinde zafer kazanacağına inanan bir adamın soğuk öfkesi ile karşıladı. Bu bakış o kadar içine işledi ki israfçı bir hayatın lüksünü ortaya döken, bütün Paris mutluluklarının alışkanlığını dile getiren, o pek süslü arabalardan birine koşulmuş, alabildiğine güzel koşumlu bir atın yeri eşelediğini gördüğü bu bahçeye girdiği zaman, durumunun acizliğini çoktan anlamıştı. Hiç yoktan neşesi kaçtı. Zihninde açılmış ve dolu bulmayı umduğu çekmeceler boştu, aptallaştı. Bir oda uşağının, gelenlerin adlarını kendisine bildirdiği Kontesin vereceği karşılığı beklerken, bekleme odasının bir penceresi önünde tek ayak üstü durdu, dirseğini bir sürmeye dayadı ve hemen bahçeye baktı. Zaman geçmek bilmiyordu. Mucizeler yaratan o güneyli inatçılığına sahip olmasaydı, buradan çekip giderdi

Oda uşağı geldi:

– Bayım, dedi. Madam özel odasında ve çok işi var, bana karşılık vermedi; fakat Mösyö, salona geçmek isterse, zaten birisi var orada şimdiden.

Bir tek sözle, efendilerini suçlayan ya da haklarında yargı veren bu uşakların korkunç kudretine pek hayran olmakla beraber, Rastignac, besbelli bu küstah uşaklara evin insanlarını tanıdığını göstermek için, oda uşağının çıkmış olduğu kapıyı kararlı bir tavırla açtı; ama içinde lambaların, büfelerin, banyoda kullanılacak havluları ısıtmağa yarayan bir âletin bulunduğu, hem karanlık bir koridora ve hem de gizli bir merdivene açılan bir odaya çıkıverdi. Bekleme odasından gelen boğuk gülüşler şaşkınlığını büsbütün arttırdı.

Oda uşağı, daha çok bir alaya benzeyen sahte bir saygıyla ona:

– Bayım, salon bu tarafta, dedi.

Eugène öyle hızlı geri döndü ki bir banyoya çarptı fakat şapkasının banyonun içine düşmesine engel oldu. Bu esnada küçük bir lambayla aydınlanan uzun koridorun sonunda bir kapı açıldı, Rastignac hem Madam de Restaud'nun sesini, hem Goriot Baba'nınkini ve hem de bir öpücük sesi işitti. Yeniden yemek odasına girdi, buradan geçti, oda uşağını izledi ve pencerenin bahçeye baktığını fark ederek, gidip pencere önünde durduğu ilk salona girdi. Bu Goriot Baba'nın, gerçekten kendi Goriot Babası olup olmadığını görmek istiyordu. Yüreği hızla çarpıyor, Vautrin'in korkunç düşüncelerini hatırlıyordu. Uşak Eugène'i salonun kapısında bekliyordu ama içeriden birden şık bir delikanlı çıktı, sabırsız bir şekilde dedi ki:

– Ben gidiyorum, Maurice. Madam Kontes'e kendisini yarım saatten fazla beklediğimi söylersiniz.

Herhalde küstah olmak hakkına sahip bulunan bu sabırsız, hem bahçeye bakmak, hem de öğrencinin yüzünü görmek için Eugène'in önünde durduğu pencereye doğru İtalyanca bir şarkı mırıldanarak geldi.

Maurice yeniden bekleme odasına dönerken:

– Fakat Mösyö Kont bir dakika daha beklerse iyi eder; Madam işini bitirdi, dedi.

Bu sırada, Goriot Baba küçük merdivenin kapısından, araba kapısının yanına varmış bulunuyordu. Adamcağız şemsiyesini kılıfından çıkarıyor ve büyük kapının, iki tekerlekli hafif bir fayton kullanan, göğsü nişanlı bir delikanlıya yol vermek için açılmış olduğunu bile fark etmeden, şemsiyesini açmaya çalışıyordu. Goriot Baba ezilmemek için kendini ancak geriye atacak kadar zaman buldu. Şemsiyenin kumaşı atı ürkütmüş, hayvan da binek taşına doğru atılırken hafifçe yolunu şaşırmıştı. Bu genç adam başını öfkeyle çevirdi, Goriot Baba'ya baktı, adamcağız dış kapıya çıkmadan, ihtiyaç duyulan tefecilere gösterilen o zoraki saygıyı, namussuz bir adama gösterilmesi gereken ama insanı ezen sahte saygıyı başını eğerek gösterdi. Goriot Baba, iyi niyet dolu, dostça, hafif bir selamla karşılıkta bulundu. Bu olaylar şimşek hızı ile geçti. Yalnız olmadığını fark edemeyecek kadar dalmış Eugène, birden kontesin sesini işitti.

Kontes, içine biraz da öfkenin karıştığı sitemli bir sesle:

– Gidiyordunuz öyle mi Maxime? dedi.

Kontes, arabanın girişine dikkat etmemişti. Rastignac birden döndü ve pembe fiyangolu, beyaz kaşmirden bir sabahlığı yosmaca sırtına geçirmiş, Paris kadınlarının sabahları yaptıkları gibi dikkatsiz şekilde başını yapmış Kontesi gördü; çok hoş kokuyordu, besbelli yeni banyodan çıkmıştı ve güzelliği, sanki yumuşamış olan güzelliği daha şehvetli bir hal almıştı, gözleri ıslaktı. Genç delikanlıların gözü her şeyi görmeyi bilir; bir bitkinin kendine uygun özleri havadan emmesi gibi onların ruhları da kadının güzellikleriyle birleşir; Eugène de bu kadının ellerindeki tatlı serinliği bu ellere dokunma ihtiyacı duymadan sezdi. Kaşmir arasından, hafifçe açık sabahlığın, bazen çıplak bıraktığı korsajın pembe renklerini görüyor ve bakışı bu pembeliklere yayılıyordu. Kontesin korse balinasının yardımlarına ihtiyacı yoktu, oynak belini sadece kemeri ortaya çıkarıyor, boynu aşka davetiye çıkarıyordu, ayakları terlikler içinde güzeldi. Maxime'i gördü, Kontes de o zaman Eugène'i gördü.

İnce ruhlu insanların hemen anlayabildikleri bir tavırla Kontes:

– Aaa! Sizsiniz demek, Mösyö de Rastignac! Sizi gördüğüme çok sevindim dedi.

Maxime, istemediği yere girmiş olanı çekip gitmeye sevk edecek kadar anlamlı bir şekilde önce Eugène'e ve sonra da Kontes'e bakıyordu.

– Sevgili dostum, umarım ki bu küçük soytarıyı kapı dışarı edersin!

Bu cümle Kontes Anastasie'nin Maxime dediği, şüphe bile etmeden, bir kadının olanca sırlarını ortaya döken o doğal niyetle yüzünü seyrettiği, saygısız denecek kadar büyük burunlu delikanlının bakışlarının açık ve anlaşılır bir tercümesiydi. Rastignac bu delikanlıya karşı içinde müthiş bir kin duydu.

Maxime'in sarı ve dalgalı, güzel saçları, ona kendisininkilerin ne kadar korkunç olduklarını hatırlattı önce; sonra Maxime'in ayaklarında zarif ve temiz, ayakkabılar vardı, oysa kendininkiler, yürürken gösterdiği dikkate rağmen, hafifçe çamura bulanmıştı. Sonunda, Maxime'in sırtında belini zarifçe sıkan ve onu güzel bir kadına benzeten bir redingot vardı, oysa Eugène günün saat iki buçuğunda siyah bir elbise giymişti. Charente'ın akıllı çocuğu bu ince ve boylu poslu, parlak bakışlı, soluk benizli, yetimleri bile mahvetmeye yetkili adamlardan biri olan züppeye kıyafetin sağladığı üstünlüğü sezdi. Madam de Restaud, Eugène'in cevabını beklemeden kalktı, kıvır kıvır ve kendisine bir kelebek görünüşü verecek şekilde açılan sabahlığının eteklerini havalandırarak, sanki kanatlanmış gibi öbür salona geçti; Maxime de peşinden gitti.

Eugène ise öfkeyle, Maxime'le Kontesin peşinden yürüdü. Bu üç kişi büyük salonun orta yerinde, ocağın başında karşı karşıya geldiler. Öğrenci kesinlikle biliyordu ki bu suratsız Maxime'in canını sıkacaktı; fakat Madam de Restaud'yu kızdırmak tehlikesini de göze alarak, züppeyi rahatsız etmek istedi. Bu delikanlıyı Madam de Beausèant'ın balosunda görmüş olduğunu anladı; artık, büyük aptallıklar yaptıran ya da büyük başarılar kazandıran o genç cüretle, içinden dedi ki:

– İşte rakibim, onu yenebilirim.

Ah tedbirsiz! Bilmiyordu ki Kont Maxime de Trailles kendisine hareket ettirir, ilk kurşunu atar ve düşmanını yere sererdi. Eugène usta bir avcıydı ama bir silah eğitiminde yirmi iki hedeften henüz yirmisini vuramamıştı. Genç Kont kendini ateşin yanındaki koltuğa attı, maşayı aldı ve öyle öfkeli, öyle asık yüzle ocağı karıştırdı ki Anastasie'nin güzel yüzü o anda karardı. Genç kadın Eugène'e döndü ve pek zarif insanların uğurlama cümleleri demek olan bu gibi cümleleri derhal söylemesini bildikleri: "Neden kalkıp gitmiyorsunuz acaba?" cümlesini pek ustaca ortaya döken, o sorgulu soğuk bakışlardan biriyle ona baktı.

Eugène, hoş bir tavır takındı ve dedi ki:

– Madam, sizi bir an önce görmek istiyordum çünkü...

Sözünü birden kesti. Bir kapı açıldı. Arabayı kullanan bay birden, şapkasız içeri girdi, Kontesi selamlamadı, Eugène'e kaygıyla baktı, Eugène'i oldukça hayrete düşüren kardeşçe bir ifade ile, "Günaydın" diyerek Maxime'e elini uzattı. Taşra delikanlıları, üçlü hayatın ne tatlı olduğunu bilmezler.

Kontes öğrenciye kocasını göstererek

– Mösyö de Restaud, dedi.

Eugène, saygıyla eğildi.

Kontes sözüne devam ederek ve Eugène'i Kont de Restaud'ya takdim ederek:

– Mösyö, dedi, Marcillaclar dolayısıyla, Madam la Vikontes de Beausèant'ın akrabası, Mösyö de Rastignac'tır, vikontesin son balosunda tanışmak zevkini tattım.

Marcillac'lar dolayısıyla Madam la Vikontes de Beausèant'ın akrabası! Kontesin bir ev sahibesinin evinde ancak saygı değer insanlar bulunduğunu kanıtlamak için duyduğu bir çeşit gurur sonucu, gösterişle, söylediği bu sözler, büyülü bir etki yarattı:

– Sizinle tanışabildiğime çok memnun oldum Mösyö, dedi.

Kont Maxime de Trailles de Eugène'e kaygılı bir bakışla baktı ve o küstah tavrını birden bıraktı. Bir ismin aracılığından doğan, bu sihirli değnek, Güneylinin beyninde otuz çekmeceyi açtı ve hazırlamış olduğu inceliği ona geri verdi. Birden parlayan bir ışık henüz kendisi için karanlık olan Paris'in yüksek sosyetesinin hayatını açık açık gösterdi. Vauquer evi, Goriot Baba, düşüncelerinde şimdi alabildiğine uzaktaydılar.

Kont de Restaud Eugène'e:

– Marcillacların nesilleri kesildi sanıyordum? dedi.

Delikanlı:

– Evet, mösyö, diye karşılık verdi. Büyük amcam, Şövalye de Rastignac, Marcillac ailesinin mirasçısı ile evlendi. Bir kızı oldu sadece, o da Madam de Beausèant'ın ana tarafından soyu sayılan Mareşal de Clarimbault'ya vardı. Biz küçük daldanız, büyük amcam, Visamiral, tüm mal varlığını kralın hizmetinde kaybettiği için, pek yoksul düşen daldan, ihtilâl hükümeti Hindistan Ortaklığı'nda yaptığı tasfiyede alacaklarımızı tanımak istemedi.

– Büyük amcanız 1789'dan önce Vengeur'e kumanda etmiyor muydu?

– Tamam.

– O halde, Warwick'e kumanda eden büyükbabamı tanımıştır.

Maxime Madam de Restaud'ya bakarak hafiften omuz silkti, sanki şöyle der gibi bir tavır takındı: "Bununla denizcilikten konuşmaya kalkarsa, yandık demektir." Anastasie Mösyö de Trailles'ın bakışını anladı. Kadınların sahip oldukları o hayranlık uyandırıcı güçle, şunları söyleyerek gülümsemeye başladı:

– Geliniz Maxime, sizden bir şey isteyeceğim.

– Baylar, sizleri Warwick'le Vengeur'de bırakıyoruz, dolaşın bakalım aklınıza estiği gibi.

Ayağa kalktı ve kendisiyle birlikte küçük salonun yolunu tutan Maxime'e, sinsi ve haince dolu bir işaret yaptı. Fransızca da karşılığı bulunmayan güzel deyimle söylersek, bu garip çift, daha kapıya yeni varmıştı ki Kont, Eugène'le konuşmasını kesti.

Öfkeli bir şekilde:

– Anastasie, biraz durur musun, sevgilim?.. diye bağırdı. İyi biliyorsunuz ki...

Kontes sözünü keserek:

– Geliyorum, geliyorum, dedi, Maxime'e yaptırmak istediğim işi söylemek için bana bir dakika yeter. Çabucak döndü. İstedikleri gibi hareket edebilmek için kocalarının huylarına dikkat etmek zorunda kalan, değerli bir güveni kaybetmemek için ne kadar ileri gideceklerini bilen, bunun için de hayatın küçük oyunlarında hiçbir zaman havayı bozmayan bütün kadınlar gibi Kontes de Kontun sesinin titreşimlerinden küçük salonda kalmada hiçbir güvenilir şey olmadığını anlamıştı. Bu can sıkıcı durumların sebebi Eugène'di. Bu yüzden Kontes sıkıntılı bir tavır ve işaretle öğrenciyi Maxime'e gösterdi, Maxime de alaylı alaylı, konta, karısına ve Eugène'e:

– Dinleyin, işleriniz var, sizi rahatsız etmek istemiyorum; hoşça kalın, diyerek çıktı.

Kont:

– Maxime, canım kalsanıza! diye bağırdı.

Eugène'le kontu bir kere daha yalnız bırakarak, Maxime'in peşinden ilk salona geçen Kontes:

– Akşam yemeğine geliniz, dedi.

Mösyö de Restaud'nun Eugène'i başlarından savacağını

umarak, bir süre daha salonda başbaşa kaldılar.

Rastignac onların zaman zaman kahkaha ile güldüklerini, konuştuklarını, sustuklarını duyuyordu; fakat kurnaz öğrenci Kontesi yeniden görmek ve Goriot Baba ile olan ilişkilerinin nelerden ibaret olduklarını öğrenmek için kalkıyor, Mösyö De Restaud'ya şaka yapıyor, adamı öve öve yere göğe sığdıramıyor, ya da tartışmalara sürüklüyordu. Maxime'e tutkun olan bu kadın, gizlice ihtiyar tel şehriyeciye bağlı kadın, kocasının hâkimi bulunan bu kadın, ona, besbelli, pek esrarlı bir yaratık gibi geliyordu. Düpedüz Parisli sayılan bu kadın üzerinde hâkimiyet kurabilmek umudunu besleyerek, bu sırrı çözmek istiyordu.

Kont, karısını yeniden çağırarak:

– Anastasie! dedi.

Kontes delikanlıya:

Ne yapalım, Maxime'ciğim, dedi. Boyun eğmeli. Bu akşama...

Delikanlı kulağına eğilerek dedi ki:

– Umarım ki Nasie, sabahlığınızın önü açıldığında gözleri kömür gibi yanan bu gence kapınızı kaparsınız. Size kalkıp ilânı aşk eder, başınıza işler açar, beni de onu öldürmek zorunda bırakırsınız.

Kontes:

– Olur mu öyle şey Maxime? dedi. Bu küçük öğrenciler, tam tersine eşsiz paratoner değil midirler? İnan Restaud'yu ona düşman etmesini bilirim.

Maxime kahkaha ile güldü ve Kontesin ardı sıra yürüdü. Kontes onun arabaya binişini, atını şaha kaldırışını ve kamçı sallayışını görmek için pencere önünde kaldı. Ancak bahçe kapısı kapandıktan sonra geriye döndü.

İçeri girerken kont kendisine:

– Biliyor musunuz? diye bağırdı. Sevgili dostum Mösyönün ailesinin oturduğu çiftlik, Charente üstündeki Verteuil'den uzakta değilmiş. Bayın büyük amcası ile benim büyükbabam tanışıyorlarmış.

Kontes dalgın bir tavırla:

– Tanıdık bölgeden olduğumuza çok sevindim, dedi.

Eugène, yavaş bir sesle:

– Ben de sandığınızdan çok sevindim, diye karşılık verdi

Kontes birden:

– Nasıl? diye sordu,

Öğrenci:

– Zaten, dedi. Aynı pansiyonda kapı komşusu olduğum bir kişinin, Goriot Baba'nın biraz önce evinizden çıktığım gördüm.

Ateşi karıştıran Kont, bu baba sözü ile süslenmiş ismi duyunca, sanki elleri yanmış gibi, maşayı ateşe attı, ayağa kalktı.

– Bayım, zalim Goriot diyebilirdiniz! diye bağırdı.

Kontes, kocasının telâşını görünce önce yüzü sarardı, sonra kızardı ve her halükârda güç duruma düştü. Sesine zoraki bir doğallık, heyecanlanmadığını belirten bir hava vererek ama sahte bir umursamazlık havası içinde şu karşılığı verdi:

– Çok sevdiğimiz birini tanımak, mümkün değildir.

Sustu, sanki içinde bir heves uyanıyormuş gibi, piyanosuna baktı, sonra dedi ki:

– Musikiyi sever misiniz, Mösyö?

Eugène, büyük bir aptallık ettiğini anlayarak kızarmış ve şaşırmış halde:

– Çok severim, diye karşılık verdi.

Kontes piyanosunun başına geçip, pes ut'tan tiz fa'ya kadar tuşlara şöyle hızla bir vurup, "Rrrrah!" sesi çıkararak:

– Şarkı söyler misiniz? diye bağırdı.

– Hayır, Madam.

Kont de Restaud bir aşağı bir yukarı dolaşıyordu.

Kontes:

– Yazık, büyük bir başarı vasıtasından mahrum kalmışsınız,

dedi.

"Ca–a–ro, ca–a–a–ro, ca–a–a–a–ro, non du–bi–ta–re..." diye başladı.

Eugène, Goriot Baba sözünü söylerken bir sihirli değnek darbesi indirmişti ama şu: Madam de Beausèant'ın akrabası, sözlerinin uyandırmış olduğunun tam tersi bir etki yaratmıştı. Eski ve garip şeyler, toplamaya meraklı bir adamın evine nezaketen kabul edilen ama dikkatsizlik sonucu içi küçük küçük heykeller dolu bir dolaba çarparak, kötü yapıştırılmış üç-dört başı yere düşüren bir insan durumunda bulunuyordu. Kalkıp kendisini bir uçuruma atsa yeriydi. Madam de Restaud'nun yüzü sert ve soğuktu, alâkasız bakışları ise patavatsız öğrencinin gözlerinden kaçıyordu.

Eugène:

– Madam dedi, Mösyö de Restaud ile konuşulacak şeyleriniz vardır, saygılarımı kabul buyurun, izin verin de bana...

Kontes bir el hareketi ile hemen Eugène'i durdurarak:

– Her gelişinizde, bize, Mösyö de Restaud ile bana, büyük zevk verdiğinize emin olun, dedi.

Eugène çifti derin bir saygıyla selamladı ve ısrarlarına rağmen, kendisini bekleme odasına kadar geçiren Mösyö de Restaud'la beraber çıktı.

Kont Maurice'e:

– Mösyö her gelişinde benim de Madamın da evde olmadığımızı söylersiniz, emrini verdi.

Eugène, dışarı çıktığında, yağmur yağdığını gördü.

İçinden:

– Demek buraya nedenini ve değerini bilmediğim bir çam devirmeğe gelmişim, üstelik elbisemle şapkamı da kirleteceğim dedi. Hukuk çalışmak için bir köşeye çekilmeli yalnız sert bir yargıç olmayı düşünmeliyim. İyiden iyiye dümen çevirmek için, bir sürü arabaya, boyalı çizmelere, gerekli avadanlıklara, altın zincirlere, daha sabah sabah giyilmek üzere altı frank değerinde beyaz güderi eldivenlere, akşam da ille de sarı eldivenlere ihtiyaç olduğuna göre, ben sosyete âlemine girebilir miyim? Hey gidi Goriot Baba olacak yaşlı maskara hey!

Sokak kapısına geldiği zaman belli ki yeni evli çifti bırakmış ve ancak efendisinden birkaç kaçak yolculuk parası yürütmeye çalışan bir kira arabasının arabacısı, şemsiyesiz, siyah elbiseli, sarı eldivenli ve cilalı ayakkabı giymiş Eugène'i görünce bir işaret yaptı. Eugène, bir gencin sanki huzurlu bir kurtuluş bulabilirmiş umudu içinde daldığı uçuruma, onu daha da batıran o derin öfkelerden birine tutulmuş bulunuyordu. Bir boyun eğişle arabacının isteğine uydu. İçinde birkaç portakal çiçeği taneleri ile gelin teli parçaları bulunan arabaya atladı.

Artık çoktan beyaz eldivenlerini çıkarmış olan arabacı:

– Beyefendi nereye gidiyor? diye sordu.

Eugène içinden: "Allah Allah! Mademki batıyorum, bari bu batış bir işe yarasın!" dedikten sonra, yüksek sesle:

– Beausèant konağına çekin, emrini verdi.

Arabacı:

– Hangisine? diye sordu.

Bu söz Eugène'i şaşırttı. Bu acemi kibar iki Beausèant konağı olduğunu bilmiyor, kendisini dikkate almayan akrabaları yönünden ne kadar zengin olduğunu bilmiyordu.

– Beausèant Vikontu, şey sokağında...

Arabacı başını sallayarak ve sözünü keserek:

– De Grenelle sokağı, dedi.

Basamağı kaldırarak:

– Görüyorsunuz ya, diye ekledi, Beausèant kontu ve Markisinin Eren–Dominique sokağında da konağı vardır.

Eugène, sert bir sesle:

– Biliyorum, diye karşılık verdi.

Şapkasını karşısındaki koltuklara fırlatarak içinden:

– Bugün herkes benimle alay ediyor! dedi. Öyle bir geziye çıkış ki bana bir krala verilecek fidyeye patlayacak. Ama hiç değilse, sözde akrabama aristokratça bir ziyarette bulunacağım. Goriot Baba bana şimdiden hiç değilse on franga patladı, ihtiyar namussuz! Başımdan geçenleri Madam de Beausèant'a bir bir anlatacağım, kendisini belki güldürürüm. Bu kuyruksuz ihtiyar fare ile bu güzel kadın arasındaki gizli ilişkinin sırrını bilir şüphesiz. Bana pek pahalıya patlayacak olan ahlâksız kadına çatacağıma, akrabama yanaşmak daha doğru olur. Güzel Vikontes'in adı böyle güçlü olursa, kim bilir şahsı ne kadar ağır basar? Başımızı yukarıya çevirelim. İnsan gökyüzünde bir şeye saldırdı mı, Tanrı'yı hedef almalı!

Bu sözler, içinde dalgalandığı bin bir düşüncenin dışa yansımış şekliydi genç öğrencinin. Yağmurun yağdığını görünce biraz rahatladı ve huzur buldu. Cebinde kalan değerli beşer sous'luk paranın ikisini de harcayacak olsa, bereket versin ki bunların, elbisesini, kunduralarını ve şapkasını korumaya yarayacaklarını düşündü. Arabacısının: "Lütfen, kapıyı kapayınız!" diye bağırışını içten bir sevinçle karşıladı. Kırmızı ve sırmalı elbise giymiş bir İsviçreli kapıcı, Konağın kapısını, menteşeleri üstünde gıcırdattı, Rastignac da arabasının ana kapının altından geçişini, bahçeye kıvrılışını ve giriş basamağını örten saçak altında duruşunu tatlı bir zevkle gördü. Kenarı kırmızı, geniş mavi kaba cübbeli arabacı gelip basamağı indirdi. Arabadan inerken Eugène, bahçe direkleri altından gelen boğuk gülüşler duydu, üç dört uşak çoktan bu adi düğün arabasını alaya almışlardı. Bu arabayı kulağına güller takılı, gemlerini ısıran, pudralı, boynuna güzel bir boyunbağı geçirmiş bir seyisin dizginlerinden sanki kaçmak istiyorlarmış gibi tuttuğu, bir çift azgın at koşulu, Paris'in en zarif kupalarından biri ile kıyasladığı anda gülüşleri öğrenciyi iyice aydınlattı. Antin yolunda, Madam de Restaud'nun bahçesinde yirmi altı yaşında bir erkeğin hafif faytonu vardı. Eren–Germain mahallesinde ise büyük bir soylunun otuz bin frankla ödenmeyecek bir kupa arabası bekliyordu.

Paris'te başıboş pek az kadına rastlayabileceğini bu kraliçelerden birini avucunun içine alabilmenin kanını vermekten daha pahalıya patlayacağını biraz geç fark eden Eugène, içinden: "Acaba kim var içeride?" dedi. "Hay aksi! Bizim akrabanın da bir Maxime'i var galiba."

Girişteki basamağı sıkıntıyla çıktı. Onun belirmesi ile camlı kapı da açıldı; karşısında tımar edilen eşekler kadar ciddi uşaklar buldu. Katılmış olduğu şölen Beausèant konağının alt katında, büyük kabul salonlarında verilmişti. Davetle balo arasında, akrabasına bir ziyarette bulunmaya zaman bulamadığından olacak, henüz, Madam de Beausèant'ın dairelerine girmemişti, seçkin bir kadının ruhunu ve yaşayış tarzını ortaya seren kişisel inceliğin mucizelerini demek ilk olarak görecekti. Madam de Restaud'nun salonu ona bir karşılaştırma imkânı verdiği için, bu büsbütün ilgi uyandırıcı bir inceleme olacaktı. Vikontes, saat dört buçukta görülebilirdi. Beş dakika önce olsa, akrabasını bile kabul etmeyebilirdi. Paris'in türlü kurallarından hiçbirini bilmeyen Eugène, çiçek dolu, beyaz boyalı, tırabzanı yaldızlı, kırmızı halı döşeli, büyük bir merdivenden, Madam de Beausèant'ın dairesine götürüldü. Her akşam Paris salonlarında kulaktan kulağa anlatılan şu değişik öykülerden biri olan, onun ağızdan ağıza dolaşan hayat hikâyesini de bilmiyordu.

Vikontes üç yıldır en ünlü ve en zengin Portekiz soylularından biriyle, Ajuda-Pinto Markisi ile ilgiliydi. Bu, o birbirine bu denli bağlı kimseler için üçüncü şahsı çekemeyecek kadar tatlı olan masum ilişkilerden biri idi. Vikont de Beausèant da bu belirsiz birleşmeye, ister istemez saygı göstermekle, halka kendiliğinden örnek olmuştu. Bu dostluğun ilk günlerinde, Vikontesi saat ikide görmeye gelen kimseler, yanında Ajuda-Pinto Markisini bulurlardı. Yakışıksız bir hareket olacağı için kapısını kapalı tutamayan, Madam de Beausèant, gelenleri öyle soğuk karşılar ve penceresinin kornişini öylesine inceden inceye süzerdi ki herkes, onu ne kadar rahatsız ettiğini anlardı. Saat iki ile dört arasında onu görmeye gelen insanların Madam de Beausèant'ı rahatsız ettiği Paris'te öğrenilince o da yapayalnız bir halde kaldı. Mösyö de Beausèant ve Mösyö d'Ajuda-Pinto ile birlikte Bouffons tiyatrosu ile operaya giderdi; fakat yaşamın ne olduğunu bilen insan sıfatı ile Mösyö de Beausèant tutar, yerlerine yerleştirdikten sonra karısı ile Portekizlinin yanından ayrılırdı hep. Mösyö d'Ajuda-Pinto evlenmek zorundaydı. Rochefidelerden bir kız alıyordu. Bütün yüksek sosyetede, bu evliliği bilmeyen tek bir insan vardı, bu insan da Madam de Beausèant'dı. Arkadaşlarından birkaçı ona bu evlilikten üstü kapalı bir şekilde bahsetmişlerdi; ama o buna, dostlarının kıskanılan bir mutluluğu bozmak istediklerini zannederek gülmüştü. Oysa evlilik kâğıtları askıya çıkmak üzereydi. Bu evlenmeyi Vikontes'e bildirmek için geldiği halde güzel Portekizli, henüz bir tek söz bile söylemeye cesaret edememişti. Neden mi? Hiçbir şey bir kadına bu şekilde bir ültimatom vermekten daha zor değildi şüphesiz. Düello alanında bazı adamlar, kendilerine bir kılıçla yüreği delik deşik edilmek tehdidini savuran bir kimse karşısında, iki saat ağıtlar yaktıktan sonra, fenalık geçiren ve nane ruhları isteyen bir kadının karşısındakinden daha rahat hissederler kendilerini. İşte bu yüzden Mösyö d'Ajuda-Pinto, diken üstünde oturuyor, Madam de Beausèant'ın bu haberi öğreneceğini, ona mektup yazacağını, bu aşk cinayetini konuşarak değil de yazarak ele almanın daha yerinde olacağını düşünerek, kalkıp gitmek istiyordu. Vikontes'in oda uşağı Mösyö Eugène de Rastignac'ın geldiğini bildirince, Marki d'Ajuda-Pinto sevinçten titredi. Şunu iyi biliniz ki seven bir kadın, zevki çeşitlendirmekten çok kendi başına kuşkular yaratmada ustadır. Terk edilmek üzere bulunduğunda, bir davranışın anlamını Virigle'in yarış atının kendisine aşkı haber veren uzak zerrelerin kokusunu alamayışından daha çabuk anlar. Madam de Beausèant'ın bu irade dışı, hafif ama çocukça korkunç titreyişi sezdiğini de hesaba katınız. Eugène, battığınız yerden ayağınızı çekip çıkarmak için Polonya'da şöyle pek hoşça; arabanıza beş öküz koşun! dendiği türden saçmalıklardan hiçbirini yapmamak için, Paris'te bile, kocasının hikâyesini, hanımın ya da çocuklarınkini evin dostlarından öğrenmeden, hiçbir zaman kimsenin evine girilmeyeceğini bilmiyordu. Bu gibi konuşma aksaklıklarının Fransa'da henüz hiçbir adı yoksa, içine çekiştirmelerin karıştığı korkunç dedikodunun yaygınlığından ötürü, bu felaketlerin imkânsız oldukları sanılır besbelli. Arabasına beş öküz koşmak için kendisine zaman bile bırakmayan Madam de Restaud'nun evinde, batağa batmış olduktan sonra Eugène, Madam de Beausèant'ın evini ziyaret etmekle de gene, sığırtmaç ustalığını gösterir yeteneğinde bulunuyordu. Fakat Madam de Restaud ile Mösyö de Trailles'in oldukça canlarını sıktığı halde, Mösyö d'Ajudayı sıkıntıdan kurtarıyordu.

Eugène, lüksün sadece zarif olmak hissini verdiği şık, gümüş gibi ve pembe renkli küçük bir salona girdiğinde, Portekizli de aceleyle kapıya giderek:

– Hoşça kalın, dedi.

Madam de Beausèant başını yeniden çevirip Markiye şöyle bakarak:

– Akşama yine görüşürüz, dedi. Bouffons Tiyatrosuna gitmiyor muyuz?

Diğeri kapının tokmağını tutarak:

– Gelemeyeceğim, diye karşılık verdi.

Madam de Beausèant kalktı, o sırada, ayakta durup, muhteşem zenginliğin ışıltılarından gözleri kamaşan, Arap Masalları'nın gerçekliğine inanan, bu kadının huzurunda bulunurken, nereye sokulacağını bilmeyen Eugène'e dikkat bile etmeden, onu yanına çağırdı. Vikontes sağ elinin işaret parmağını kaldırmış, güzel bir hareketle, Markiye, önünde bir yer gösteriyordu. Bu davranışta öylesine bir aşk zorbalığı vardı ki Marki kapının tokmağını bıraktı ve geldi.

Eugène, ona imrenerek baktı.

İçinden:

"İşte..." dedi. "Kupa arabalı adam! Fakat Parisli bir kadının bakışını elde etmek için insanın rüzgâr gibi atları, özel elbiseli uşakları ve avuç dolusu altını olmalı demek?"

Lüks şeytanı içini yedi bitirdi, benliğini para kazanmak tutkusu sardı, altın susuzluğu boğazını kuruttu, önündeki üç ay için cebinde yüz otuz frank parası vardı. Babası, annesi, erkek kardeşleri, kız kardeşleri, halası, topu topu ayda iki yüz frank harcıyorlardı. Şimdiki durumu ile ulaşılması gereken hedef arasında yapılan bu kısa karşılaştırma, onu büsbütün şaşkına çevirdi.

Vikontes, Portekizliye doğru gelerek:

– Neden, dedi. Neden İtalyan Tiyatrosu'na gelmiyorsunuz?

– İşlerim var! Akşam yemeğini İngiltere Büyük Elçisinde yiyeceğim.

– Bu işi erteleyebilirsiniz.

Bir erkek aldattı mı, önüne geçilmez bir şekilde yalan üstüne yalan katmak zorundadır.

Mösyö d'Ajuda-Pinto da bunun üzerine gülerek:

– Bunu istiyor musunuz? dedi.

– Tabi ki evet...

Marki başka bir kadını tümüyle sakinleştirecek olan o anlamlı bakışlardan biriyle ona bakarak:

– Bana böyle söylemenizi bekliyordum işte, diye karşılık verdi.

Vikontes'in elini tuttu, öptü ve gitti.

Eugène elini saçlarına götürdü ve Madam de Beausèant'ın kendisini hatırlayacağını umarak, selam vermek için eğildi; Vikontes ise birden fırladı, koridora koştu, pencereye atıldı ve arabaya binerken Mösyö d'Ajuda-Pinto'ya baktı, emire kulak verdi ve uşağın arabacıya şunu dediğini işitti:

– Mösyö de Rochefide'in evine çek.

Bu sözler ve Mösyö d'Ajuda'nın arabasına giriş şekli öldürücü korkularla, geri dönen kadının kafasında şimşek gibi çaktı. Kibar âleminde en korkunç felaketler işte bunlardı. Vikontes yatak odasına girdi, bir yazı masasının başına geçti ve eline güzel bir kâğıt aldı. "Mademki İngiliz Büyükelçiliğinde değil de, Rochefidelerde akşam yemeği yiyorsunuz, bana bir açıklama yapmak zorundasınız, bekliyorum sizi..." diye yazdı.

Elinin titremesinden ötürü, karışık biçime girmiş birkaç mektubu yeniden yazdıktan sonra, bir 'C' harfi koydu ki, bu: "Claire de Bourgogne" demekti; zili çaldı.

Derhal gelen oda uşağına:

– Jacques, dedi. Saat yedi buçukta Mösyö de Rochefide'in evine gidip d'Ajuda Markisini soracaksınız. Eğer Mösyö le Marki oradaysa, bu pusulayı karşılık beklemeksizin kendisine vereceksiniz, orada değilse, döner ve mektubumu bana getirirsiniz.

– Madam la Vikontes'in salonda bir misafiri var.

Vikontes, kapıyı açarak:

– Evet! doğru, dedi. Eugène, kendini çok zor durumda hissetmeye başlamıştı. En sonunda Vikontesi gördü, kadıncağız heyecanlı delikanlının kalbini titreten bir sesle dedi ki:

– Özür dilerim Mösyö, bir mektup yazmam gerekiyordu, artık tamamen sizinim.

Vikontes ne dediğini bilmiyordu, çünkü içinden şunları geçiriyordu: Demek Matmazel Rochefide'le evlenmek istiyor öyle mi? Ancak kendisi evlenmek için serbest mi? Bu evlilik yarın bozulacaktır, yoksa ben... Fakat bunun artık yarın sözü bile edilmeyecektir.

Eugène

– Kuzenim, diye karşılık verdi.

Vikontes, bu küstahlığa öğrenciyi donduran bir bakışla bakarak:

– Ne?.. dedi.

Eugène bu 'ne' kelimesinin ne manaya geldiğini anladı üç saat içinde, o kadar şey öğrenmişti ki adımlarını dikkatle atıyordu.

Kızararak:

– Madam... diye tekrar söze başladı. Tereddüt etti, sonra devam ederek dedi ki:

– Özür dilerim, korunmaya öyle ihtiyacım var ki, biraz akrabalığın hiçbir zararı olamazdı.

Madam de Beausèant acı acı gülümsedi; bulunduğu yerden şimdiden yaklaşan felaketi seziyordu, öğrenci devam ederek:

– Ailemin içinde bulunduğu durumu bilseniz, dedi. Korudukları delikanlıların karşılaştıkları zorlukları yok etmekten hoşlanan o iyilik perilerinin rolünü oynamaktan zevk alırdınız.

Vikontes gülerek:

– Peki, kuzenim, size nasıl yardım edebilirim?

– Bilir miyim ki? Zamanın karanlığı kaybolan bir akrabalık bağı ile size bağlı olmak şimdiden başlı başına bir mutluluktur, beni şaşırttınız, artık size ne demek için geldiğimi bile bilmiyorum. Paris'te tanıdığım tek insan sizsiniz... Ah! Beni eteğinize yapışmaya can atan ve yolunuzda ölmeyi göze alan zavallı bir çocuk gibi kabul etmenizi isteyerek akıl danışmak niyetindeyim sizden.

– Benim için bir insanı öldürür müydünüz? Eugène:

– İki kişiyi bile öldürürdüm, dedi. Vikontes iki damla gözyaşını tutarak:

– Çocuk! Evet, bir çocuksunuz siz, dedi. Siz sevince, yürekten seversiniz.

Eugène başını sallayarak:

– Hem de nasıl? dedi

Vikontes gözü yükseklerde bir insanın verebileceği cevap yüzünden öğrenciye içten bir ilgi duydu. Güneyli öncelikle ölçülü davranıyordu. Madam de Restaud'nun mavi oturma odası ile Madam de Beausèant'ın pembe salonu arasında, o, her kapıyı açan yüksek toplumsal hukuk bilimi sayıldığı halde, adından söz edilmeyen, bu Paris Hukuku'nun üç yıllık öğrenimini yapmıştı

Eugène:

–Tamam! Hatırladım, dedi. Balonuzda Madam de Restaud dikkatimi çekmişti, bu sabah evine gittim.

Madam de Beausèant gülümseyerek:

– Onu bir hayli zor durumda bırakmış olmalısınız dedi.

– Evet, benden yardımınızı esirgerseniz dünyayı aleyhime çevirecek derecede bilgisiz kalacağım. Paris'te başıboş, genç, güzel, zengin, zarif bir kadına rastlamak çok güç olsa gerek. Oysa bana bunlardan bir tanesi gerekiyor. Siz kadınların, açıklamasını iyi bildiğiniz şeyi hayatı, öğretirsiniz bana. Her yerde bir Mösyö de Trailles bulacağım. Bu yüzden size bir muammanın çözümünü sormaya, arada yaptığım aptallığın içyüzünü bana açıklamanızı rica etmeğe geliyordum. Bir babadan söz açtım...

Jacques içeri girip, oldukça gergin ve sıkıntılı olan öğrencinin sözünü keserek:

– Langeais Düşesi geldi, dedi.

Vikontes yavaş bir sesle:

– Başarılı olmak istiyorsanız, dedi. Öncelikle duygularınızı böyle açığa vurmayınız. Ayağa kalkarak ve Düşes'e doğru giderek:

– Ooo! Günaydın, sevgilim, dedi. Bir kız kardeşe gösterebilecek, sevecen heyecanla ellerini sıktı, Düşes de buna en güzel şekilde karşılık verdi.

Rastignac içinden:

"İşte candan iki dost..." diye geçirdi. "Şu andan itibaren iki koruyucum olacak; bu iki kadının aynı duyguları paylaşmaları gerek, öteki de bana ilgi gösterecektir..."

Madam de Beausèant:

– Sizi evimde görmek mutluluğunu hangi güzel düşünceye borçluyum acaba, sevgili Antoinette? diye sordu.

– Mösyö d'Ajuda Pinto'yu Mösyö de Rochefide'in evine girerken gördüm de artık yalnız olduğunuzu düşündüm...

Madam de Beausèant dudaklarını hiç ısırmadı, kızarmadı, bakışı öylece kala kaldı. Düşes, bu uğursuz sözleri söylerken alnı aydınlanır gibi oldu.

Düşes, Eugène'e dönerek:

– Meşgul olduğunuzu bilseydim... diye ekledi.

Vikontes:

– Mösyö kuzenlerimden biridir, Mösyö Eugène de Rastignac'tır, dedi. General Montriveau'dan haberler alıyor musunuz? diye ekledi. Serizy dün bana onun artık ortalıkta görünmediğini söyledi, bu gün size geldi mi?

Ölesiye sevdiği Mösyö de Montriveau tarafından terk edilmiş olduğu söylenen Düşes, bu sorudaki iğneyi kalbinde hissetti ve karşılık verirken de yüzü kızardı:

– Dün Elysee'deydi.

Madam de Beausèant:

– İş gereği mi? diye sordu.

Düşes bakışları ile çevresine şeytan gülümseyişleri saçarak:

– Herhalde, Mösyö d'Ajuda Pinto ile Rochefide'in kızının evlilik kâğıtlarının yarın askıya çıkacağım biliyorsunuz, değil mi? dedi.

Bu darbe çok sertti Vikontes sarardı ve gülerek karşılık verdi:

– Şu ahmakları eğlendiren söylentilerden biri... Mösyö d'Ajuda niçin Portekiz'in en güzel adlarından birini Rochefidelere götürsün? Rochefideler daha dün soylular arasına girmiş insanlardır.

– Ama Berthe, söylendiğine göre, iki yüz bin franklık bir gelir getirecekmiş.

– Mösyö d'Ajuda, bu gibi hesaplarla uğraşmayacak kadar zengindiler.

– Ama sevgilim, Rochefide'in kızı da çok hoş.

– Ya!

– Kısacası, Marki bu akşam orada yemekte, şartlar kararlaştırılmış. Bu kadar az şey bilmiş olmakla çok şaşırtıyorsunuz beni.

Madam de Beausèant:

– Ne kusur ettiniz bakalım, Mösyö? dedi.

– Bu zavallı çocuk, sosyete âlemine o kadar yeni atıldı ki sevgili Antoinette'im, söylediğinizden hiçbir şey anlamıyor. Ona iyi davranın, bu konuda konuşmayı yarına bırakalım. Yarın, görürsünüz, düpedüz her şey resmileşir, siz de resmileşirsiniz besbelli.

Düşes, Eugène'e bir insanı tepeden tırnağa saran, dümdüz eden ve onu sıfır duruma getiren, o küstah bakışlardan biriyle baktı. Zekâsının yardımıyla bu iki kadının dostça cümleleri altına saklanmış iğneleyici sözleri sezen öğrenci:

– Matmazel ben bilmeden, Madam de Restaud'nun yüreğine bir bıçak sapladım. Bilmeden, hatam bu işte, dedi. Size yaptıkları kötülüğün içyüzünü bilen insanlarla görüşmekte devam eder ve belki de bunlardan korkarsınız, oysa yaranın derinliğini bilmeden yaralayan, bir aptal, hiçbir şeyden faydalanmayı bilmeyen bir beceriksiz gözüyle bakılır, herkes de onu küçümser.

Madam de Beausèant büyük ruhların içine hem saygı ve hem de ağırbaşlılık koymasını bilen o bakışlardan biriyle baktı öğrenciye.

Eugène devam ederek:

– Düşününüz ki Kont de Restaud'nun ilgisini kazanmıştım, dedi; hem alçakgönüllüce ve hem de kurnazca düşese bakarak; zira... dedi, henüz zavallı bir öğrenci, pek yalnız, pek yoksul bir öğrenciden başka bir şey olmadığımı size söylemeliyim, efendim.

– Böyle söylemeyin, Mösyö de Rastignac. Biz kadınlar, kimsenin istemediğini hiçbir zaman istemeyiz.

Eugène:

–Öyle olsun bakalım! dedi. Ancak yirmi iki yaşındayım, insan yaşının felaketlerine katlanmayı bilmelidir. Hem, günahlarımı söyleyebilirim,. bundan daha güzel günah çıkarılan bir yerde diz çökmek imkânsızdır: burada başka yerde itiraf edilen suçlar işlenir.

Düşes dine karşı söylenen bu sözü soğuk bir tavırla karşıladı, bu sözleri Vikontes'e şöyle diyerek zevksizlik olarak kabul etti.

– Mösyö nereden geliyor...

Madam de Beausèant hem kuzeninin ve hem de Düşesin halini açıkça gülerek karşıladı.

– Geliyor da, tatlım kendisine zevk sahibi olmayı öğreten bir eğitmen kadın arıyor.

Eugène:

– Hoşunuza giden şeylerin içyüzünü anlamayı istemek doğal mıdır, Madam la Düşes? dedi.

– İşte, dedi. İçinden, şüphesiz onlara berber ağzından çıkma sözler söylüyorum.

Düşes:

– Ama. Madam de Restaud, galiba, Mösyö de Trailles'in öğrencisi, dedi.

Öğrenci:

– Bundan hiç haberim yoktu, madam. Bu yüzden sersemce aralarına girdim. Kısacası koca ile hemen hemen anlaşmıştım, hanımın da bir süre katlanacağını umuyordum ki o sıra gizli bir merdivenden çıktığını gördüğüm, bir koridorun sonunda da Kontesi öpmüş olan bir adamı tanıdığımı onlara söylemek aptallığını ettim.

İki kadın:

– Kim bu adam? diye sordular.

– Tıpkı benim gibi, yoksul bir öğrenci, Eren-Marceau semtinin sonunda ayda iki louis altını ile yaşayan yaşlı bir adam; herkesin alay ettiği, bizim de Goriot Baba dediğimiz gerçek bir bahtsız!

Vikontes:

–Ah ne çocuksunuz siz, diye bağırdı, Madam de Restaud bir Matmazel Goriot'dur

Düşes:

– Bir tel şehriyecinin kızı, diye ekledi. Bir pastacının kızı ile aynı günde kendisini saraya tanıtmış olan öylesine bir kadıncağız işte. Hatırlıyor musunuz, Clara? Kral gülmeye başladı da una dair güzel bir söz söyledi Lâtince. İnsanlar... nasıldı canım? İnsanlar...

Eugène:

– Ejusdem farinae, diye tamamladı.

Düşes:

– Tam da dediğiniz gibi, dedi.

Dehşet içinde kalan öğrenci:

– Ya! demek ki babasıymış! diye söylendi.

– Evet, öyle; bu adamcağızın deli divane olduğu iki kızı vardı, ikisi de babalarını inkar etmişler. Vikontes Madam de Langeais'ye bakarak:

– İkincisi, dedi. Adı Alman olan bir bankerle, bir Baron de Nucingen'le evli değil midir? Adı Delphine olacak? Operada bir yanda locası bulunan, Bouffons tiyatrosuna da giden, dikkati çekmek için pek yüksek sesle gülen bir sarışın kadın değil mi bu?

Düşes şunları söyleyerek gülümsedi:

– Ama sevgilim, hayran oluyorum size. Bu insanlarla neden bu kadar ilgileniyorsunuz? Matmazel Anastasie'nin ununa bulanmak için, Restaud gibi delice âşık olması gerekirdi insanın. Ah! Böyle yaparak iyi bir tacir de olmayacaktır. Karısı, kendisini mahvedecek olan Mösyö de Trailles'ın ellerinde.

Eugène:

– Babalarını reddetmişler! diye tekrar etti.

Kontes:

– Öyle ya, evet, babalarını, baba, bir baba... diye karşılık verdi. Denildiğine bakılırsa, kendilerini mükemmel bir şekilde evlendirip mutluluklarını sağlamak için her birine beş altı yüzer bin frank veren, kızlarının gene kızları kalacaklarını umarak, yanlarında kendine iki varlık, içinde tapılırca sevileceği, çok iyi bakılacağı iki ev yaratmış olacağını sandığı için, kendisine, en çok sekiz on bin franklık gelir bırakan iyi bir baba, iki yıl içinde damatları onu sefillerin sefili diye evlerinden kovup attılar...

Gene gençlik ilaçlarının büyüsü altında, temiz ve kutsal aile duyguları ile daha henüz arınmış ve ancak Paris medeniyetinin savaş alanında ilk gününü yaşamakta olan Eugène'in gözlerinden birkaç damla yaş aktı. Gerçek duygular o kadar bulaşıcıdır ki bu üç kişi, bir an için, sessizce bakıştılar.

Madam de Langeais:

– Ah! Tanrım, dedi. Evet, bu pek korkunç gibi görünüyor, ama gene de her gün aynı şeyi görüyoruz. Bunun bir sebebi yok mu? Söyleyin bana, canım, bir damadın ne olduğunu hiç düşündünüz mü siz? Bir damat, sizin ya da benim, bin bağla bağlı bulunduğumuz sevgili küçük bir yaratığı kendisi için yetiştireceğimiz, tam on yedi yıl ailenin sevinci, Lamartine'in diyeceği gibi, ailenin beyaz ruhu, derken baş belâsı olacak olan bir adamdır. Bu adam kızımızı elimizden aldığı zaman, meleğin kalbinde ailesine karşı duyduğu bütün duyguları o saat kesip atmak için, kalkıp aşkını bir balta gibi kullanmaya başlayacaktır. Dün, kızımız bizim için her şeydi, biz de kendisi için her şeydik; ertesi gün, o bizim düşmanımız kesilir. Her gün oynanan bu trajediyi görmüyor muyuz? Burada, tüm malını oğlu uğruna feda etmiş kayın babaya karşı gelin, alabildiğine küstahtır.

Daha ötede, bir damat kaynanasını kovar. Bugün toplumda dramatik olan ne diye sorulduğunu duyuyorum; fakat pek saçma şeyler halini almış olan evliliklerimizi hesaba katmaksızın, damat dramı korkunçtur. Bu ihtiyar tel şehriyecinin başına geleni çok iyi anlıyorum. Öyle sanıyorum ki bu Foriot...

– Goriot, efendim.

– Evet, bu Moriot ihtilalde kendi bölüğünün başkanıymış. O meşhur kıtlığın sırrını biliyormuş, o zamanlar unları kendisine mal olduklarının on katına satarak servetini yapmış, istediği kadar un bulmuş. Büyükannemin kâhyası ona bol para karşılığında un satmış. Bu Noriot, o adamların hepsi gibi, genel kurtuluş birliği ile bölüşürmüş kazancını besbelli. Kâhyanın büyükanneme Grandvilliers'de tam güvenle kalabileceğini, çünkü buğdaylarının gerçekten bir kimlik belgesi olduğunu söylediğini hatırlarım.

Fakat kafa kesicilere buğday satan bu Loriot'nun, tek tutkusu varmış. O, dendiğine göre, kızlarına taparmış. Büyüğünü Restaud Hanedanı'na yükseltmiş, küçüğünü de Nucingen Baronu'na, Kralcı geçinen zengin bir bankere yamadı. Çok iyi anlarsınız ki iki damat, imparatorluk devrinde bu ihtiyar doksan üçlüyü evlerinde tutmaktan pek çekinmediler; o Bonaparte ile aynı hamurdan sayılabilirdi. Fakat Bourbonlar geri dönünce, adamcağız Mösyö de Restaud'nun da daha çok Baronun da başını derde soktu. İhtimal ki babalarını hâlâ seven kızlar, keçi ile lahanayı, koca ile babayı idare etmek istediler; evlerinde misafir olmayınca Toriot'yu içeri aldılar; sevgi bahaneleri yarattılar. 'Şu gün gelin babacığım daha iyi görüşürüz, yalnız başımıza kalırız çünkü!' diye. Ben, sevgilim, derin duyguların gözleri ve bir zekâsı var sanırım. Bu zavallı doksan üçlünün artık yüreği dağlanmıştır. Kızlarının kendisinden utanmış olduklarını; eğer onlar kocalarını seviyorlarsa, damatlarına zarar verdiğini görmüştür. Demek ki kendini feda etmek gerekiyordu. Baba olduğundan, kendini feda etmiştir. Kendi kendini uzaklaştırmıştır. Kızlarını mutlu görünce, iyi yaptığını anlamıştır. Baba ile çocuklar, bu küçük cinayetin suç ortakları olmuşlardır. Bunu her yerde görüyoruz. Bu Doriot Baba kızlarının salonunda bir makine yağı lekesi gibi olmayacak mıydı? Orada, zor durumda kalacak, canı sıkılacaktı. Bu babanın başına gelen en çok seveceği adam yüzünden en güzel kadının da başına gelebilir; eğer aşkı ile adamı sıkarsa, adam kalkıp gider, kendisinden kurtulmak için alçakça hareketlerde bulunur. Bütün duygular böyledir. Kalbimiz bir hazinedir, onu birden boşaltınız, mahvolmuş olursunuz. Bir duygunun kendisini olduğu gibi açığa vurmasını, bir adamın beş parasız kalması gibi bağışlayamayız artık. Bu baba her şeyini vermişti. Yirmi yıl, canını, aşkını vermişti. Bir gün içinde de servetini verdi. Limon iyice sıkılınca, kızları da posayı attılar.

Vikontes Madam de Langeais'nin bu hikâyeyi anlatırken, kendisi için söylemiş olduğu sözlerden müthiş rahatsız olduğundan, şalını didikleyerek ve gözlerini yukarı kaldırarak:

– Dünya kahpedir, dedi

Düşes:

– Kahpe mi? Hayır, dedi. Kendi yolunda gidiyor, işte o kadar. Ben, size ondan bu şekilde söz açıyorsam bu dünyaya kanmadığımı göstermek içindir.

Vikontes elini sıkarak, ekledi:

– Sizin gibi düşünüyorum. Dünya bir bataklıktır, yükseklerde kalmaya çalışalım.

Ayağa kalktı, şu sözleri söylerken Madam de Beausèant'ın alnından öptü:

– Şu an çok güzelsiniz şekerim, yüzünüzde hayatımda gördüğüm en güzel renkler var.

Sonra akrabaya bakıp, başını hafifçe eğerek çıktı.

Eugène gece gümüş takımını bükerken gördüğünü hatırlayarak:

– Goriot Baba büyük bir adammış! dedi.

Madam de Beausèant duymadı, düşünceliydi. Birkaç sessizlik anı geçti, genç öğrenci ise sanki utanç dolu bir şaşkınlık içinde, ne kalkıp gitmeyi, ne kalmayı, ne de konuşmayı göze alabiliyordu.

Vikontes en sonunda:

– Dünya kahpe ve kötüdür, dedi. Başımıza bir felaket gelmeye görsün, bize gelip onu söylemeye, sapını bize hayranlıkla seyrettirdikleri bir hançerle yüreğimizi deşmeye hazır bir dosta her zaman için rastlanır. Gelsin küçümsemeler, gelsin alaylar! Evet! savunacağım kendimi.

Soyluluğuna yaraşır bir biçimde başını tekrar kaldırdı, gurur dolu gözlerinde şimşekler çaktı.

Eugène'i görerek:

– Ah! Demek siz buradasınız!

Öğrenci mahcup bir tavırla:

– Hâlâ, diye karşılık verdi.

– Eh, Mösyö de Rastignac, bu dünyayı layık olduğu şekilde yargılayın. Yükselmek istiyorsanız, size yardım edeceğim. Kadın ahlaksızlığın ne derin olduğunu ölçecek, erkeklerdeki o sefil gururu anlayacaksınız. Bu dünya kitabını iyice okumuş olmama rağmen, gene de bilmediğim sayfaları varmış. Şimdi her şeyi biliyorum. Ne kadar soğukkanlı hareket ederseniz, o kadar ileri gidersiniz. Acımadan vurun, korkarlar sizden. Erkeklerle kadınları her konakta çatlamaya bırakacağınız posta beygirleri gibi kabul edin, böylece arzularınızın doruğuna ulaşırsınız. Görüyorsunuz, sizinle ilgilenen bir kadın bulamazsanız, burada hiçbir şey olamazsınız. Bu kadının genç, zengin, zarif olması gereklidir. Yalnız, gerçek bir sevginiz olursa, bir hazine gibi saklayın onu; bu sevgiden şüphe edilmesine fırsat vermeyiniz, mahvolursunuz. Artık cellât olamaz, kurban olursunuz. Severseniz eğer, sırrınızı iyice saklayınız! İyice düşünmeden sakın sırrınızı vermeyiniz. Henüz doğmamış bu aşkı korumak için, bu dünyadan çekinmeyi öğreniniz. Beni dinleyin, Miguel -hiç farkında olmadan adından yana yanılıyordu... Ölümünü görmek istedikleri babalarının iki kız tarafından terk edilmiş olmasından daha da korkunç bir şey vardır: bu da iki kız kardeşin kendi aralarındaki rekabettir. Restaud doğuştan soyludur, karısı asilliğe kabul edilmiş, saraya çıkmıştır; ama kız kardeşi, o zengin kız kardeşi, güzel Madam Delphine de Nucingen, paralı bir adamın karısı, kederinden ölmektedir; kıskançlık onu mahvetmektedir. Kız kardeşinden yüz mil uzaktadır; kız kardeşi artık kız kardeşi değildir. İki kadın babalarını nasıl inkâr ediyorlarsa kendilerini de öyle inkâr ediyorlar. Bu yüzden Madam de Nucingen, salonuma kabul edilmek için, Eren–Lazare sokağı ile Grenelle sokağı arasındaki olanca çamuru içebilir. Kendisini de Marsay'in hedefine ulaştıracağını sandı ve kendisini de Marsay'in kölesi oldu, de Marsay'in canını sıkıp duruyor. De Marsay ise onunla hiç ilgilenmiyor. Onu bana takdim ederseniz, onun Benjamin'i olursunuz, size taparcasına bağlanır. Elinizden gelirse artık onu seviniz, yoksa işinizi gördürürsünüz ona. Ben onu, büyük kabul gecesinde, ortalık çok kalabalıkken çağırırım bazen; ama hiçbir zaman gündüz evime kabul etmem. Kendisine selam veririm, bu da yeter ona. Goriot Baba'nın adını ağzınıza almakla, siz Kontesin kapısını kendinize kapattınız. Evet, dostum, Madam de Restaud'ya yirmi sefer gidin, yirmi sefer de evinde bulamazsınız onu.

Sakıncalı biri oldunuz. O halde, Goriot Baba sizi Madam Delphine de Nucingen'in evine soksun bari. Güzel Madam de

Nucingen sizin için bir tabelâ olur. Onun tarafından seçilirseniz, kadınlar sizin için çıldırır. Rakipleri, arkadaşları, en yakın dostları sizi onun elinden almak isteyeceklerdir. Başımızdan şapkalarımızı çıkarıp almakla, davranışlarımızı da alacaklarını sanan zavallı burjuva kadınları olduğu gibi, daha önceden bir başkası tarafından seçilmiş bulunan erkeği seven kadınlar da vardır. Başarılarınız olacaktır. Paris'te, başarı her şeydir, iktidarın anahtarıdır. Kadınlar eğer sizde akıl, kabiliyet bulurlarsa, kendilerine aksini söylemezseniz. Buna erkekler de inanır, artık her istediğinizi yapabilir, her yere girip çıkabilirsiniz. O zaman kibar âlemi neymiş, bir aldatılan ve aldanan topluluğu neymiş öğrenirsiniz. Siz ne onlardan, ne de bunlardan olunuz. Bu lâbirente girmeniz için size adımı bir Ariane İpliği gibi veriyorum.

Boynunu eğerek ve bir kraliçe bakışı ile öğrenciye bakarak:

– Bu adı sakın kirletmeyin, diye ekledi. Bana tertemiz geri verin. Gidin artık, beni bırakın. Bizlerin, biz kadınların da yapacak savaşları vardır.

Eugène onun sözünü keserek:

– Gidip bir maden ocağını ateşlemek için iyi niyetli bir adama ihtiyacınız olursa? dedi.

Kadın:

– O takdirde? diye konuştu. Delikanlı eliyle kalbine vurdu, kuzenim tebessümüne gülümsedi ve çıktı. Saat beşti. Eugène açtı, yemek saatine yetişememekten korktu. Bu korku ona, Paris'te çabucak parlamanın hazzını duyurdu. Kendiliğinden gelen bu zevk, onu aklını kurcalayan düşüncelere daldırdı. Onun yaşında bir delikanlı küçümsenirse öfkelenir, çıldırır, bütün toplumu yumruğu ile tehdit eder, öç almak ister ve kendi kendinden kuşkulanır. Rastignac bu anda şu sözlerin altında ezilmekteydi: Siz, kontesin kapısını yüzünüze kapattınız.

Kendi kendine:

– Gideceğim! dedi. Ya, eğer Madam de Beausèant haklı ise, ya sakıncalı görülmüşsem... Madam de Restaud gittiği her salonda beni bulacak karşısında. Silah kullanmayı, tabanca atmayı öğrenecek, Maxime'e, haddini bildireceğim! 'Ama para! diye haykırıyordu zihni: Parayı nereden bulacaksın bakalım?'

Kontes de Restaud'nun evindeki zenginlik, birden gözleri önünde parladı. Orada bir Goriot Kızı'nın âşık olması gereken lüksü, yaldızları, düpedüz değerli şeyleri, sonradan görmenin aptalca lüksünü, metresin aşırı harcamalarını görmüştü. Bu göz alıcı hayal, koca Beausèant konağının altında birden ezildi. Paris toplumunun yüksek bölgelerine yönelmiş hayali, zekâ ve vicdanını genişleterek, yüreğinde bir sürü kötü düşünce hissetti. Dünyayı olduğu gibi gördü. Kanunların ve ahlakın zenginler karşısındaki acizliğini gördü. Servet dünyada her şeye hükmediyordu.

İçinden:

– Vautrin haklıymış, servet fazilettir! dedi.

Neuve–Eren–Genevieve sokağına gelince, hemen odasına çıktı, arabacıya on frank vermek için indi, sonra o pis kokulu yemek salonuna girdi, burada, bir yemlik başındaki hayvanlar gibi sofraya oturmuş on sekiz pansiyon kiracısının yemek yediğini gördü. Bu yoksullukların görünüşü ve bu salonun havası ona tiksinti verdi. Geçiş öylesine ani, zıtlık öylesine tamdı ki yükselme duygusunu içinde sınırsızca geliştirmenin yolu yoktu. Bir yanda, en zarif toplumsal halin taze ve sevimli örnekleri, genç, dinç sanatın ve lüksün harikaları ile bezenmiş yüzler, şiir dolu, tutkulu başlar; öte yanda, çamura bulanmış çerçeveli, kederli tablolar ve tutkuların sadece iplikleri ve mekanizmalarını bırakmış olan yüzler. Terk edilmiş bir kadının Madam de Beausèant ağzı ile vermiş olduğu bilgiler, aldatıcı teklifler yeniden aklına geldi. Bilim ve aşka dört elle sarılmaya, bilgili bir doktor ve bir sosyete âlemin adamı olmaya karar verdi. Henüz pek küçüktü! Bu iki çizgi hiçbir zaman birbiri ile birleşmeyen iki düz çizgiydi.

Bu adamın, yüreğin en gizli sırlarını sanki bilirmiş gibi olduğu o bakışlardan birini ona çeviren Vautrin:

– Çok düşüncelisiniz Mösyö le Marki, dedi.

Öğrenci:

– Bana Mösyö le Marki diyenlerin şakalarına katlanabilecek durumda değilim, diye karşılık verdi. Burada, gerçek Marki olmak için insanın, yüz bin frank gelir sahibi olması gerekir, ama insan, Vauquer evinde yaşayınca, zenginliğin gözdesi değildir doğrusu.

Vautrin bir baba gibi ve küçümsercesine, sanki:

– Bak çocuk! Seni bir lokmada yutarım! derecesine Rastignac'a baktı.

Sonra konuştu:

– Sıkıntılısınız, çünkü güzel Kontes de Restaud'nun yanında başarı gösterememişsiniz her halde.

Rastignac:

– Babasının bizim masada yemek yediğini söylediğim için kapısını yüzüme kapadı, diye haykırdı.

Herkes birbirine baktı. Goriot Baba, gözlerini yere indirdi ve gözyaşlarını silmek için başını çevirdi.

Yanında oturana:

– Gözüme duman kaçırdınız, dedi.

Eugène eski tel şehriyecinin komşusuna bakarak:

– Goriot Baba'yı üzen, bundan böyle karşısında beni bulur, diye konuştu. O hiçbirinize benzemez.

Matmazel Taillefer'e doğru dönerek:

– Madamlar sizi kastetmiyorum, diye ekledi.

Bu cümle bir bitiş oldu, Eugène bu cümleyi masadakileri susmaya zorlayan bir tavırla söylemişti. Yalnız Vautrin alaycı bir şekilde ona dedi ki:

– Kendi hesabınıza Goriot Baba'ya sahip çıkmak, onun yaptıklarından sorumlu olmak için, iyi kılıç kullanmayı ve iyi tabanca atmayı bilmek gerekir.

Eugène:

– Ben de öyle yapacağım, dedi.

– Demek bugün savaşa girdiniz?

Rastignac:

– Belki de diye karşılık verdi. Ama başkalarının gece yarısı yaptıklarını anlamaya çalışmadığımdan, ben de kendi işlerim hakkında kimseye hesap vermek zorunda değilim.

Vautrin, ters ters Rastignac'a baktı.

– Oğlum, insan kuklalara aldanmak istemeyince, oyun alanının ta içine girmeli, perde deliklerinden bakmakla yetinmemelidir.

Eugène'i kızgın bir halde görünce:

– Bu kadar yeter, diye ekledi. Ne zaman isterseniz beraberce küçük bir konuşma yaparız.

Yemek tatsız ve soğuk geçti. Goriot Baba, öğrencinin söylediklerinin kendisine verdiği derin acıyla paramparça olduğundan, ona karşı hislerin değişmiş olduğunu da zulmü bitirebilmek kudretindeki bir delikanlının, savunmasını kendi üzerine almış bulunduğunu da anlamadı.

Mme Vauquer yavaş bir sesle:

– Mösyö Goriot, dedi. Şu anda demek bir kontesin babası, öyle mi?

Rastignac:

– Aynı zamanda Barones babası, diye karşılık verdi.

Bianchon Rastignac'a:

–Elinden gelen ancak budur, dedi. Kafasını inceledim, kendisinde yalnız bir çıkıntı var, babalık çıkıntısı, ebedî bir baba olacak.

Bianchon'un şakası kendisini bile güldürmeyecek kadar ciddi idi. Madam de Beausèant'ın öğütlerinden yararlanmak istiyor, nerede ve nasıl para bulacağını düşünüyordu. Gözlerinin önünden hem boş boş ve hem de dolu dolu geçip giden dünyanın otlaklarını düşünürken kaygılandı, yemek bitince herkes onu yalnız bıraktı!

Goriot heyecanlı bir sesle ona:

– Demek ki kızımı gördünüz? diye sordu.

Adamcağız tarafından daldığı düşünceden uyandırılan Eugène, onun elini aldı ve bir çeşit incelikle yüzüne bakarak:

– Siz mert ve saygıdeğer bir insansınız, diye karşılık verdi. Kızlarınızdan ilerde söz ederiz.

Goriot Baba'yı dinlemek istemeden kalktı ve odasına çekildi. Orada annesine şu aşağıdaki mektubu yazdı:

"Sevgili anneciğim, bak bakalım bana emzirtecek bir üçüncü memen var mı? Çabucak zengin olacak bir durumdayım. Bin iki yüz franga ihtiyacım var, üstelik bu parayı derhal almam gerekiyor. İsteğim hakkında babama sakın hiçbir şey söyleme, belki karşı çıkar, ben de bu parayı elde edemezsem, beni kafama kurşun sıkmaya sürükleyecek bir umutsuzluğa düşebilirim. Sebeplerini görüştüğümüz zaman anlatırım, çünkü içinde bulunduğum durumu açıklamak için ciltler dolusu yazı yazmam lâzım sana. Kumar oynamadım anneciğim, hiçbir borcum filân da yok; fakat bana vermiş olduğun hayatın korunmasını istiyorsan, bu parayı bulmalısın bana. Sözün kısası, beni koruması; altına alan Madam Vikontes de Beausèant'ın evine gidiyorum. Kibar âlemine girmem gerek ama temiz eldivenler almak için hiç param yok. Yalnız ekmek yiyebilir, yalnız su içebilir, gerekirse aç kalabilirim; ama bu diyarda bağı bellemeğe yarayan araçlardan vazgeçemem. Benim için ya yoluma devam etmek, ya da çamur içinde kalmak söz konusu. Bana bağladığınız bütün umutları biliyor, bunları da çabucak gerçekleştirmek istiyorum. Anneciğim, eski mücevherlerinden birkaçını sat, yakında yenilerini alırım sana onların. Bu gibi fedakârlıkların değerini anlayabilecek kadar iyi biliyorum ailemizin durumunu. Şuna inan ki bunları yapmanı boşuna istemiyorum, bir canavar olurdum yoksa. İsteğimde sadece mutlak bir ihtiyacın çığlığını gör. Geleceğimiz, gerçekten bu yardıma bağlı, bu yardımla savaşa başlayabilirim; çünkü bu Paris hayatı sürekli bir savaştır. Eğer parayı tamamlamak için, teyzemin dantelâlarını satmaktan başka çare yoksa, ona daha güzellerini göndereceğimi söyle kuzum."

Kendilerinden biriktirmiş oldukları paraları istemek üzere kız kardeşlerinin her birine yazdı ve severek yapmaktan çekinmeyecekleri fedakârlıktan aile içinde söz açmaksızın, bu paraları onlardan almak için, genç yüreklerde pek gergin olan ve pek güçlü ses veren şeref tellerine dokunarak, inceliklerini harekete geçirdi. Bu mektupları yazıp bitirince, isteği dışında bir iç sıkıntısına düştü, kalbi hızla çarpıyor, onu titretiyordu. Bu gözü yükseklerde genç, bu yalnızlığa gömülmüş ruhların o tertemiz soyluluğunu ve yüceliğini biliyordu. İki kız kardeşin nasıl acı duyacaklarına ama aynı zamanda nasıl sevineceklerine; küçücük de bu sevgili ağabeyden, nasıl gizli gizli söz açacaklarına sebep olacağını da biliyordu. Vicdanı ışığında, onları küçük hazinelerini sayarken gördü. Onları, bu parayı kendisine gizlice göndermek için, genç kızlardaki kurnazca dehayı gösterirken, yüce olmak için ilk defa gizli işler yaptıklarını gördü.

İçinden: "Bir kız kardeşin yüreği elmastan bir saflık bir merhamet uçurumudur!" dedi.

Mektupları yazmış olduğuna utandı. Dilekleri ne kadar güçlü, ruhlarının Tanrı'ya doğru yönelişi ne kadar saf olacaktı! Kendilerini nasıl hazla feda edeceklerdi! Annesi bütün parayı gönderemezse, nasıl acı çekecekti. Bu güzel duygular, bu müthiş fedakârlıklar ise Delphine de Nucingen'e ulaşmak için ona basamak hizmetini görecekti. Gözlerinden, ailenin kutsal mihrabına serpilmiş son günlük taneleri gibi, birkaç damla gözyaşı geldi. Umutsuzluk dolu bir heyecan içinde gezindi. Goriot Baba, onu aralık bulunan kapısından bu durumda görünce, içeri girdi ve kendisine şunu sordu:

– Neyiniz var, Mösyö?

– Ah! Komşucuğum, siz nasıl babaysanız, ben de henüz oğul ve kardeşim. Kontes Anastasie için titremekte haklısınız. O, kendisini mahvedecek olan, Mösyö Maxime de Trailles'in elinde.

Goriot Baba, Eugène'in anlamını kavrayamadığı birkaç söz

mırıldanarak çekildi. Ertesi gün, Rastignac mektuplarını postaya atmaya gitti. Son dakikaya kadar tereddüt içindeydi ama şöyle diyerek onları attı kutuya: "Başaracağım!" diye yazdı. Kumarbazın, büyük kumandanın sözü kurtardığından fazla insanı mahveden kaderci sözü...

Birkaç gün sonra, Eugène Madam de Restaud'nun evine gitti ama kabul edilmedi, üç kere daha oraya gitti, Kont Maxime de Trailles'in bulunmadığı saatlerde gitmiş olmasına rağmen, üçünde de kapıyı kapalı buldu. Vikontes doğru söylemişti. Öğrenci artık çalışmaz oldu. Yoklamada buradayım demek için derslere gidiyor ama sınıfta olduğunu kanıtlayınca, çekip gidiyordu. Çalışmalarını sınav zamanına bırakıyordu. İkinci ve üçüncü yıl kayıtlarını üst üste yapmaya, sonra da hukuku ciddi ve son anda bir çırpıda öğrenmeye karar vermişti. Paris sularında gemisini yürütmek, burada kendini kadın ticaretine vermek, ya da servet avlamak için on beş aylık boş zamanı vardı artık. Konağına ancak Marki d'Ajuda'nın arabasının ayrılıp gittiği anda Madam de Beausèant'ı, bu hafta iki kere gördü. Eren–Germain semtinin en şairane yüzü, bu ünlü kadın, birkaç gün daha mutlu yaşadı. Rochefide'in kızı ile Marki d'Ajuda–Pinto'nun evlenmesini askıda bıraktırdı. Fakat mutluluğu kaybetmek korkusundan, hepsinden daha ateşli kıldığı bu son günler, hemen felaketi getirmek zorundaydı. Marki d'Ajuda, Rochefidelerle konuşarak bu barışmaya mutlu bir olay diye bakmıştı. Madam de Beausèant'ın bu evlilik düşüncesine alışacağını ve öğleden önceki zamanlarını, erkeklerin hayatında doğal sayılan bir geleceğe feda edeceğini umuyorlardı. Her gün yenilenen en kutsal vaatlere rağmen, Mösyö d'Ajuda artık oyun oynuyor, aldanmış olmaktan hoşlanıyordu. En candan dostu, de Langeais: "Kendini asilce pencereden atacak yerde, merdivenlerden yuvarlanıyor..." diyordu. Oysa bu son mutluluk ışıkları Vikontes'e Paris'te kalacak ve yeğenine, bir çeşit hurafece sevgiyle bağlandığı yeğenine el uzatacak kadar uzun zaman parladı. Kadınların hiçbir bakışta, merhamet, gerçek teselli göremedikleri bir devirde Eugène ona karşı sadık ve duygulu görünmüşü. Böyle zamanlarda bir erkek, onlara tatlı sözler söylerse bunda ancak bir bit yeniği vardır.

Nucingen Konağı'na yanaşmağa kalkmadan önce iş alanını çok iyi tanımak isteği ile Rastignac, Goriot Baba'nın geçmiş hayatını öğrenmek istedi ve şöylece özetlenebilen gerçek bilgiler topladı.

Jean–Joachim Goriot, İhtilâlden önce, basit, becerikli, tutumlu ve rastlantının 1789'daki ilk ayaklanmanın kurbanı ettiği ustasının tezgâhını satın alabilecek, girişken bir tel şehriyeci çırağıydı. Jusienne sokağında, buğday hali yakınında yerleşmiş, ticaretini sağlama almak için kendi bölümünün başkanlığını kabul etmek akıllılığını göstermişti. Bu kurnazlık, sonunda tahılların Paris'te pek yüksek bir fiyata yükseldiği, sahte ya da gerçek kıtlıkta, büyük servetinin kaynağı olmuştu. Bazı kimseler bakkallardan rahat bir şekilde İtalyan Hamurları satın alırken, halk da fırınlar önünde birbirini yiyordu. O yıl, vatandaş Goriot, büyük bir paranın verdiği olanca üstünlükle, daha sonraları, ticaretini yürütmesini sağlayacak olan sermayeleri topladı; ancak şöyle böyle yeteneği olan bütün insanların başına gelen, onun da başına geldi. Orta halli oluşu kurtardı kendisini. Zaten, ancak zengin olmak tehlikesinin artık ortadan kalktığı zamanda öğrenilen serveti, kimsenin kıskançlığını harekete geçirmedi. Tahıl alışverişi, bütün aklını fikrini almışa benziyordu. Buğdaylar, unlar, hayvan yemleri, bunların özelliklerini, nereden geldiklerini bilmek, korunmalarını sağlamak, fiyatlarını bilmek, ürünlerin bolluk ya da kıtlığını önceden kestirmek, tahılları ucuza elde etmek, bunları Sicilya'dan, Ukrayna'dan toplamak söz konusu olduğunda, Goriot'nun bir eşi yoktu. Onun işlerini yönetişini, tohumların ihracatı, ithalâtı hakkındaki kanunları bir bir bilişini, bu kanunların en ince ayrıntılarını inceleyişini, kusurlarını! Bir bir ortaya döküşünü gören bir insan, onun devlet bakanı olmaya hak kazandığını düşünürdü. Sabırlı, çalışkan, enerjik, dayanıklı, satışlarında aceleciydi, kartal gibi bir bakışı vardı, her şeyi önler, her şeyi önceden görür, her şeyi bilir, her şeyi gizlerdi; diplomat gibi düşünüp, asker gibi yürürdü. İş sahasının dışına çıkınca, işsizlik saatlerinde, omzu kapının pervazına dayalı, eşiğinde durduğu sade ve karanlık dükkânının dışında aptal ve kaba işçi, bütün zekâ zevklerine karşı aldırışsız adam, tiyatroda uyuyan adam, yalnız ahmaklıkta kudretli, şu Parisli Dolibanlardan biri olurdu artık. Bu gibi insanlar hemen her zaman birbirine benzerler. Hemen hepsinin yüreğinde, yüce bir duygu bulursunuz. Tel şehriyecinin gönlünü iki mutlak duygu sarmış, tahıl ticareti nasıl beynindeki olanca zekâyı almışsa, bu duygu da yüreğindeki sevgiyi işte öyle almıştı. Brie'li zengin bir çiftçinin tek kızı olan karısı, ona dinsel bir hayranlık, sınırsız bir aşk ilham etmişti. Goriot ondaki kendisininkiyle alabildiğine zıt sayılan, narin ve güçlü, duygulu ve güzel bir yaradılışa hayran olmuştu. Eğer insanın içinde doğuştan gelme bir duygu varsa, zayıf bir insana karşı her an yapılan korumanın verdiği gurur değil midir bu? Buna aşkı, zevklerinin, kaynağı için bütün ince ruhların bu tam minnetini ekleyiniz, o zaman bir sürü ahlak gariplikierini anlarsınız. Yedi yıllık bulutsuz mutluluktan sonra, Goriot, ne yazık ki karısını kaybetti. Karısı duygular alanı dışında, onun üzerinde saltanat kurmaya başlıyordu. Bu cansız yaratılışı belki geliştirecek, ona belki dünya ve hayat olayları hakkında derin bir anlayış kazandıracaktı. Bu durumda, babalık duygusu Goriot'da çılgınlık derecesine ulaştı. Ölümün aldattığı sevgilerini, iki kızına, önce, onun olanca duygularını tatmin eden iki kızına verdi. Kızlarını kendisine vermeye çabalayan tüccarlar ya da çiftçiler tarafından yapılan teklifler ne kadar parlak olursa olsun, gene de dul kalmak istedi. Kayınpederi, sevgi duyduğu tek insan, Goriot'nun ölmüş de olsa karısına ihanet etmemeye yemin ettiğini gururlanarak söylerdi. Sıradan adamlar, bu yüce deliliği kavramaktan yoksun kişiler, bu durumu alaya aldılar ve Goriot'ya bir sürü kaba saba lakaplar taktılar. İçlerinden, bir pazarlık şerefine şarap içerken, bu lâkabı söyleyen biri, tel şehriyeciden omzuna öyle bir yumruk yedi ki bu yumruk onu, Oblin sokağının bir sınır taşı üzerine yolladı. Goriot'nun kızlarına karşı gösterdiği düşüncesiz bağlılık, kuşkulu ve tatlı sevgi kadar açıktı. O kadar ki bir gün rakiplerinden biri, piyasanın hâkimi olmak için onu pazar yerinden uzaklaştırmak isteyerek kendisine, Delphine'in bir arabanın altında kaldığını söyledi. Tel şehriyeci, benzi sararmış halde, hemen halden ayrıldı. Bu babalığın verdiği tarif edilmez tuhaf duyguların etkisi yüzünden günlerce hastalandı. Bu adamın omzuna öldürücü yumruğunu indirmediyse de tehlikeli bir durumda, onu iflâsa zorlayarak, halden uzaklaştırdı. İki kızın eğitimi besbelli çılgınca oldu. Altmış bin frangdan fazla geliri olan ama kendisi için bin iki yüz frank bile harcamayan Goriot'nun mutluluğu, kızlarının tuhaf dileklerini yerine getirmekti. Onlara iyi bir eğitimi bildiren yetenekler aşılamak üzere en seçkin, öğretmenler tutuldu; bir kız arkadaşları oldu. Ne mutlu onlara, akıllı ve ince fikirli bir insan çıktı bu; ata biniyor, araba ile geziniyor, yaşlı zengin bir soylunun metresleri nasıl yaşarlarsa onlar da öyle yaşıyorlardı. En pahalı dileklerinin yerine gelmesi için babalarına bir kerecik söylemeleri yeterdi. Adamcağız sunduğu şeylere karşılık sadece bir okşayış bekliyordu. Goriot kızlarını melekler katına, doğal olarak kendi seviyesinin üstüne çıkarıyor, zavallı adam! Onların, kendisine yaptığı kötülüğü bile seviyordu. Kızları evlenme çağına gelince, kocalarını kendi zevklerince seçebildiler, içlerinden her biri babasının servetinin yarısını drahoma olarak alabilecekti. Güzelliği yüzünden Kont de Restaud'nun peşine düştüğü Anastasie'nin, yüksek toplumsal çevrelere girmek için kendisini baba evinden ayrılmaya zorlayan aristokratça eğilimleri vardı. Delphine parayı severdi. Sonraları Kutsal İmparatorluk Baronu olan Alman asıllı banker Nucingen'le evlendi. Goriot, tel şehriyeci olarak kaldı. Kızları ile damatları, bütün hayatı sayıldığı halde bu ticarete devam ettiğini görmekten hemen öfkelendiler. Beş yıl ısrarlarına karşı koyduktan sonra, mallarından gelen para ile şu son yılların kârlarını birleştirip işten çekilmeye razı oldu. Pansiyonuna yerleştiği Mme Vauquer'in sekiz on bin frank gelir getirir diye tahmin etmiş olduğu sermaye ile pansiyona kapılandı.

Bu bilgiler ticaret evini satın almış olan Mösyö Muret'nin Goriot Baba hakkında bildiği bütün bilgilerdi. Rastignac'ın Düşes de Langeais ağzından duymuş olduğu tahminler böylece doğrulanmış oluyordu. Bu karanlık ama korkunç Paris trajedisinin hikâyesi burada biter.

Aralık ayının ilk haftasının sonuna doğru, Rastignac biri annesinden, öbürü de büyük kız kardeşinden, iki mektup aldı. Pek tanıdık bu yazılar, sevinçten hem yüreğini çarptırdı hem de korkudan titretti onu. Umutları yönünden düşünülünce bu iki ince kâğıt parçası bir ölüm – kalım kararını taşıyordu. Ana–babasının içinde bulundukları zor durumu düşünerek bir korku duyduğu halde, kanlarının son damlasını emmiş olmaktan çekinmemek için, sevgilerini iyice ölçüp biçmişti. Annesinin mektubu şöyle yazılmıştı:

"Sevgili oğlum, benden istediğini gönderiyorum. Bu parayı iyi bir işe kullan; hayatını kurtarmak söz konusu bile olsa, bir daha babanın haberi olmadan sana bu kadar önemli bir parayı bulamam, baban öğrenirse evimizin düzeni bozulur. Bu parayı bulmak için, toprağımızı rehine koymak zorunda kalmış oluruz. Bilmediğim tasarılarının değerini takdir etmek bence imkânsızdır; ama bana söylemekten korktuğuna göre içyüzü neymiş acaba bunların? Bu açıklama ciltlerle yazı istemezdi, biz analara genellikle bir tek kelime yeterdi, bu tek kelime de beni kararsızlığın acılarından kurtarmış olurdu. Mektubunun üzerimde bıraktığı acı etkiyi senden saklayamazdım. Sevgili oğlum, yüreğime böyle bir korku salmaya seni zorlayan duygu neymiş acaba? Bana yazarken bir hayli acı çekmiş olmalısın, mektubunu okurken ben de çok acı çektim çünkü. Ne gibi bir hayat serüvenine atılıyorsun bakalım? Hayatın, mutluluğun, çalışmalarına ayırdığın değerli zamanları kaybetmeden içine giremeyeceğin bir âleme devam etmene bağlı olmayacak mı? Benim iyi Eugène'im, bir ana kalbine inan, karışık yollar hiç bir büyüklüğe varmaz. Sabır senin durumunda bulunan gençlerin erdemi olmalı. Seni azarlamıyorum, armağanımıza hiçbir acı katmak istemezdim. Sözlerim ileriyi gördüğü kadar da inanan bir annenin sözleridir. Sorumluluklarının ,ıeler olduklarını biliyorsan, ben de yüreğinin ne kadar temiz, niyetlerinin ne kadar kusursuz olduklarını biliyorum. Sana çekinmeden şöyle de diyebilirim: Haydi, iki gözüm oğlum, yürü! Anne olduğum için titriyorum; fakat adımlarının her biri dileklerimiz ve dualarımızla seve seve izlenmiş olacaktır. Tedbirli ol sevgili oğlum. Bir erkek gibi uslu akıllı olmalısın, senin için aziz olan beş kişinin kaderleri sana bağlı. Evet, senin mutluluğun nasıl bizimkine bağlı ise bizim bütün umudumuz da işte öyle sende. Sana, işlerinde yardımcı olması için hepimiz Tanrı'ya dua ediyoruz. Teyzen Marcillac, bu işte akıl almaz bir iyilikte bulundu. Eldivenlerin hakkında bana söylediğine varıncaya kadar hepsini tasarlıyormuş. Ama çocukların büyüğüne karşı bir düşkünlüğü varmış, bunu neşeyle söylüyordu. Eugène'im, teyzeni çok sev, başarıya ulaştığın zaman onun senin için ne yaptığını söylerim sana; yoksa onun parası ellerini yakar senin. Siz çocuklar, hatıraları feda etmenin ne olduğunu bilmezsiniz! Ama sizin için neler feda edilmez ki? Seni alnından öptüğünü, bu öpücükle sana çok zaman mutlu olma gücünü vermesini istediğini söylemeyi üzerime yüklüyor. Bu iyi yürekli ve temiz kadın parmaklarında damla hastalığı olmasaydı yazacaktı sana. Baban iyidir. 1819 yılının ürünü, umutlarımızı aşıyor, hoşça kal çocuğum; kız kardeşlerin hakkında hiçbir şey söylemeyeceğim. Laure sana mektup yazıyor. Aile içindeki ufak tefek olaylar hakkında ileri geri konuşma zevkini ona bırakıyorum. Umarım başarı gösterirsin! Oh! Evet, başar Eugène'im, bir ikinci defa dayanamayacağım kadar şiddetli bir acı çektirme bana. Çocuğuma vermek için delicesine servet isterken, yoksul olmak neymiş anladım iyice. Haydi, hoşça kal. Bizleri habersiz bırakma, annenin sana yolladığı öpücüğü buradan al."

Eugène bu mektubu bitirdiğinde, gözleri yaşlar içindeydi. Kızının borç senedini gidip kapatmak için gümüş takımını külçe haline getirip satan Goriot Baba'yı düşünüyordu.

Annem de elmaslarını ezip büktü! diyordu içinden. Teyzem eski hatıralarından birkaçını satarken ağladı şüphesiz! Sen ne hakla Anastasie'ye lanet okursun? Onun âşığına yaptığını sen de yarınki hayatının bencilliği uğruna taklit ettin! Kim daha iyi, sen mi, yoksa o mu?

Öğrenci içine dayanılmaz bir ateş düştüğünü hissetti. Sosyete dünyasından vazgeçmek, bu parayı almamak istiyordu. Benzerleri hakkında hüküm verdikleri zaman insanlarca değeri pek az takdir edilen, yeryüzü yargıçları tarafından suçlu bulunmuş kimseyi, hemen her zaman cennetin melekleri tarafından bağışlatan o asil ve sır dolu tatlı pişmanlıkları duydu. Rastignac kız kardeşinin safça, zarif anlatışları ile içini serinleten mektubunu açtı.

"Mektubun tam zamanında geldi, sevgili kardeşim. Agathe'la ben, paramızı çeşitli yollarda harcamak istiyorduk ama ne alacağımızı bilemiyorduk, İspanya Kralı'nın uşağının efendisinin saatlerini devirdiği zaman yaptığını yaptın, bizi alıştırdın. Dileklerimizin hangisini diğerine üstün tutacağız diye, doğrusu durmadan birbirimize giriyorduk ama Eugène'ciğim, bütün dileklerimizi içine alan yolu bulamıyorduk. Sonunda, bütün gün iki deliye döndük; o kadar ki (bu teyzemin ağzıdır) annem, o ciddi tavrı ile bize: "Söyleyin bakalım kızlar neyiniz var?" diyordu. Biraz azarlanmış olsaydık, sanırım, daha memnun olurduk. Bir kadının sevgilisi, acı çekmeye zevkle katlanabilir! Ama ben sevincim arasında düşünceli ve üzüntülüydüm. Kötü bir kadın olacağım besbelli, avuç avuç para harcıyorum. Kendime iki kemer, korselerimin bağlarını deleyim diye güzel bir zımba, bir sürü, öteberi almıştım, öyle ki benim tutumlu olan, sofu bir kadın misali, paraları yavaş yavaş biriktiren şu şişko Agathe'dan daha az param vardı. İki yüz frangı vardı onun! Benim ise, zavallı dostum, ancak elli "ecu"m. Cezamı iyice çektim, kemerimi kuyuya atmak istiyordum, onu takmak bana acı gelecektir. Sanki senin paranı çalmışım. Agathe çok sevimli oldu. Dedi ki bana: "İkimiz bir olalım, üç yüz elli frank yollayalım!" dedi. Fakat sana olanları anlatmak istemedim. Emirlerini yerine getirmek için biliyor musun ne yaptık? Güzelim paralarımızı aldık yanımıza, ikimiz gezmeye çıktık, bu kez, ana yola varınca, Ruffec'e koştuk, burada Mesageries Royales dairesini yöneten, Mösyö Grimbert'e parayı seve seve emanet ettik. Geri dönerken kırlangıçlar gibi hafiflemiştik. "Ruhumuzu mutluluk mu hafifletiyor böyle?" dedi bana Agathe. Sana tekrarlayamayacağım bin bir şey söyledik birbirimize, Parisli Mösyö, hep sizden açıldı söz. Ah! sevgili kardeşim, seni müthiş seviyoruz, işte iki kelime ile hepsi bu. Sırra gelince, teyzeme göre, bizim gibi ufak tefek maskeler her şeyi yapabilirmiş, susabilirmiş hatta. Annem teyzemle bir olup esrarlı şekilde Angouleme'e gitti, Mösyö le Baron gibi, bizim de katılmadığımız, uzun uzadıya konuşmalardan sonra başlayan yolculuklarının yüksek politik tutumu hakkında ikisi de sessizliğini korudular. Rastignac devletinde kafaları büyük davalar doldurmakta. Majeste Kraliçe için sultanların işledikleri delikli, çiçekli muslin elbise en derin sessizlik içinde ilerliyor. Sadece yapılacak iki yeri kaldı geriye. Verteuil yönüne duvar çekilmemesine karar verildi, bir çit yapılacakmış buraya. Bir grup, halk burada meyveleri kaybedecek, yemişleri kaybedecek ama yabancılar için güzel bir görünüm kazanılacak. Varisin eğer mendillere ihtiyacı varsa, dul Marcillac Kraliçesinin, Pompei ve Herculanum adıyla işlenmiş hazinelerini ve sandıklarını karıştırırken, tanımadığı, bir top güzel Hollanda bezi bulduğunu bilsin; Prenses Agathe'la Prenses Laure ipliklerini, iğnelerini her zaman için biraz fazla kırmızı ellerini veliahdın emirlerine hazır tutarlar. Don Henri ile Don Gabriel denen iki genç prens, üzüm reçeli yemek, kız kardeşlerini kızdırmak, hiçbir şey öğrenmek istememek, kuşları yuvalarından çıkarmakla eğlenmek, ortalığı gürültüye vermek; devletin yasalarına inat, değnekler yapmak için sazları kesmek gibi uğursuz alışkanlıklarını saklamışlardır. Papanın elçisi, halkın kabaca Mösyö Papaz dediği, dilbilgisinin kutsal kurallarını ağaçlara tırmanıp hırgür içinde yemiş koparmak kurallarına üstün tutmakta devam ederlerse, onları aforoz etmekle korkutmaktadır. Hoşça kal, sevgili kardeşim; mektup denilen şey hiçbir zaman mutluluğun için bunca iyi dilekler, bunca memnunluk dolu sevgi taşımamıştır. Demek geldiğinde söyleyecek çok şeyin olacak! Bana hepsini söyleyeceksin, büyüğüm ben. Teyzem sosyete dünyasında başarılar kazandığını bize kaçırıverdi ağzından. Bir kadından söz açılıyor da ötesi gizleniyor... Anlaşılan, bizlerden gizliyorlar! Söyle Eugène, istersen, gel mendillerden vazgeç, biz sana gömlekler dikeriz. Bu konuda çabuk karşılık ver bana. Sana eğer hemen iyi dikilmiş güzel gömlekler lazımsa, derhal işe koyulmak zorunda kalacağız; eğer Paris'te, bilmediğimiz şekiller varsa, hele kolluklar bakımından, bize bir örnek gönderirsin. Hoşça kal! Seni alnının sol köşesinden, yalnız benim olan köşesinden öperim... Öbür sayfayı, sana söylediğimi okumayacağını söyleyen Agathe'a bırakıyorum. Fakat bundan daha da emin olmak için, sana yazdığı vakit onun yanında bulunacağım.

Seni seven kız kardeşin.

LAURE DE RASTIGNAC

"Evet..." dedi içinden Eugène. "Evet, ne pahasına olursa olsun zengin olmak lazım! Bu fedakârlığı hazineler bile ödeyemez. Onlara her mutluluğu sağlamak istedim birden. Bin beş yüz elli frank!" dedi az sonra. "Her biri yerini bulmalıdır! Laure'un hakkı var... Bir kadın uğruna! Kaba bezden gömleklerim var sadece. Bir başkasının mutluluğu uğruna bir genç kız, bir hırsız kadar kurnaz oluyor. Kendisi için masum ama benim için ileriyi gören, yeryüzünün günahlarını anlamadan bağışlayan Tanrı Meleği sanki!b."

Dünya sanki onun olmuştu! Terzisi şimdiden çağrılmış, fikri sorulmuş kazanılmıştı. Mösyö de Trailles'i görünce Rastignac, terzilerin delikanlıların hayatı üzerinde yaptığı etkiyi anlamıştı. Bu iki nokta arasında ortanca yoktur. Bir terzi dediğin, ya can alıcı düşman, ya da hesapça sağlanmış bir dosttur. Eugène, kendi terzisinde ticaretinin ince noktasını anlamış olan, kendini delikanlıların şimdiki hali ile geleceği arasında bağlayıcı bir çizgi gibi gören bir adama rastladı. Bu yüzden Rastignac, bu adamın kaderini sonraları kendisini şöhretli kılan şu sözlerden biriyle ifade etmişti.

– Tanıdım onu, diyordu. Yirmi bin frank gelirli iki evliliği sağlayan iki pantolonu vardı.

Bin beş yüz frank ve istediği kadar çok elbise! O anda zavallı Güney'li, artık hiç bir şeyden kuşkulanmadı. Bir miktar paraya sahip olmanın bir delikanlıya verdiği o tarif edilmez tavırla da sabah kahvaltısına indi. Bir öğrencinin cebine para girdiği anda, içinde esrarlı bir sütun yükselir. Eskisinden daha sıkı yürür, yükselmek için gönlünde bir dayanak noktası hisseder, güvenli, doğru bakışlı olur, çevik davranışları vardır; bir gün önce, alçak gönüllü ve çekingen iken darbeler yer; ama ertesi günü, bir başkana kafa tutabilir. Varlığında olağanüstü olaylar baş gösterir; her şeyi ister ve her şeyi yapabilir, karışık şeyler arzular, sevinçlidir, cömerttir, coşkundur. Kısacası, dün kanatsız olan kuş gene eski şeklini bulmuştur. Beş parasız öğrenci, bin tehlike içinde bir kemiği çalan köpek gibi parçalar onu iliğini emer, derken gene koşar; fakat cebinde geçici birkaç altını şakırdatan delikanlı, onların hazlarını tadar, bu hazları ayarlar, kendini bu hazlara kaptırır, yükselir, artık sefillik kelimesi nedir bilmez. Paris malıdır sanki onun. Her şeyin parıl parıl, her şeyin ışıl ışıl ve alev alev yandığı çağ! Ne kadının, ne erkeğin, hiç kimsenin faydalanamadığı sevinçli kuvvet çağı! bütün zevkleri on kat çoğaltan borçlar ve amansız korkular çağı! Seine'in sol kıyısında, Eren-Jacques sokağı ile Eren-Peres sokağı arasında yaşamamış olan, insan hayatından hiç bir şey anlamaz!

Rastignac, Mme Vauquer'in, tanesini on franga verdiği o pişmiş armutlardan yerken, içinden:

– Ah! Paris kadınları bilselerdi! diyordu. Kendilerini sevdirmek için buraya gelirlerdi.

Bu sırada, Messageries Royales'ın bir memuru, parmaklıklı kapıyı çaldıktan sonra yemek salonunda göründü. Mösyö Eugène de Rastignac'ı sordu, ona alsın diye iki kese ile imzalaması için de bir defter uzattı. O zaman Rastignac, Vautrin'in kendisine yönelttiği derin bakışla bir kamçı darbesi yemiş gibi oldu.

Bu adam kendisine:

– İşte silah dersleriyle, atış derslerini ödeyecek paraya sahipsiniz artık, dedi.

Mme Vauquer keselere bakarak, ona:

– Kalyonlar geldi, diye ekledi.

Matmazel Michoneau kıskançlığını göstermek korkusu içinde paraya gözlerini dikmekten çekiniyordu.

Madam Couture:

– İyi bir anneniz var, dedi.

Poiret:

– Mösyö'nün iyi bir annesi var, diye tekrarladı.

Vautrin:

– Evet, annenin canı çıkmış, dedi. Artık maskaralıklarınızı yapabilir, sosyete dünyasına girer, orada drahomalar avlar, başlarında şeftali çiçekleri bulunan Konteslerle dans edebilirsiniz. Fakat inanın bana delikanlı, ateşe gene devam edin siz.

Vautrin düşmanına nişan alan bir adam hareketi yaptı. Rastignac memura bir bahşiş vermek istedi ama cebinde hiçbir şey bulamadı. Vautrin kendi cebini karıştırdı ve adama yirmi sous attı.

Öğrenciye bakarak

– Sağlam bir itibarınız var, dedi.

Madam de Restaud'nun evinden döndüğü gün, aralarında geçmiş tatsız sözlerden beri bu adam kendisine her ne kadar çekilmez geldiyse de Rastignac, ona teşekkür etmek zorunda kaldı. Bu sekiz gün, Eugène'le Vautrin, sessizce, karşı karşıya durmuşlar, birbirlerini inceliyorlardı. Öğrenci bunun neden böyle olduğunu boşuna düşünüyordu. Şüphesiz düşünceler, tasarlandıkları güçle doğrudan doğruya ağızdan çıkarlar, havan topundan fırlayan bombalara yön veren yasaya benzer bir matematik yasasına göre, beynin gönderdiği yere gidip çarparlar. Bunların etkileri çeşitlidir. Fikirlerin yerleştiği ve bozduğu yumuşak huylar varsa, iyice silahlanmış huylar da bir duvara çarpıp yere düşen mermiler gibi başkalarının iradesinin üzerine düştüğü ve yassılaştığı tunç siperli kafalar da vardır; dahası, başkasının düşüncelerinin, güllelerin tabyaların yumuşak toprağına gömülüşü gibi, içine gelip öldüğü gevşek ve pamuk gibi mizaçlar da vardır. Rastignac, en hafif çarpışmada patlayan o barut dolu başlardan birine sahipti. Bu düşünce çarpışmalarına, bu duyguların etkisine kapılmamak için henüz pek gençti. Manevî görüşünde sırtlan gözlerinin, uzağı görebilme gücü vardı. Çift yönlü duyularının her birinde o esrarlı uzunluk, üstün insanlarda, her zırhın kusurunu sezmekte usta sayılan düellocularda bizleri şaşkınlığa düşüren o atılış ve geriye dönüş çevikliği vardır. Bir aydır Eugène'de, iyi vasıflar gibi kötü huylar da gelişmişti zaten. Kusurları, sosyete dünyası ile giderek artan, arzularının gerçekleşmesi ile oluşmuştu. İyi vasıfları arasında çözülmesi zor bir Loire ötesi insanına, herhangi bir kararsızlıkta kalma imkânı vermeyen, o güneyli canlılığı vardı. Kuzeyli insanların bir kusur saydığı özellik onlara göre bu özellik Muret'nın mutluluğunun başlangıcı olmuşsa, ölümünün sebebi de olmuştur. Bundan şu sonuca varmak gerekir ki bir Güneyli, Kuzeyin hilekârlığını, Loire ötesinin gözüpekliğine katmayı bilince, tam insan olur ve İsveç Kralı kalır. Bu yüzden Rastignac, bu adamın dostu mu yoksa düşmanı mı olduğunu bilmeden, Vautrin'in uzun zaman top ateşleri kalamazdı. Onda her şey pek kapalı; bilen, her şeyi gören ama hiç bir şey söylemeyen bir sfenksin derin hareketsizliği gibi göründüğü halde, zaman zaman bu garip adamın tutkularına nüfuz ettiğini ve içini okuduğunu sanıyordu. Kesesini dolu hissedince, Eugène diklendi.

Kahvesinin son yudumlarını çektikten sonra çıkmak için ayağa kalkan Vautrin'e:

– Lütfen biraz bekler misiniz? dedi.

Kırklık adam geniş kenarlı şapkasını başına geçirip, dört hırsızın saldırısına uğramış olmaktan korkmayan insan gibi sürekli çevirdiği demir bastonunu eline alırken:

– Neden? diye sordu.

Bir keseyi çabucak açan ve Mme Vauquer'e yüz kırk frank sayan Rastignac:

– Size borcumu ödeyeceğim, dedi.

Dul kadına da:

– Temiz hesaplar iyi dostlar yaratır, dedi.

–Paskalya'ya kadar ödeştik. Bozuverin bana şu yüz sous'u.

Poiret Vautrin'e dönüp:

– Temiz hesaplar sağlam dostlar yaratır, diye tekrarladı.

Rastignac, peruklu sfenkse para uzatarak:

– Alın, yirmi sous, dedi.

Vautrin, Eugène'i yüz kere kızıp köpürmek derecesine getirdiği o alaylı ve Diojen'ce gülümseyişlerden biriyle bıraktığı, delikanlının içine işleyen bir bakış fırlatarak:

– Bana bir şey borçlu olmaktan korkuyorsunuz galiba? diye bağırdı.

Elinde iki keseyi tutan ve odasına çıkmak üzere ayağa kalkan Eugène:

– Evet, kesinlikle öyle, diye karşılık verdi.

Vautrin salona açılan kapıdan çıkıyordu, öğrenci de merdiven başına giden kapıdan çıkmak üzereydi.

O zaman Vautrin, salonun kapısını çarparak ve soğuk bir bakışla kendisine bakan öğrenciye doğru ilerleyerek:

– Bana söylediğiniz sözün, terbiyeye hiç de uymadığını biliyor musunuz, Mösyö le Marki de Rastignacorama? dedi.

Rastignac kendisiyle beraber Vautrin'i de merdiven altına, yemek odasını mutfaktan ayıran, oradan bahçeye açılan ve uzun demir parmaklıkla çevrili iki kanatlı bir kapının bulunduğu dört köşe yere sürükleyip götürürken, yemek odasının kapısını kapadı, öğrenci burada, mutfaktan çıkan Sylvie'nin önünde, dedi ki:

– Mösyö Vautrin, ben Marki değilim, adım da Rastignacorama değildir.

Matmazel Michonneau kayıtsız bir tavırla:

– Kavga edecekler, dedi.

Poiret:

– Kavga edecekler, diye tekrarladı.

Mme Vauquer:

– Olur mu öyle şey, diye karşılık verdi.

Matmazel Victorine bahçeye bakmak üzere ayağa kalkarken:

– Bakar mısınız! ıhlamurlar altına doğru gidiyorlar, diye bağırdı. Bu zavallı delikanlının hiçbir suçu yok.

Madam Couture:

– Yavrucuğum, odamıza çıkalım, diye konuştu; bunlar bizim işimiz değil.

Madam Couture'le, Victorine'in ayağa kalktıkları sıra, kapıda, önlerini kesen tombul Sylvie'ye rastladılar.

O da;

– Ne oluyor yahu? diye sordu. Mösyö Vautrin Mösyö Eugène, "Hesabımızı görelim..." dedi. Sonra koluna girdi, bakın, işte şimdi de bizim enginarlar arasında ilerliyorlar.

Bu sırada, Vautrin göründü.

– Mme Vauquer, dedi gülümseyerek. Sakın korkmayın, tabancalarımı deneyeceğim ıhlamurlar altında.

Victorine ellerini kavuşturarak:

– Evet, mösyö, dedi. Mösyö Eugène'i neden öldürmek istiyorsunuz?

Vautrin iki adım geriledi ve Victorine'i tepeden tırnağa süzdü.

Zavallı kızı utandıran, alaylı bir sesle:

– Bu da başka hikâye, diye bağırdı. Bu delikanlı çok sevimli, değil mi? diye ekledi. Bana bir fikir veriyorsunuz. Benim güzel çocuğum, ikinizin de mutluluğunu sağlayacağım.

Madam Couture evlâtlığını kolundan tutmuştu ve kulağına şunu diyerek kendine çekmişti:

– Aman, Victorine, bu sabah pek tuhafsın sen.

Mme Vauquer:

– Ben evimde tabanca atılmasını istemem, dedi. Bu saatte, bütün komşuları korkutup polisi mi, getirteceksiniz

Vautrin:

– Telaşlanmayın, Vauquer anne, dedi. Sadece atışa gidiyoruz.

Rastignac'ın yanına gitti, dostça koluna girdi. Ona:

– Otuz beş adımdan tam beş sefer, kurşunumu bir maça asının ortasına isabet ettirsem bile. Bu sizin cesaretinizi kırmasın. Bana biraz öfkeli gibi geldiniz de. Kendinizi bu şekilde bir aptal gibi öldürtebilirsiniz.

Eugène:

– Vaz mı geçiyorsunuz? dedi.

Vautrin:

– Beni kızdırmayın, diye karşılık verdi.

Yeşil boyalı iskemleleri göstererek:

– Bu sabah hava soğuk değil, gelin de şuraya oturalım, dedi. Burada bizi kimse duymaz. Sizinle konuşacaklarım var. Kötülüğünü istemediğim iyi bir delikanlısınız. Severim sizi, inanın ki severim sizi -vay canına!.. Vautrin'in hatırı için severim. Sizi neden severmişim, bunu da söyleyeceğim. Yalnız, sanki sizi ben dünyaya getirmişim gibi tanıyorum, bunu da kanıtlayacağım size.

Ona yuvarlak masayı göstererek:

– Keselerinizi şuraya bırakın, dedi.

Rastignac kesesini masanın üstüne koydu ve kendisini öldürmekten söz ettikten sonra, şimdi de koruyucusu kesilen bu adamın davranışlarında aniden beliren değişikliğin, kendinde yarattığı meraka kapılarak oturdu.

Vautrin:

– Benim kim olduğumu, ne iş görmüş, ya da ne iş yapmakta olduğumu düpedüz öğrenmek istersiniz, dedi. Çok meraklısınız yavrum. Haydi bakalım, içiniz rahat olsun. Daha neler duyacaksınız neler! Başıma ne felaketler geldi. Önce beni dinleyin, ondan sonra diyeceğinizi dersiniz. İşte benim bundan önceki hayatım, üç kelime ile... Ben kimim: Vautrin. Ne yaparım: İşime geleni. Geçelim, huyumu öğrenmek ister misiniz? Bana iyilik edenlere ve yüreği benimkine açık olanlara karşı iyiyimdir. Bunlar için her şeye izin vardır kendilerine: Aklınızı başınıza alın demeden bacak kemiklerime tekmeler sallayabilirler. Ama Tanrı hakkı için, beni rahatsız edenlere, ya da hoşuma gitmeyenlere karşı şeytan kadar kötüyümdür.

Yere tükürerek:

– Bir adam öldürmenin benim için şu tükürük kadar değeri olmadığını size öğretmek yerinde olur! dedi. Yalnız, ille de öldürmek gerekirse, o zaman temiz bir şekilde öldürmeye zorlarım kendimi. Bir sanatçı dediğiniz insanlardanım. Şu karşınızda gördüğünüz ben, Memoires de Benvenuto Cellini'yi okudum, hem de İtalyancasından! Yaman bir insan olan bu adamdan ben, bizleri güzel öldüren Tanrı'yı taklit etmeyi, her bulunduğu yerde güzeli sevmeyi öğrendim. Bütün insanlara karşı tek başınıza ve şanslı olmak, oynanacak güzel bir oyun değil mi zaten? Sizin toplumsal düzensizliğinizin bugünkü durumunu da uzun uzun düşündüm. Yavrum, düello bir çocuk oyunu, bir aptallıktır. Yaşayan iki insandan biri yok olmak zorunda kalınca, bunu tesadüfe bırakmak için aptal olmak gerekir. Düello? Ya yazı demektir ya da tura! Bir maça asının göbeğine, arka arkaya, her yeni kurşunu ötekinin üzerine oturtarak beş kurşun sıktım, hem de otuz beş adımdan! İnsan böyle usta olunca, düşmanını alt edebileceğini sanabilir. Oysa adamın birine yirmi adımdan silah çektim, gene de tutturamadım, gene de vuramadım. Zavallıcık ömründe bir kere bile silah kullanmamıştı.

Bu garip adam, yeleğini çözerek ve bir ayı sırtı gibi tüylü, korkuyla karışık bir tiksinti uyandıran kızıl renkli bir kıl tabakası ile dolu göğsünü göstererek:

– Bakınız! dedi, Rastignac'ın parmağını göğsündeki bir çukura yerleştirerek, bu delikanlı beni buramdan vurdu, diye ekledi. Fakat o zamanlar bir çocuktum, sizin yaşınızdaydım, yirmi birindeydim. Henüz bir şeye, bir kadının aşkına, sizin de içine gireceğiniz bir sürü aptallıklara inanıyordum. Dövüşecektik değil mi? Beni öldürebilirdiniz. Diyelim ki yere düşmüş olayım, siz nerede olacaktınız? Kaçmak, İsviçre'ye gitmek, parasız babanın parasını yemek gerekecekti. Ben, size içinde bulunduğunuz durumu açıklayacağım; ancak bu açıklamayı, bu dünyanın işlerini inceledikten sonra, yapılacak iki şey olduğunu gören bir insan üstünlüğü ile yapacağım: Ya aptalca boyun eğiş vardır, ya da baş kaldırma. Ben hiçbir şeye boyun eğmem, doğru değil mi? Gidişinize göre, size ne lâzım biliyor musunuz? Bir milyon, hem de temizinden şöyle; yoksa sizde bu akıl varken, yüce bir varlık var mı yok mu diye anlamak için, gidip Eren-Cloud dağlarında dolaşabilirsiniz. Bunu, bu milyonu ben vereceğim size.

Eugène'e bakarak bir an sustu.

– Evet! Evet! Vautrin babacığınıza karşı daha anlayışlı davranıyorsunuz. Bu sözü işitirken siz, kendisine: "Bu akşam görüşürüz..." denen, süt içen bir kedi gibi yalana yalana, süslenip püslenen bir genç kıza benziyorsunuz. Hoş, doğrusu! İkimizin arasında kalsın! Delikanlı, işte hesabınız. Sizin orada, babanız, anneniz, büyük teyzeniz, biri on sekiz, biri de on yedisinde iki kız kardeşiniz, sonra biri, on beş, biri de on üçünde iki erkek kardeşiniz var, işte nüfus sayımı. Teyze, kız kardeşlerinizi büyütüyor. Köy papazı erkek kardeşlerinize Lâtince öğretmeye geliyor. Aile, has ekmekten çok kestane ezmesi yiyor, baba pantolonlarını dikkatle kullanıyor, anne zorlukla bir kışlık elbise ile bir yazlık elbise yaptırıyor, kız kardeşleriniz ise ne buluyorlarsa onu giyiyorlar. Her şeyi biliyorum, Oralarda bulundum ben. Evinizde dönen dolaplar bu işte, size yılda iki bin yüz frank gönderiyorlarsa da toprağınız ancak üç bin frank getiriyor. Bir aşçı kadınınızla bir uşağınız var, itibarı korumak gerek, baba barondur, bize gelince, bizim de gözümüz yükseklerde, akraba olarak Beausèant'larımız var ama gene de yayan yürüyoruz, zenginlik istiyoruz ama cebimiz boş. Vauquer Anne'nin uydurma yemeklerini yiyoruz ama Eren-Germain semtinin güzelim sofralarına içimiz gidiyor, bir ot minderde yatıyoruz ama bir konak istiyoruz. İsteklerinizi kınamıyorum. Tutku sahibi olmak cancağızım, herkese has değildir bu. Kadınlara hangi erkekleri aradıklarını sorun, ihtiraslıları ararlar. İhtiraslıların öteki erkeklerinkinden daha sağlam ciğerleri, daha demir dolu kanları, daha sıcak yürekleri vardır. Kadın da güçlü olduğu saatlerde kendini öyle mutlu ve öyle güzel bulur ki kollarında ezilmek tehlikesini bile göze alarak, güçlü kuvvetli olanı bütün erkeklere tercih eder. Durumu anlatmak için isteklerinizin listesini çıkarıyorum, soru ise, işte şudur: Açız, dişlerimiz keskin, tenceremizi doldurmak için nasıl davranmalıyız? Önce yemek yeme yasası var elimizde, eğlendirici değil, hem hiç bir şey de öğretmez; ama gene de gerekli. Öyle olsun. Bir ağır ceza mahkemesi başkanı olmak, zenginlere rahatça uyuyabilmelerini sağlamak amacı ile omuzlarında T. F. damgası olduğu halde, bizden fazlasıyla değerli olan zavallıları sürgüne göndermek için avukat oluyoruz. Garip değil ama uzun iş... Önce pek sevdiğimiz cicilere dokunmadan bakarak, Paris'te iki yıl beklemek, hiçbir zaman gönül rahata ermeden sürekli istemek yorucudur. Soluk benizli ve yumuşakçalar soyundan olsaydınız, korkacak hiç bir şeyiniz olmazdı; ama bizlerde aslanların o delikanlı ile günde yirmi delilik edecek bir iştahı var. Öyleyse bu işkenceye, yüce Tanrı'nın cehenneminde göreceğimiz en korkunç işkenceye uğrarsınız. Kabul edelim ki aklı başında olacaksınız, süt içecek ve ağıtlar yakacaksınız; böyle kendini bilen bir insan olduğunuza göre, bir köpeği kudurmuş hale sokacak kadar bir yığın sıkıntı ve yoksunlukları sineye çektikten sonra, hükümetin, bir kasap köpeğinin önüne bir kemik atar gibi, size ayda bin frank aylık vereceği bir kasaba köşesinde, bir budalanın yardımcısı olmakla, mesleğe başlamak gerekecek. Hırsızların peşinden havla, zengin için savunma yap, duygulu kişileri giyotine gönder. Ne büyük iş! Koruyanlarınız yoksa, taşra mahkemesinde çürüyüp gideceksiniz. Otuz yaşına doğru, cübbenizi henüz başlarına geçirmemişseniz yılda bin iki yüz franklık yargıç olursunuz. Kırk yaşınıza gelince, hemen hemen altı bin franklık gelirli, bir değirmenci kızı ile evlenirsiniz. Eksik olsun. Koruyanlarınız oldu mu, otuz yaşında kralın savcısı olur, bin ekü aylık alır, Belediye Başkanı'nın kızıyla da evlenirsiniz. Eğer şu ufak tefek siyasi bayağılıklardan birini yapar, söz gelişi, bir bültende: Manuel yerine tutup, Villele diye okumak bayağılığını gösterirseniz 'bu türlü okuma kafiyelidir, rahatlık verir içe,' kırk yaşında, başsavcı olur, üstelik milletvekili bile seçilebilirsiniz. Dikkat edin sevgili çocuğum, vicdancığımıza karşı ufak tefek suçlar işlemiş, yirmi yıl sıkıntı, gizli sefillikler çekmiş bulunacağız, kız kardeşlerimiz de evde kalmış olacak. İlave olarak, şunu da söyleyebilirim ki Fransa'da ancak yirmi başsavcı vardır, içlerinde bir derece terfi almak için ailelerini satacak olan düzenbazlara rastlamak şartıyla, bu yere can atan yirmi bin kişisiniz. Eğer meslek sizi tiksindiriyorsa, başka şeye bakalım. Rastignac Baronu avukat mı olmak istiyor? Evet! güzel. On yıl eziyet çekmek, ayda bin frank harcamak, bir kitaplık, bir işyeri sahibi olmak, sosyete âlemine girmek, davalar almak için yüksek bir avukatın eteğini öpmek, adliyeyi diliyle yalamak gerek. Eğer bu sanat sizi iyiye götürürse, hayır demezdim; ama bana Paris'te beş avukat gösterin ki elli yaşında, yılda elli bin franktan fazla kazansın? Boş ver! Ruhumu böyle küçültmektense, korsanlık etmeyi tercih ederim. Hem nereden bulmalı eküleri? Bütün bunlar hoş değil. Bir kadının drahomasında bir kaynak buluruz. Evlenmek mi istiyorsunuz? Boynunuza taş bağlamak olur bu; hem para için evlenirseniz, şeref duygularınız, asaletiniz ne olur sonra? İnsanca uzlaşmalara karşı baş kaldırmanıza bugünden itibaren başlamak iyi olur. Bir kadının önüne bir yılan gibi serilmek, kaynananın ayaklarını yalamak, bir dişi domuzu iğrendirecek şekilde bayağılıklar yapmak, beş para etmez. Eh! bari mutluluğa erseniz. Fakat böyle evleneceğiniz bir kadınla lâğım taşları kadar perişan olursunuz. Bir kadınla dövüşmektense, erkeklerle çarpışmak daha iyidir. İşte hayatın dört yol ağzı, seçiniz delikanlı. Zaten seçmiş de bulunuyorsunuz. Yeğenimiz Beausèant'ın konağına gittiniz, burada lüksün havasını kokladınız. Goriot Baba'nın kızı, Madam de Restaud'nun evine gittiniz, burada da Parisli kadının havasını kokladınız. O gün, alnınıza yazılmış kelime ile ama benim iyice okuduğum kelime ile geldiniz: Yükselmek! Ne pahasına olursa olsun. Aşkolsun! dedim, işte hoşuma giden babayiğit. Paraya ihtiyacınız oldu. Nereden bulmalı parayı? Kız kardeşlerinizi yoldunuz. Zaten bütün erkek kardeşler az çok kız kardeşlerini soyarlar. Beş paralık sikkelerden daha bol kestane bulunan bir memlekette, Tanrı bilir! Nasıl koparılmış olan bin beş yüz frangınız, yağmaya çıkmış askerler gibi çözülüp gidecektir. Sonra ne yapacaksınız? Çalışacak mısınız? Çalışma, şu anda anladığınız gibi olunca, yaşlılık günlerinde, Poiret gücündeki delikanlılara, Mme Vauquer'in evinde, bir oda sağlar. Çabucak servet sahibi olmak hepsi de sizin durumunuzda bulunan elli bin gencin şu anda çözmeye çalıştıkları bir sorundur. Siz bu sayı içinde bir birimsiniz. Göstereceğiniz çalışmalarla savaşın zorluğunu bir düşünün hele. İyi bir yer olmadığına göre, bir kavanoz içindeki örümcekler gibi birbirinizi yemeniz gerek. Burada nasıl ilerlenir bilir misiniz? Ya dehanın parlayışı ya da ahlaksızlığın kurnazlığı ile. Bu insan yığını içine ya bir top güllesi gibi dalmalı, ya da bir veba gibi sızmalı. Dürüstlük hiçbir şeye yaramaz. İnsan dehanın gücü altında ezilir, dehadan nefret eder, paylaşmadan aldığı için, dehaya iftira atmaya kalkar; ama o dayatırsa, insan baş eğer o zaman. Kısacası insan, onu çamur içine sokamayınca yola gelip tapar dehaya. Ahlaksızlık güçlü, yetenek nadirdir. Bu yüzden ahlaksızlık sık sık görülen orta halliliğin silahıdır. Siz bu silahın ucunu her yerde hissedeceksiniz. Kocalarının topu topu altı bin frank yıllık geliri olan ama kendi süsleri için on bin franktan fazla para harcayan kadınlar göreceksiniz. Bin iki yüz frank aylıklı memurların topraklar satın aldıklarını göreceksiniz. Bir Fransız ayan üyesinin oğlunun Longchamp'da, ana yolda giderken, arabasına binmek için kadınların yosmalık yaptıklarını göreceksiniz. Kocasının elli bin frank geliri olan kızı tarafından ciro edilmiş senedi ödemek zorunda kalmış zavallı Goriot Baba budalasını gördünüz. Size cehenneme özgü sahtekârlıklara rastlamadan Paris içinde iki adım atamazsınız diyorum. Zengin, güzel ve genç olsa bile hoşunuza gidecek olan ilk kadın yüzünden belâya girersiniz diye size başım üzerine bahse girerdim. Bütün hepsinin kanunlarla araları iyi değildir, hepsi de çeşitli sebeplerden dolayı kocalarıyla kavgalıdır. Sevgililer için, paçavralar için, çocuklar için, ev işi ya da böbürlenme için, emin olun, kırk yılda bir de erdem için yapılan sahtekârlıkları size bir bir sayıp dökmem gerekse sonunu getiremem bunun. Bu bakımdan dürüst adam ortaklaşa düşmandır. Fakat dürüst adamı ne sanırsınız? Dürüst adam susan ve paylaşmayı reddeden adamdır Paris'te. Size, işlerinden dolayı hiçbir zaman ödül almadan dört bir yanda çalışan, yüce Tanrı'nın beceriksizler alayı, o zavallılardan söz etmiyorum. Budalalığının tüm güzelliği ile erdem, besbelli bunlardadır ama alçaklık da bunlarda. Eğer Tanrı kıyamet günü bize görünmemek gibi kötü şakada bulunursa, bu babayiğit insanların yüzlerini nasıl asacaklarını ben buradan görüyorum. Şu halde hemen servet sahibi olmak istiyorsanız, şimdiden zengin olmalı ya da zenginmiş görünmelisiniz. Zengin olmak için, artık büyük oyunlar çevirmek gerekir; yoksa insan, benim gibi dibe batar! Eğer, girebileceğiniz yüz meslek içinde, çabucak başarı gösteren on kişiye rastlanırsa, halk bunlara hırsız damgasını vurur. Yargılarınızı kendiniz verin. İşte olduğu gibi hayat böyledir. Hayat mutfaktan daha güzel değildir. Pis kokan mutfak kadar ama yemek yemek isteniyorsa elleri kirletmeli; yalnız iyice temizlenmeyi bilin. Çağımızın bütün ahlâkı budur işte. Size dünyadan böyle bahsediyorsam bana böyle konuşma hakkını vermiştir o. Ben, bilirim dünyayı. Dünyayı kötülediğimi mi sanıyorsunuz? Kesinlikle değil. O, her zaman böyledir. Ahlâkçılar kesinlikle dünyayı değiştiremeyeceklerdir. İnsan hep bir şeyleri yarım kalan, hatalarla dolu yaratıklardır. O, bazen az ya da çok hilekârdır, bunun üzerine aptallar kalkıp insanın iyi ya da kötü ahlâklı olduğunu söylerler. Zenginleri halkın iyiliğine suçlandırmıyorum, insanoğlu yüksekte, alçakta, ortada aynıdır. Bu yüksek hayvan sürüsünün her milyonu içinde kendilerini her şeyin, hatta yasaların bile üstünde gören on gamsıza rastlanırsa ben de bunlardan biriyim. Siz eğer üstün bir insansanız, dümdüz ve başı dik ilerleyiniz. Yalnız kıskançlığa, iftiraya, orta halliliğe karşı, herkese karşı savaşmak gerekecektir. Napolyon, Aubry adında, az kalsın kendisini sömürgelere sürecek olan bir Savunma Bakanı'na rastladı. Deneyin kendinizi! Her sabah bir gün öncekinden daha güçlü irade ile yataktan kalkabiliyor musunuz bakın bakalım? Bu durumlarda, size hiç kimsenin reddedemeyeceği bir teklifte bulunacağım. İyi dinleyin. Bakın, benim bir fikrim var. Fikrim, gidip büyük bir arazide, sözgelimi yüz bin hektarlık bir arazide, Birleşik Devletlerde, güneyde kabile reisi gibi yaşamaktır. Orada bir bey gibi ömür sürerek, istediklerimi yaparak, alçıdan bir inde yaşanılan bu yerde hayal edilemez bir hayat geçirerek çiftçilik yapmak, köleler edinmek, öküzlerimi, tütünümü, ormanlarımı satıp birkaç milyoncuk kazanmak niyetindeyim. Ben büyük bir şairim. Şiirlerimi yazmıyorum. Bunlar davranışlarımdan, duygularımdan ibarettirler. Bana ancak kırk zenci sağlayacak olan elli bin frangım var şu anda. İki yüz bin franga ihtiyacım var, çünkü kabile reisi hayatına karşı duyduğum özlemi gerçekleştirmek için, iki yüz zenci istiyorum. Bilirsiniz, zenciler, meraklı bir kral savcısının gelip de şu bu diye sorup durmadığı, istenildiği gibi kullanılabilen bir takım çocuklardır. Bu kara sermaye ile on yılda, üç–dört milyon kazanabilirim. Başarı gösterirsem, bana kimse kalkıp: "Kimsin sen?" diye sormaz. Amerikan vatandaşı, Mösyö Dörtmilyon olurum. Yaşım elliyi bulur, henüz elden ayaktan kesilmiş olmam, eğlenip giderim keyfimce; işte. İki kelimeyle eğer size bir milyonluk bir drahoma sağlarsam, bana iki yüz bin frank verir misiniz? Yüzde yirmi komisyon, nasıl çok mu? Karıcığınıza kendinizi sevdirirsiniz. Bir kere evlendiniz mi, kaygılarınızı, pişmanlıklarınızı ortaya döker, on beş gün kadar üzgün görünürsünüz. Bir gece, bir takım ağız oyunlarından sonra, ona: Sevgilim! diyerek, iki öpücük arasında karınıza, iki yüz bin frank borçlu olduğunuzu çıtlatırsınız. Bu vodvil en seçkin gençlerce her gün oynanmaktadır. Genç bir kadın, kalbini çalandan kesesini esirgemez. Zararlı çıkacağınızı mı zannediyorsunuz? Hayır, iki yüz bin frangınızı bir işten kazanmanın yolunu bulursunuz. Paranız ve aklınızla, istediğiniz kadar büyük bir servet yapabilirsiniz. Kısacası altı aylık bir zaman içinde, kendi mutluluğunuzu, sevimli bir kadınınkini ve babacığınız Vautrin'inkini sağlayabilirsiniz, üstelik kışın, odunsuzluk yüzünden, parmaklarını hohlayan ailenizinkini de hesaba katmadan. Size teklif ettiğim şeye de sizden istediğime de şaşırmayın lütfen! Paris'te yapılan altmış güzel evlilik işinde, bu biçim pazarlıklara dayanan kırk yedi evlilik vardır. Noterlerin odası adam almaz...

Rastignac, Vautrin'in sözünü keserek hayretle:

– Ne yapmalıyım? diye sordu.

Bu adam, oltasının ucunda bir balık sezen balıkçının o kaba sevincine benzer bir sevinç davranışı göstererek:

– Hemen hiçbir şey, diye karşılık verdi. İyi dinleyin beni! Kötü talihli ve yoksul bir zavallı kızın yüreği aşkla dolmaya pek susamış süngerdir, üzerine bir duygu damlası düşer düşmez şişiveren kuru sünger. Gelecek servetinin farkında bile olmadan, yalnızlık, umutsuzluk ve yoksulluk şartları içinde yaşayan bir genç kıza kur yapmak! İnanın ki elde sağlam koz bulunmak, piyangodan çıkacak numaraları bilmek, haberleri bilerek tahviller üzerinde oynamak demektir. Kazıklar üzerinde yıkılması imkânsız bir evlilik kuracaksınız. Bu genç kıza gelsin hele milyonlar, o zaman onları, çakıl taşları gibi ayaklarınızın altına serecektir. Al, sevgilim! Al, Adolpfe! Al, Alfred! Al, Eugène! diyecektir eğer Adolphe, Alfred, ya da Eugène kendilerini ona feda etmek akıllılığını göstermişlerse. Benim fedakârlıklardan anladığım şey, gelip Cadran Bleu'de bir arada şöyle mantarlı börekler yemek; oradan çıkınca, akşama, Ambigu–Comique Tiyatrosu'na uğramak için eski bir elbise satmak; ona bir şal almak için saatini emniyet sandığına koymaktır. Ben size kadınların pek değer verdikleri aşk mektubu ile benzeri saçmalıklardan, söz gelişi, onlardan uzak olunca, gözyaşı diye kâğıda su damlaları serpmek gibi sahtekârlıklardan söz açmıyorum. Gönül dilini pek iyi biliyormuşsunuz gibi geliyor bana sanki. Paris, görüyorsunuz ya, içinde birbirinden ayrı toplumsal sınıfların verdiği ürünle geçinip giden, yirmi vahşi kabilenin, İllinoiların, Huronların kaynaştıkları bir yeni dünya ormanı gibidir; bir milyon avcısısınız siz. Bunları ele geçirmek için, tuzaklar, ökseler, yemler kullanıyorsunuz. Çeşit çeşit av yolu vardır. Kimileri drahoma avlar; kimileri tasfiye avındadırlar; şunlar vicdanları avlar, şunlar ise ellerini ve kollarını bağladıktan sonra abonelerini teslim ederler. Dağarcığı dolu olarak dönen selamlanır, kutlanır, yüksek sosyeteye alınır. Bu konuksever toprağa hakkını verelim. Sizin, dünyada bulunan en anlayışlı şehirde işiniz var. Avrupa'nın bütün başkentlerindeki o kibirli soylular, alçak bir milyoneri aralarına almaktan kaçınsalar bile, Paris ona kollarını açar, şenliklerine koşar, yemeklerini yer ve alçaklığı şerefine kadeh kaldırır.

Eugène:

– Ama böyle bir kızı nerede bulmalı? diye sordu.

– Bu kız sizin karşınızda.

– Matmazel Victorine mi?

– Tamam.

– Bu nasıl olur?

– Küçük Rastignac Baronesi sizi zaten seviyor!

Şaşıran Eugène:

– Beş parası yok onun, dedi.

Vautrin:

– Evet! mesele de burada ya! İki kelime daha söylersem, dedi. Her şey aydınlanacak. Taillefer Baba ihtilâl sırasında dostlarından birini öldürmüş diye tanınan ihtiyar bir namussuzdur. Düşüncelerinde bağımsızlık olan babayiğitlerden biridir bu. Bankacıdır, Frederic Taillefer ve ortağı evinin başlıca ortağıdır. Victorine'in zararına, malını kendisine bırakmak istediği bir tek oğlu var. Ben, bu gibi haksızlıkları sevmem. Ben Don Quichotte -Kişot- gibiyimdir, kuvvetliye karşı zayıfın savunmasını üstlenmeyi severim. Eğer Tanrı'nın iradesi oğlunu geri almakla tecelli ederse, Taillefer kızını yeniden yanına alacaktır; herhangi bir mirasçısı olsun istiyor, insanlık mayasında bulunan bir ahmaklık, hem artık başka çocuğu da olamaz, biliyorum bunu. Victorine tatlı ve sevimli, babasını çabucak avucunun içine alacak, duygu kırbacı ile onu bir Alman topacı gibi çevirecektir! Aşkınıza karşı sizi unutmayacak kadar duygulu olacak, sizinle evlenecektir. Ben, kaderin rolünü üstüme alır, yüce Tanrı'nın istediğini yaparım. Kendisine bağlılığımı ispat ettiğim bir dostum var ki Loire ordusunda albaydır, muhafız kıtasında çalışmıştır. Sözlerimi dinler ama aşırı bir kralcılar. Kendi düşüncelerinde ısrar eden aptallardan biri değildir. Meleğim, size verecek bir öğüdüm varsa, o da, ne düşüncelerinize, ne de sözlerine önem vermemenizdir. İstedikleri zaman satınız onları. Hiç bir zaman fikir değiştirmemekle övünen bir kimse, sürekli düz çizgi üzerinde yürümek sorumluluğunu yüklenen bir kimse, yanılmazlığa inanan bir sersemdir. İlkeler yoktur, olaylar vardır yalnız; yasalar yoktur, durumlar vardır yalnız. Üstün insan olayları ve durumları idare etmek için benimser. Eğer sabit ilkeler ve yasalar olsaydı, uluslar bizim gömlek değiştirmemiz gibi bunları değiştirmezlerdi öyle. İnsan, bütün bir ulustan daha akıllı olmakla yükümlü değildir. Fransa'ya en az hizmet etmiş olan adam, her şeyi kırmızı görmüş olması yüzünden saygıdeğer bir puttur. Üzerine La Fayette etiketi yapıştırılarak, şunun bunun arasında, ancak Conservatoire'a konmaya hak kazanmıştır. Oysa üstüne herkesin taş attığı, yüzüne istediği kadar yeminler savrulacak derecede insanlıktan tiksinti duyan Prens, Viyana Kongresi'nde Fransa'nın parçalanışına engel olmuştur. Ona taşlar borçludur insan ama yüzüne çamur atar. Ah! Ben, ben bilirim işleri! Bende nice insanın sırrı vardır. Yeter! Bir ilkenin uygulanışı hakkında hemfikir üç kafaya rastlayacağım gün, benim de sarsılmaz bir fikrim olacak, olacak ama bunun için de çok bekleyeceğim. Mahkemelerde siz bir kanun maddesi hakkında, aynı düşüncede bulunan üç yargıca rastlayamazsınız. Ben gene odama dönüyorum. Kendisinden istersem İsa'yı çarmıha gerer. Vautrin babasının bir tek sözü üzerine, zavallı kız kardeşine, topu topu beş sous bile yollamayan o oğlanla kavgaya tutuşacaktır, o zaman da...

Vautrin, burada ayağa kalktı, savunma durumuna geçti ve hücum etmesini öğreten bir silah öğretmeninin davranışını yaptı.

– Diğerinin işi bitti, diye ekledi.

Eugène:

– Ne müthiş şey! dedi. Şaka mı etmek istiyorsunuz, Mösyö Vautrin?

Bu adam:

– Biraz durun, sakin olun! dedi. Çocuk olmayın; ama bu durum size komikse, kızın, öfkelenin! Benim bir alçak, bir namussuz, bir rezil, bir haydut olduğumu söyleyin ama bana ne dolandırıcı ne de hafiye demeyin! Haydi, söyleyin, boşaltın içinizdekileri! Sizi bağışlıyorum, sizin yaşınızda bu çok doğaldır. Bir zamanlar ben de böyleydim. Yalnız, düşünün. İleride daha kötüsünü yapmak zorunda kalırsınız. Herhangi bir güzel kadının gönlünü çelmeye çalışacak, ondan para alacaksınız. Demek düşündünüz bunu ha! Çünkü aşkınızdan fedakârlık etmezseniz, nasıl olur da başarı gösterirsiniz? Erdem, benim her şeyimdir. O ya vardır ya da yoktur. Bize, suçlarımızın cezasını çekmekten söz ediliyor. Bir pişmanlık gösterisi ile bir suçtan kurtulmak, güzel bir yol doğrusu! Toplumsal merdivenin filân basamağına çıkmak için bir kadını baştan çıkarmak, bir ailenin çocukları arasına fitne sokmak, zevk ya da özel çıkar amacı ile bir evin çatısı altında ya da başka şekilde yapılan bütün alçaklıklar, bunlar inanç, umut ve cömertlik işaretleri midir sanıyorsunuz? Bir gecede, bir çocuğun servetinin yarısını elinden alan züppeye, neden iki aylık hapis de, bin franklık bir para çalan zavallıya, neden ağırlaştırıcı sebeplerde; kürek? İşte sizin yasalarınız. Saçma olmayan bir tek madde bile yoktur. Eldivenli ve yalancı adam, kan dökülmeyen, ama kan verilen cinayetler işlemiştir; katil bir maymuncukla bir kapı açmıştır, iki gece işi! Size teklif, ettiğim şeyle günün birinde yapacağınız şey arasında yalnız kan yoktur. Bu dünyada değişmeyen bir şeye inanıyorsunuz demek! O halde insanları küçümseyin de kanun şebekesi arasında geçilebilen geçitleri araştırın bakalım. Büyük servetlerin öyle sebepsiz gibi görünen sırrı unutulmuş bir cinayettir, çünkü ustaca işlenmiştir bu cinayet.

– Susunuz, mösyö! Daha fazlasını dinlemek istemiyorum, beni kendimden şüpheye düşüreceksiniz, şu an için bütün bilgim, duygularımdır.

Vautrin:

– Siz bilirsiniz, güzel çocuk. Ben daha kuvvetli sanıyordum sizi, dedi. Size artık hiç bir şey söylemeyeceğim. Yalnız, son bir söz...

Öğrenciye dik dik baktı.

– Sırrımı öğrendiniz.

– Teklifinizi reddeden bir delikanlı şüphesiz bu teklifi unutmayı da bilir.

– İyi söylediniz, hoşuma gitti. Bir başkası, görüyorsunuz, bu kadar dürüst davranmazdı. Sizin için yapmak istediğimi hatırlayınız. On beş gün süre veriyorum size. Ya alırsınız ya da bırakırsınız.

Vautrin'in bastonu koltuğunda, rahat rahat çekip gittiğini gören Rastignac içinden:

– Bu adamın nasıl da demir gibi kafası var! dedi. Madam de Beausèant'ın bana dolandırarak söylediği sözü açık açık söyledi. Madam de Nucingen'e niçin gitmek istiyorum? Aklımdan geçirdiğim an sezdi tasarılarımı. İnsanlarla kitapların erdem hakkında bana söylemediği bir sürü şeyi, iki kelimede söyledi bana bu haydut. Keselerini masaya atarak kendi kendine:

– Eğer erdem teslimiyete dayanmazsa, kız kardeşlerimi yoldum mu yani? dedi. Oturdu, insanı sersem eden bir düşünceye dalarak da durdu orada.

– Erdeme bağlı kalmak, yüce feragat! Aman, canım! Herkes erdeme inanıyor; ama kim erdemli? Ulusların Tanrı diye taptıkları özgürlükleri var; ama yeryüzünde nerede özgür ulus? Gençliğim henüz bulutsuz bir gök gibi masmavi. Büyük ya da zengin olmayı istemek, yalan konuşmaya, eğilmeye, yerlerde sürünmeye, tekrar kalkmaya, dalkavukluk etmeye, gerçeği örtbas etmeye karar vermek değil midir? Yalan söyleyen, eğilen, yerde sürünen kişilerin uşağı olmaya razı olmak değil midir? Onların suç ortakları olmadan önce, onlara hizmet etmeli. Ama hayır. Ben soyluca, tertemiz çalışmak istiyorum; gece gündüz çalışmak, servetimi ancak çabama borçlu olmak istiyorum. Servetlerin en zor kazanılanı bu olacak ama başım her gün kötü bir düşünceye takılmadan dinlenecektir yastığımda. Hayatını izlemekten ve onu bir zambak gibi saf bulmaktan daha güzel ne olabilir? Ben ve hayat bir delikanlı ile nişanlısı gibiyiz. Vautrin bana on yıllık evlilikten sonra başa gelen durumu gösterdi. Hay aksi! Aklım karışıyor. Hiçbir şey düşünmek istemiyorum. Her halde bu aşamada bana yol gösterecek tek kılavuz gönül olacak.

Eugène, terzisinin geldiğini bildiren tombul Sylvie'nin sesiyle düşünden uyandı, eline içi gümüş, dolu iki kesesini alıp karşısına çıktı, bu duruma alınmadı. Akşam elbiselerini denedikten sonra, kendisini açık bir şekilde değiştiren, yeni gündüz elbisesini giydi.

İçinden:

– Ben de kesinlikle Trailles kadar değerliyim, dedi. En sonunda bir soyluya benzedim.

Goriot Baba Eugène'in odasına girerek:

– Mösyö, Madam de Nucingen'in gittiği evleri bilip bilmediğimi mi soruyorsunuz bana? dedi.

– Evet.

– Söylüyorum, gelecek pazartesi günü Mareşal Cariglianao'nun balosuna gidecek. Siz de orada bulunabilirseniz, kızlarımın iyi eğlenip eğlenmediklerini, nasıl giyinmiş olduklarını, kısacası her şeyi anlatırsınız bana.

Eugène onu ateşin başına oturtarak:

– Goriot Babacığım, nasıl öğrenebildiniz bunu? diye sordu.

– Bunu bana oda hizmetçisi söyledi, dedi.

Neşeli bir tavırla:

– Therese'le Constance'ın sayesinde her yaptıklarını öğreniyorum, diye ekledi.

İhtiyar kendisini fark etmeden, metresi ile temasa geçiren bir yol bulmaktan mutlu olacak kadar genç bir âşığa benziyordu.

Acılı bir kıskançlığı safça ortaya dökerek:

– Siz onları göreceksiniz, dedi.

Eugène:

– Bilmiyorum, diye karşılık verdi. Beni mareşalin karısına

takdim edip etmeyeceğini öğrenmek için Madam de Beausèant'a gitmek istiyorum.

Eugène, Vikontes'in yanına bundan böyle güzel bir kıyafetle çıkacağını içten bir sevinçle düşünüyordu. Ahlâkçıların insan kalbinin uçurumları dedikleri şey, sadece aldatıcı düşünceler, kişisel çıkarın irade dışı davranışlarıdır. Bunca süslü püslü sözlerin konusu sayılan bu olaylar, bu birden dönüşler, çıkarlarımız yararına yapılmış hesaplardır. Kendini iyi giyimli, ellerinde eldiven, ayağında parlak ayakkabı ile görünce Rastignac, erdemli kararını unuttu. Gençlik adaletsizliğe doru yöneldiği zaman vicdan aynasında kendine bakmaya cesaret edemez, oysa olgun yaş, bu aynada kendini görmüştür. Hayatın bu iki bölümü arasındaki bütün fark işte buradadır. Birkaç gündür, iki komşu, Eugène'le Goriot Baba, dost olmuşlardı. Gizli dostlukları Vautrin'le öğrenci arasında birbirine zıt duygular yaratmış olan psikolojik sebeplere dayanıyordu. Duygularımızın maddi âlemdeki etkilerini bulup öğrenmeği isteyecek olan cesur filozof, bizlerle hayvanlar arasında yarattıkları ilişkilerde, bu etkilerin gerçek hünerleri hakkında besbelli bir sürü delil bulacaktır. Hangi fizyonomist bir mizacı, tanımadığı birinin kendisini sevdiğini ya da sevmediğini, bir köpeğin hissedişinden daha çabuk anlayabilir? Herkesin kullandığı atasözü sayılan, eğri büğrü atomlar, ilkel sözcüklerin kırıntılarını kemirmekten hoşlananların uğraştıkları felsefi aptallıkları yalanlamak için dillerde kalan o gerçeklerden biridir. Kişi sevildiğini duyar. Duygu, her şeye işler ve mesafeleri aşar. Bir mektup, bir ruhtur, o konuşan sesin öyle sadık bir yankısıdır ki duygulu kişiler mektubu aşkın en değerli hazineleri arasında sayarlar. Düşünceden uzak duygusunun, kendisini köpekteki bağlılık mertebesine kadar yükselttiği Goriot Baba, öğrencinin yüreğinde kendisine karşı uyanan acıma duygusunun, hayran olunacak iyiliğin, gençliğe yaraşır sevgilerin kokusunu almıştı. Bununla beraber doğan bu birlik henüz hiçbir sırdaşlık sağlamamıştı. Eugène Madam de Nucingen'i görmek arzusunu göstermiş bile olsa, onun evine ihtiyarın rehberliğinde girebileceğini düşünmemişti; yalnız bir boşboğazlığın pek işine yarayacağını umuyordu. Goriot Baba ona, kızlarından ancak iki ziyareti yapmış olduğu gün, milletin içinde kendileri hakkında söylediği sözler sebebiyle bahsetmişti.

– Efendiciğim, demişti ertesi gün ona. Adımı andığınızdan dolayı Salyan de Restaud'nun size darıldığına nasıl da inanabilirsiniz? İki kızım da çok severler beni. Ben mutlu bir babayım. Ancak iki damadım bana karşı kötü davranırlar. Kocaları ile aramda anlaşmazlıklar olduğu için, bu sevgili yaratıklara acı çektirmek istemedim, onları gizli gizli görmeği tercih ettim. Bu sır bana kızlarını istedikleri zaman görebilen başka babaların tatmadıkları binlerce zevk veriyor. Ben, onlar gibi değilim anlıyor musunuz? Bu yüzden, hava güzel olunca, oda hizmetçilerine kızlarımın çıkıp çıkmadıklarını sorup öğrendikten sonra, kalkıyor, Champs-Elysees'ye gidiyorum. Geçmelerini bekliyorum arabaları gelirken yüreğim yerinden oynuyor, o hoş giysileri içinde onlara hayran oluyorum, onlar da sanki güzel bir güneş vurmuşçasına çevreyi bana parıl parıl gösteren bir hafif gülümseyiş saçıyorlar, geçerlerken yüzüme. Nasıl dönecekler diye, durup onları bekliyorum. Yavrularımı tekrar görüyorum! Hava iyi gelmiş onlara, yüzleri pembe pembe. Çevremde işte güzel bir kadın! dendiğini işitiyorum. Kalbim sevinçle doluyor. Onlar benim kanım değil mi? Kızlarımı alıp götüren atları seviyorum, dizlerinin üzerindeki köpekçik olmak istiyorum. Onların zevkiyle yaşıyorum. Herkesin kendine göre sevme şekli vardır, benimkinin hiç kimseye zararı dokunmadığı halde, neden herkes benimle uğraşıyor sanki? Kendimce mutluyum. Akşamları, baloya gitmek için konaklarından çıktıkları sırada kızlarımı görmeye gitmem yasalara aykırı mı sanki? Geç kalıp da bana: Madam çıktı dedikleri zaman çok üzülüyorum. Bir kere, iki gündür görmemiş olduğum Nasie'yi görmek için, sabahın ta üçüne kadar bekledim. Zevkimden ölecektim neredeyse! Sizden rica ederim, benden ancak kızlarımın ne kadar iyi olduklarını söylemek için söz açınız. Beni her türlü hediyeye boğmak isterler! Buna engel olup onlara; "paranızı saklayın! Ne yapayım ben onu, bana hiçbir şey lâzım değil, derim!" Doğrusu, ben neyim, aziz Mösyö? Ruhu kızlarının bulunduğu yerde bulunan zavallı bir ceset değil miyim?

Adamcağız Eugène'in Madam da Beausèant'ın konağına gideceği zamana kadar Tuilleries'de gezintiye çıkmaya hazırlandığını görerek, bir an sustuktan sonra:

– Madam da Nucingen'i gördüğünüz zaman, ikisinden hangisini tercih ettiğinizi söylersiniz bana, dedi.

Bu gezinti öğrenciye yaramadı. Birkaç kadının ilgisini çekti, öyle genç, öyle güzeldi ve öyle ince bir zarafetle giyinmişti ki! Kendisinin hayranlık derecesinde bir dikkatle seyredildiğini görünce, artık ne ellerinden paracıkları alınmış kız kardeşleriyle teyzesini düşündü, ne de o erdemli tiksintileri. Pek kolayca bir melek sanılabilen o şeytanın, yakutlar serpen, sarayların cephesine altın oklarını fırlatan, kadınların yanaklarını kırmızıya boyayan, aslında pek sade tahtları, aptalca bir parıltıya bürüyen o şeytanın, başının üzerinden geçtiğini görmüştü. Sahte ışıltısı bize bir kudret sembolü gibi gelen o beş gurur tanrısını dinlemişti. Vautrin'in sözü, ne kadar acı olursa olsun, yüreğine avuç avuç altın ve aşk! diyen bir aşk tellâlı bunağın o iğrenç yüzünün genç bir kızın belleğine işlemesi gibi, içinde işlemişti. Amaçsız gezdikten sonra, Eugène, saat beşe doğru Madam de Beausèant'ın konağına vardı ve orada henüz hiçbir şeyi tatmamış gençlerin, kendilerini korumaya hazırlıklı olmadıkları o amansız darbelerden birini yedi... O zamana kadar vikontesi o pek ince tatlılık, aristokratça terbiyeden doğmuş ama ancak yürekten gelirse tam sayılan o tatlı güleryüzlülükle dolu bulmuştu.

İçeri girince, Madam de Beausant, sert bir hareket yaptı ve ciddi bir sesle ona şöyle dedi:

– Mösyö de Rastiganc, şimdi sizinle görüşmem olanaksız, işim başımdan aşkın...

Gözlemci bir kimse için -ki Rastignac hemen gözlemci kesilmişti- bu cümle, bu hareket, bu bakış, ses tonu, sınıf yaratılışının ve alışkanlıklarının hikâyesiydi. Kadife eldiven altında demirden eli, davranışlarda kişiliği, bencilliği; cila altında da, tahtayı gördü. Tahtın sorguçları altında başlayıp ve son kişinin miğferi altında sona eren "BEN KRAL" sözünü duydu artık. Eugène kadının soyluluğuna inanayım derken, kendini hemen söze kaptırmıştı. Bütün mutsuzlar gibi; iyilik edeni iyilik görene bağlamak gereken, ilk maddesi de yüce insanlar arasında tam bir eşitlik sağlayan güzel anlaşmayı tüm içtenliğiyle imzalamıştı. İki varlığı bir tek varlık haline getiren iyilikseverlik, gerçek aşk kadar anlaşılmamış, gerçek aşk kadar ender bulunan yüce bir tutkudur. Bunların ikisi de ince ruhların cömertliğidir. Rastignac Düşes de Carigliano'nun balosuna gitmek istiyordu, bu fırtınaya göğüs gerdi.

– Madam, dedi. Üzüntülü bir sesle mırıldanarak: Sizi rahatsız etmek istemezdim. Daha sonra görebilir miyim?

– Öyle ise bana akşam yemeğine gelin, dedi kadın sözlerindeki sertlikten biraz utanarak. Çünkü bu kadın, asil olduğu kadar iyi yürekliydi de doğrusu.

Bu ani dönüşten duygulanmakla beraber, Eugène giderken kendi kendine söylendi:

Yerlerde sürün, her şeye katlan. Kadınların en iyisi, bir an içinde, dostluğunun vaatlerini unutur, seni eski bir ayakkabı gibi ortada bırakırsa, başkaları ne yapmaz ki? Herkes kendisi için yaşayacak öyle mi? Evinin bir dükkân olmadığı doğrudur, benim de kendisine ihtiyaç duymakla yanlış yaptığım doğrudur. Vautrin'in dediği gibi, insan kendini top güllesi haline getirmeli.

Öğrencinin acı düşünceleri vikontesin konağında yemek yerken tadacağı zevkle hemen dağılıverdi. Böylece, bir şans eseri olarak, hayatının en önemsiz olayları onu Vauquer Evinin korkunç sfenksinin gözlemlerine göre, bir savaş alanında olduğu gibi, öldürülmemek için öldürmek, aldatılmamak için aldatmak... vicdanını, gönlünü sınırda bırakmak, bir maske takmak, insanlarla acımasızca oynamak, dahası, Lacedemone'da olduğu gibi, taca hak kazanmak için, gizlice zengin olmak zorunda kalacağı uğraşa sürüklemeye başlıyordu. Vikontes'in evine döndüğü zaman onu, kendisine daima göstermiş olduğu o okşayıcı iyilik içinde buldu.

İkisi birlikte, Vikontun karısını beklediği ve herkesin bildiği gibi, içinde Restauration zamanında en yüksek seviyesine ulaşmış bu sofra lüksünün, kendini gösterdiği yemek salonuna gittiler. Sıkıntılı bir insana benzeyen Mösyö de Beausèant'ın, artık, iyi yemek zevkinden başka bir zevki kalmamıştı; oburluk konusunda, o, XVIII. Louis ile Duc d'Escars okulundandı. Bu yüzdendir ki sofrası çifte bir lüksü, yemeğinki ile yemek yiyeninkini dile getiriyordu. Toplumsal büyüklüklerin kuşaktan kuşağa geçtiği bu gibi evlerin birinde, ilk olarak yemek yiyen Eugène'in gözleri, şimdiye dek böyle bir manzara ile karşılaşmamıştı. Moda, askerlerin dışarıda olduğu gibi içeride de kendilerini bekleyen her türlü savaşa hazırlanmaları için kuvvetlerini artırmak ihtiyacını duydukları, İmparatorluk balolarını bir zamanlar sonuca bağlayan gece yemeklerini ortadan kaldırmıştı. Eugène ise o zamana kadar yalnız balolarda bulunmuştu. Daha sonraları onu alabildiğine üstün insan kılan, yeni yeni kazanmaya başladığı kendine güven duygusu, onu aptalca şaşkınlığa uğramaktan alıkoydu. Fakat bu oymalı gümüş takımını, görkemli bir sofranın olanca şatafatını gördükten, gürültüsüzce yapılan bir sofra işine ilk olarak hayran olduktan sonra, bu her zaman için zarif hayatı kalkıp sabahleyin kabullenmek istediği o yoksunluklar hayatına tercih etmemek hayali, ateşli bir insan için güçtü doğrusu. Düşüncesi, onu bir an alıp yeniden burjuva pansiyonuna götürdü; bundan o kadar derin bir dehşet duydu ki hem geniş elini omzunda hissettiği Vautrin'den kaçmak, hem de temiz bir eve yerleşmek için ocak ayında pansiyondan ayrılmaya yemin etti. Eğer sesli ya da sessiz kokuşmuşluğun Paris'te aldığı bin bir şekil düşünülecek olursa, sağduyulu bir insan devletin nasıl bir yanlışa düşerek burada okullar açtığını, gençleri bu okullarda topladığını, güzel kadınların burada nasıl olup da saygı gördüklerini, sarraflarca ortalığa serilmiş altının nasıl olup da büyülü bir ustalıkla keşküllerinden uçmadığını, kendi kendine sorar. Fakat gençler tarafından işlenmiş pek az cinayet, dahası suç olduğu düşünülecek olursa, kendi kendileriyle savaşan ama hemen hemen her zaman üstten gelen bu sabırlı tantalelere karşı insanın nasıl saygı duyması gerekir! Paris'le olan kavgasında, kendisini olduğu gibi tasvir etmiş olsaydı, zavallı öğrenci çağdaş uygarlığımızın en dramatik konularından biri olurdu. Konuşsun diye Madam de Beausèant boşuna Eugène'e bakıp duruyordu, delikanlı Vikont'un yanında hiçbir şey söylemek istemedi. Vikontes kocasına:

– Beni bu akşam İtalyanlara götürüyor musunuz? diye sordu.

Vikont öğrencinin gerçek sandığı alaylı bir incelikle:

– Size itaat etmekle ne kadar memnun kalacağımdan şüphe etmezsiniz, diye karşılık verdi. Yalnız Varietes'de biriyle buluşmak zorundayım.

– Vikontes içinden metresine gidecek, dedi

Vikont:

– Yoksa d'Ajuda bu akşam yanınızda yok mu? diye sordu.

Vikontes öfkeli bir şekilde, "hayır..." dedi.

– O halde, ille de birinin koluna girmeniz gerekiyorsa, Mösyö de Rastignac'ın koluna giriniz.

Vikontes gülümseyerek Eugène'e baktı.

– Bu sizin için hayli sakıncalı olur, dedi.

Rastignac eğilerek:

– Fransız tehlikeden hoşlanır; çünkü bunda şeref bulur, der Mösyö de Chateaubriand, diye karşılık verdi. Bir süre sonra, Madam de Beausèant'ın yanında, hızlı giden bir kupa arabasında, Moda Tiyatroya yollandı, sahnenin karşısındaki bir locaya girip de, tuvaletli oldukça güzel olan Vikontes'in yanında, bütün dürbünlerin hemen kendilerine çevrildiğini görünce, kendini bir peri masalında sandı.

Madam de Beausèant delikanlıya:

– Bana söyleyecekleriniz vardı, dedi. Ah! Bakınız, bizimkinden üç loca ilerde bulunuyor işte Madam de Nucingen. Kız kardeşi ile Mösyö de Trailles de karşı taraftalar.

Bu sözleri söylerken Vikontes, Matmazel de Rochefide'in bulunması gereken locaya bakıyordu ama Mösyö d'Ajuda'yı orada göremeyince, yüzü sevinçten parıldadı.

Eugène, Madam de Nucingen'e baktıktan sonra:

– Hoş, dedi.

– Beyaz kirpikleri var.

– Evet, ne ince, ne zarif bir beli var!

– Elleri kocaman.

– Gözleri güzel!

– Yüzü uzun.

– Ama uzun yüzün, kendince kibarlığı da var

Vikontes Eugène'in büyük şaşkınlığı karşısında:

– Böyle olması onun için ne iyi. Bakın nasıl dürbününü eline alıp bırakıyor! Bütün davranışlarında Goriot belli oluyor, dedi.

Doğrusunu söylemek gerekirse, Madam de Beausant dürbünü ile salonu inceliyor ve bir hareketini bile gözden kaçırmadığı Madam de Nucingen'e, sanki dikkat etmiyor görünüyordu. Topluluk, doğrusu güzeldi. Delphine de Nucingen Madam de Beausèant'ın genç, güzel, yakışıklı yeğeninin boyuna kendisiyle ilgilenmesinden gururlanmıyor değildi, delikanlı yalnız ona bakıyordu.

– Mösyö de Rastignac, durmadan ona bakarsanız rezalet çıkaracaksınız sonra, insanların üstüne böyle düşerseniz hiçbir şeyde başarı sağlayamazsınız.

Eugène:

– Sevgili kuzenim, dedi. Beni şimdiye kadar iyice korudunuz; eserinizi tamamlamak isterseniz, sizden başınıza azıcık iş açacak ama bana da büyük iyiliği dokunacak bir hizmette bulunmanızı rica edeceğim yalnız. Ben âşık oldum.

– Şimdiden mi?

– Evet.

– Bu kadına mı?

Delikanlı kuzenine derin bir bakışla bakarak:

– Aşırı isteklerim acaba başkalarınca da dinlenmiş olacak mı?

dedi. Madam la Düşes de Carigliano Madam la Düşes de Berry'ye bağlıdır, diye ekledi. Bir an durduktan sonra: Onu göreceksiniz, beni kendisine tanıtmak ve pazartesi gecesi verdiği baloya götürmek iyiliğinde bulunun lütfen. Madam de Nucingen'e orada rastlar, ilk saldırıma da geçerim.

– Memnuniyetle, dedi kadın. Ona ilgi duyuyorsanız eğer, gönül işleriniz pek yolunda gidiyor demektir. Bakın de Marsay Prenses Galathionne'un locasına girdi. Madam de Nucingen, işkence içinde kıvranıyor. Bir kadına, hele bir banker karısına yaklaşmak için bundan daha iyi fırsat olmaz. Bu Antin–Yolu kadınlarının hepsi de öç almayı severler.

– Böyle bir durumda siz olsanız, ne yapardınız acaba?

– Ben sessizce acı çekerdim.

Bu sırada, Marki d'Ajuda Madam da Beausèant'ın locasında göründü.

– Gelip sizi bulmak için işlerimi alelacele yaptım, dedi. Bunu bir fedakârlık sayılmasın diye söylüyorum size.

Vikontes'in yüzündeki parıltılar Eugène'e gerçek aşkın anlatımlarını anlamayı, bunları Paris çapkınlığının yapmacıkları ile karıştırmamayı öğretti. Yeğenine hayran oldu sustu ve içini çekerek yerini Mösyö d'Ajuda'ya bıraktı.

– Böyle seven bir kadın ne asil, ne yüce insandır! dedi kendi kendine. Bu adam ise bir bebek uğruna ihanet edecek! Nasıl ihanet edebilir insan ona?

Yüreğinde çocuksu bir öfke duydu. Madam de Beausèant'ın ayakları dibinde yuvarlanmak istiyor, bir kartalın henüz meme emen körpe beyaz bir keçiyi ovadan alıp yuvasına kaçırması gibi, onu kalbine götürebilmek için tanrıların gücünü diliyordu. Bu büyük güzellik müzesinde kendi tablosu, kendine özgü bir metresi bulunmamasından dolayı küçümsüyordu kendini.

– Bir metrese ve krala yaraşır bir duruma sahip olmak, diyordu içinden. Bir kudret belirtisidir bu.

Ve hakarete uğramış bir insanın, düşmanına bakması gibi

Madam de Nucingen'e baktı. Vikontes anlayışlı oluşunu bir göz kırpışı ile binlerce teşekkürler bildirmek için ona döndü. Birinci perde bitmişti.

Vikontes, Marki d'Ajuda'ya:

– Kendisine Mösyö de Rastignac'ı tanıştıracak kadar Madam de Nucingen'i tanıyor musunuz? diye sordu.

Marki:

– Bayı gördüğüne sevinecektir, diye karşılık verdi.

Güzel Portekizli ayağa kalktı, öğrencinin koluna girdi, o da birden kendini Madam de Nucingen'in yanında buldu.

Marki:

Madam la Baron, dedi, Vikontes de Beausèant'ın bir yeğenini, şövalye Eugène de Rastignac'ı size tanıtmakla şeref duyarım. Kendisinde öyle canlı bir etki bırakıyorsunuz ki onu taptığına yaklaştırmakla mutluluğunu tamamlamak istedim.

Bu sözler düşünceyi biraz kaba şekilde ortaya çıkaran ama derlenip toplanınca, hiç bir zaman bir kadını öfkelendirmeyen belli bir alaylı dille söylenmiş oldu. Madam de Nucingen gülümsedi, az önce dışarı çıkan kocasının yerini kalktı, Eugène'e verdi. Ona:

– Size yanımda kalmanızı teklif etmeyi göze alamıyorum, dedi. İnsan Madam de Beausèant'ın yanında bulunmak mutluluğuna erince, oradan ayrılamaz.

Eugène alçak sesle:

– Ama... diye karşılık verdi. Bana öyle geliyor ki Madam, kuzenimin hoşuna gitmek istersem, yanınızda kalabilirim... Mösyö le Marki gelmeden önce, sizden ve bütün varlığınızın kibarlığından konuşuyorduk, dedi yüksek sesle.

Mösyö d'Ajuda çekildi.

– Sahi mi efendim, dedi. Barones, kalacak mısınız yanımda? O zaman tanışacağız; Madam de Restaud sizi tanımak hususunda, bende çoktan şiddetli bir istek uyandırmıştır.

– Öyleyse o kesinlikle sahtekâr, kapısını yüzüme kapattı.

– Nasıl?

– Madam, size bunun içyüzünü anlatmak görevimdir; yalnız size böyle bir sırrı açarken bütün hoşgörünüzü rica ediyorum. Ben sayın babanızın komşusuyum. Madam de Restaud'nun onun kızı olduğunu bilmiyordum. Ondan pek masumca söz açmak patavatsızlığında bulundum, bu yüzden hem kardeşinizi ve hem de kocasını kızdırdım. Düşes de Langeais ile kuzenimin bu evlat ihanetinin ne kadar çirkin bulduklarını tasarlayamazsınız. Orada geçen sahneyi kendilerine anlattım, deliler gibi güldüler bu işe. İşte sizinle kardeşiniz arasında bir karşılaştırma yaparken, Madam de Beausèant bana sizden çok güzel şekilde bahsetti, sizin komşuma, Mösyö Goriot'ya karşı ne kadar iyi davrandığınızı söyledi bana. Doğrusu ya onu, nasıl ama nasıl sevmeyebilirsiniz? Sizi öyle çok seviyor ki âdeta şimdiden kıskanıyorum onu. Bu sabah iki saat sizden konuştuk. Sonra, aklım fikrim babanızın bana anlattığı ile dolu olarak, bu akşam, kuzenimle birlikte yemek yerken ona sevildiğiniz kadar güzel olamayacağınızı söylüyordum. Besbelli böyle sıcak bir hayranlığa hizmet etmek istediğinden, Madam de Beausèant, o her zamanki iyilikseverliği ile sizi burada göreceğimi söyleyerek, getirdi beni tiyatroya.

Bankerin karısı:

– Nasıl, Mösyö, dedi. Yoksa size daha şimdiden minnet mi borçluyum? Biraz daha konuşursak, iki eski dost olacağız.

Rastignac:

– Sizin yanınızda dostluğun pek öyle sıradan bir duygu olmaması gerektiği halde, ben kesinlikle dostunuz olmak istemem sizin, dedi.

Acemilerin ağzına yakışan bu aptalca sözler her zaman için kadınlara hoş gelir. Bu sözler, ancak soğuk soğuk okunurken basitleşir. Bir delikanlının hareketi, söyleyişi, bakışı, bu sözlere olağanüstü değerler katar. Madam de Nucingen Rastignac'ı sevimli buldu. Sonra bütün kadınlar gibi, öğrencininkiler kadar açık bir şekilde ileri sürülmüş sorulara hiçbir şey söylemeden konuyu değiştirdi.

– Evet, kız kardeşim bizler için gerçekten bir tanrı sayılan babaya, bu zavallı babaya karşı çok haksızlık ediyor, hareketlerinde Mösyö de Nucingen babamı ancak sabahları görmemi, benden kesin olarak istedi de, buna öyle razı oldum. Ama uzun zaman acısını çektim bunun. Ağlıyordum. Evliliğin kabalıklarından sonra gelen bu sertlikler, evimin havasını en fazla bozan sebeplerden biri oldu. Herkesin gözünde besbelli en mutlu Paris kadınıyım ama gerçekte en mutsuz. Sizinle bu şekilde konuştuğum için beni deli sanacaksınız. Ama babamı tanıyorsunuz, işte bu bakımdan, bana yabancı olamazsınız. .

Eugène ona:

– Size ait olmak arzusunu en çok isteyen kimseye, siz hiçbir zaman rastlamış olamayacaksınız, dedi. Neyi arıyoruz hepimiz? Mutluluğu... 'Bu ses insanın içine işliyor ve ruhları okşuyordu.' Şu halde, bir kadın için mutluluk, eğer sevilmek, tapılmak, kendisine dileklerini, heveslerini, kederlerini, sevinçlerini açabileceği bir dosta sahip olmak; ihanete uğramış olmaktan korkmaksızın, ruhunun çıplaklığı ile tatlı kusurları ve güzel özellikleriyle kendini göstermek ise; inanın bana, bu fedakâr ve ateşli kalp, ancak genç, ruhu hülyalarla dolu, bir tek işaretinizle ölebilen, toplum hakkında henüz hiçbir şey bilmeyen -ve onca toplum yerini siz tuttuğunuz için de hiçbir şey öğrenmek istemeyen- bir delikanlıda bulunur. Bakın, saflığıma güleceksiniz ama bir taşranın ta içerlerinden kesinlikle bakir, ancak iyi insanlar tanımış olarak geliyorum; aşksız yaşayacağımı sanıyordum. Bana içini olduğu gibi açan kuzenimi gördüm; o bana aşkın bin türlü hazinesini keşfettirdi; ben, içlerinden birine gönül vereyim diye beklerken, Cherubin gibi, bütün kadınların âşığıyım. Tiyatroya girince, sizi görür görmez, bir akıntıya kapılmışım gibi kendimi size doğru sürüklenmiş buldum. Daha önceden sizi o kadar çok düşünmüştüm ki! Yalnız sizi hiçbir zaman gerçekte olduğunuz kadar güzel olarak düşünememiştim. Madam de Beauséant bana size bu kadar çok bakmamamı emretti. Sizin o sevimli kırmızı dudaklarınızı, beyaz teninizi, o kadar tatlı gözlerinizi görmekte nasıl çekicilik olduğunu bilmiyor... Ben de kalkıyor, delice şeyler söylüyorum size, bırakın da söyleyeyim.

Bu tatlı sözleri işitmek kadar hiçbir şey kadınlara hoş gelmez. Karşılık vermek zorunda olmadığı halde, en dindar kadın bile dinler bu sözleri. Bu şekilde söze başladıktan sonra, Rastignac çapkınca boğuk bir sesle iltifatlarını bir bir sıraladı; Madam de Nucingen ise, Prenses Galathionne'un locasından ayrılmayan de Marsay'e arada bir bakarak gülümseyişleriyle Eugène'i cesaretlendiriyordu. Rastignac, kocası Madam de Nucingen'i eve götürmek için, almaya gelinceye kadar onun yanında kaldı.

Eugène:

– Madam, dedi. Düşes de Carigliano'nun balosundan önce gelip sizi ziyaret etmekten zevk duyacağım.

Yuvarlak yüzü, tehlikeli bir inceliği dile getiren, şişman, Alsalsı baron:

– Mademki madam sizi davet ediyor, dedi. Yemin ederim başarıya erişeceğinizden emin olabilirsiniz.

Eugène ayağa kalkan ve d'Ajuda ile birlikte tiyatrodan ayrılmaya hazırlanan Madam de Beausant'ı selamlamaya giderken, içinden:

– Kesinlikle işlerim yolunda çünkü kendisine: "Beni çok sevecek misiniz?" dediğimi duyunca hiç telâşlanmadı. Atıma başlığı geçirildi, üstüne sıçrayalım da ulaşalım kendisine, dedi.

Zavallı öğrenci baronesin dalgın olduğunu, de Marsay'den de yürek parçalayan o kesin mektuplardan birini beklediğini bilmiyordu. Sahte başarısına sevinen Eugène, herkesin arabasını beklediği kapıya kadar Vikontes'e arkadaşlık etti.

Eugène onlardan ayrılınca, Portekizli Vikontes'e:

– Kuzeniniz tanınmayacak durumda, dedi. Bankayı iflâs ettirecek. Bir yılan balığı gibi kayganmış, ilerleyecek galiba. Avutulması gerektiği anda, bir kadını ancak siz bulabilirdiniz ona.

Madam de Beausèant:

– Evet ama o kadının kendisini terk edeni hâlâ sevip sevmediğini bilmek gerek, diye karşılık verdi.

Öğrenci İtalyan Tiyatrosu'ndan Neuve-Eren-Genevieve sokağına kadar, en tatlı hayallere dalarak yürüdü. Madam de Restaud'nun, gerek Vikontes'in locasında, gerekse Madam de Nucingen'in locasında kendisini inceden inceye süzdüğüne adamakıllı dikkat etmişti. Bundan Kontesin kapısının artık yüzüne kapanmamış olacağı sonucunu çıkardı. Mareşalin karısının da pek hoşuna gideceğini umduğundan, böylece kurulmuş dört önemli bağlantı, onun için Paris yüksek sosyetesinin sinesinde kazanılmış olacaktı. Ne gibi yollar gerektiğini pek düşünmeden, daha şimdiden anlıyordu, bu âlemin karışık çıkar oyununda, makinenin üstünde bulunmak için bir çarka yapışmak gerekiyor, kendinde de tekerleği durduracak gücü hissediyordu.

– Madam de Nucingen benimle ilgilenirse, ona kocasını idare etmeyi öğreteceğim. Bu koca, paralı işler çeviriyor, birden bir servet edinmeme yardımı dokunabilir.

Bunu kendine açık bir şekilde söylemiyordu. Bir durumu ifade edebilecek, değer biçecek ve hesaplayacak kadar ustalaşmamıştı henüz. Bu düşünceler hafif bulutlar şeklinde dalgalanıyordu ufukta ve bunlarda Vautrin'inkilerdeki sertlik olmamakla beraber, vicdanın potasına konulmuş olsalardı, daha temiz hiç bir şey veremezlerdi. İnsanlar, dört başı mamur kimselerin kesinlikle kötülüğe yönelmeyen, doğru yoldan azıcık ayrılmanın kendilerine bir suç gibi gelen büyük iradelerin her zamankinden de çok daha az rastlandığı bu çağın öğrettiği gevşek ahlâka, bu şekilde bir yığın bağlantı kura kura, varıyorlar. Bize iki şaheser kazandıran dürüstlüğün olağanüstü simaları işte: Moliere'in Alceste'i, yakın zamanda da, Walter Scott'un eserindeki Jenny Deans ile babası... Belki bunun tersi eser, bir toplum kişisinin, bir hırslının görünüşü koruyarak amacına varmak için, kötülüğün kıyısından geçmeyi deneyerek, vicdanını aldattığı dolambaçlı yolları tasvir eden eser, daha az güzel, daha az dramatik olmayabilirdi.

Pansiyonunun eşiğine vardığında, Rastignac Madam de Nucingen'e âşık olmuştu. Kadın, ona uzun boylu bir kırlangıç kadar ince yapılı görünmüştü. Gözlerinin sarhoş edici tatlılığını, altından kanının aktığını göreceğini sandığı, teninin ince ve ipek gibi dokusunu, sesinin büyüleyici havasını, sarı saçlarını, her şeyini hatırlıyordu; yürüyüş, belki de kanını kaynatarak yardım ediyordu bu büyüye, öğrenci Goriot Baba'nın sertçe kapısına vurdu.

– Komşum, dedi. Madam Delphine'i gördüm.

– Nerede?

– İtalyanlarda...

– İyi eğleniyor muydu?.. Hele girin içeri.

Üstünde gömlekle ayağa kalkan adamcağız, kapıyı açtı ve hemen yatağına yattı.

– Bana ondan söz edin, dedi.

İlk olarak Goriot Baba'nın odasına giren Eugène, kızının tuvaletine hayran olduktan sonra, babanın yaşadığı pis yeri görünce, bir şaşkınlık hareketi yapmaktan kendini alamadı. Pencerede perde yoktu; duvarlara yapıştırılmış duvar kâğıdı nemin etkisiyle yer yer dökülüyor, dumandan sararmış alçıyı meydana çıkararak kıvrım kıvrım oluyordu. Adamcağız kötü bir yatakta yatıyordu, üzerinde sadece ince bir yorgan ile Mme Vauquer'in eski elbiselerinin iyi parçalarından yapılmış pamuklu bir ayak örtüsü vardı. Yer nemli ve tozlu idi. Pencerenin karşısında üzerinde yapraklar ya da çiçeklerle bezenmiş sarmaşıklar gibi bükülü bakırdan eller taşıyan, şişkin karınlı gül ağacından yapılma o eski konsollardan biri; üzerinde leğende bir su çanağı ile tıraş olmak için gerekli her çeşit gereç bulunan tahta raflı eski bir masa görülüyordu. Bir köşede kunduralar; yatağın başucunda ise kapısız ve mermersiz bir gece masası duruyordu; ateşten eser bulunmayan ocağın kenarında, ceviz ağacından, çubuğu gümüş yaldızlı çorba kâsesini bükmekte Goriot Baba'nın işine yarayan, dört köşe bir masa yer alıyordu. Üzerinde adamcağızın şapkası duran kötü bir yazı masası, otları dışarı fırlamış bir koltuk ile iki iskemle, bu içler acısı eşyayı tamamlıyordu. Yatağın, yere bir bez parçasıyla bağlanmış başı, kırmızı ve beyaz damalı kötü bir kumaş parçası kaplıydı. En yoksul komisyoncunun odası Goriot'nun Mme Vauquer evindeki odasından daha düzenliydi. Bu odanın görünüşü insanın içini üşütüyor ve sıkıyor, bir cezaevinin en hüzünlü odasını andırıyordu. Bereket versin ki Goriot, şamdanını gece masasının üzerine koyduğu anda Eugène'in yüzünde beliren ifadeyi görmedi. Adamcağız yorganı çenesine kadar çekili bir şekilde ona doğru döndü:

–Evet, Madam de Restaud'yu mu yoksa Madam de Nucingen'i mi daha çok beğendiniz bakalım?

Öğrenci:

Madam Delphine'i tercih ediyorum, dedi. Çünkü sizi o daha çok seviyor.

Bu heyecanla söylenmiş söz üzerine, adamcağız kolunu yataktan çıkardı ve Eugène'in elini sıktı.

İhtiyar, heyecanlı heyecanlı:

– Teşekkür ederim, teşekkür ederim, dedi. Hakkımda size ne söyledi bakalım?

Öğrenci, baronesin sözlerini allayıp pullayarak tekrarladı ve ihtiyar onu sanki Tanrı'nın sözünü dinliyormuş gibi dinledi.

– Sevgili çocuk! Evet, evet, beni çok sever. Ama Anastasie hakkında inanmayın size söylediğine, iki kız kardeş birbirini kıskanırlar, anlıyorsunuz ya! Bu da onların sevgilerinin, bir kanıtıdır. Madam de Restaud da beni çok sever. Bunu bilirim. Tanrı bize karşı nasılsa, bir baba da çocuklarına karşı öyledir, kalplerinin ta içine kadar iner, iner de niyetleri neymiş öğrenir. İkisi de çekicidir. Ah! İyi damatlarım olsaydı, çok mutlu olurdum. Bu dünyada besbelli tam mutluluk yok. Yanlarında yaşamış olsaydım, o zaman sadece seslerini işitmekle, onların orada olduklarını bilmekle, evimde bulundukları zamanki gibi, gidip geldiklerini görmekle titrer, titrerdi yüreğim... İyi giyinmişler miydi bari?

Eugène:

– Evet, dedi. Ama Mösyö Goriot sizinkiler kadar iyi durumda olan kızlarınız bulunduğu halde, siz nasıl olur da, böyle bir yerde oturabilirsiniz?

Adamcağız görünüşte umursamaz bir tavırla:

– Aldırmayın canım, diye karşılık verdi. Daha iyi olmak sanki neye yarardı ki? Bu gibi şeyleri size kesinlikle anlatamam; iki lafı bir araya getirip söyleyemem öyle. Her şey burada, diye ekledi göğsüne vurarak. Hayatım, benim hayatım, iki kızımdır işte. Eğer onlar eğlenirlerse, mutlu olurlar, iyi giyinirlerse, eğer halılar üzerinde yürürlerse, hangi kumaştan giyinmiş olmamın, yattığım yerin nasıl bir yer olduğunun ne önemi var? Onlar sıcakta iseler ben hiç üşümem, onlar gülüyorlarsa kesinlikle üzülmem, benim üzüntüm ancak onların kederli olmalarıdır. Baba olduğunuz zaman, çocuklarınızın cıvıldaştıklarını işiterek: Benden çıktı bu! dediğiniz zaman, bu küçük yaratıkların, en ince çiçeği oldukları kanınızın her damlasına bağlı olduklarını duyduğunuz zaman, çünkü bu böyledir! Kendinizi onların derisine yapışık hisseder, onların yürüyüşü ile harekette bulunduğunuzu sanırsınız. Sesleri her yerde bana karşılık verir. Onların bir bakışı, eğer kederli ise kanımı dondurur. Bir gün gelir, insanın kendi mutluluğundan çok onların mutluluklarıyla bahtiyar olduğunu anlarsınız. Anlatamam bunu size. Etrafa huzur saçan gönül hareketleridir bunlar. Sözün kısası üç kere yaşıyorum ben hayatı. İster misiniz size garip bir şey söyleyeyim? Evet, baba olduğum zaman, Tanrı'yı anladım. Yaratma ondan meydana geldiğine göre, o her yerdedir. Bayım, ben de kızlarımla böyleyim. Yalnız, ben Tanrı'nın dünyayı sevdiğinden çok severim kızlarımı, çünkü dünya Tanrı kadar güzel değildir çünkü... Oysa kızlarım benden fazlasıyla güzeldir. Onlar öylesine benimledir ki onları bu akşam görürsünüz diye düşünmüştüm. Yemin ederim! Delphine'ciğimi bir kadının sevildiği zaman olduğu kadar mutlu kılacak bir adamın, ayakkabılarını boyar işlerini görürdüm. Oda hizmetçisinden öğrendim ki şu bacaksız Mösyö de Marsay kötü bir köpekmiş. İçimden kafasını koparıvermek arzusu geldi. Pırlanta gibi bir kadını, bir bülbül sesini, böyle model yapılı bir kadını sevmemek! O şişko aptal Alsaslı ile evlenirken aklı neredeydi? İkisine de şöyle tertemiz sevimli delikanlılar gerekti, ne yapalım, arzularına göre hareket ettiler.

Goriot Baba yüce idi. Eugène onu hiç böyle babalık ihtirasının ateşleriyle yüzü parlak görmemişti. Dikkate değer bir nokta duyguların sahip oldukları yayılma gücüdür. Bir yaratık ne kadar kaba saba olursa olsun, güçlü ve gerçek bir sevgiyi dile getirir getirmez, çehreyi değiştiren, davranışı canlandıran, sesi renklendiren özel bir sıvı saçar. Çok zaman en aptal yaratık, tutkunun etkisi altında, dilde değilse bile, düşüncede en üstün bilgiye ulaşır, ışıklı bir âlem içinde hareket ediyora benzer. Bu anda bu adamcağızın sesinde, tavrında büyük oyuncuyu hatırlatan akıp geçici bir güç vardı. Ama güzel duygularımız iradenin şiirleri değil midir?

Eugène ona:

– Neyse, kızınızın şu de Marsay'le ilgisini keseceğini öğrenmekle, belki de üzülmüş olmazsınız, dedi. Bu züppe çocuk, Prenses Galathionne'a bağlanarak kızınızı bırakmış. Bana gelince, bu gece, Madam de Delphine'e âşık oldum.

Goriot Baba:

– Aman Tanrım! dedi.

– Evet. Hoşuma gitmedi değil. Bir saat aşktan konuştuk, önümüzdeki cumartesi günü de kendisini görmeye gideceğim.

– Ah! Hoşuna giderseniz, aziz Mösyö, sizi ne kadar seveceğim. Siz iyi insansınız, onu hiç üzmezsiniz. Ona ihanet edecek olursanız, keserim boynunuzu. Anlıyorsunuz ya, bir kadının iki sevgilisi olmaz! Tanrım! Ne aptalca şeyler söylüyorum, Mösyö Eugène. Burası size göre soğuk. Tanrım! Demek duydunuz onu? Ne dedi hakkımda?

"Hiç..." dedi Eugène içinden.

– Bana dedi ki, dedi sesini yükselterek. Size iyi bir evlat öpücüğü gönderdiğini söyledi.

– Güle güle, komşum! İyi uyuyun, tatlı rüyalar görün; benimkiler bu gözden yaratılmıştır hep. Tanrı bütün dileklerinizde yardımcınız olsun! Bu gece benim için koruyucu bir melek oldunuz, bana kızımın havasını getiriyorsunuz.

Eugène yatağına uzanan ihtiyara bakarken içinden:

– Zavallı adam! dedi. Taştan yürekleri dahi duygulandıracak bir hal. Kızı Büyük Türk'ü düşünmediği kadar onu da düşünmedi.

Bu konuşmadan sonra, Goriot Baba Eugène gibi umulmadık bir sırdaş, bir dost buldu. Aralarında bu ihtiyarın başka bir insana bağlanabileceği bağlar kuruldu. Tutkular hiç bir zaman yanılmazlar. Goriot Baba kendini kızı Delphine'in biraz daha yakınında görüyor, eğer Eugène Barones için aziz olursa, kendisinin de daha iyi kabul göreceğini umuyordu. Zaten, acılarından birini anlatmıştı ona. Kendisine, günde bin kere mutluluk dilediği Madam de Nucingen, aşkın lezzetlerini tatmamıştı. Eugène, adamcağızın dediğine göre, görmüş olduğu en kibar gençlerden biriydi, besbelli, onun kızının yoksun kaldığı olanca zevkleri vereceğini tahmin ediyor gibiydi. Bu yüzdendir ki adamcağız komşusuna karşı gittikçe artan bir dostluk duydu, böyle olmasaydı, bu hikâyenin sonunu öğrenmek, doğrusu imkânsız olurdu.

Ertesi sabah kahvaltıda, Goriot Baba'nın yanına oturduğu Eugène'e bakışındaki yakınlık, delikanlıya söylediği bazı sözler, genel olarak, alçıdan bir maskeyi andıran yüzünün değişikliği, kiracıları şaşırttı. Görüşmelerinden beri, öğrenciyi ilk defa yeniden gören Vautrin, âdeta ruhunu okumak istiyora benziyordu. Bu adamın düşüncesini hatırlayarak, gece uyumadan önce, gözlerinin önünde açılan geniş alanı ölçüp biçmiş olan Eugène, gerektiği şekilde Matmazel Taillefer'in drahomasını düşündü. En sütü temiz delikanlı, zengin bir mirasyedi kıza nasıl bakarsa, o da Victorine'e öyle bakmaktan kendini alamadı. Bakışları, tesadüfen karşılaştı. Zavallı kız Eugène'i yeni giysileri içinde sevimli bulmaktan geri kalmadı, birbirlerine gönderdikleri bakış Rastignac'ın genç kız için bütün kızları saran ve ilk çekici insana karşı duydukları o karanlık dileklerin konusu olduğundan şüphe etmeyeceği kadar anlamlı oldu. Bir ses ona: "Sekiz yüz bin frank bu!" diye bağırıyordu. Ama kendini gene bir gün önceki anılarına bıraktı, Madam de Nucingen'e karşı duyduğu ısmarlama aşkın iradesiz kötü fikirlerin panzehiri olduğunu düşündü.

– Dün İtalyan tiyatrosunda Rossini'nin Seville Berberi oynuyordu. Ömrüm boyunca bu kadar hoş müzik dinlememiştim, dedi. Doğrusu ya, İtalyanlarda bir locası olmak ne mutlu şeymiş.

Goriot Baba, bu sözü bir köpeğin efendisinin bir davranışını sezişi gibi sezdi.

Mme Vauquer:

– Siz erkekler çok şanslısınız, dedi. Her hoşunuza gideni yaparsınız.

Vautrin:

– Tiyatrodan nasıl döndünüz? diye sordu.

Eugène;

– Yürüyerek, dedi.

Baştan çıkarıcı adam:

– Ben, dedi. Yarım zevklerden hoşlanmam; oraya kendi arabamda, kendi locama gitmek, eve de rahat bir şekilde dönmek isterdim. Ya hep ya hiç! işte benim ilkem.

Mme Vauquer:

– Doğrusu da budur, dedi.

Eugène alçak sesle Goriot'ya:

Belki Madam de Nucingen'i görmeye gidersiniz, dedi. Sizi besbelli içtenlikle karşılayacaktır; sizden benim hakkımda bir sürü şey öğrenmek isteyecektir. Onun kuzenimin Madam la Vikontes de Beausèant'ın konağına kabul edilmek için ne gerekirse hepsini yapacağını öğrendim. Bu hazzı vermek için gereğini yapacak kadar kendisini sevdiğimi söylemeyi unutmayın.

Rastignac, hemen Hukuk Fakültesine gitti, bu iğrenç yerde mümkün olduğu kadar az kalmak istiyordu. Pek büyük umutlar besleyen delikanlıların duydukları o ateşli duygular içinde, hemen hemen bütün gün boş boş dolaştı. Luxemburg Bahçesinde dostu Bianchon'a rastladığında, Vautrin'in söyledikleri, ona toplumsal hayatı düşündürüyordu.

Saray önünde dolaşmak için koluna giren tıp öğrencisi ona:

– Sana bu ciddi tavır nereden geliyor böyle? diye sordu.

– Kötü düşüncelerle aklım başımdan gitti.

– Ne gibi şeyler bunlar? Böyle düşüncelerin tedavisi vardır.

– Nasıl?..

– Bu düşüncelere boyun eğerek...

– Sen sorunun ne olduğunu bilmeden gülüyorsun. Rousseau'yu okudun mu sen?

– Evet.

– Paris'ten ayrılmadan, sadece iradesiyle Çin'de ihtiyar bir mandarini öldürerek zengin olabileceği takdirde ne yapacağını okuruna sorduğu o parçayı hatırlar mısın?

– Evet.

– O halde?

– Bırak canım! Ben otuz üçüncü mandarinini bitirdim.

Şaka yapma. Bak, sana ispat edilmiş olsaydı ki bu mümkündür ve sana bir baş işareti yetecektir yapar, mıydın bunu?

– Mandarin, iyice yaşlı mı? Ama önemli değil! Genç ya da ihtiyar, kötürüm ya da sağlam olsun, inan ki yaparım... Dur! Hayır, yapamam bu işi.

– Mert bir oğlansın, Bianchon. Fakat kendisinden canını sakınmayacak kadar bir kadını sevsen de tuvaleti için çok paraya ihtiyacı olsa?

– Canım sen aklımı başımdan alıyor, bir de doğru dürüst düşünmemi istiyorsun!

– Ne yaparsın Bianchon, ben deliyim, iyileştir beni. Güzellikte, dürüstlükte birer melek sayılan iki kız kardeşim var. Ve mutlu olmalarını istiyorum. Bundan beş yıl sonra, drahomaları için iki yüz bin frangı nereden bulmalı? Görüyorsun, hayatta öyle durumlar oluyor ki insanın büyük oyuna girmesi ve mutluluğunu küçük paralar kazanmakla yaratmaması gerek.

– Ama sen, hayatının başında herkesin karşısına çıkan konuyu ele alıyor, sonra gordien düğümünü kalkıp kılıçla kesmek istiyorsun. İnsanın böyle davranması için dostum, İskender olması gerek; aksi takdirde hapishaneyi boylar. Ben, Paris dışında beni mutlu edecek küçük bir iş kuracağım. Onun zevkini yaşıyorum şimdiden. Orada sadece babamın halefi olacağım, insanın sevgileri pek geniş bir çevrede olduğu kadar daracık bir çevrede de tatmin edilir. Napolyon iki defa akşam yemeği yemezdi, bir tıp öğrencisinin Capucins Hastanesi'ndeyken elde ettiğinden daha fazla metresi de yoktu öyle. Dostum bizim mutluluğumuz, hep ayaklarımızın tabanı ile kafamız arasında kalacaktır; yılda ister bir milyona ister yüz franga mal olsun, ruhtaki etkisi gene aynı olacaktır. Çinli'nin yaşamasına karar veriyorum.

– Teşekkür ederim, beni rahatlattın Bianchon! Biz hep dost kalacağız.

Tıp öğrencisi:

– Dinle bak, dedi Bitkiler Bahçesinde Cuviers'nin dersinden çıkarken, Michonneau ile Poiret'yi geçen yılın karışıklıkları sırasında, Mebuslar Meclisi yakınlarında gördüğüm, geliriyle geçinip giden dürüst burjuvaya benzediği halde, bende polis memuru olduğu izlenimini bırakan bir adamla bir sıraya oturmuşlar da dereden tepeden konuşurlarken buldum. Bu çifti izleyelim. Sana nedenini ileride söylerim. Görüşürüz, saat dört yoklamasına yetişeceğim.

Eugène pansiyona döndüğü zaman, Goriot Baba'yı kendini bekliyor buldu.

Adamcağız:

– Alın, dedi. İşte ondan bir mektup. Ne güzel bir yazısı var!

Eugène, mektubu açtı ve okudu:

"Mösyö, babam bana sizin İtalyan Müziği'ni sevdiğinizi söyledi. Locamda bir yer kabul etmek zevkini bana vermek isterseniz mutlu olurdum. Cumartesi günü Foedor'la Pellegrini'yi dinleyeceğiz; bu bakımdan beni reddetmeyeceğinize eminim. Mösyö de Nucingen bizimle sade bir akşam yemeği yemeye gelmenizi sizden rica etmek hususunda bana katılıyor. Kabul ederseniz, bana eşlik etme yolundaki kocalık angaryasından kurtarmış olarak, ona da hayli iyilik edeceksiniz. Karşılık vermeyin bana, gelin, saygılarımı kabul buyurun.

"D. dE N."

Adamcağız Eugène'e mektubu okuyup bitirince:

– Bana da gösterin, dedi. Gideceksiniz, değil mi? diye ekledi kâğıdı kokladıktan sonra. Ne güzel kokuyor! öyle ya, parmakları değmiş buna!

Öğrenci içinden:

– Bir kadın bir erkeğin başına böyle çullanmaz, diyordu. De Marsay'i geri getirtmek için beni maşa olarak kullanmak istiyor. Ancak öfkeden yapılır böyle şeyler.

Goriot Baba:

– Ne oldu, ne düşünüyorsunuz böyle? dedi

Eugène kimi kadınların o sıralarda yakalandığı övünme hastalığını anlamıyor, Eren-Germain semtinde bir kapı açmak için, bir bankacının karısının her türlü fedakârlığı yapmaya hazır olduğunu bilmiyordu. Bu devirde moda, aralarında Madam de Beausèant'ın, arkadaşı Düşes de Langeais'nin ve Düşes de Maufrigneuse'ün ilk başta geldikleri, Küçük–Şato Bayanları adını alan, Eren–Germain sosyetesine kabul edilmiş kadınları, bütün kadınların üstünde tutmaya başlıyordu. Rastignac içinde cinslerinin yıldızlarının parladıkları en üstün çevreye girmek için Antin–Yolu kadınlarının kapıldıkları çılgınlığı bilmiyordu henüz. Fakat kuşkusu iyice işine yaradı. Ona soğukkanlılık, şartlar kabul edecek yerde kendisinin şartlar koşmasının acı kudretini de verdi.

– Evet, gideceğim, dedi.

Merak böylece onu Madam de Nucingen'in konağına sürüklüyordu, oysa bu kadın kendisini küçümsemiş olmasaydı, belki de aşk yüzünden gitmiş olabilirdi oraya. Bununla birlikte, ertesi günü ve gidiş saatini bir çeşit sabırsızlık duymadan bekledi. Bir delikanlı için, ilk macerasında belki de ilk aşkta rastladığı kadar çekicilik vardır. Başarı kazanma güveni, erkeklerin açıktan açığa söylemedikleri ama kimi kadınların olanca çekiciliğini yaratan bin bir mutluluk doğurur. Arzu, güçlük kadar zaferlerdeki kolaylıktan da meydana gelir, insanların olanca tutkuları besbelli aşk ülkesini ikiye bölüyor. Bu iki nedenin ya biri ya da öbürü tarafından tahrik edilmiş, ya da beslenmiştir. Bu bölünüş, büyük yaratılışlar konusunun, ne denirse densin, topluma hükmeden bir sonucudur belki de. Âşık kalplerin, nasıl gönül oyunları için kuvvet şurubuna ihtiyacı varsa, sinirli ya da kanlı insanlar da direnme çok sürerse her şeylerini toplayıp giderler belki de öyle. Bir başka deyişle, övgü ne kadar hırçınsa ağıt da o kadar gevşektir. Giyinirken Eugène delikanlıların kendileriyle alay edilmekten korktukları için, ağızlarına alamadıkları ama onur duygusunu gıdıklayan bütün o ufak tefek mutlulukları duydu. Saçlarını güzel bir kadının bakışının kara bukleleri arasına koyacağını düşünerek düzeltiyordu. Çiçeği burnunda bir kızın, balo için süslenirken yapacağı kadar çocuksu hareketler yaptı. Elbisenin kırışıklıklarını düzeltirken, ince vücuduna şöyle gururla baktı.

"Besbelli..." dedi içinden. "Çok daha kirli giyinenlere de rastlanabilir!"

Sonra pansiyonun bütün kiracılarının sofra başında bulundukları anda aşağıya indi, zarif giysisinin yarattığı aptalca bravo alkışını da sevinçle karşıladı. Burjuva pansiyonlarına yaraşır özelliklerin, düzenli bir giysinin bu gibi yerlerde sebep olduğu şaşkınlıktır. Burjuva dünyası böyle alışkanlıklara çok yabancıdır.

Bianchon bir atı kışkırtır gibi, dilini damağında şaklatarak,

– Ct ct ct ct! dedi.

Mme Vauquer:

– Giydiğiniz kıyafet sizi tam bir dük ve ayan üyesi yapmış.

Matmazel Michoneau

– Bayım sefere mi çıkıyor? diye sordu.

Ressam:

– Ööröööö! diye seslendi.

Müze memuru:

– Karınız hanımefendiye saygılarımı sunarım, diye konuştu.

Poiret:

– Bayın yoksa bir eşi mi var? diye sordu.

Vautrin bir berberin o gülünç lâf ebeliği ve cafcaflı sesi ile:

– Su üzerinde yürüyen, sil sil çıkmaz kara boya, yirmi beşle kırk arası değerde, son zevke uygun karolu, yıkanmağa elverişli, iyi giyilebilir, yarı iplik, yarı pamuk, yarı yün, diş ağrısına, Krallık Tıp Akademisi'nce onaylanmış daha başka hastalıklara iyi gelen, kılıktan kılığa giren bir karı! Çocuklar için pek iyidir zaten! Baş ağrılarına, bilmem ne ağrılarına ve boğaz, göz ve kulak gibi daha başka hastalıklara da birebirdir! diye bağırdı. "Kaça bu harika? diyeceksiniz bana, baylar; iki kuruşa mı?" Olur mu canım? Hiçe. O büyüüük bade dukası da dâhil, bütün Avrupa hükümdarlarının görmek istemiş oldukları, Büyük Moğol'a verilmiş malların bir artığıdır bu! Küçük bölüme geçin. Haydi, çalsın sazlar! Broum, la, la, trinn la, la, bum, bum! Klarnetçi efendi, 'Yanlış çalıyorsun!..' diye ekledi boğuk bir sesle. Parmaklarını kırarım sonra.

– Tanrım! Ne hoş adam bu böyle! dedi. Onun yanında kesinlikle sıkılmam.

Gülünç bir şekilde söylenen bu nutuğun sebep olduğu gülüşler ve şakalaşmalar arasında Eugène, Madam Couture'e eğilen, kulağına bir şeyler fısıldayan Matmazel Taillefer'in o kaçamak bakışını yakalayabildi.

Sylvie:

– Araba geldi, diye bildirdi

Bianchon:

– Akşam yemeğini bakalım nerede yiyecek? diye sordu.

– Mösyö la Baron de Nucingen'in konağı'nda.

Öğrenci:

– Mösyö Goriot'nun kızının evinde, diye karşılık verdi.

Bu söz üzerine, gözler Eugène'i bir çeşit kıskançlıkla inceleyen eski tel şehriyeciye çevrildi.

Rastignac, Eren-Lazare sokağında, ince sütunlu, cimrice revaklı, Paris'te güzeli yaratan o hafif evlerden birine, pahalı cici bicilerle, kabartmalarla, mermer mozaikli merdiven sahanlıklarıyla süslü, gerçek bir banker evine vardı. Madam de Nucingen'i dekoru kahvelerinkine benzeyen, İtalyan resimleriyle dolu bir küçük salonda buldu. Barones kederli idi. Kederini gizlemek için gösterdiği çabalar bu işte yapmacık hiçbir şey olmadığından Eugène'i iyice meraklandırdı. Bir kadını huzuru ile mutlu edeceğini umuyordu ama onu umutsuzluk içinde buluyordu. Bu uygunsuzluk huzurunu kaçırdı.

Kederli oluşundan dolayı ona biraz takıldıktan sonra:

– Güveninize pek az hakkım var Madam, dedi. Ama sizi rahatsız ediyorsam, iyi niyetinize güveniyorum, bana bunu açık bir şekilde söylersiniz.

– Kalın, dedi kadıncağız. Giderseniz yalnız kalacağım. Nucingen dışarıda yemek yiyecek, bense yalnız kalmak istemiyorum. Rahatlamaya ihtiyacım var.

– Ama şikâyetiniz ne?

– Bunu kendisine söyleyeceğim son insan siz olacaksınız, diye bağırdı.

– Bilmek istiyorum. Bu sırda benim de bir payım olmalı.

– Belki! Ama hayır, diye ekledi. Gönülde kalması gereken aile kavgaları bunlar. Size önceki gün söylemiyor muydum? Ben hiç mutlu değilim. Altın zincirler en ağır olanlardır.

Bir kadın kalkıp bir delikanlıya mutsuz olduğunu söyleyince, bu delikanlı akıllı, iyi giyimliyse, hele cebinde on beş frank harçlığı da varsa, Eugène'in kendi kendine söylediği şeyi düşünmesi gerekir ve gurur duyar.

– Ne arzulayabilirsiniz? diye karşılık verdi. Güzelsiniz, gençsiniz, seviliyorsunuz ve zenginsiniz.

Kadıncağız hüzünlü bir baş işareti yaparak:

– Benden söz etmeyelim, dedi. Karşılıklı yemeğimizi yiyecek, sonra da en hoş müziği dinlemeye gideceğiz. Hoşunuza gidiyor muyum? diye sordu ayağa kalkarak ve en zarifinden İran nakışlı beyaz kaşmir elbisesini göstererek.

Eugène:

– Tamamen benim olmanızı isterdim, dedi. Çok güzelsiniz.

Barones acı acı gülümseyerek:

– Sizin kederli bir malınız olacaktır, dedi. Burada hiçbir şey size bahtsızlığı dile getirmez ama bu görünüşlere rağmen, umutsuzum ben. Acılarım beni uyutmuyor, çirkinleşeceğim.

Öğrenci:

– Hayır, imkânsız bu, dedi. Vefalı bir aşkın silemeyeceği bu acıları bilmek için sabırsızlanıyorum.

– Ah! Size anlatsaydım bunları, benden kaçardınız, dedi kadın. Siz beni şimdi sadece erkeklerde âdet olan bir çapkınlıkla seviyorsunuz; ama gönülden sevseydiniz beni, korkunç bir umutsuzluğa düşerdiniz. Susmak zorunda olduğumu görüyorsunuz. Kuzum, dedi yeniden. Başka şeylerden konuşalım. Gelin de dairelerimi görün.

Eugène ateşin önünde elini rahatça tuttuğu Madam de Nucingen'in yanı başında bir koltuğa yerleşerek:

– Hayır, burada kalalım, diye karşılık verdi.

Kadıncağız elini öylesine bıraktı ve büyük heyecanlarla beliren o birikmiş kuvvetli davranışlardan biriyle, elini delikanlınınkinin üstüne daha da bastırdı.

Rastignac ona:

– Dinleyiniz, dedi. Dertleriniz varsa, bunları bana söyleyebilirsiniz. Size, sizi varlığınız için sevdiğimi göstermek istiyorum. Ya altı kişiyi öldürmem gerekse bile, dağıtmam için benimle konuşup bana acılarınızı anlatırsınız, ya da bir daha geri dönmemek üzere çıkıp giderim buradan.

Kadıncağız bir umutsuzluk düşüncesine kapılarak:

– Peki, diye bağırdı. Sizi hemen deneyeceğim. Evet, Bundan başka yol kalmadı.

Zili çaldı. Oda uşağına:

– Mösyönün arabası koşulu mu? diye sordu.

– Evet, madam.

– Onu ben alıyorum. Ona da benimki ile atlarımı verirsiniz. Akşam yemeğini yedide hazırlarsınız.

Kendini az sonra Mösyö de Nucingen'in arabasında, bu kadının yanında bulunca, hayal gördüğünü zanneden Eugène:

– Haydi, gelin, dedi.

Arabacıya da:

– Kral Sarayı'na sürün, dedi. Fransız Tiyatrosunun yanına...

Yolda çok telaşlı görünüyordu. Bu sessiz, kesin, sert davranış hakkında ne düşüneceğini bilemeyen Eugène'in bir sürü sorularına karşılık vermekten vazgeçti. Kadıncağız içinden:

– Benden bir anda vazgeçer, diyordu.

Araba durduğu zaman, barones, çılgınca sözlerini susturan bir bakışla öğrenciye baktı; çünkü delikanlı kızmıştı.

– Beni sahiden seviyor musunuz? dedi.

Öğrenci, içindeki kaygıyı gizleyerek:

– Evet, diye karşılık verdi.

– Sizden ne istersem isteyeyim, gerçekten hakkımda kötü düşünmeyecek misiniz?

– Hayır.

– İsteklerimi yerine getirmeye hazır mısınız?

– Körü körüne.

Titrek bir sesle:

– Kumar oynadığınız oldu mu? diye sordu.

– Hiçbir zaman.

– Oh! Rahatladım. Şansınız iyi gidecek. İşte para kesem, diye ekledi. Alın bakalım! Yüz frank var içinde. Bu çok mutlu kadının tüm parası işte... Bir kumarhaneye girin, kumarhanelerin nerede olduklarını biliyorum ama Kral Şatosunda olması gerek. Rulet denen bir oyuna yüz frangı yatırın, ya hepsini kaybedersiniz ya da bana altı bin frank getirirsiniz. Size dönüşünüzde sıkıntılarımı anlatacağım.

Delikanlı içinden geçirdiği şu: "Benim için kendini tehlikeye atıyor, bundan sonra benden hiçbir şey esirgemez..." düşüncesinin yarattığı sevinçle:

– Yapacağından bir şey anlıyorsam iki gözüm çıksın ama isteklerinizi yerine getireceğim.

Eugène güzelim para kesesini alıyor, bir eski elbise satıcısından en yakın kumarhanenin yerini öğrendikten sonra, "9" numaraya koşuyor. Buraya çıkıyor, şapkasını bırakıyor; daha sonra içeri giriyor ve ruletin nerede oynandığını soruyor. Gediklilerin şaşkınlığı içinde, salon garsonu onu uzun bir masanın yanına götürüyor. Eugène arkasında bir sürü seyirci olmasına rağmen, kumar parasını nereye koyması gerektiğini umursamazlıkla soruyor.

Beyaz saçlı, saygıdeğer bir yaşlı ona:

– Şu otuz altı numaradan yalnız birine bir altın koyarsanız ve numaranız gelirse otuz altı altın kazanırsınız, dedi.

Eugène, yaşlı adamın söylediği otuz altı numaradan, yirmi birin üzerine yüz frangı bırakıyor. Hiçbir şeyi anlamasına zaman kalmadan bir şaşkınlık çığlığı kopuyor. Anlamadan kazanmıştır.

Yaşlı Mösyö:

– Lütfen paranızı çekin, diyor. Bu yolla iki kere kazanılmaz.

Eugène ihtiyar bayı kendisine çekiyor, sonra gene oyun nedir bilmeden, bunları koyuyor kırmızının üstüne. Herkes oyunu sürdürdüğünü görerek ona kıskançlıkla bakıyor. Tekerlek dönüyor,

Eugène gene kazanıyor, parayı tutan adam da kendisine yeniden üç bin altı yüz frank ödüyor.

Yaşlı adam kulağına eğilip:

– Yedi bin iki yüz frank kazandınız, diyor. Bana inanıyorsanız gidin buradan, kırmızı sekiz kere geçti. İyiliksever insansınız, çok derin bir yoksulluk içinde kıvranan eski bir Napolyon albayının yoksulluğunu hafifleterek bu öğüdü dinlersiniz.

Rastignac, şaşkın bir halde ak saçlı adama on altın uzatıyor, gene oyun nedir bilmeden ama şansından yana hayretler içinde, yedi bin frangı alıp iniyor aşağıya.

Araba kapısı kapanınca, yedi bin frangı Madam de Nucingen'e göstererek:

– Gördünüz mü?.. Şimdi beni nereye götüreceksiniz? dedi.

Delphine ona çılgınca sarıldı ve istekle ama tutkusuzca öptü.

– Kurtardınız beni!

Yanaklarına sevinç gözyaşları aktı.

– Size her şeyi anlatacağım. Dostum olacaksınız, değil mi? Beni zengin, rahatı yerinde sanıyorsunuz, hiçbir eksiğim yok ya da hiçbir eksiğim yokmuş gibi görünüyorum! Ama şunu bilmelisiniz ki; Mösyö de Nucingen bana beş kuruş bile vermez. Evin bütün harcamalarını, arabalarımın, localarımın parasını öder; tuvaletim için bana biraz para ayırır, hesaplı davranarak beni gizli bir yoksulluk içinde bırakır. Kendisine yalvarmayacak kadar gururluyumdur. Bana satmak istediği bedele parasını satın alsaydım dünyanın en aşağılık yaratığı olurdum! Yedi yüz bin frank serveti olan ben, nasıl oldu da beş parasız bırakıldım? Gururdan, öfkeden. Evlilik hayatına başladığımız zaman o kadar genç, o kadar safız ki! Kocamdan para istemek için söylemem gereken söz ağzımı yakıyordu. Buna dünyada cesaret edemiyor, zar zor biriktirdiğim paramla zavallı babamın bana verdiği parayı harcıyordum; sonunda borca girdim. Benim için evlilik hayal kırıklıklarının en korkuncu oldu, bunu size nasıl anlatabilirim, her birimizin ayrı dairesi olmadan Nucingen'le yaşamak gerekseydi kendimi pencereden aşağı atacağımı bilmeniz yeter. Ona bir genç kadın için normal olan borçlarımı, mücevherleri, sıradan hevesleri söylemek gerektiği zaman -zavallı babam bizden hiçbir şeyi esirgememeğe alıştırmıştı bizi- çok büyük acılar çektim; ama gene de bunları söylemek cesaretini buldum kendimde. Kendime ait bir servetim yok muydu? Nucingen öfkelendi, kendisini mahvedeceğimi söyledi, daha bir sürü korkunç şeyler! Yer yarılsa da içine girsem daha iyiydi. Drahomamı almış olduğu için, borçlarını ödedi ama özel harcamalarım için bundan sonra bir aylık vereceğini şart koşarak borçların altından kalktı, sorun çıkmasın diye katlandım buna. O gün bu gündür, bildiğiniz birinin haysiyetini korumak istedim, dedi. Onun tarafından aldatılmışsam, karakterinin soyluluğunu teslim etmemekle yanlış yapmış olurdum. Ama gene de beni küstahça terk etti! İnsan, kara bir günündü, önüne avuç avuç altın dökülen bir kadını dünyada yüzüstü bırakmamalıdır! İnsan onu her zaman sevmelidir. Siz, yirmi bir yaşındaki güzel ruh, siz genç ve temiz insan, bir kadın bir erkekten nasıl para kabul edebilir diye sorarsınız değil mi bana? Ey Tanrım! Mutluluğumuzu kendisine borçlu olduğumuz insanla her şeyi paylaşmak, doğal değil midir? İnsan her şeyini karşılıklı birbirine verince, bu bütünün bir parçası için kim kaygılanabilir? Para ancak duygunun olmadığı bir yerde değer kazanır. Ömür boyu bağlanmamış mıydık birbirimize? Çok sevildiğimiz bir anda hangimiz ayrılığı aklımıza getiririz? Sizler bizlere sonsuz bir aşk sözü veriyorsunuz. O halde çıkarlarımız nasıl ayrı olabilir? Bu gün, her ay metresine, operalı bir yosmaya verdiği halde, Nucingen bana altı bin frank vermeyi kesinlikle reddettiği zaman bilemezsiniz ne acı çektim! Öldürmek istiyordum kendimi. Çılgınca düşünceler beynimi kemiriyordu. Bir hizmetçinin, oda hizmetçimin kaderini kıskandığım zamanlar oldu. Gidip babamı bulmayı çılgınlık sayıyordum! Anastasie ile ben, canını çıkarmıştık onun. Zavallı babam altı bin frank edebilseydi kendini satmış olurdu. Gereksiz yere onu üzmüş olacaktım. Siz beni utanç ve ölümden kurtardınız, acıdan şaşkına dönmüştüm. Ah! Mösyö, size bu açıklamayı yapmak zorundaydım. Size karşı aptalca, çılgınca davrandım. Benden ayrılıp, gözden kaybolduğunuz zaman koşarak sizden kaçmak istiyordum ama nereye kaçmak? Bilmiyordum. İşte Paris kadınlarının yarısının hayatı; dışarıda gösteriş, ruhta ise dayanılmaz acılar. Benden gene de kat kat zavallı kadınlar bilirim. Bununla beraber alış veriş ettikleri kimselere, sahte faturalar imzalamak zorunda kalmış kadınlar da vardır. Kimileri kocalarının parasını çalmak zorunda kalmıştır. Bazı kocalar yüz franklık kaşmirlere beş yüz frank verildiğini, bazıları da beş yüz franklık bir kaşmirin yüz frank ettiğini sanırlar. Bir elbise yapmak için çocuklarını aç bırakan, onunla bununla düşüp kalkan zavallı kadınlara da rastlanır. Ama ben, bu utanç verici hilelerden uzağım. İşte son sıkıntım benim. Bazı kadınlar avuçlarının içine almak için kendilerini kocalarına satıyorlarsa, ben hiç değilse özgürüm! Nucingen'e kendimi altına boğdurabilirdim ama saygı duyabileceğim bir erkeğin göğsüne başımı dayayıp ağlamayı tercih ederim. Ah!.. Bu akşam, Mösyö de Marsay bana parasını verdiği bir kadın gözüyle bakmak hakkını göremeyecek kendinde.

Gözyaşlarını Eugène'den saklamak için, yüzünü ellerini arasına aldı ama delikanlı, onu görmek için ellerini yüzünden çekti. Bu haliyle ne kadar yüce görünüyordu.

– Parayı duygulara karıştırmak iğrenç bir şey değil mi? Beni sevemezsiniz, dedi kadıncağız.

Bu, kadınları yücelten iyi duygular, toplumun şimdiki düzeninin onları işlemek zorunda bıraktıkları hatalar karışımı. Eugène'i, onların çektiği acılara hayran bırakıyordu.

– Bunu bana kaşı silah olarak kullanmayacaksınız, dedi kadın. Söz verin bana.

Delikanlı:

– Yoo! Madam, böyle bir şeyi nasıl yaparım? diye karşılık verdi.

Kadın elini eline aldı, minnet ve incelik dolu bir hareketle kalbinin üzerine koydu.

– Sizin sayenizde gene özgür ve sevinçli oldum işte. Demir bir el tarafından sıkılmış olarak yaşıyordum. Şimdi sade yaşamak, hiç para harcamamak istiyorum. Dostum, beni olduğum gibi kabul edeceksiniz, değil mi? Şunu alın, dedi yalnız altı bin frank ayırarak. Dürüst olmak gerekirse size, bin frank borçluyum çünkü kendimi sizinle yarı yarıya ortak sanmıştım.

Eugène kendini bir bakire gibi savundu. Fakat barones kendisine: "Suç ortağım değilseniz düşmanım gözüyle bakarım sonra size..." deyince parayı aldı.

– Zor zamanda işe yarar bu, dedi.

Nucingen sararak:

– İşte korktuğum söz, diye bağırdı. Sizin için bir şey olmamı istiyorsanız, bir daha kumar oynamayacağınıza yemin edin bana bakalım, dedi Hey Tanrım! Yemin ederim, sizi yoldan çıkaracağıma kederimden ölürüm.

Gelmişlerdi. O yoksullukla bu zenginlik arasındaki zıtlık öğrenciyi şaşkına çeviriyordu. Vautrin'in uğursuz sözleri yeniden kulaklarında çınladı.

Barones odasına girerek ve ateşin yanında bir koltuk göstererek:

– Oturun şuraya, dedi. Çok zor bir mektup yazacağım! Akıl verin bana.

Eugène:

– Hiçbir şey yazmayın, dedi. Paraları zarfa koyun, adresi yazın, sonra da oda hizmetçisiyle gönderin.

– Siz çok iyisiniz, dedi. Ah! Mösyö, işte, insan iyi yetişmiş olunca böyle davranır! Tam Beausèant buna derler işte, dedi gülümseyerek

Giderek âşık olan Eugène:

– Hoş kadın, dedi içinden.

Öğrenci, içinde zengin bir yosmanın şehvetli zarafetinin dolu olduğu odaya baktı.

Kadın oda hizmetçisini çağırırken:

– Nasıl? Beğendiniz mi? diye sordu.

– Therese, bunu kendi elinizle Mösyö de Marsay'e götürün, kendi elinizle teslim edin. Evde bulamazsanız, mektubu bana geri getirin.

Therese, Eugène'e şöyle sinsice bir bakışla bakmadan gitmedi. Yemek hazırlanmıştı. Rastignac Madam de Nucingen'in koluna girdi, kadın da onu güzel bir yemek salonuna götürdü, delikanlı burada gene kuzeninin konağında hayran olduğu sofra lüksünü buldu.

– İtalyanlar gününde, bana akşam yemeğine gelecek, sonra da bana eşlik edeceksiniz, dedi barones.

– Böyle devam edecek olursa, bu tatlı hayata alışırım sonra; ne var ki geleceğini hazırlaması gereken bir zavallı öğrenciyim ben.

Delphine gülerek:

Geleceğiniz hazırlanacaktır, dedi. Görüyorsunuz, her şey yoluna giriyor. Bu kadar mutlu olacağımı düşünemiyordum doğrusu.

İmkânsızı başarabilmek ve olayları önsezilerle yıkmak, kadınların yaratılışındadır. Madam de Nucingen'le Rastignac Bouffonlardaki localarına girdiklerinde, kadına kendisini oldukça güzelleştiren, bilerek uydurulmuş düzensizliklere çok zaman fırsat veren küçük dedikodulara başladığı bir memnunluk havası geldi. İnsan Paris'i tanıyınca, burada söylenenlerin hiçbirine inanmaz. Eugène Baronesin elini tuttu, böylece ikisi de müziğin kendilerinde uyandırdığı duyguları birleştirerek konuştular sanki. Bu gece, onlar için sarhoş edici oldu. Birlikte çıktılar, Madam de Nucingen Eugène'i, bütün yol boyunca, o Kral Şatosu'nda bolca sunduğu öpücüklerden birini vermemek için, artık Pont-Neuf'e kadar götürmek istedi. Eugène ona bu tuhaflığı söyledi.

Nucingen:

– Önceki, dedi. Umulmadık bir bağlılığın karşılığı idi öpücük, şimdi ise bir vaat olabilir.

– Demek bana hiçbir vaatte bulunmak istemiyorsunuz ha, nankör.

Delikanlı kızdı. Bir âşığı çılgına çeviren sabırsızlık dolu hareketlerden birini yaparak, Delphine öpsün diye elini uzattı ama delikanlı elini kadının hoşuna giden kötü bir incelikle öptü.

Kadın:

– Pazartesi baloda görüşürüz, dedi.

Güzel bir ay ışığı altında, pansiyona yürüyerek dönen Eugène, derin düşüncelere daldı. Hem mutlu hem de mutsuzdu.

Belki de kendisine isteklerinin gayesini, en güzel ve en zarif Paris kadınlarından birini kendisine veren bir maceradan dolayı mutlu; servet tasarılarını yıkılmış görmekten dolayı da tedirgindi ve iki gün önce kapılmış olduğu kararsız düşüncelerin gerçekliğini de o zaman anladı. Başarısızlık, gücünü yüzümüze vurur. Eugène Paris hayatından ne kadar çok hoşlanırsa, karanlık ve yoksul kalmaktan da o kadar uzak duruyordu. Kendine mal etmek için aldatıcı bir akıl yürütmeyle, cebindeki bir franklık parayı buruşturup duruyordu. Sonunda Neuve-Eren-Genevieve sokağına geldi ve merdivenden yukarı çıkınca, orada ışık gördü. Goriot Baba, kendi deyimiyle, öğrenci kendisine kızını anlatmayı unutmasın diye kapısını açık ve mumunu da yanık bırakmıştı. Eugène ondan hiçbir şey gizlemedi.

Goriot Baba kıskançlıktan gelen zorlu bir umutsuzluk içinde:

– Desene, diye bağırdı. Beni beş parasız zannediyorlar. Benim bugüne bugün bin üç yüz frank gelirim var! Yarabbi! Zavallı yavru, neden yanıma gelmiyormuş sanki? Gelir senetlerimi satardım, sermayeden bir kısmını alırdık, üstünü de ömür boyunca gelire çevirirdim. Zavallı komşum, gelip neden bana söylemediniz sıkıntısını? Onun zavallı yüz frankçığını nasıl olup ta kumara yatırmayı göze aldınız? İnsanın içi sızlar. Damat olacak herifler bunlar işte! Ah! Bir geçirsem onları elime, gırtlaklarını sıkardım. Tanrım! Ağlamak, ne korkunç bir şey o ağladı demek?

Eugène:

– Başını yeleğime dayayarak ağladı, dedi.

Goriot Baba:

– Ah! verin bana yeleğinizi, dedi. Nasıl! Bunun üzerine kızımın, o küçükken hiç ağlamayan Delphine'ciğimin gözyaşları döküldü! Ah! Size başka bir yelek alırım, giymeyin artık onu, verin bana. Kızımın, anlaşmasına göre mallarını kullanması gerekir. Ah! Derhal, gidip avukatımı, Derville'i bulacağım. Servetinin çalıştırılmasını isteyeceğim. Ben yasaları bilirim, eski kurdum ben, yeniden dişlerimi bileyeceğim.

– Alın baba, kazancımız üstünden bana vermek istemiş olduğu bin frank işte. Yelekle birlikte bunları da saklayın.

Goriot, Eugène'e baktı, elini avucuna almak için elini ona uzattı ve bu elin üzerine bir damla gözyaşı düştü.

İhtiyarcık ona:

– Siz hep başarılı olacaksınız, dedi. Tanrı adildir, biliyor musunuz? Ben, ben dürüstlük nedir bilirim, ben size şunu da söylemek isterim ki yeryüzünde size benzeyen çok az insan vardır. Demek siz de benim sevgili evlâdım olmak istiyorsunuz! Gidin, uyuyun. Uyuyabilirsiniz, henüz baba olmadınız. O ağlamış, o acı çekerken burada rahat rahat yemek yiyen ben, şimdi öğreniyorum bunu; ben, ben ki ikisinin de bir damla gözyaşı dökmemesi için Baba'yı, Oğul'u ve Kutsal Ruh'u satardım!

Eugène yatarken, kendi kendine:

– Herhalde, dedi. Ömrüm boyunca dürüst bir insan olacağımı sanıyorum.

Belki yalnız Tanrı'ya inananlar, iyiliği gizli olarak yaparlar. Eugène de Tanrı'ya inanıyordu. Ertesi gün balo saatinde, Rastignac, kendisini Carigliano Düşesiyle tanıştırmak için alıp götüren Madam de Beausèant'ın konağına gitti. Mareşalin karısı tarafından çok iyi karşılandı, burada Madam de Nucingen'e rastladı. Delphine, sabırsızlığını gizlediğini zannederek, kendisinden sabırsızlıkla bir bakış beklediği Eugène'e daha güzel görünmek için, herkesin dikkatini çekecek şekilde süslenmişti. Bu an, bir kadının heyecanlarını keşfetmesini bilen için büyük mutluluklarla doludur. Düşüncesini belli etmemekten, zevkini çapkınca saklamaktan, sebep olduğu kaygıda itiraflar aramaktan, bir gülümseyişle salacağı korkulardan haz duymaktan, çok zaman kim zevk almamıştır ki? Bu şenlikte, öğrenci kendi durumunun önemini düşündü, Madam de Beausèant'ın benimsemiş yeğeni olarak toplumda bir yeri olduğunu da anladı. Madam la Baron de Nucingen'in daha şimdiden kendisine male dilen zaferi, onu öyle büyük kılıyordu ki bütün delikanlılar ona kıskançlık dolu gözlerle bakıyorlardı. Bu bakışlardan birini sezince, gururun ilk zevklerini tattı. Bir salondan öbürüne geçerken, topluluklar arasında dolaşırken, mutluluğunun övüldüğünü işitti. Kadınlar ona her türlü başarıya ulaşacağını söylüyorlardı. Delphine onu kaybedeceğinden korkarak, önceki gün vermeyi ısrarla reddetmiş olduğu öpücüğü bu gece kendisinden esirgemeyeceğini söyledi. Rastignac, bu baloda birçok davet aldı. Kuzeni tarafından hepsinin de zariflik iddia eden, konakları pek hoş sayılan birkaç kadınla tanıştırıldı. Kendini Paris'in en yüksek ve en güzel âlemine girmiş gördü. Bu gece onun için parlak bir başlangıcın çekiciliğine büründü, bir genç kız zaferler kazandığı baloyu nasıl hatırlarsa, o da yaşlılık günlerinde dahi bu baloyu hatırlamak zorundaydı. Ertesi gün sabah kahvaltısında, kiracıların önünde Goriot Baba'ya başarılarını anlatırken, Vautrin şeytanca bir şekilde gülmeye başladı.

Bu çığırtkan mantıkçı:

– Peki ama siz? diye bağırdı. Modaya ayak uyduran bir delikanlının Neuve-Eren-Genevieve sokağında, Vauquer Evinde, doğrusu her bakımdan pek saygıdeğer sayılan ama hiç de zarif bir yanı olmayan pansiyonda kalabileceğine inanıyor musunuz? Her şey tamamdır, bolluğu bakımından diyecek yoktur. Bir Rastignac'ın geçici şatocuğu olmakla gururludur burası; ama ne de olsa, Neuve-Eren-Genevieve sokağındadır, besbelli ataerkil ortamda olduğundan da, lüksü bilmez.

Vautrin babacan alaycı bir şekilde:

– Genç dostum, diye devam etti. Paris'te gözde olmak istiyorsanız, size sabah için üç atla bir tilbury, akşam için bir kupa arabası, taşıt parası olarak toplam dokuz bin frank gerekir. Eğer terzinize üç bin frank, parfümcüye altı yüz frank, kunduracıya yüz ekü, şapkacıya da yüz ekü vermezseniz istediğinizi alamazınız. Çamaşırcıya gelince, size bin franga patlar. Modaya ayak uyduran delikanlılar çamaşır bakımındın sağlam olmak zorundadırlar. Onlarda en çok incelenen çamaşır değil midir? Aşk da, mihraplar da güzel örtüler isterler. Böylece on dört bine vardık... Oyunda, bahiste, armağanda elden çıkaracağınız paradan söz etmiyorum size; cep harçlığını iki bin frank üzerinden hesap etmemek imkânsızdır. Ben bu hayatı sürdüm, neye mal olduğunu bilirim... Bu ilk gerekli harcamalara, yemek için üç yüz altın, ev için de bin frank ekleyin. İşte çocuğum, sürekli köşenizde yılda yirmi beş bin frankçığınız bulunmalı, yoksa çamura batar, kendinizle alay ettirirsiniz. Yarınımızdan, başarılarımızdan, metreslerimizden uzak kalmış oluruz! Oda hizmetçisi ile ayak hizmetçisini unuttum! Aşk mektuplarınızı Christophe mu götürecek? Bu mektupları şimdi kullandığınız alelâde kâğıda mı yazacaksınız? Böylesi sizin için intihar olur.

Kalın sesiyle bir rinforzand yapar:

– Çok görmüş geçirmiş bu ihtiyara inanınız! dedi.

Ya içi erdem dolu bir tavan arasına çekilin, işinizle meşgul olun orada, ya da bir başka yol tutun.

Vautrin bu bakışta baştan çıkarmak için öğrencinin yüreğine saçtığı aldatıcı akıl yürütmeleri hatırlatacak ve özetleyecek şekilde Matmazel Taillefer'e bakarak göz kırptı. Günler geçti, Rastignac bu günlerde bayağı bir yaşam sürdü. Hemen her gün Madam de Nucingen'le akşam yemeği yiyor, ona sosyete âleminde eşlik ediyordu. Sabahın üçüne ya da dördüne doğru pansiyona dönüyor, tuvaletini yapmak için öğleyin yataktan kalkıyordu, hava güzelse, değerini bilmeden zamanını harcayarak, düğününü bereketli tozlarına karşı bir dişi hurmanın sabırsız çanağının yakaladığı hırsla, lüksün bütün öğretici inceliklerini, bütün baştan çıkarcılıklarını içine doldurarak, Delphin'le birlikte gidip ormanda dolaşıyordu. Büyük oynuyor, kaybediyor ya da çok kazanıyordu, sonunda Parisli delikanlıların aşırı hayatına alıştı. İlk kazançlarından, annesi ile kız kardeşlerine bin beş yüz frank göndermiş, bu paraya bir de güzel armağanlar eklemişti. Vauquer Evinden ayrılacağını bildirmiş olduğu halde, ocak ayının son günlerinde hâlâ buradaydı, oradan nasıl çıkacağını bilmiyordu. Delikanlıların çoğu görünüşte açıklaması imkânsız ama nedeni bizzat gençliklerinden, zevke doğru atıldıkları taşkınlık havasından kaynaklanan bir yasaya boyun eğmişlerdi. İster zengin, ister yoksul olsunlar, hayatın zorunluluklarına karşı hiçbir zaman paraları yoktur, oysa uçarı hevesleri için her zaman para bulurlar. Kredi ile sağlanan her şeye karşı cimridirler, sahip olabildikleri her şeyi israf ederek, sahip olamadıklarının öcünü alıyora benzerler. Böylece, konuyu açıklığa kavuşturmak gerekirse, bir öğrenci elbisesinden daha çok şapkasına önem verir. Kazancın büyüklüğü terziyi tamamıyla alacaklı durumuna sokar, oysa paranın azlığı şakacıyı pazarlık etmek zorunda kaldığı kimseler arasında en çekilmez insanlardan biri yapar. Bir tiyatronun balkonunda oturan delikanlı, güzel kadınların dürbünlerine yelekler sunduğu halde, ayağında çorap olduğu şüphelidir. Tuhafiyeci de kesesine göz dikenlerden biridir. Rastignac bu durumdaydı. Madam Vauquer'e göre her zaman için boş, övünme ihtiyaçları bakımından ise her zaman için dolu sayılan kesesinin, en doğal ödemelerle uyuşmayan tuhaf iniş ve çıkışları vardı. İddialarının kimi zaman alaya alındığı pis kokulu, iğrenç pansiyonu bırakmak için, ev sahibesine bir aylık para ödemek, apartmanına eşya satın almak gerekmez miydi? Bu her zaman imkânsız bir şeydi. Rastignac, kumarına gerekli para bulmak için, kazançlı zamanlarında kuyumcusundan pahalı saatler ve altın zincirler satın almasını, yeri gelince de bunları kalkıp emniyet sandığına, gençliğin o karanlık ve sadık dostuna yatırmasını bildiği halde, yemeğinin, yattığı yerin parasını ödemek, ya da zarif hayatının devam edebilmesi için gerekli eşyanın parasını bulmak söz konusu olduğunda cesaret gösteremediği gibi, bir çıkar yol da bulamıyordu. Apaçık bir ihtiyaç, dindirilmiş arzular uğruna yapılmış borçlar, ona artık mutluluk vermiyordu. Bu rast gele hayatı tatmış olanların çoğu gibi, ekmeğinin parasını ancak bir senedin tehdit saçan hali karşısında kalınca ödeyen Mirebeau'nun yaptığı gibi burjuvalarca kutsal sayılan borçları kapatmada son anı bekliyordu. Bu sıralardı. Rastignac, parasını kaybetmiş ve borçlanmıştı. Öğrenci belli başlı gelir kaynakları olmadan bu hayatı sürdürmenin kendisi için imkânsız olduğunu anlamaya başlıyordu. Fakat tehlikeli durumunun keskin şartları altında acı çektiği halde, bu hayatın derin zevklerinden vazgeçmek kabiliyetinde olmadığını anlıyor ve her ne pahasına olursa olsun devam etmek istiyordu. Mutluluğu için güvendiği rastlantılar hayal oluyor ve gerçek engeller ise çoğalıyordu. Mösyö ve Madam de Nucingen'in aile sırlarını öğrenerek, aşkı, başarı merdiveni haline getirmek için, türlü utanca boyun eğmek, gençlik hatalarının bedeli sayılan soylu düşüncelere veda etmek gerektiğini anlamıştı. Dışı parıl parıl parlayan, ama içi pişmanlık kurtları ile kemirilen, geçici zevkleri sürekli acılarla pek pahalıya ödenen bu hayatı benimsemişti, La Bruyere'in "Dalgın Adam"ı gibi, çukurun pisliğinde kendisine bir yatak yaparak bu hayatın içinde yuvarlanıp gidiyordu; fakat "Dalgın Adam" gibi, henüz sadece elbisesini kirletiyordu.

Bianchon, bir gün sofradan kalkarken ona:

– Demek Çinli'yi öldürdük öyle mi? dedi.

Eugène

– Daha ölmedi ama can çekişiyor, diye karşılık verdi.

Tıp öğrencisi bu sözü bir şaka sandı ama şaka değildi. Uzun zamandır, ilk olarak pansiyonda akşam yemeğini yiyen Eugène, yemekte, düşünceli görünmüştü. Tatlıdan sonra dışarı çıkacağı yerde, yemek salonunda kimi zaman anlamlı bakışlar gönderdiği Matmazel Taillefer'in yanında oturup kaldı. Birkaç kiracı henüz sofradaydı ve ceviz kırıp yiyor, kimileri de başlanmış tartışmaları sürdürerek ortalıkta dolaşıyorlardı. Hemen her akşam olduğu gibi, herkes konuşmaya duyduğu ilgi derecesine göre, sindirimin yol açtığı ağırlığa göre, keyfince hareket ediyordu. Kışın, sekizden önce, dört kadının tek başlarına kaldıkları ve bu erkek topluluğunun ortasında cinslerinin kendilerine zorla kabul ettirdiği suskunluğun aldıkları saatten önce yemek salonunun tamamen boşalmış olması nadirdir. Eugène'nin düşünceli tavrı dikkatini çeken Vautrin, önce çıkıp gitmek için acele ediyor göründüğü halde, yemek salonunda kaldı, gene Eugène'nin göremeyeceği bir köşeye geçti, artık ona kalkıp gittiğini zannettirdi. Sonra, en son giden kiracıların arasına katılacakken, kurnazca salonda kaldı. Öğrencinin içini okumuştu ve kesin bir kararı inceden seziyordu. Rastignac, gerçekten, birçok gencin yaşamış olması gereken kararsız bir durumda bulunuyordu. Seven ve fındıkçılık eden Madam de Nucingen, ona karşı Paris'te geçen kadın diplomatlığının imkânlarını kullanarak, Rastignac'ı gerçek bir tutkunun bütün sıkıntılarından geçirmişti. Madam de Beausèant'ın yeğenini kendine bağlamakla adına gölge düşürdükten sonra, faydalandığı hakları delikanlıya verip vermemekte gerçekten tereddüt ediyordu. Bir aydır, Eugène'in duygularını öylesine kışkırtıyordu ki sonunda kalbini kazanmıştı. Öğrenci, ilgisinin ilk anlarında, kendini üstün sandığı halde, Madam de Nucingen, Eugène'de Parisli bir delikanlıda bulunan iki üç kişiliğin, iyi veya kötü, bütün duygularını harekete getiren o oyunla daha güçlü duruma geçmişti. Bu onun bir hesabı mıydı? Hayır; doğal bir duyguya boyun eğdikleri için kadınlar en büyük sahtekârlıkları arasında bile, her zaman doğrudurlar. Belki de Delphine, bu delikanlıya kendi üzerinde birden bu kadar üstünlük vermiş ve ona gereğinden fazla sevgi gösterdikten sonra, kendisini yetkilerini geri almaya, ya da yetki vermeye sürükleyen bir onur duygusuna boyun eğiyordu. Bir Paris kadını için, tutkunun kendisini sürükleyip götürdüğü anda bile, düşüşünde duraksamak, yarının eline vereceği adamın kalbini sınamak o kadar doğaldır ki! Madam de Nucingen'in bütün umutları ilk defasında boşa çıkmış, genç bir bencile karşı göstermiş olduğu bağlılığı ise hor görülmüştü. Kuşkulanmakta haklıydı. Eugène'in davranışlarında, bir anda başarının meydana getirdiği aptallığı, durumlarının, tuhaflıklarının neden olduğu bir çeşit saygısızlığı sezmişti belki. Bu yaşta bir delikanlıya besbelli üstün görünmek, tarafından terk edildiği adama karşı uzun zaman küçük göründükten sonra yenisi önünde büyük görünmek istiyordu delice. Hele de Marsay'e ait olmuş olduğunu bildiğinden dolayı istemiyordu. Sonunda, gerçek bir canavarın, çapkın bir gencin küçük düşürücü zevkini tatmış olduktan sonra, aşkın çiçek açmış ülkelerinde dolaşmaktan öyle büyük mutluluk duyuyordu ki... Aşkın bütün görünüşlerini seyretmek, uzun uzun aşkın titreyişlerine kulak vermek, kendini uzun zaman bakir rüzgârların okşayışına bırakmak onun için doğrusu bir büyü idi. Gerçek aşk, kötü aşkın günahını ödüyordu. Erkekler aldatmanın ilk vuruşlarının, genç bir kadının ruhunda nice çiçek öldürdüğünü bilmediği sürece bu çelişkiler ne yazık ki sık sık görülecektir. Düşünceleri ne olursa olsun Delphine, Rastignac'la oynuyor ve besbelli sevilmiş olduğunu bildiğinden ve güzel kadınlık zevki şahlanınca, sevgilisinin acılarını dindireceğinden de emin olduğundan, onunla oynamaktan hoşlanıyordu. Kendi kendine gösterdiği saygıdan dolayı, Eugène ilk savaşının bir yenilgi ile bitmesini istemiyor ve ilk Eren-Hubert bayramında ille de bir keklik avlamak isteyen bir avcı gibi izlemesinde direniyordu. Sıkıntıları çiğnenmiş onuru, umutsuzlukları onu bu kadına gittikçe daha çok bağlıyordu. İlk gördüğü günden daha ileri gidememiş olduğu halde, bütün Paris Madam de Nucingen'i onun malı kabul ediyordu. Bir kadının kendini beğendirme çabalarının, aşkının verdiğinden daha fazla çıkar sağladığını henüz bilmediğinden, aptalca öfkelere kapılıyordu. Bir kadının aşkla yuvarlandığı mevsim Rastignac'a turfanda meyvelerinin ganimetini sunuyorsa, bunlar ham kekremsi ve tadılması hoş oldukları kadar da ona pahalıya mal oluyordu. Bazen kendini beş parasız, yarınsız gördükçe, vicdanının sesine rağmen, kalkıyor, Vautrin'in Matmazel Taillefer'in bir evlilik yaptığında, kavuşacağını göstermiş olduğu servet imkânlarını düşünüyordu. O sırada, artık yoksulluğun öyle yüksekten konuştuğu bir zamanda yaşıyordu ki bakışlarından çok kez büyülenmiş olduğu korkunç sfenksin hemen hemen istemeyerek ağına düştü. Poiret ile Matmazel Michonneau'nun odalarına çekildikleri an, Rastignac, kendini Mme Vauquer'le soba başında uyuklayarak yün kollar ören Madam Couture arasında yalnız zannederek gözlerini yere indirtecek kadar hoş bir bakışla Matmazel Taillefer'e baktı.

Kısa bir sessizlikten sonra Victorine:

– Mösyö Eugène, acaba bir derdiniz mi var? diye sordu.

Rastignac:

– Kimin derdi yoktur ki? diye karşılık verdi. Eğer biz gençler, her zaman için yapmaya hazır olduğumuz fedakârlıkların karşılığını verecek bir vefa ile gerçekten sevilmiş olduğumuza inanmış olsaydık, belki hiçbir zaman sıkıntılarımız olmazdı.

Matmazel Taillefer, karşılık olacak bir bakışla ona baktı.

– Siz Matmazel, bugün kalbinizden şüphe etmiyorsunuz; ama hiç değişmeyeceğinizi söyleyebilir misiniz?

Zavallı kızın dudaklarında ruhundan fışkırmış bir ışık gibi bir gülümseme dolaştı ve yüzünü öyle aydınlattı ki Eugène, bu kadar coşkun bir duygu fırtınasına sebep olmuş olduğundan dolayı heyecanlandı.

– Nasıl! Eğer yarın zengin ve mutlu olursanız, elinize göklerden büyük bir servet düşerse, kederli günlerinizde hoşunuza gitmiş olan zavallı delikanlıyı gene de sever miydiniz?

Kız başıyla onaylar bir hareket yaptı.

– Mutsuz bir delikanlıyı sever miydiniz?

Tekrar aynı işaret...

Madam Vauquer:

– Ne saçmalıyorsunuz yine orada? diye bağırdı.

Eugène:

– Rahat bırakın bizi, biz anlaşıyoruz, diye karşılık verdi.

Yemek salonunun kapısında birden gözüken Vautrin, o kalın sesiyle:

– Yoksa şövalye Eugène de Rastignac ile Matmazel Victorine Taillefer arasında evlilik anlaşması mı yapılıyor? diye sordu.

Madam Couture ile Mme Vauquer aynı anda:

– Ah! Korkuttunuz bizi!.. dediler.

Vautrin'in sesinin, kendisine hayatında duymuş olduğu dayanılmaz heyecanı verdiği Eugène, gülerek:

– Daha kötü bir seçim de yapabilirdin? diye karşılık verdi.

Madam Coutre:

– Kötü şakaları bırakın, beyler, dedi. Kızım, haydi çıkalım odamıza.

Mme Vauquer, akşamı yanlarında geçirmekle mumundan ve ateşinden tasarruf yapmak için, iki kiracısının peşinden gitti. Eugène, Vautrin'le baş başa kaldı.

Bu adam şaşmaz bir soğukkanlılıkla kendisine:

– Bu duruma düşeceğinizi kesinlikle biliyordum, dedi. Ama dinleyiniz! Ben de herhangi bir insan gibi anlayışlıyımdır. Şu anda karar vermeyin, doğal halinizde değilsiniz. Borçlarınız var. Bana gelmenizi sağlayan şeyin ihtiras, umutsuzluk değil, mantık olmasını istiyorum. Belki bin eküye ihtiyacınız var. Alın, ister misiniz?

Bu şeytan herif cebinden bir cüzdan çıkardı ve içinden üç banknot çekerek öğrencinin gözleri önünde oynattı. Eugène hayatının en zor anlarını yaşıyordu. Marki d'Ajuda ile Kont de Trailles'e yüz altın borcu vardı. Kendinde bu kadar para yoktu, Madam de Restaud'nun evinde bekleniyor, geceyi geçirmeye gidemiyordu. Küçük küçük kekler yenen, çay içilen ama wist oyununda altı bin frank kaybedilen gösterişsiz gecelerden biriydi bu.

Eugène, sinirli bir titreyişi zorlukla gizleyerek ona:

– Mösyö, dedi. Bana söylediklerinizden sonra, size borçlu olmayacağımı bilmelisiniz.

Baştan çıkarıcı adam:

– Doğru, başka şekilde konuşsaydınız beni üzerdiniz, dedi. Siz, güzel, nazik, bir aslan gibi gururlu ve bir genç kız kadar yumuşak bir delikanlısınız. Şeytana güzel bir av olursunuz. Gençlerin bu durumunu severim. Yüksek politika hakkında iki üç düşünce edinin, o zaman dünyayı olduğu gibi görürsünüz. Üstün insan, bu dünyada küçük birkaç erdem numarası yaparak salondaki aptalların coşkun alkışları arasında her istediğini elde eder.

Kısa bir zaman içinde, bizden olursunuz. Ah! Benim öğrencim olmayı isteseydiniz, sizi her şeye ulaştırırdım. Ne isterseniz isteyin. Şeref, servet, kadın isteyin; yerine getirilmeyecek bir istek bulamazdınız. Bütün medeniyet emrinize hazır Tanrı sofrası olurdu. Bizim şımarık çocuğumuz olurdunuz, gözdemiz olurdunuz, kendimizi sizin için seve seve feda ederdik. Size engel olan her şey ortadan kaldırılırdı. İçinizde itirazlar duyuyorsunuz. Yoksa beni bir aptal mı zannediyorsunuz? Bakın, hâlâ sahip olduğunuz kadar dürüstlüğü olan bir adam, Mösyö de Turenne, kendini suçlu görmeden, haydutlarla, küçük işler çevirirdi. Demek, borçlum olmak istemiyorsunuz? "Pekâlâ", dedi Vautrin gülümseyerek. Cebinden pullu bir kâğıt çıkararak dedi ki:

– Şu kâğıt parçalarını alın, şuraya, işte şuraya, şöyle yazın bakalım: Bir yılda ödemek üzere üç bin beş yüz frank borç alınmıştır. Tarih de atın! Faiz her türlü kuşkuyu başınızdan atacak kadar yüksektir; bana Yahudi diyebilir, kendinizi her türlü minnetten uzak sayabilirsiniz. Daha ileride beni seveceğinizden emin olduğum için, şu anda beni küçümsemenize izin veriyorum. Bende aptalların kusur dedikleri sonsuz uçurumlar, engin duygular bulacaksınız; ama beni hiçbir zaman ne alçak ne de nankör görmeyeceksiniz. Kısacası, ben ne bir piyonum ne de bir fil ama bir kaleyim oğlum.

Eugène:

– Siz nasıl bir insansınız? diye bağırdı. Beni rahatsız etmek için yaratılmışsınız sanki.

Bildiğiniz gibi değil, ömrünüzün sonuna kadar çamurdan korunmalısınız diye çamurlanmak isteyen iyi bir insanım ben. Bu fedakârlık neden kaynaklanıyor diye mi soruyorsunuz? Peki, günün birinde bunu yavaşça söylerim kulağınıza, size toplumsal düzenin ahengini ve makinenin işleyişini göstererek sizi önce şaşırttım; ama ilk şaşkınlığınız acemi askerin savaş alanındaki şaşkınlığı gibi geçer ve insanlara kendi kendilerini kral ilân ederek taç giyenlerin hizmetinde ölmeye karar vermiş askerler gibi bakmak düşüncesine alırsınız yavaş yavaş. Zaman çok değişti. Eskiden bir kiralık katile "Al şu yüz eküyü, bana Mösyö falanı öldür..." denirdi. Bir insanı 'bir evet, bir hayır,' uğruna öldürdükten sonra rahat rahat yemek yenirdi. Bugün, sizi hiç bir belâya sürüklemeyen bir baş işareti karşılığında güzel bir servete kavuşmayı teklif ediyorum, siz ise duraksıyorsunuz.

Eugène senedi imzaladı, bunu banknotlarla değiştirdi.

Vautrin:

– Tamam, haydi adam gibi konuşalım artık, diye devam etti. Tütünümü ekmek için Amerika'ya yollanmak üzere birkaç aya kadar buradan çıkıp gitmek istiyorum. Size dostluk sigaraları yollayacağım. Zengin olursam, size yardım ederim. Çoluk çocuğum olmazsa -ki bu muhtemeldir, orada dal budak salarak kökleşmeye niyetim yok- o zaman, servetimi size bırakırım. Bir adamın dostu olmak değil midir bu? Ama ben sizi seviyorum kendimi bir başkasına feda etmek hırsı vardır bende. Bu işi daha önce de yaptım. Bakın oğlum, ben başka insanlara göre daha üstün bir ortamda yaşıyorum. Ben, işleri araç sayar yalnız hedefimi görürüm. Bence bir insan nedir? Şu! dedi, başparmağının tırnağını dişlerinde şaklatarak. Bir insan ya her şeydir ya hiçbir şey. Adı hele Poiret oldu mu hiçin de hiçidir. Bir tahtakurusu gibi ezilebilir, dümdüzdür ve pis pis kokar. Ama bir insan size benzerse bir Tanrı'dır... Artık üstü deriyle örtülmüş bir makine değildir, içinde en güzel duyguların dile geldiği bir tiyatrodur insan, ben de ancak duygularla yaşıyorum. Bir duygu, bir düşünce içinde dünya değil midir? Bakın Goriot Baba'ya. İki kızı onun için bütün evren demektir. Kızları evrende kendisini çekip çeviren bağdır. Oysa hayatı iyice ekip biçen benim için, bir tek gerçek duygu vardır, erkek erkeğe bir dostluk. Pierre'le Jaffier, işte benim tutkum. Kurtulmuş Venedik'i ezbere bilirim. Bir arkadaş "Haydi gidip bir cesedi gömelim!" deyince tek söz etmeden ahlâk dersleriyle kafasını şişirmeden kalkıp oraya gidecek kadar sağlam yürekli kaç insan gördünüz? Ben bu işi yaptım. Herkesle böyle konuşmam. Ama siz üstün bir insansınız, size her şey söylenebilir, siz her şeyi anlayabilirsiniz. Burada çevremi saran kurbağaların yaşadıkları bataklıkta uzun süre kalamazsınız. İşte, söylenen söylendi artık. Evleneceksiniz. Çekelim kılıçlarımızı! Benimki demirdendir ve kesinlikle bükülmez, ha hay!..

Vautrin, onu kendi halinde bırakmak için, öğrencinin yersiz karşılığını işitmek istemeden çıktı. İnsanların kendi kendilerine karşı kullandıkları yüz karası sayılabilen davranışlarını haklı çıkarma yolunda işlerine yarayan bu küçük direnişlerin, bu savaşların sırrını bilir görünüyordu.

Eugène içinden:

– Ne yaparsa yapsın, kesinlikle Taillefer'le evlenmeyeceğim, dedi.

Dehşete kapıldığı ama düşüncelerinin alaycılığı ve toplumu baskı altına almakta gösterdiği cesaretle gözlerinde büyüyen bu adamla bir anlaşma yapma düşüncesinin kendisinde yarattığı bir iç sıkıntısının acısını çektikten sonra, Rastignac giyindi, bir araba istedi, Madam de Restaud'nun konağına gitti. Bu kadın, her adımı sosyete âleminde bir ilerleme sayılan, etkisi günün birinde korkunç bir hal alacağa benzeyen bir delikanlıya karşı birkaç gündür iltifatlarını arttırıyordu. Mösyö de Trailles'le Mösyö d'Aujda'ya borcunu ödedi, gecenin bir kısmında wist oynadı, kaybetmiş olduğu parayı yeniden kazandı. Aşılacak yolları olan ve az çok kaderci sayılan insanların çoğu gibi boş insanlara güvendiğinden mutluluğunu doğru yoldan sapmamakta diretmesi karşısında verilen bir Tanrı ödülü olarak gördü.

Ertesi sabah, Vautrin'e senedinin hâlâ yanında bulunup bulunmadığını sormakta acele etti. Olumlu karşılık alınca, oldukça içten gelme bir sevinci göstererek üç bin frangı kendisine verdi.

Vautrin ona:

– İşler yolunda, öyle mi? dedi.

Eugène:

– Ama sizin suç ortağınız değilim ben, diye konuştu.

Vautrin sözünü keserek:

– Biliyorum, biliyorum, dedi. Hâlâ çocukluk ediyorsunuz. Bir adım bile atamayacaksınız sonra.

İki gün sonra, Poiret ile Matmazel Michonneau Bitkiler Bahçesinin ıssız bir ağaçlıklı yolunda, güneşte, bir kanepeye oturmuş, haklı olarak, tıp öğrencisine şüpheli görünen adamla dereden tepeden konuşuyorlardı.

Mösyö Gondureau:

– Matmazel... Neden böyle kuşkulanıyorsunuz, anlamıyorum. Krallığın Genel Polis Bakanı Son Ekselans Hazretleri...

Poiret:

– Ya! Demek Krallığın Genel Polis Bakanı Son Ekselans hazretleri!.. diye tekrarladı.

Gondureau:

– Evet, Son Ekselans bu işle ilgileniyor, dedi.

Düşünceden uzak olduğu halde, üzerinde belirgin burjuva özellikleri taşıyan adamın, eski memurun, Poiret'nin, namuslu insan maskesi altında bir Jerusalem Sokağı Ajanının yüzünü gösterecek polis sözünü ağzına aldığı zaman bu Buffon sokağının sözde gelir sahibini dinlemeye devam etmesi, kime tuhaf gelmezdi? Oysa bundan doğal bir şey yoktu. Dikkat etmesini bilenlerce daha önceden tespit edilmiş ama şimdiye kadar yazıya geçmemiş bulunan bir görüş ortaya atıldıktan sonra aptalların kalabalık ailesi için, Poiret'nin bağlı bulunduğu özel türü herkes daha iyi anlayacaktır. Bir yazıcı ulusu vardır, bir çeşit Groenland yönetimi sayılan bin iki yüz franklık aylıklardan kurulan ilk enlem derecesi ile aylıkların biraz daha sıcakça üç binle, altı bin arasında oynadığı, ılıman bölge denen, içinde ödülün yetiştiği, tarımın zorluklarına rağmen ödülün çiçek açtığı üçüncü derece arasındaki bütçeye sıkışmış yazıcı ulusu vardır. Bu aşağı sınıfın küçücük dünyasını en iyi şekilde açığa vuran önemli özelliklerden biri her bakanlığın, memur tarafından okunmaz bir imza ile tanınan ve SON EKSELANS BAKAN HAZRETLERİ diye, Bağdat Halifesinin gözbebeğine denk düşen üç kelime ile anılan ve bu ezilmiş halkın gözünde kutsal emirleri kesinlik ifade eden soydan, iktidar gösteren lambasına karşı, irade dışı yönetici içgüdüsel bir saygıdır. Papa Hıristiyanlar için ne ifade ediyorsa yönetici olarak hazret de memurun gözünde böyle yanılmazdır; saçtığı parıltı, işlerine, sözlerine, kendi adına söylenmiş sözlere geçer, rengârenk örtüsüyle her şeyi örter, buyurduğu işleri kanunlaştırır; niyetlerinin saflığına ve isteklerinin kutsallığına tanıklık eden onun Ekselans adı, en zor benimsenecek düşüncelere pasaport hizmeti görür. Bu zavallı insanlar kendi çıkarları için yapamayacaklarını, "Son Ekselans..." adı anılınca hemen yerine getirmeye can atarlar. Ordunun kendine ait olanı bulunduğu gibi, büroların da kendilerine göre uyuşuk itaatleri vardır. Bilinci boğan, bir insanı sıfırlaştıran ve o insanı zamanla, devler mekanizmasına bir vida ya da bir cıvata gibi uyduran düzen. Bu yüzden, insanları iyi tanıdığı anlaşılan Mösyö Gondureau, Poiret de o saat bu bürokrasi aptallarından birini sezdi ve kendisine Michonneau nasıl Poiret'nin dişisi gibi görünmüşse, Michonneau'nun erkeği gibi görünen Poiret'nin, yaylım ateşini gizleyerek, gözlerini kamaştırmak gerektiği anda, "Son Ekselans..." gibi büyülü sözü, "deus ex machina" ağzından çıkarıverdi.

Poiret:

– Mademki bizzat Son Ekselans, Son Ekselans Hazretleri... Aaa! İşte o zaman iş değişir, dedi.

Sahte gelir sahibi Matmazel Michonneau'ya seslenerek:

– Düşüncesine güvendiğimiz bayı duyuyorsunuz, dedi. Evet, Son Ekselans, Vauquer Evinde oturanın, sözde Vautrin'in, Azrail Çatlatan adıyla tanındığı Toulon zindanından kaçmış bir kürek mahkûmu olduğuna şimdi kesin olarak inanmış bulunuyor.

Poiret:

– Ya!.. Azrail Çatlatan ha! dedi. Bu adı kazanmışsa, ne mutlu ona.

– Evet, dedi. Bu ünü yapmış olduğu pek tehlikeli işlerde hiçbir zaman hayatını kaybetmemiş olmasından ileri geliyor. Bakın, bu adam tehlikelidir! Kendisini olağanüstü kılan niteliklere sahiptir. Mahkûmiyeti bile çevresinde kendisine sonsuz bir onur sağlamıştır.

Poiret:

– Kendine göre. Bir başkasının suçunu, çok sevdiği pek güzel bir delikanlı tarafından, sonradan askerlik hizmetine girmiş, burada çok namuslu iş görmüş bulunan, oldukça kumarbaz bir İtalyan genci tarafından yapılmış bir sahtekârlığı üzerine almaya razı olmuştur.

Matmazel Michonneau:

– Ama eğer Polis Bakanı Son Ekselans Mösyö Vautrin'in Azrail Çatlatan olduğundan eminse, ne demeye benden yardım istiyor? diye sordu.

Poiret

– Evet, doğru, dedi. Eğer bakanın gerçekten, bize söylediğiniz gibi bir kanıtı varsa...

– Kanıt diye bir şey yok; yalnız şüphe ediliyor. Durumu anlıyorsunuz. Azrail Çatlatan diye anılan Jackues Collin, kendisini, ajanları ve bankerleri olmak üzere seçmiş bulunan üç zindan halkının güvenini kazanmıştır. Bu gibi işlerle, ağırbaşlı bir adama ihtiyaç gösteren işlerle uğraşarak çok para kazanıyor.

Poiret:

– Evet, öyle kelime oyununu anlıyor musunuz? diye sordu. Mimlendiği için efendi kendisine ağırbaşlı bir adam diyor.

Ajan devam ederek:

– Sahte Vautrin, dedi. Mahkûmların paralarını alıyor, işletiyor, saklıyor, kaçanların parasını ellerine, vasiyetname ile vârisler tespit edilince, ailelerine, havale verirlerse, o zaman da metreslerine ödüyor.

Poiret:

– Metreslerine mi? Karılarına mı demek istiyorsunuz? dedi.

– Hayır, mösyö, mahkûmların genellikle, bizim "metres" dediğimiz kanun dışı karıları vardır.

– Demek hepsi de nikâhsız yaşıyor?

– Evet, öyle.

Poiret

– Anladım, bakan hazretlerinin hoş karşılamadığı iğrenç şeyler bunlar. Son Ekselansı görmek onuruna eriştiğinize göre, toplumun geri kalanına pek kötü bir örnek veren bu gibi adamların ahlak dışı davranışı hakkında onu bilgilendirmek, bu iş, bana insanca fikirlere sahipmiş gibi gelen size düşer.

– Bayım, devlet bunları bütün erdemlere örnek olsun diye mahkûm etmiyor ki.

– Doğru. Ama efendim, izin verirseniz...

Matmazel Michonneau:

– Aman canım, bırakın da sözünü bitirsin adam dedi.

Gondureau:

– Anlıyorsunuz değil mi Matmazel? diye devam etti. Hükümetin, oldukça yüksek bir toplama vardığı söylenen kanun dışı bir sandığa el uzatmasında büyük bir yarar olabilir. Azrail Çatlatan yalnız arkadaşlarından bazılarının sahip oldukları paraları değil, On binler Ortaklığından gelen paraları da toplayarak önemli değerleri kafasında tutuyor.

Poiret korkmuştu

– On bin hırsız, öyle mi! diye bağırdı

– Hayır, On Binler Ortaklığı, yüksek hırsızların, büyük çapta iş yapan, içinde kazanılacak on bin frank olmayan bir işe girmeyecek insanların ortaklığıdır. Bu ortaklık adamlarımızın doğruca ceza mahkemesine gidenleri arasından en seçkinleri tarafından kurulmuştur. Bunlar kanunu bilirler, yakalandıkları zaman kendilerine ölüm cezasının verilmesi tehlikesine düşmezler hiçbir zaman. Collin, onların güvenilir adamı ve akıl hocasıdır. Elindeki olanakların desteği ile bu adam kendi havasına uygun bir polis, bilinmez bir sırla örttüğü pek yaygın bağlar kurmasını bilmiştir. Bir yıldır, etrafını casuslarla çevirdiğimiz halde henüz bir açığını yakalayamadık. Demek ki kasası ve yetenekleri, sürekli kötülüğü deşmeye, suça sermayeler sağlamaya yardım ediyor ve toplumla sürekli bir çatışma halinde bulunan bir serseri takımını besliyor. Azrail Çatlatan'ı yakalamak ve bankasına el koymak, kötülüğü kökünden kazımak olacaktır. Bu yüzden böyle bir girişim, bir devlet ve yüksek politika işi olup çıkmış, başarısında ona el uzatarak onları onurlandırmaya başlamıştır. Mösyö siz bile, gene yönetimde görev alabilirsiniz, bir polis komiserinin yazıcısı olabilirsiniz, emekli aylığınıza gerek duymadan size para getirecek işler görürsünüz.

Matmazel Michonneau:

– Azrail Çatlatan acaba kasayı neden alıp gitmiyor? diye sordu.

Ajan:

– Olur mu? dedi. Mahkûmların parasını çalarsa, gideceği her yerde, kendisini öldürmekle görevli bir adamın takibine uğramış olur sonra? Hem bir para kasası iyi bir aile kızının kaçırılması kadar öyle kolayca kaçırılmaz. Zaten Collin de böyle bir işi yapacak insanlardan değildir. Herkese rezil olacağını bilir.

Poiret;

– Haklısınız Mösyö, dedi. Şerefi, ayaklar altına alınmış olurdu.

Matmazel Michonneau:

– Bütün söyledikleriniz bize onu neden dosdoğru yakalamadığınızı açıklamıyor, dedi.

– Peki, matmazel, cevap veriyorum... Fakat -kulağına- eğildi, Mösyönün sözümü kesmesini önleyiniz, yoksa hiçbir zaman bu konuşmayı bitiremeyiz. Bu ihtiyar, sözünü dinletecek kadar zengin olmalı. Azrail Çatlatan buraya gelirken, namuslu bir adam kılığına bürünmüştür. Tertemiz, Parisli burjuva olup çıkmıştır, gösterişsiz bir pansiyona yerleşmiştir; emin olun, ne kurnazdır o! Hiçbir zaman kolay ele geçirilemeyecektir. Demek oluyor ki Mösyö Vautrin önemli işler çeviren, gözde bir insan, öyle mi?

Poiret kendi kendine "Elbette..." dedi.

– Bakan, gerçek bir Vautrin'i ele geçirirken yanılıp Paris ticaretini de, halkın başına da belâ almak istemiyor. Emniyet Genel Müdürü tedirgin, düşmanları var. Bu işte hata edilecek olursa, yerine göz dikenler onu yerinde sıçratacak kadar hürriyet, hürriyet diye çığlıklardan ve yaygaralardan faydalanacaklardır. Bu işte sahte Eren-Helene Kontu Cogniard'ın işinde olduğu gibi hareket etmek gerek; eğer bu adam düpedüz bir Eren-Helene Kontu olsaydı, yanmıştık. Bunun için işin içyüzünü bilmek gerekir!

Matmazel Michonneau:

– Evet, bunun için şöyle güzel bir kadın gerekli size, dedi.

Ajan:

– Azrail Çatlatan yanına bir kadın yaklaştırmaz, diye konuştu. Alın size bir sır vereyim: O, kadınları sevmez.

– Fakat iki bin frank karşılığında bu işi yapmaya razı olduğumuzu düşünsek bile, böyle bir karşılaştırmada benim ne yararım olabilir, anlayamıyorum?!..

Bilinmeyen adam:

– Bundan daha kolay hiçbir şey olmaz, dedi. İçinde en ufak tehlikesi olmayan ve bir inme manzarası gösteren kan hücumu verdirmek üzere hazırlanmış bir miktar sıvı bulunan bir şişe vereceğim size. Bu ilâç hem şaraba ve hem de kahveye karıştırılabilir. Adamınızı, derhal bir yatağa yatırın ve ölüp ölmediğini anlamak için kendisini soyun. Yalnız kaldığınız zaman omzuna bir tokat indirin o zaman harflerin yeniden meydana çıktığını görürsünüz.

Poiret:

– Hiç de zor bir şey değil, dedi.

Gondureau:

– Nasıl, kabul ediyor musunuz? diye sordu.

Matmazel Michonneau:

– Ama sayın mösyö, adamda öyle damga falan yoksa, gene iki bin frank alacak mıyım?

– Hayır.

– O zaman tazminat ne olacak?

– Beş yüz frank.

– Bu kadar az bir para için böyle bir iş yapılır mı? Kötülük, bilinç bakımından gene aynı kötülüktür, bense bilincimi yatıştırmak isterim efendim.

– Size yemin ederim ki Matmazel çok bilinçlidir, hem de hoş ve müthiş anlayışlı bir insandır, dedi.

Matmazel Michonneau:

– Tamam, dedi. Bu Azrail Çatlatan ise bana üç bin frank verin, eğer bir burjuva ise hiçbir şey vermeyin.

Gonduraeu:

– Kabul! dedi. Ama işi yarın yapmak şartı ile.

– Acele etmeyin canım efendim, günah çıkarıcıma akıl danışmak zorundayım.

Ajan ayağa kalkarken;

– Akıllı! dedi. O halde yarın görüşürüz. Eğer benimle konuşmak için acele ederseniz, Eren–Chapelle avlusunun dip tarafına, küçük Eren–Anne Sokağına geliniz. Kubbe altında bir kapı vardır. Mösyö Gonduraeu diye sorarsınız.

Cuvier'nin dersinden dönen Bianchon'un kulağına, tuhaf ama oldukça garip, "Azrail Çatlatan" sözü çarptı, bir de sahiden tanınmış polis şefinin tamam deyişini de duydu.

Poiret Matmazel Michoneau'ya;

– Bu işi niçin bitirmiyoruz? Ömür boyunca üç yüz frank demektir bu, dedi.

– Neden mi? Yalnız iyi düşünmek gerekir. Eğer Mösyö Vautrin bu Azrail Çatlatan ise, onunla anlaşmak belki daha kârlı olabilir. Yalnız, ondan para istemek demek, durumu kendisine açmak demektir, o zaman da bedava kaçıp gider. Bu iş müthiş bir aptallık olur.

Poiret:

–Ya işi duyarsa, dedi. Bize takip edilmekte olduğunu söylemedi mi bu adam? O zaman siz, her şeyi kaybedersiniz.

Matmazel Michonneau:

– Zaten bunu, bu adamı kesinlikle sevmiyorum! diye karşılık verdi. Bana sadece saçma sapan şeyler söylemesini biliyor.

Poiret:

– Ama diye yeniden konuştu. Daha akıllıca iş görmüş olursunuz. Bana çok iyi görünen bu adamın söylediği gibi, bu iş hem çok temiz iş, hem de ne kadar iyiliksever olursa olsun, bir suçludan toplumu kurtarmak, ancak kanunlara uymak demektir. İçen bir daha içecektir. Ya aklına hepimizi öldürmek gelirse? Aman Tanrım! İlk kurbanların kendimiz olabileceğini hesaba katmadan, bu cinayetlerin de sorumlusu oluruz sonra.

– Matmazel Michonneau'nun kara kara düşünmesi, kötü kapanmış bir çeşmenin musluğundan sızan su damlaları gibi, Poiret'nin ağzından damla damla dökülen sözleri dinlemesine imkân vermiyordu. Bu ihtiyar bir kere cümlelerinin dizisine başladığı, Matmazel Michonneau da kendisini durdurmadığı zaman, sürekli kurulu bir makine gibi konuşurdu. Bir konuyu işledikten sonra parantezler aça aça, bu konunun tam zıddı olan şeyleri ele alır, hiçbir sonuca da varmazdı.

Vauquer Evine gelirken, bir sürü parçalar ve fıkraya dalmış bulunuyordu ki bunlar kendisini, tanık olarak bulunduğu, Mösyö Ragoulleau ile Madam Morin Davasındaki tanıklığını anlatmaya sürüklemiş oluyordu. İçeri girdiklerinde, yanındaki kadın Eugène de Rastignac'ın Matmazel Taillefer'le derin bir konuya dalmış olduğunu fark etmişti, bu öyle yoğun bir konuşmaydı ki çiftler iki yaşlı kiracının yemek salonundan geçtiklerini bile fark etmediler.

Matmazel Michoneau Poiret'ye:

– Bunun böyle bitmesi gerekiyordu, dedi. Sekiz gündür canlarını vereceklermiş gibi birbirlerine bakıyorlardı.

Poiret:

– Evet, diye karşılık verdi. Bu sebeple de suçlandı.

– Kim?

– Madam Morin.

Hiç sezmeden, Poirot'nin odasına giren Matmazel Michon-neau, kalktı:

– Ben size Matmazel Victorine'den söz ediyorum dedi. Siz ise bana Madam Morin'in sözünü ediyorsunuz. Bu kadın da kim?

Poiret:

– Peki ama Matmazel Victorine'in suçu neymiş?

– Suçu Mösyö Eugène de Rastignac'ı sevmek, bu işin başına neler açacağını bilmeden almış başını gidiyor, zavallı masum kız!

Eugène, sabahleyin, Madam de Nucingen tarafından umut-suzluğa düşürülmüştü. Bu olağanüstü insanın kendisine karşı gösterdiği dostluğun nedenlerini, böyle bir birleşmenin yarınını da araştırmadan kendini olanca içtenliği ile açıktan açığa Vaut-rin'e teslim etmişti. Bir saattir Matmazel Taillefer'le tatlı anlaşma-lar yaparken içine adımını almış olduğu uçurumdan kendisini çekip kurtarmak için bir mucize gerekiyordu. Victorine bir mele-ğin sesini duyduğunu zannediyor, önüne cennetin kapıları açılı-yor, Vauquer Evi, dekoratörlerin, tiyatro saraylarına verdikleri olağanüstü renklere bürünüyordu! Seviyor, seviliyor, hiç değilse böyle olduğuna inanıyordu. Ve Rastignac'ı görürken evin bütün Arguslarından çalınmış bu saat içinde onu dinlerken hangi kadın buna onun kadar inanmazdı ki? Vicdanı ile çarpışarak, kötülük ettiğini bilerek ve kötülük etmek isteyerek bu günaha karşılık bir kadını mutlu edeceğini düşünerek, delikanlı kendi umutsuzluğu ile güzelleşmişti ve kalbinde taşıdığı bütün umutsuzlukla ay gibi parlıyordu. Ona ne mutlu ki mucize oldu. Vautrin neşeyle içeri girdi, şeytanı yarı yolda bırakan, kurnazca buluşlarıyla evlendir-miş olduğu, ama boru gibi kalın sesiyle şu şarkıyı söylerken de sevinçlerini, birden iki gencin ruhunu okudu:

"Fanchette'im çok hoştur,

Sadeliği içinde..."

Victorine şimdiye dek hayatında görmüş olduğu acı kadar mutluluğu da yüreğinde saklayarak odadan çıktı. Zavallı kız! Bir el sıkışı, Rastignac'ın saçlarının dokunduğu yanağı, öğrencinin dudaklarının sıcaklığını duyacak kadar kulağına fısıldanmış bir söz, belinin titrek bir elle sarılıvermesi, boynuna kondurulmuş bir öpücük, bu tertemiz yemek salonuna girme tehdidini savuran tombul Sylvie'nin yakınlığının en ünlü aşk masallarında anlatılan, en güzel fedakârlık örneklerinden daha ateşli daha canlı, daha hoş duruma soktuğu sevdasının kanıtları oldu. Atalarımızın güzel bir söyleyişi ile bu olaylar her on beş günde bir günah çıkaran dindar bütün bir genç kıza suç gibi geliyordu. Daha sonraları zengin ve mutlu olarak, kendini tamamıyla verebileceğinden daha fazla ruh zenginliğini, bu saat içinde sermişti ortaya.

Vautrin, Eugène'e:

– İş bitti, dedi. Bizim iki züppe birbiriyle dolaştı. Her şey yolunda gitti. Düşünüş meselesi. Bizim güvercin doğanımıza hakaret etti. Yarın, Clignancourt tabyasında. Saat sekiz buçukta, burada tereyağlı ekmek parçalarını rahat rahat kahvesine banarken, babasının sevgi ve servetine konacak Matmazel Taillefer... Ne tuhaf değil mi? Bu küçük Taillefer kılıçta pek ustadır, bir kâğıt oyunundaymış gibi güveni vardır kendine; ama benim bulduğum yöntemle kılıcı şöyle yukarı tutup alnı delen bir yöntemle kanını akıtacaktır. Bu vuruşu size öğretirim, çünkü çok faydalıdır.

Rastignac şaşkın bir halde dinliyor ve hiçbir karşılık vermiyordu. Bu sırada Goriot Baba, Bianchon ve daha birkaç kişi içeri girdiler.

Vautrin öğrenciye:

– İşte tam istediğim gibisiniz, dedi. Ne yaptığınızı biliyorsunuz. Güzel, benim küçük kartalım! İnsanlara örnek olacaksınız; güçlü, kuvvetli, sağlam, mert olacaksınız, delikanlısınız; takdirimi kazandınız.

Elini sıkmak istedi. Rastignac hızla elini geri çekti, sapsarı kesilerek bir iskemleye yığıldı; önünde bir kan birikintisi gördüğünü sanıyordu.

Vautrin yavaş bir sesle:

– Ah! Hâlâ ufak tefek erdem numaralarınız var, dedi. Doliban Baba'nın üç milyonu varmış, servetini biliyorum. Drahoma, sizi kendi gözünüzde de gelin elbisesi giymiş gibi bembeyaz bir hale sokacaktır.

Rastignac artık duraksamadı. Gece gidip Mösyö Taillefer Baba ile oğluna haber vermeye karar verdi. Bu sırada, Vautrin kendisinden uzaklaşmasıyla, Goriot Baba kulağına dedi ki:

– Kederlisiniz, oğlum! Gelin, ben sizi eğlendiririm! Ve ihtiyar tel şehriyeci, lambalardan birinde, kandilini yakıyordu. Eugène onu heyecanlı bir merak içinde takip etti.

Öğrencinin anahtarını Sylvie'den istemiş olan ihtiyar:

– Odanıza girelim, dedi. Bu sabah sizi sevmediğini zannettiniz değil mi? dedi yeniden. Sizi zorla yolladı, siz de kızarak küskün bir halde eve gittiniz. Ey aptal! Beni bekliyordu o. Anlıyor musunuz? Üç gün sonra gidip içine yerleşeceğiniz kutu gibi bir daireyi birlikte düzenlemek zorundaydık. Beni sakın ele vermeyin. Size bir sürpriz yapmak istiyor; ama ben bu sırrı sizden daha fazla gizlemek düşüncesinde değilim. Eren-Lazare sokağının iki adım ötesinde, Artois sokağında oturacaksınız. Bir prens gibi yaşayacaksınız orada. Sizin için bir geline yakışır eşyalar aldık. Bir yıldır size hiçbir şey söylemeden hayli işler gördük. Avukatım ortaya atıldı, kızım her yıl drahomasının faizini, otuz altı bin frangı alacak sekiz yüz bin franklık gelirinin de pek sağlam işlere yatırılmasını sağlayacak.

Eugène'nin sesi çıkmıyordu ve darmadağınık zavallı odasında, kollarını göğsüne kavuşturmuş, bir aşağı bir yukarı, dolaşıp duruyordu. Goriot Baba öğrencinin arkasını döndüğü bir anı yakaladı ve üzerine Rastignac armaları işlenmiş bir maroken mahfazayı ocağın üstüne bıraktı.

Zavallı ihtiyar:

– Oğulcuğum! diyordu. Bu işte batacağım kadar battım. Fakat şunu da bilin bencillik de yaptım doğrusu, mahalle değiştirmenizin bana da faydası var. Size bir ricada bulunsam beni reddetmezsiniz değil mi?

– Ne istiyorsunuz?

– Dairenizin üstünde, beşinci katta, sizinkine bağlı olan bir oda vardır, ben orada kalacağım, olmaz mı? Günden güne ihtiyarlıyorum, kızlarımdan çok uzaktayım. Sizi rahatsız etmem. Yalnız, orada bulunurum. Her akşam bana onu anlatırsınız. Rahatsız olmazsınız değil mi? Eve döndüğünüzde, ben yatakta olursam sesini işitir, kendi kendime: "Delphine'ciğimi görmekten geliyor. Onu baloya götürdü, kızım onun sayesinde mutludur..." derim. Hasta düşersem, sizin eve geldiğinizi, hareket ettiğinizi, gittiğinizi duymak, yüreğime merhem sürer. Sizde kızımdan çok şey bulunacaktır! Her gün geçtikleri Champs-Elysâes'ye gitmek için sadece bir adımlık yolum var, her gün görürüm onları, oysa kimi zaman geç kaldığım oluyor şimdi. Hem sonra belki dairenize de gelir! Sesini duyar sabahlığı içinde, küçük bir dişi kedi gibi, pıt pıt gelip gittiğini de görürüm. Bir aydır gene, o eski halini aldı, neşesini buldu, dürüstlüğünü buldu. Ruh hastalıklarından kurtulma devresinde, mutluluğunu size borçlu. Oh! Sizin için olmayacak şeyleri bile yaparım. Az önce yanından ayrılırken bana: "Baba, çok mutluyum..." diyordu. Bana öyle gururlu bir şekilde: Peder dediklerinde, her yanım buz kesiyor; fakat "Babacığım..." dedikleri zaman onları gene küçük birer kız halinde görür gibi oluyorum, bana hep eski günlerimi yaşatıyorlar. Daha iyi babaları oluyorum. Henüz kimsenin malı olmadıklarını sanıyorum!

İhtiyar gözlerini sildi, ağlıyordu.

– Ne zamandır bu sözü duymamıştım, ne zamandır koluma girmemişti. Ah, evet, on yıldır kızlarımdan biri ile şöyle birlikte yürümemiştim. Elbisesine değmek, adımına ayak uydurmak, sıcaklığını duymak ne güzel şeymiş meğer! Kısacası bu sabah Delphine'i aldım, her tarafa götürdüm. Onunla bütün dükkânları dolaştım. Sonra gene evine bıraktım. Ah! Beni yanınızdan ayırmayın. Zamanı gelince size hizmet edecek birisine ihtiyaç duyarsanız, elinizin altında bulunurum. Ah! Şu Alsaslı koca kütük ölse, damla hastalığı başını yese, ne mutlu olurdu zavallı kızım! Siz damadım olurdunuz, ele güne karşı kocası olurdunuz onun. Ah! Kızım bu dünya nimetlerinden hiçbirini bilmediği için öyle mutsuz ki bütün suçlarını bağışladım. Yüce Tanrı'nın çocuklarını seven babalardan yana olması gerekir.

– O sizi seviyor! dedi. Biraz sustuktan sonra başını sallayarak. Yürürken, bana sizden söz ediyordu: "İyi insan değil mi, babacığım! Temiz yürekli! Benden size bahsediyor mu bari?" diyor. Ah! Artois sokağından Panaromalar Geçidine kadar, ciltler dolusu söz söyledi bana, ciltler dolusu! Diyeceğim içini döktü bana. Bu tatlı sabah boyunca, artık ihtiyar insan değildim, kuş gibi hafiftim. Bana bin franklık banknotu vermiş olduğunuzu söyledim kendisine. Ah! Yavrucuğum, öyle duygulandı ki gözlerinden yaşlar gelmeye başladı.

Eugène, şaşkın şaşkın, bir sersem gibi komşusuna bakıyordu. Vautrin tarafından ertesi gün olacak diye bildirilen bu düello en güzel umutlarının gerçekleşmesi ile öyle zıtlık oluşturuyordu ki kâbusun olanca duygularını duyuyor. Ocağa doğru yürüdü, orada dört köşe küçük kutuyu gördü, açtı ve içinde bir Breguet saatini örten bir kâğıtçık buldu. Bu kâğıtçığın üzerinde şu sözler yazılı idi:

"Her saat beni düşünmenizi istiyorum, çünkü...

DELPHINE..."

Bu son kelime besbelli ki aralarında geçmiş olan bir sahneyi işaret ediyordu. Eugène bundan duygulandı. Armaları kutunun iç kapağına incelikle işlenmişti. Uzun zamandır özlemi çekilen bu mücevher, köstek, anahtar, şekil, resimler, bütün arzularına karşılık veriyordu. Goriot Baba'nın yüzü sevinçten parıl parıl parlıyordu. Armağanın Eugène üzerinde uyandıracağı sevinçli hayretin en küçük etkilerini tutup kızına bir bir anlatmaya besbelli söz vermişti, çünkü bu taze heyecanlar dünyasında üçüncü kişi olarak bulunuyor ve en az mutlu olana da benzemiyordu. Rastignac'ı şimdiden, hem kızı, hem de kendi için seviyordu.

– Bu akşam onu görmeye gideceksiniz, sizi bekliyor. Alsaslı koca kütük dansözünde yiyecekmiş yemeğini. Ah! ah! Avukatım isteğimizi bildirince adam şaşkına dönmüş. Kızımı taparcasına sevdiğini söylemeye kalkmaz mı? Hele kızıma bir dokunsun, öldürürüm onu. Delphine'ime sahip olma düşüncesi -içini çekti... Bir cinayet işletebilir bana; ama bu bir adam öldürmek değil, bir domuz gövdesi üstünde bir dana kafası kesmek olur. Beni yanınıza alacaksınız, değil mi?

– Evet, Goriot Babacığım, iyi bilirsiniz ki sizi severim.

– Bunu kesinlikle biliyorum, siz benden utanmıyorsunuz! Bırakın da sarılayım size.

Ve Eugène'e sıkıca sarıldı.

– Onu çok mutlu edecek misiniz? Söz verin bana.

Goriot Baba, biraz soluklandıktan sonra sözlerine devam etti:

– Bu akşam gideceksiniz, değil mi?

– Evet, gideceğim. Geciktirmemem gereken işlerim var, dışarı çıkmak zorundayım.

– Size herhangi bir yardımım olabilir mi?

– Evet, olabilir. Ben Madam de Nucingen'e gittiğim zaman siz de Mösyö Taillefer Baba'ya gidin, kendisine önemli bir işten söz etmem için bana bu gece biraz zaman ayırmasını söyleyin.

Yüzü değişiveren Goriot Baba:

– Yoksa doğru mu, delikanlı, şu aşağıdaki sersemlerin dedikleri gibi, kızı ile oynaşıyor musun? Tanrı hakkı için! Goriot'nun tokadının ne olduğunu bilmiyorsun. Ama bizi aldattınız mı, bu iş bir yumrukta biter... Oh!.. Olmaz böyle şey.

Öğrenci:

– Size yemin ederim ki dünyada yalnız bir kadın seviyorum ben, dedi. Bunu da ancak bir dakikadan beri biliyorum.

Goriot Baba:

– Aman ne güzel! dedi.

Öğrenci:

– Yalnız, diye devam etti. Taillefer'in oğlu yarın düello ediyor, öldürüleceğini duydum da.

Goriot Baba:

– Size ne bundan? diye sordu.

Eugène:

– Fakat oğlunu göndermemesini, yoksa öldürüleceğini söylemeli kendisine..., diye bağırdı.

Bu sırada, kapının eşiğinde, gene şarkıya başlayan Vautrin'in sesi ile sözü ağzında kaldı:

"Ey Richard, ey benim kralım!

Bütün evren seni bırakıp bırakıp gidiyor

Brum! brum! brum! brum! brum!

Yıllarca gezdim dünyayı yıllarca,

Ve görüldüm tra la la la la..."

Christophe:

– Baylar, diye bağırdı. Çorba sizleri bekliyor... Herkes sofraya oturdu.

Vautrin:

– Gel, dedi. Gel de Bordeaux şarabımdan biraz iç.

Goriot Baba:

– Nasıl, saati beğendiniz mi? diye sordu. Zevk sahibi bir kız öyle değil mi?

Vautrin, Goriot Baba ve Rastignac hep birlikte aşağıya indiler ve sofrada gecikmiş olduklarından dolayı yan yana yerlerine oturdular.

Eugène yemek süresince Vautrin'e karşı çok soğuk davrandı. Oysa Mme Vauquer'e göre oldukça sevimli sayılan bu adam, hiçbir zaman zekâsını bu kadar göstermemişti. Nükteler saçtı, üstelik sofradakileri eğlendirmesini de bildi. Bu kendine güven, bu soğukkanlılık Eugène'i şaşkına çevirdi.

Mme Vauquer ona:

– Size ne oldu bugün böyle? diye sordu. Kuşlar gibi şensiniz.

– Güzel işler yapınca sevinçli olurum ben.

Eugène:

– İşler mi dediniz? diye sordu.

– Evet, "işler..." dedim. Bana iyi komisyon getirecek olan bir miktar mal teslim ettim. Matmazel Michaneau, dedi yaşlı kızın kendisini incelediğini görerek. Bana öyle ters ters baktığınıza göre acaba yüzümde hoşunuza gitmeyen bir şey mi var. Çekinmeden söyleyin! Hoşunuza gitmek için yüzümü değiştiririm.

– Poiret bu sözlere alınmayız biz, değil mi? dedi yaşlı memuru süzerek.

Genç ressam:

– Ne yaman insansınız doğrusu! Şakacı herkül olarak poz verebilirsiniz, dedi. Vautrin:

Veririm tabii! Eğer Matmazel Michaneau Pere-Lachaise Venüs'ü olarak poz vermek isterse, diye karşılık verdi.

Bianchon:

– Ya Poiret? diye sordu.

Vautrin:

– Ooo! Poiret, Poiret olarak poz verir. Bahçeler Tanrı'sı olur bu resim. O armuttan geliyor...

Bianchon:

– Yumuşak armut! dedi. Siz de o zaman armutla peynir arasında kalırsınız

Mme Vauquer:

– Aman canım saçmalık bunlar, dedi. Bize ucunu gösteren bir şişesini gördüğüm Bordeaux şarabından verseniz, daha iyi edersiniz! Mideye iyi gelmesinden başka, bizi sevince de boğar.

Vautrin:

– Baylar, dedi. Madam Başkan, bizleri düzene davet ediyor.

Madam Conture'le Matmazel Victorine sizin saçma sapan sözlerinizden alınmazlar; ama Goriot Baba'nın masumiyetine karşı saygı gösterin bari. Hiçbir politik imaya kaçmadan sizlere, Laffitte adının iki kere meşhur ettiği bir küçük Bouteillorama Bordeaux şarabı teklif ediyorum.

— Haydi, Çinli! dedi yerinden kımıldamayan Christophe'a bakarak. Buraya gel, Christophe! Nasıl, adını duyuyor musun? Çinli getir içkileri!

Christophe ona şişeyi uzatarak

— Buyurun Mösyö, dedi

Vautrin Eugène'in kadehi ile Goriot Baba'nın kadehini doldurduktan sonra kendi kadehine de birkaç damla koydu, iki komşusu içerken o da tadına baktı ve birden yüzünü ekşitti.

— Hay aksi şeytan! Hay kör şeytan! Mantar kokuyor. Senin olsun bu şişe, Christophe, git bize başkasını getir; sağ taraftan, biliyorsun ya? On altı kişiyiz, sekiz şişe indir.

— Siz bu kadar cömert davrandığınıza göre, dedi. Ben de yüz kestane ısmarlıyorum.

— Vay, vay!

— Buuuuuuuhl

— Prrrr!

Her biri bir fıskiyeden fışkıran sular gibi yükselen çığlıklar kopardı.

Vautrin:

— Haydi bakalım, Vauquer Anne, siz de iki şişe şampanya getirin, diye bağırdı.

— Tamam öyleyse! Neden evi istemiyorsunuz? İki şişe şampanya! On iki frank eder bu! Hayır, ben bu parayı kazanmıyorum! Ama eğer Mösyö Eugène parasını ödemek isterse Frenk üzümü şarabı getiririm.

Tıp öğrencisi alçak sesle;

— Onun Frenk üzümü, kudret helvası gibi bağırsakları temizler, dedi.

Rastignac:

– Susar mısın sen Bianchon? diye bağırdı. Midem ağzıma gelmeden kudret helvasından bahsedildiğini duymak istemiyorum... Peki, şampanya getir parasını ödüyorum, diye ekledi öğrenci.

Mme Vauquer:

– Sylvie, dedi, bisküvilerle, küçük çörekleri getir.

Vautrin:

– Sizin küçük çörekleriniz pek büyüktür, dedi. Sakal bırakmışlardır. Ama bisküvilere bir diyeceğim yok, getirin.

Bir anda, Bordeaux şarabı sofradaki herkese dağıldı, sofra başındakiler coştu, sevinç kat kat arttı. İçinde bir takım hayvan sesi taklidinin yükseldiği korkunç kahkahalar koptu. Müze memuru azmış bir kedinin miyavlamasını andıran bir Paris çığlığı koparmaya kalkınca, sekiz kişi aynı anda aşağıdaki cümleleri hep bir ağızdan uludu:

– Bıçaklar bileriiiz!

– Küçük kuşlar için yem!

– Zevk bu işte bayanlar, zevk buuuuu!

– Çiniler tamir ediyoruuuuz!

– Kayığa gelin, kayığaaaa!

– Karılarınızı dövün, elbiselerinizi parçalayın!

– Satılık eski elbiseler var, eski şişeler, eski şapkalar var!

– Kiraza gel babam, bal damlıyor!

Birincilik genizden gelme sesle şöyle bağırdığından, Bianchon'un...

– Şemsiye satarım ben şemsiyeee!

Birkaç dakikada kulakları patlatacak bir gürültü, abuk sabuk sözlerle dolu bir konuşma, şimdiden sarhoş olmuşa benzeyen Eugène'le Goriot Baba'ya ters ters bakarak, Vautrin'in bir orkestra şefi gibi yönettiği gerçek bir opera oldu. Arkalarını iskemlelerine dayamış Eugène'le Goriot Baba, yudum yudum içki içerek, bu tuhaf düzensizliği ciddi bir tavırla inceliyorlardı. İkisi de gece yapacakları işi düşünüyordu ama yerlerinden kalkacak gücü kendilerinde bulamıyorlardı. Yüzlerindeki değişikliği, yan gözlerle bakarak izleyen Vautrin, gözlerinin bir noktaya dikilip kapanmak üzere olduğu anı kolladı, Rastignac'ın kulağına eğildi ve ona şöyle dedi:

– Yavrucuğum, Vautrin Baba ile başa çıkacak kadar kurnaz değiliz, o ise sizi budalalık yapmanıza izin vermeyecek kadar sevmektedir. Ben bir şeye karar verdim mi, bana ancak Tanrı engel olabilir. Ah! Gidip Taillefer Baba'ya haber salmak, okul çocuğu kusurları işlemek istiyorduk! Fırın ısınmış, hamur yoğrulmuş, ekmek ise ateş küreğinin üstünde; yarın, ekmeği çıtır çıtır yerken kırıntılarını başımızın üstünden savuracağız. Oysa kürekleri fırına sürmeğe engel oluyor muyuz?.. Hayır, hayır, her şey pişecektir! Ufak tefek pişmanlıklarımız varsa, sindirim alıp götürür bunları. Biz usul usul uyurken, Albay Kont Frenchessini Michel Taillefer'in mirasını, size kılıcının ucu ile açacaktır. Kardeşinin mirasına oturmakla Victorine, o beş bin frankçık gelir sahibi olacaktır. Şimdiden çoğu şeyi öğrendim, anasının mirasının üç yüz binden fazla olduğunu da biliyorum.

Eugène karşılık vermeden dinliyordu bu sözleri. Dilinin damağına yapıştığını sanıyor ama yenilmez bir uyku havası içinde bulunuyordu; masa ile masa başındakilerin yüzlerini parlak bir sis arasından görüyordu ancak. Az bir zaman sonra gürültü kesildi, pansiyonerler birer birer gittiler. Sonra, odada artık yalnız Mme Vauquer, Madam Couture, Matmazel Victorine, Vautrin'le Goriot Baba kalınca, Rastignac, sanki düş görüyormuş gibi, Mme Vauquer'in içki artıklarını dolu şişler haline getirmek üzere boşaltmak için şişeleri teker teker toplamağa başladığını sezdi.

Dul kadın:

– Ah! Ne çılgın, ne genç bunlar! diyordu.

Eugène'in anlayabildiği son cümle bu oldu.

Sylvie:

– Böylece oyunları ancak Mösyö Vautrin yapar, dedi. Bakın, şimdi de Christophe horul horul uyuyor.

Vautrin:

– Hoş çakal, anne, dedi. Solitaire'den aktarma büyük bir oyun olan, Vahşi Dağ'da Mösyö Marty'yi girmeğe gidiyorum... Kabul ederseniz, bu bayanlarla birlikte, sizi de götürürüm oraya.

Madam Coutere:

– Teşekkür ederim, dedi.

Mme Vauquer:

– Nasıl olur, a komşum! diye bağırdı. Cahteaubriand'ın Atalasından çıkarılmış, Solitaire gibi bir oyunu görmeyi nasıl olur da istemezsiniz, onu okumayı nasıl severdik, o kadar güzel bir eserdir ki geçen yıl ıhlamurlar altında okurken Elodie'nin pişman kızları gibi hüngür hüngür ağlardık. Bunların hepsi küçük hanımın bilgilerini yükseltecek kadar ahlaki bir eser değil mi?

Victorine:

– Komedyaya gitmek bize yasak, diye karşılık verdi.

Vautrin, Goriot Baba'nın başı ile Eugène'inkini komik bir şekilde sallayarak:

– Baksanıza, dedi. Bunlar uçmuş bile! Öğrencinin başını, rahatça uyuyabilsin diye iskemleye dayarken, bir yandan da şarkı söylüyordu. Alnından şap diye öptü:

"Uyuyun sevgili âşıklar!

Sizler için ben hep uyanık kalacağım."

Victorine:

– Korkarım ki hasta olacak, dedi.

Vautrin:

– Öyle ise ona bakmak için burada kalın, diye karşılık verdi. Sonra da kulağına "Bu sizin sadık kadın işinizdir" diye fısıldadı. Bu delikanlı, size tapıyor, siz de onun küçük karısı olacaksınız, bunu şimdiden söylüyorum size. Kısacası, dedi yüksek sesle. Bütün memlekette saygı gördüler, mutlu yaşadılar, bol bol çocukları oldu. İşte bütün aşk hikâyeleri böyle biter.

– Haydi anne, dedi Mme Vauquer'e dönüp boynuna sarılarak... Kontesin şalını alın. Ben de gidip bir araba bulayım... artık.

Ve şarkı söyleyerek ayrıldı.

"Güneş, güneş, tanrısal güneş,

Kabaklar senin ateşinle olur..."

– Tanrım şuna bakın, Madam Couture, bu adam nerede olsa, gül gibi yaşatır beni.

– Bakar mısınız? dedi, tel şehriyeciye dönerek. Goriot Baba uyumuş bile. Bu, bir adamın aklını kaybetmesi çok ayıp bir şey... İnsan sahip olamadığını hiç kaybetmez diyeceksiniz bana...

– Sylvie çıkarıver şunu odasına.

Sylvie ihtiyarın koluna girdi, yürüttü ve elbisesiyle bir paket gibi, yatağına yatırdı.

Madam Couture, Eugène'in gözlerinin üstüne düşen saçlarını aralayarak:

– Zavallı delikanlı, diyordu. Bir genç kız gibi aşırılığın ne olduğunu bilmiyor.

Madam Vauquer:

– Ah! Kesinlikle söyleyebilirim ki bu pansiyonu işlettiğim otuz yıldan beri elimden bir sürü delikanlı geçti ama Mösyö Eugène kadar sevimlisini, kibarını görmedim hiç. Uyurken ne kadar güzel! Madam Couture, başını omzunuza attı. Bakın işte! Başı Matmazel Victorine'in omzuna düşüyor: çocukları koruyan bir Tanrı vardır. Az kalsın, başı iskemlenin topuzuna çarpıp yarılacaktı. İkisi bir araya geldi mi, güzel bir çift olurlar.

Madam Couture:

– Komşum, aman susun! diye bağırdı. Öyle şeyler söylüyorsunuz ki...

Mme Vauquer:

– Hıh! dedi... Nasıl olsa duymuyor.

– Haydi, Sylvie, gel giydir beni. Büyük korsemi takacağım.

Sylvie:

– Aman Tanrım! Yemek üzerine büyük korsenizi mi takacaksınız, Madam? dedi. Kesinlikle olmaz, korsenizi sıkacak başka birini arayın, ben sizin katiliniz olamam. Şimdi hayatınıza mal olacak bir yanlış yapıyorsunuz.

– Benim için fark etmez, Mösyö Vautrin'i onurlandırmak gerek.

– Yoksa mirasçılarınızı çok mu seviyorsunuz?

Dul kadın giderken:

– Haydi, Sylvie, akıl vermeyi bırak dedi.

Aşçı kadın hanımını Victorine'e göstererek:

– Şu yaştaki haline bakın! dedi.

Madam Couture'le, Victorine, yemek odasında yalnız kaldılar. Christophe'un horultuları sessiz evde yankılar yapıyor ve bir çocuk gibi usul usul uyuyan Eugène'in rahat uykusunu dile getiriyordu. Sayesinde olanca kadınlık duygularının yükseldiği, suç işlemeden delikanlının kendisininki üzerinde çarpan kalbini kendisine duyurtan o iyilik dolu davranışlardın birini yapabilmekle memnun olan Victorine'in yüzünde, kendisine gurur veren ancak koruyucu bir hal vardı. Yüreğinde yükselen binlerce düşünce arasında taze ve temiz bir sıcaklık alış, verişinin harekete geçirdiği şiddetli bir şehvet duygusu beliriyordu.

Madam Couture kızın elini sıkarak:

– Zavallı kızcağız! dedi.

Yaşlı kadın üzerine mutluluğun aynası düşen bu temiz ve kederli yüze hayranlıkla bakıyordu. Victorine, içlerinde durgun ve gururlu bir fırçanın büyüsünü sarı yüze ama üzerinde Tanrısal gücün, altın parıltılarını yansıtır gibi olduğu yüze hazırlayan sanatçı tarafından bütün ince noktaları ihmal edilen, ortaçağın o çocuksu resimlerinden birini andırıyordu.

Victorine, parmaklarını Eugène'in saçlarında dolaştırarak:

– Oysa iki kadehten fazla da içmemişti, dedi.

– Ama kızım, sürekli içen biri olsaydı, bütün diğerleri gibi o da şaraba dayanırdı. Sarhoşluğu övgüsünü açığa çıkarıyor.

Sokakta bir araba gürültüsü duyuldu.

Genç kız:

– Anne, Mösyö Vautrin işte geldi, dedi. Mösyö Eugène'i siz alın. Bu adam tarafından böyle görülmek istemem; ruhu kirleten sözleri, bir kadını sanki soyuyormuş gibi rahatsız eden bakışları var.

Madam Couture:

– Hayır, sen yanılıyorsun, diye karşılık verdi. Mösyö Vautrin iyi yürekli bir insandır, biraz da rahmetli Mösyö Couture'ü anımsatır, sert fakat iyiliksever bir adamdır.

Bu sırada, Vautrin sessizce içeri girdi ve lamba ışığının adeta okşar gibi olduğu iki çocuk tarafından yaratılmış tabloya baktı.

Kollarını kovuşturarak:

– Şunlara bakar mısınız, dedi. İşte şu temiz yürekli Bernardin de Saint-Pierre'e, Paul ve Virginie yazarına güzel sayfalar ilham edecek o sahnelerden biri. Gençlik olağanüstü bir şey, Madam Couture! Uyu, zavallı çocuk, dedi Eugène'e bakarak. İyilik kimi zaman uyurken gelir.

– Madam, diye ekledi. Dul kadına dönerek: Beni bu delikanlıya bağlayan şey, beni heyecanlandıran nokta, ruhunun güzelliğini, yüzünün güzelliği ile uyum içinde olduğunu bilmektir. Bakın, başını bir meleğin omzuna dayamış bir masum çocuk değil mi bu? Bu delikanlı sevilmeğe layıktır! Kadın olsaydım, onun uğruna ölmek olur mu canım! yaşamak isterdim. Bunalır böyle seyrederken, Madam, dedi. Alçak sesle ve dul bayanın kulağına eğilerek: Tanrı'nın onları birbirleri için yaratmış olduğunu düşünmekten alamıyorum kendimi. Kaderin çok gizli yolları vardır, ciğerlere ve yüreklere işler, diye bağırdı yüksek sesle. Çocuklarım, sizleri aynı saflıkla birleşmiş, bütün insanlık duyguları ile birleşmiş görerek, günün birinde birbirinizden ayrılmanızın imkânsız olduğunu düşünüyorum. Tanrı adaletlidir, dedi genç kıza. Sizde mutluluk çizgileri görür gibi oluyorum. Matmazel Victorine, verin bana elinizi; el falından anlarım, çoğunlukla geleceği söylerim. Haydi, kokmayın. Aman aman! Ne görüyorum? Yemin ederim ki siz, yakın zamanda Paris'in en zengin mirasçılarından biri olacaksınız. Sizi seven kişiyi mutluluğa boğacaksınız. Babanız sizi yanına çağırıyor. Unvan sahibi, genç, güzel, size tapan bir erkekle evleneceksiniz.

Bu sırada, aşağı inen süslü dulun ağır ayak sesleri Vautrin'in falını yarıda bıraktı.

– İşte, Vauquer anne, bir yıldız kadar güzel, bir havuç gibi de sıkıca bağlı.

– Biraz bunalmıyor musunuz? dedi elini korse balinasının üst tarafına koyarak. Kalbi gösteren yerler iyice sıkışmış, anne! Eğer ağlarsak, bir kızılca kıyamet kopacaktır; ama ben antikacı özeni ile parçaları toplarım.

Dul kadın Madam Couture'ün kulağına eğilerek:

– Bu adam Fransız çapkınlık dilini biliyor! dedi.

Vautrin, Eugène'le Victorine'e dönerek:

– Hoşça kalın, çocuklar! dedi. Sizleri Tanrı adına kutsuyorum, ellerini başlarının üstün koyarak.

– İnanın bana Matmazel, dürüst bir insanın dileklerinden bir şey vardır, mutluluk getirmeleri gerekir, Tanrı bu dilekleri işitir.

Mme Vauquer kiracısına:

– Hoşça kal, sevgili dostum, dedi. Mösyö Vautrin'in, diye ekledi yavaş bir sesle... Hakkımda bazı niyetler beslediğini düşünüyor musunuz?

– Hı Hı!..

İki kadın yalnız kaldıklarında Victorine, için, çekerek ve ellerine bakarak:

– Ah, canım anneciğim, dedi. Bu temiz yürekli Mösyö Vautrin'in söyledikleri keşke doğru çıksa!

Yaşlı kadın:

– Böyle bir şey ancak, ağabeyin olacak canavarın attan düşmesiyle olabilir, diye karşılık verdi...

– Ah!.. Anne.

Dul kadın:

– Tanrım, düşmanının kötülüğünü istemek bile bir günahtır belki, diye karşılık verdi. Ama bu günahın kefaretini ödemeye hazırım. Gerçekten, mezarına seve seve çiçekler götürürüm. Kötü kalpli! Hilelerle mirasını senin zararına koruduğu annesinin iyiliği hakkında, söz söylemeye cesaret edemiyor. Yeğenimin ciddi bir serveti vardı. Senin talihsizliğinden olacak, evlenme anlaşmasında parasının sözü edilmedi.

Victorine:

– Mutluluğum herhangi bir insanın hayatına mal olacak olursa bu mutluluğu taşımak zor gelir bana, dedi. Mutlu olmam için, kardeşimin yok olması gerekiyorsa, sonuna kadar burada kalmayı tercih ederim.

Madam Couture:

– Yemin ederim, görüyorsun işte, içi inanç dolu bu temiz yürekli Mösyö Vautrin'in dediği gibi olur iş, dedi. Şeytanın duyduğundan kat kat az saygıyla Tanrı'dan söz açan diğerleri gibi onun inançsız olmadığını görmekle, doğrusu memnun oldum. Peki ama Tanrı'nın bizleri hangi yollardan geçireceğini kim bilebilir?

İki kadın, Sylvie'nin yardımı ile Eugène'i odasına götürüp, yatağına yatırdılar, aşçı kadın ise rahat uyusun diye delikanlının elbiselerini çıkardı. Odadan ayrılmadan önce, analığının arkasını döndüğü bir sıra Victorine, bu hırsızca ganimetin kendisine sağladığı olanca mutlulukla kalkıp Eugène'in alnına bir öpücük kondurdu. Odasına baktı, bugünün bin bir mutluluğunu sanki bir tek düşünce içinde topladı, bunu bir tablo yapıp uzun uzun seyretti, Paris'in en mutlu kızı olarak da uyudu. Vautrin'in Eugène'le Goriot Baba'ya uyuşturucu şarap içirmesini sağlayan şölen, bu adamın felaketine sebep oldu. Yarın sarhoş olan Bianchon, Matmazel Michonneau'yu, Azrail Çatlatan hakkında sorguya çekmeyi unuttu. Bu adı söylemiş olsaydı, Vautrin'in yahut gerçek adını söyleyelim, sürgündeki ünlülerden birinin, Jacques Collin'in besbelli kuşkusunu uyandırmış olurdu. Sonra Pere-Lachaise Venüs'ü lâkabı Collin'in yiğitliğine güvenerek, kendisine haber vermek ve gece onu kaçırmak doğru olur mu olmaz mı diye düşündüğü sıra Matmazel Michonneau'yu kürek mahkûmu ele vermeye karar vererek, yanına Poiret'yi almış, hâlâ Gondureau adlı büyük bir memurla görüşeceğini sanarak, Küçük Eren–Anne sokağına emniyet polisinin ünlü başkanını arayıp bulmak üzere çıkmıştı. Adlî polis müdürü onu nezaketle kabul etti. Her şeyin karara bağlandığı bir konuşmadan sonra, Matmazel Michonneau kendi yardımı ile sırttaki işaretin bulunup bulunmadığını anlamak için kullanacağı ilâcı istedi. Küçük Eren-Anne sokağının büyü adamının, yazı masasının bir çekmecesinde bir şişecik ararken yaptığı sevinçli davranıştan, Matmazel Michonneau bu ele geçirmede basit bir kürek mahkûmunun yakalanmasından çok daha önemli bir şey olduğunu sezdi. Kafasını işleterek, polisin sürgün tutuklularınca verilmiş bazı haberlere dayanarak, önemli paralara el koyma fırsatını bulacağını umduğundan kuşkulandı. Şüphelerini bu tilkiye söyleyince, o gülümsemeye başladı ve yaşlı kızın kuşkularını dağıtmak istedi.

– Yanılıyorsunuz, dedi. Collin hırsızlar arasında ün salan en tehlikeli üniversitedir. İşte o kadar. Alçaklar bunu iyi bilir; o onların bayrağı, dayanağı, kısacası Bonaparte'ıdır. Hepsi de sever onu. Bu hain kesinlikle Grêre alanında bize Trancbê'unu bırakmaz.

Matmazel Michonneau anlamayınca, Gondureau onu kullanmış olduğu iki argo deyimini şudur şudur diye açıkladı. Üniversite ile koçan, insan kafasını iki ayrı görünüş altında inceleme gereğini, önce duymuş bulunan hırsızların dili canlı iki deyimidir. Üniversite canlı insanın başı, akıl hocası düşüncesidir. Koçan ise başın kesildi mi ne kadar önemli olduğunu anlatmaya yarar alaylı bir sözdür.

– Collin bizimle eğleniyor, dedi. Bu İngiliz usulüne, su verilmiş çelik gibi sert adamlara rastladığımızda, tutuluşları sırasında, biraz diklenmeye kalktılar mı, kendilerini öldürmek bir gibi çaremiz vardır. Yarın sabah Collin'i temizlemek için bazı karşı çıkışlarda bulunmasını bekliyoruz. Böylece davanın, muhafaza harcamalarının, beslenmenin önüne geçilir, toplum da böylesinden temizlenmiş olur. Mahkeme usulleri, tanıkları çağırmalar, tazminatlarını ödemeler, idam, kanun yoluyla bu haydutlardan kurtulmak için yapılması gereken her şey alacağınız bin eküden fazlaya mal olur. Hem zaman tasarrufu da var. Azrail Çatlatan'ın işkembesine şöyle iyice bir süngü darbesi indirdik mi, yüz kadar suçun önüne geçer, yoldan çıkmış elli kadar adamın berbat olmalarını önleriz. İşte tam yapılmış polis işi buna derler. Böyle davranmak gerçek insan severlere göre, suçları önlemek demektir.

Poiret:

– Hem de memleketine hizmet etmek demektir bu, dedi.

Başkan:

– Bakıyoruz, dedi. Siz, bu akşam akıllıca şeyler söylüyorsunuz. Evet, memlekete hizmet ediyoruz besbelli. Bu sebeple de insanlar bize çok haksızlık ediyor. Topluma bilinmeyen büyük hizmetlerde bulunuyoruz. Kısacası, önyargılara teslim olmamak üstün bir insanın işidir, değerli sayılan düşüncelere göre yapılmadığı takdirde iyiliğin kendi peşinden diklediği kötülükleri sineye çekmek ise bir Hıristiyan'ın borcudur. Paris Paris'tir, görüyorsunuz! Bu söz hayatımı açıklar.

– Size saygılarımı sunmaktan şeref duyarım, Matmazel. Yarın sabah adamlarımla birlikte Kral Bahçesi'nde olacağım. Christophe'u Buffon Sokağı'na bulunduğum eve, Mösyö Gondureau'ya gönderin.

– Mösyö, saygılar. Bir şeyiniz çalınacak dursa, bulunması için bana geliniz, emrinizi beklerim.

Poiret, Matmazel Michonneau'ya:

– Bakın, dedi. Öyle aptallar var ki bu polis sözü akılları başlarından alıyor. Bu bay çok sevimli, sizden istediği de oldukça basit bir şey.

Ertesi gün Vauquer Evinin tarihinin en olağanüstü günlerinden birini yaşayacaktı. Bu durgun hayatın en önemli olayı, o zamana kadar sahte Kontes de l'Ambermesni'in göktaşı gibi görünüp kaybolması olmuştu. Fakat bu büyük günün Mme Vauquer'in konuşmalarında dünya durdukça söz konusu olacak değişiklikleri karşısında, her şey solgunlaşacaktı. Öncelikle Goriot ile Rastignac saat on bire kadar uyudu. Gaite Tiyatrosu'ndan gece yarısı dönen Mme Vauquer, on buçuğa kadar yatakta kaldı. Vautrin'in ikram ettiği şarabı bitiren Christophe'un uzun uykusu, evin işlerinde gecikmelere yol açtı. Poiret ile Matmazel Michonneau kahvaltının gecikmesinden dolayı sorun çıkarmadılar. Victorine'le Madam Couture'e gelince, onlar da epeyce sabah uykusunu aldılar. Vautrin saat sekizden önce dışarı çıktı ve tam kahvaltının hazırlandığı sırada döndü. Saat on bir çeyrek sularıydı Sylvie ile Christophe'un, kahvaltının hazır olduğunu söyleyerek, gelip her kapıyı çaldıkları sırada kimse bağırıp çağırmadı. Sylvie ile uşak ortada görünmezken, aşağı ilk olarak inen Matmazel Michonneau, tutup ilâcı, Vautrin'e ait gümüş bardağa boşalttığı diğerlerininki gibi sıcak suya batırılmış bu bardaktaki kahvenin köpüğü fokur fokur kaynıyordu. Yaşlı kız yapacağını yapmak için pansiyonun bu özelliğine bel bağlamıştı zaten. Yedi kiracının bir araya gelmeleri öyle kolay olmadı. Eugène'in gerine gerine, hepsinden sonra aşağıya indiğinde, dışarıdan gelen bir uşak kendisine Madam de Nucingen'in bir mektubunu verdi. Bu mektupta şunlar yazılıydı:

"Size karşı ne sahte gururum var, ne de öfkem, dostum. Sizi gece yansından sonra saat ikiye kadar bekledim. Sevilen bir insanı beklemek! Bu işkenceyi çekmiş olan onu kimseye çektirmez, görüyorum ki ilk olarak seviyorsunuz. Ne oldu? Endişelendim. Kalbimin sırlarını açığa vurmaktan korkmasaydım, başınıza iyi ya da kötü ne geldiğini gelip öğrenmeye çalışırdım. Fakat bu saatte, ister yaya, ister araba ile olsun dışarı çıkmak, kendini kaybetmek değil midir? Kadın olmanın acısını duydum. Babamın size söylediği şeyden sonra, niçin gelmediğinizi anlatın bana, beni rahatlatın. Kızacağım, ama bağışlayacağım sizi. Hasta mısınız?

Neden o kadar uzakta oturuyorsunuz? Ne olur, bir şeyler söyleyin. Yakında görüşeceğiz, değil mi? Çok işiniz varsa bana bir kelime yeter. "Derhal geliyorum..." ya da "acı çekiyorum" deyin. Ama eğer hasta filân olsaydınız, babam gelip söylerdi bunu bana! Ne oldu kuzum?.."

Mektubu bitirmeden avucunda buruşturarak yemek salonuna koşan Eugène:

– Evet, ne oldu? diye bağırdı... Saat kaç?

Vautrin kahvesine şeker atarken:

– On bir buçuk, dedi.

Kaçak sürgün, müthiş büyüleyici bazı kimselerin fırlattıkları ve söylendiğine göre, akıl hastanesindeki azgın delileri yumuşatan büyülü ve soğuk bakışla Eugène'e baktı. Eugène'in bütün vücudu titredi. Sokakta bir araba gürültüsü duyuldu, Mösyö Taillefer'in konağına yaraşır bir uşak, dehşete düşmüş bir halde alelacele içeri girdi.

– Matmazel, diye atıldı. Babanız sizi istiyor... Büyük bir felaket oldu. Mösyö Frederic düello etti, alnına bir kılıç darbesi yedi, doktorlar ondan ümitlerini kestiler; kendisine veda edecek kadar zamanınız var, artık şuuru yerinde değil.

Vautrin:

– Zavallı delikanlı! diye bağırdı. İnsan otuz bin frank gelir sahibi olur da nasıl düello eder? Gençlik, nasıl davranacağını bilmiyor.

Eugène:

– Mösyö! diye bağırdı.

Vautrin, Matmazel Michonneau'nun herkesi şaşkına çeviren olağanüstü olaydan alınmasına imkân olmayacak kadar dikkatle izlediği davranışla kahvesini rahat bir şekilde içmeyi bitirirken:

– Ne var, ne oldu sanki, a koca çocuk? dedi. Paris'te her sabah düellolar olmuyor mu?

Madam Couture:

– Victorine, sizinle beraber geliyorum, diyordu.

Ve iki kadın atkılarını ve şapkalarını almadan uçup gittiler. Yola çıkmadan önce, Victorine, gözü yaşlı, sanki: "Mutluluğun beni ağlatacağını düşünmezdim!" der gibilerden Eugène'e baktı.

Mme Vauquer:

– Aman canım! Mösyö Vautrin, siz peygamber misiniz yoksa? dedi.

Jacques Collin:

– Ben her şeyim, diye karşılık verdi. Mme Vauquer bu olay hakkında bir yığın herze yumurtlayarak:

– Tuhaf şey! dedi. Ölüm, düşüncemizi sormadan alıp götürüyor bizi. Çok zaman delikanlılar ihtiyarlardan önce ölüp gidiyorlar. Başımızda düello belâsı olmadığından, biz kadınlar, mutluyuz; ancak bizde de erkeklerde de bulunmayan başka hastalıklar var. Çocuk doğuruyoruz, analık acısı sürüyor da sürüyor! Victorine ne şanslı! Babası artık onu tanımak zorunda kalacaktır.

Vautrin, Eugène'e bakarak:

– Bakın! dedi. Dün, meteliksizdi; bu sabah milyonları oldu.

Mme Vauquer:

– Mösyö Eugène, ne dersiniz, artık turnayı gözünden vurdunuz, diye bağırdı.

Bu söz karşısında, Goriot Baba öğrenciye baktı ve buruşturulmuş mektubu elinde gördü.

– Mektubu okuyup bitirmemişsiniz! Ne demek oluyor bu? Yoksa siz de mi ötekiler gibisiniz? diye sordu.

Eugène orada bulunanların aklını başından alan bir dehşet ve nefret duygusu içinde Mme Vauquer'e seslenerek:

– Madam, ben Matmazel Victorine'le kesinlikle evlenmeyeceğim, dedi.

Goriot Baba öğrencinin elini tuttu ve sıktı. Bu eli öpmek istemişti.

Vautrin:

– Durur musunuz lütfen! dedi. İtalyanların hoş bir sözü vardır: Col tempe!

Madam de Nucingen'in adamı, Rastignac'a:

– Cevabınızı bekliyorum, dedi.

– Geleceğimi söyleyin.

Adam gitti. Eugène tedbirli olmasına imkân vermeyen müthiş bir öfke havası içindeydi. Yüksek sesle kendi kendine:

– Ne yapmalı? diyordu. Hiçbir kanıt yok!

Vautrin gülümsemeye başladı. Bu sırada, içtiği ilâç etkisini göstermeye başlıyordu. Fakat kürek mahkûmu o kadar güçlüydü ki, ayağa kalktı, Rastignac'a baktı, boğuk bir sesle ona dedi ki:

– Delikanlı, şans bize uyurken gelir.

Sonra da kaskatı bir şekilde yere devrildi.

Eugène:

– Demek ki ilahi adalet denen bir şey var! dedi.

– Eee, bu zavallı Mösyö Vautrin'e ne oluyor dostum?

Matmazel Michonneau:

– İnme indi! diye bağırdı.

Dul kadın:

– Sylvie, kızım, haydi git doktoru çağır, dedi.

– Aman! Mösyö Rastignac, ne olur hemen Mösyö Bianchon'a koşun; belki Sylvie bizim doktora, Mösyö Grimpiere rastlayamaz.

Rastignac, bu korkunç mağaradan kurtulmak için bir yol bulduğundan dolayı sevinçli bir halde, koşarak çıkıp gitti.

Christophe, haydi sen de eczacıya git de inmeye karşı ilaç bulunup bulunmadığını bir sor.

Christophe çıktı.

– Haydi, Goriot Baba, kuzum şunu yukarıya, odasına taşımamıza yardım edin.

Vautrin merdivenlerden çıkarılıp ve yatağına yatırıldı.

Mösyö Goriot:

– Size yardımcı olamıyorum, gidip bari kızımı göreyim, dedi.

Mme Vauquer:

– Koca bencil! diye bağırdı. Git bakalım, dilerim bir köpek gibi geberirsin.

Poiret'nin yardımı ile Vautrin'in elbiselerini çıkarmış olan Matmazel Michonneau, Mme Vauquer'e:

– Kuzum, gidip bakın bakalım eteriniz var mı, dedi. Mme Vauquer odasına indi ve Matmazel Michonneau'yu savaş alanının tek efendisi olarak bıraktı orada. Matmazel Michonneau Poiret'ye:

– Hadi bakalım, gömleğini çıkarıp sırt üstü çevirin! Çıplak yerlerini görmemem için bari bir işe yarayın, dedi. Kazık gibi durmaktan başka yaptığınız bir iş yok.

Vautrin sırt üstü çevrilince, Matmazel Michonneau hastanın omzuna sert bir yumruk vurdu, kızaran yerin ortasında böylece uğursuz bir damga belirdi.

Matmazel Michonneau tekrar gömleğini giydirirken, Poiret, Vautrin'i tutuyordu:

– İşte, bir anda üç bin franklık armağanı kazandınız yemin ederim, diye bağırdı.

– Of! Gerçekten ağırmış, dedi adamı yatırırken.

Odanın en ufak eşyasını bile meraklı gözlerle inceleyen, gözleri duvarları delecekmiş gibi olan yaşlı kız hemen:

– Susunuz. Ya bir kasa varsa? dedi. Herhangi bir bahane ile şu yazı masasını bir açabilsek, dedi yeniden.

Poiret:

– Bu belki iyi olmaz, diye karşılık verdi.

– Hayır, dedi yaşlı kız. Çalınmış para, herkesin sayıldığı için, artık kimsenin malı değildir. Ama vaktimiz yok. Vauquer'in geldiğini duyuyorum.

Mme Vauquer:

– İşte eter, dedi. Vay be, bugün maceralı günmüş. Hayret! bu adam hasta olamaz, bir piliç gibi bembeyaz.

Poiret:

– Bir piliç gibi mi? diye tekrarladı.

Dul kadın elini adamın kalbi üzerine koyarak:

– Kalbinin atışı normal, dedi.

Poiret şaşırmış bir halde:

– Normal mi? diye konuştu.

– Çok normal.

Poiret:

– Öyle mi buluyorsunuz? diye sordu.

– Şuna baksanıza! Uyuyormuş gibi. Sylvie bir doktor çağırmaya gitti. Bakar mısınız, Matmazel Michonneau, eteri kokluyor. Evet!.. Gaz bu -ıspazmoz... Nabzı iyi. 'Bir Türk gibi kuvvetlidir' o. Baksanıza, Matmazel, karnı sanki kürkü kaplanmış gibi kıl içinde; bu adam, yüz yıl yaşar! Peruğu ne güzel yakışmış. Bakın, kafasına yapışmış, iğreti saçlar... Saçlar insanın aynasıdır. Saçlara bakınca bir insanın çok iyi ya da çok kötü olduğunu kolayca anlarız. Herhalde bu, iyi insanlardan...

Poiret:

– Asılacak kadar iyi, dedi.

Matmazel Michonneau hemen:

– Güzel bir kadının boynuna asılacak kadar demek istiyorsunuz, diye bağırdı. Haydi, artık gidin, Mösyö Poiret. Hasta olduğunuzda sizlere bakmak, bizim işimizdir. Zaten bir şey yapmadığınıza göre gidip dolaşabilirsiniz, haydi haydi, diye ekledi. Mme Vauquer'le ben, bu sayın Mösyö Vautrin'le ilgileniriz.

Poiret usulca ve ses çıkarmadan, efendisinden bir tekme yemiş köpek gibi çekip gitti. Rastignac yürümek hava almak için dışarı çıkmıştı, bunalıyordu. Belli saatte işlenecek olan bu cinayetin bir gün öncesinden önüne geçmek istemişti. Ne yapması gerekiyordu? Bu işin suç ortağı olduğundan titriyordu. Vautrin'in soğukkanlılığı onu hâlâ tedirgin ediyordu.

– Ya Vautrin hiçbir şey söylemeden ölürse? diyordu içinden.

Luxemburg bahçesinin ağaçlıklı yollarında, bir köpek gibi oluyordu.

Bianchon ona:

– Merhaba, diye bağırdı. Le Pilote'u okudun mu?

Le Pilote, Mösyö Tissot tarafından yönetilen, taşra için sabah gazetelerinin çıkışından birkaç saat sonra, günün haberlerinin derlendiği bir baskısı çıkan, böylece, diğerlerinden yirmi dört saat önce illere ulaşan radikal bir gazeteydi.

Cochin Hastanesinin yatılı öğrencisi:

– Gazetede müthiş bir haber var, dedi. Taillefer'in oğlu eski muhafızlardan Kont Franchessini ile düello etmiş, adam alnına iki parmak uzunluğunda saplamış kılıcı, işte küçük Victorine Paris'in en zengin kızlarından biri oluyor. Aman Tanrım! Böyle olacağını bir bilseydik! Düello ne büyük kumar! Victorine'in sana, alıcı gözü ile baktığı doğru mu?

– Sus Bianchon, kesinlikle onunla evlenmeyeceğim. Çok güzel bir kadını seviyorum ben, aynı zamanda da seviliyorum.

– Sadakatsiz olmamak için, acı çeksen de böyle konuşuyorsun. Haydi bana bir kadın göster ki Taillefer denen adamın servetini feda etmeye layık olsun.

Rastignac:

– Bütün şeytanlar peşime mi düşmüş ne? diye bağırdı.

Bianchon:

– Kime kızıyorsun? Deli misin sen? Haydi, ver elini bana, dedi. Nabzına bakayım, ateşin var senin.

Bianchon ona:

– Artık Vauquer Annenin evine git, dedi. Şu Vautrin denen namussuz biraz önce ölü gibi yere yığıldı.

Rastignac'ı yalnız bırakan Bianchon:

– Öyle mi! dedi. Endişelerimi doğruluyorsun, gidip bir bakayım.

Hukuk öğrencisinin uzun gezintisi önemli oldu. Bu gezintide vicdanını iyice yokladı. Kahretti, acı çekti, kararsızlık gösterdi ise de hiç değilse dürüstlüğü bu acı ve korkunç tartışmadan her türlü denemeye gelen demir bir çubuk gibi sağlam çıktı. Goriot Baba'nın bir gün önce kendisine söylemiş olduğu sırları hatırladı, kendisi için Delphine'in yanında, Artois sokağında seçilmiş daireyi düşündü; mektubu tekrar eline aldı, tekrar okudu, öptü.

– Böyle bir aşk benim cankurtaran simidim, dedi içinden. Bu zavallı ihtiyar yüreğinden çok yaralanmış. Acılarını hiç söylemiyor ama herkes anlar bunları. Evet, ben de bir babaya bakar gibi bakacağım ona, her türlü sevinci tattıracağım kendisine. Kızı beni severse, bütün gününü babasının yanında geçirmek için sürekli yanıma gelir. Şu koca Restaud Kontesi alçağın biri, babasını bir kapıcı gibi kullanıyor.

Sevgili Delphine, adamcağıza karşı oldukça iyi, sevilmeye layık. Ah, bu akşam, mutlu olacağım demek! Saatini çıkardı, hayranlıkla inceledi.

– Bence her şey yolunda! İnsanlar birbirini her zaman için kalpten severse, birbirine yardım edebilir, ben de bu saati kabul edebilirim. Zaten, yükseleceğim, o zaman her şeyi yüz misli öderim. Bu bağlantıda ne suç var, ne de sert erdeme kaş çattırabilecek bir şey. Nice insan böyle bağlantılar kuruyor! Kimseyi kandırmıyoruz; bizi küçük düşüren, yalandır. Yalan konuşmak, hakkından vazgeçirmek değil midir? O çok zaman önce kocasından ayrılmış. Ben de Alsaslıya gidip mutlu edemediği bir kadını, bana bırakmasını söyleyeceğim zaten.

Rastignac'ın savaşı uzun sürdü. Zafer, gençlik erdemlerinde kaldı ise de o, durdurulmaz bir merak yüzünden, saat dört buçuk sularında, ortalık kararırken, bir daha geri dönmeyeceğine kendi kendine yemin ettiği Vauquer Evine yollanmış oldu gene. Vautrin'in ölüp ölmediğini merak ediyordu. Ona kusturucu bir ilâç içirilme düşüncesi aklına takılır takılmaz Bianchon, kimyasal bakımdan özünü inceletmek üzere, Vautrin tarafından alınmış maddeleri hastanesine yollamıştı. Matmazel Michonneau'nun bunları arttırtmak istemekle gösterdiği çabayı görünce, şüpheleri daha da arttı. Zaten Vautrin, o kadar çabuk kendine gelmişti ki Bianchon, pansiyonun neşe kaynağına karşı hazırlanmış bir tuzaktan şüphe bile etmedi. Rastignac'ın döndüğü vakitte, Vautrin ayakta, yemek salonunda, soba başında bulunuyordu. Taillefer'in oğlunun düellosunun haberi üzerine, pansiyona her zamankinden önce gelmiş bulunan pansiyonlular, olup bitenin ve bunun Victorine'in kaderi üzerinde yaratmış olduğu etkiyi öğrenmek için, Goriot Baba hariç, bir araya gelmişler, bu maceradan konuşuyorlardı artık. Eugène içeri girince, gözleri hiç istifini bozmamış Vautrin'in gözleri ile karşılaştı, bu adamın bakışı yüreğinin derinliklerine öyle işledi ve yüreğinde birkaç ince noktaya öyle dokundu ki delikanlı titredi.

Kürek mahkûmu ona:

– Evet, sevgili oğlum, dedi. Azrail, benimle daha çok uğraşacak. Bu hanımlara bakılırsa, bir öküzü öldürebilecek olan bir beyin kanamasına karşı iyice direnmişim.

Dul Vauquer:

– Ah! Bir boğayı diyebilirdiniz, diye bağırdı.

Vautrin, düşüncelerini anladığını sandığı Rastignac'ın kulağına eğilerek:

– Benim yaşadığıma üzülüyor musunuz yoksa? dedi. İnanılmayacak kadar sağlam bir adamın duygusudur bu!

Bianchon:

– Vay be! Bakın, evvelki gün Matmazel Michonneau Azrail Çatlatan adlı bir adamdan konuşuyordu; bu ad size çok yakışır.

Bu söz Vautrin'de bir yıldırım etkisi yaptı. Sarardı ve sendeledi, büyüleyici bakışı bir güneş ışını gibi Matmazel Michonneau'nun üzerine düştü, bu irade atağı yaşlı kızın dizlerinin bağını çözdü. İhtiyar kız bir iskemleye yığıldı. Kürek mahkûmunun yüzü altında gerçek yaratılışının gizlendiği zararsızlık maskesini silkip atarak çok vahşî göründüğünden dolayı yaşlı kızın tehlikede olduğunu anlayan Poiret, hemen onunla Vautrin arasına girdi. Bütün kiracılar, bu dramdan henüz hiçbir şey anlamadan şaşırıp kaldılar. Bu sırada, birçok insanın ayak sesleri ile askerlerin sokağın kaldırımına bıraktıkları bir kaç dipçik sesi işitildi. Collin'in pencerelere ve duvarlara bakarak hemen kaçacak bir delik aradığı anda, salonun kapısında dört kişi belirdi, ilki adlî polis başkanı, öbür üçü de emniyet memurları idi.

Memurlardan, sesi bir şaşkınlık uğultusuna karışanı:

– Kanun ve kral adına! dedi.

Yemek salonuna birden sessizlik çöktü, kiracılar hepsinin de eli yan ceplerinde olup bu cepte bir tabanca tutan adamların üçüne yol verelim diye açıldılar. Memurların arkasından gelen iki jandarma salonun kapısını tuttu, öbür ikisi de merdivene açılan kapı önünde durdular. Bir sürü askerin ayak ve silah sesleri yapının cephesini kaplayan çakıllı kaldırımda yankılar uyandırdı. Bütün bakışların ister istemez üzerine çevrildiği Azrail Çatlatan için, her türlü kaçma ümidi sona erdi böylece. Başkan, doğru üzerine yürüdü, kafasına ustaca öyle sıkı bir yumruk vurdu ki perukayı sıçratıp düşürttü ve Collin'in iğrençliği iyice ortaya çıktı. Kendilerinde hile ile karışık korkunç bir kuvvet karakteri gösteren kiremit kırmızısı ve kısa saçlarla dolu, bu baş ve bu yüz, gövde ile ahenkleşerek, sanki cehennem ateşleri aydınlatmış gibi zekice parladı. Herkes bütün Vautrin'i, onun geçmişini, bugününü, geleceğini; amansız öğretilerini, keyfince yaşama tutkusunu, düşüncelerinin, davranışlarının, küstahlığının kendisine verdiği kralca üstünlüğü, her duruma göre yaratılmış bir varlığın gücünü de anladı. Yüzü kan kırmızı kesildi gözleri ise vahşî bir erkek kedinin gözleri gibi parladı. Olağanüstü yırtıcı bir güçle dolu hareketle yerinden fırladı, öyle bir kükredi ki bütün pansiyonerler dehşet çığlığı koparttı. Bu aslan hareketine karşı ve çığlıklardan öfkelenen, memurlar tabancalarına sarıldılar. Collin tüm silahların horozunun parladığını görünce başına gelecek belâyı anladı, birden en yüksek insanlık gücünün örneği kesildi. Korkunç ve muhteşem görünüş! Yüzü ancak dağları devirebilecek olan, soğuk bir su damlasının bir göz açıp kapayışta dağıttığı şu dumanlı buharla dolu kazanın durumunu andıran bir hava yarattı. Öfkesini soğutan su damlası bir şimşek gibi hızla gelmiş bir düşünceydi. Gülümsemeye başladı ve peruğuna baktı.

Adlî polis başkanına:

– Nazik günlerinde değilsin, dedi. Ve kendilerini bir baş işareti ile çağırarak ellerini jandarmalara uzattı.

– Jandarma efendiler, kelepçeyi ya da parmak kelepçesini takınız. Karşı gelmediğime burada bulunan insanları şahit gösteriyorum.

Lavla ateşin bu insan volkanına çıkış ve girişindeki çabuklukla kopan uğultu, bir takdir uğultusu, salonda yankılandı.

Kürek mahkûmu adlî polisin meşhur başkanına bakarak;

– Durum seni aptallaştırıyor, kilit efendi, dedi. Küçük Eren–Anne sokağının adamı alaylı bir tavırla:

– Haydi, soyun şunu! dedi.

Collin:

– Neden? diye sordu. Yanımızda kadınlar var. Ben hiçbir şeyi inkâr etmiyor, teslim oluyorum üstelik.

Bir an durdu, şaşılacak şeyler söyleyecek bir hatip gibi topluluğa baktı. Bir cüzdandan tutuklama tutanağını çekip çıkardıktan sonra masanın ucunda oturan ak saçlı ufak tefek bir ihtiyara seslenerek:

– Yazınız, Lachapelle Baba, dedi. Ben, Azrail Çatlatan diye anılan, yirmi yıl kürek cezasına mahkûm Jacques Collin olduğumu kabul ediyorum; lâkabımı hak ettiğimi de biraz önce ispat ettim. Sadece elimi kaldırmış olsaydım, şu üç dedektif bütün kanımı Vauquer Annenin salonuna akıtırdı. Bu adamlar tuzak kurma işinde hüner sahibidirler!

Bu sözleri duyunca Mme Vauquer şaşkınlıktan dehşete düştü.

– Tanrım! Çıldıracağım; ayol ben onunla daha dün gece Gaite Tiyatrosu'na gittim! dedi.

Collin:

– Filozof olalım anne, diye konuştu. Dün, Gaite Tiyatrosunda locama gelmiş olmak bir kötülük müdür? diye bağırdı. Siz bizlerden daha mı iyisiniz sanki? Kangren olmuş bir toplumun paçavra üyeleri, bizde sizin yüreğinizdekinden daha az alçaklık vardır. Sizin en iyiniz bile benimle başa çıkamıyordu. Gözleri Rastignac'ın üzerinde döndü, yüzünün keskin ifadesi ile tuhaf denecek derecede zıtlık meydana getiren tatlı bir gülümseme ile delikanlıya bu aramızdaki küçük pazarlık gene devam ediyor meleğim, bir kabul şartıyla! Biliyorsunuz ya?

Şarkı söylemeye başladı:

"O sade halleriyle

Fanchette'im çok hoştur..."

Hiçbir şey olmamış gibi konuşmasına devam ediyordu:

"Paniğe kapılmayın öyle, alacaklarımı almasını bilirim ben dedi. Kötülük yapamayacak kadar korkarlar benden!.."

Gelenekleri ve diliyle tatlıdan acıya birden geçişleriyle, korkunç büyüklüğü, sadeliği, alçaklığı ile zindan, birden bu seslenişle artık bir insan değil de bütün yoldan çıkmış bir milletin, yaban ve mantıklı, kaba ve esnek bir kalabalığın örneği sayılan bu adamda canlanıverdi. Bir anda Collin, gönlünde bir duygu, pişmanlık duygusu hariç, bütün insanca duyguların canlandığı bir cehennem şairi kesildi. Bakışı sürekli savaş taraftarı cennetten kovulma meleğin bakışı idi. Rastignac bu vahşice yakınlığı iğrenç düşüncelerinin bir karşılığı gibi kabul ederek gözlerini yere dikti.

Collin korkunç bakışını oradakilerin üstünde gezdirerek:

– Beni kim ele verdi? diye sordu.

Ve ürkütücü bakışları Matmazel Michonneau'nun üzerinde mıhlayarak:

– Sen, dedi. A bunak cadı! Seni kurnaz, ilâç verip uyuttun beni öyle mi!.. Bir çift söz söyleyerek, sekiz gün içinde kelleni uçurabilirdim senin. Ama affediyorum seni, ben Hristiyanım. Zaten, beni ele veren sen değilsin. Öyleyse kim?

– Tamam!.. Anlaşıldı! Eşyalarımı karıştırıyorsunuz orada, diye bağırdı dolaplarını açıp öteberisini alan adlî polis memurlarını işitince. Kuşların yuvaları dağıldı, uçup gittiler dün. Siz de hiç bir şey öğrenmeyeceksiniz. Benim defterlerim buradadır, dedi alnına vurarak. Beni kimin ele verdiğini çok iyi biliyorum artık. Bu olsa olsa İpek İiplik adlı rezil olabilir.

– Doğru değil mi, kelepçeci babalık? dedi polis başına. Banknotlarımızın yukarıda olması mantığa uygun... Hafiyeciklerim, artık hiçbir şey bulamazsınız. İpek ipliğe gelince onu bütün jandarmalarınızla koruyacak bile olsanız, on beş gün içinde cehennemi boylar.

– Şuna, şu Chonnette'e ne verdiniz? diye sordu polis memurlarına. Bin ekü! Çürük Ninon, paçavra Pompadour, Pere–Lachais Venüs'ü, ben bundan fazla ederdim! Bana söylemiş olsaydın, altı bin frank girerdi cebine. Ah! Bunu hiç düşünmemiştim, et satıcısı moruk, yoksa beni tercih ederdin. Evet, işime engel olan ve bana para kaybettiren bir yolculuğa çıkmaktan kurtulmak için altı bin frank verirdim, dedi ellerine kelepçeler takılırken. Beni sorguya çekmek için bu adamlar canımı sıkmaktan zevk duyacaklardır. Beni hemen zindana götürselerdi, Orfevres rıhtımındaki küçük budalalarınıza rağmen, az zamanda gene işimin başında olurdum. Orada, generallerini, bu temiz yürekli Azrail Çatlatan'ı kaçırmak için hepsi de olağanüstü şeyler yapacaklardır! Benim gibi, uğrunuzda her şeyi yapmaya hazır, on binden fazla kardeşi bulunan zengin var mı içinizde? diye sordu gururla. Burada iyilik var, dedi kalbinin üstüne vurarak; Ben dünyada kimseye haksızlık etmedim!

– Bak cadı karı, bak şunlara, dedi yaşlı kıza seslenerek. Bana dehşetle bakıyorlar ama sen, tiksintiden midelerini bulandırıyorsun onların. Payını al.

Bir an durarak pansiyonerlere baktı.

– Sizler ne aptalmışsınız! Kürek mahkûmu görmediniz mi hiç

ömrünüzde? Şimdi, burada bulunan, Collin ayarında bir kürek mahkûmu, ötekilerinden daha az alçak ve öğrencisi olmakla övündüğüm Jean-Jacques'ın dediği gibi, toplumun derin hayal kırıklıklarını kulak arkası eden bir insandır. Kısacası, bir sürü mahkemesi, jandarması, bütçeleriyle hükümete karşı tek başına-yım ben, gene de hepsinin üstesinden geliyorum.

Ressam:

– Vay be! dedi. Tam resmi yapılacak insan. Collin, adli polis başkanına dönerek:

– Söyle bana, cellât efendinin yamağı -kürek mahkûmlarının giyotine verdikleri korkunç şiirli adı kullanarak- kadının çekip çeviricisi, dostça davran, beni ele veren iplik mi söyle bana. Başka birinin cezasını onun çekmesini istemem, adilce olmaz bu.

Bu sırada, odasında her şeyi aramış ve her şeyin sayımını yapmış olan polis memurları, tekrar salona döndüler ve görev başkanı ile gizlice konuştular. Tutanak hazırlanmıştı.

Collin, pansiyonerlere dönerek:

– Baylar, dedi. Beni alıp götürecekler. Burada kaldığım süre içinde bana karsı hepiniz de çok iyi davrandınız, ben size karşı kendimi borçlu hissedeceğim. Sizlere veda ediyorum. Sizlere resimleri göndermeme izin veriniz.

Birkaç adım attı. Rastignac'a bakmak için döndü.

Sözlerinin o sert havası ile müthiş zıtlık oluşturan, tatlı ve ağlamaklı bir sesle:

– Hoşça kal Eugène, dedi. Başın sıkıştığı zaman, sana vefalı bir dost bıraktım.

Ellerindeki kelepçelere rağmen, savunma durumu alabildi, silah başı çağrısı yaptı, sonra: "Bir, iki!" diye bağırdı.

– Başın sıkışırsa, ona başvur. İnsan ve para bakımından, her şey emrinde...

Bu tuhaf adam bu son sözlere ancak Rastignac'la kendi tarafından anlaşılabilmiş olmaları için oldukça maskaralık kattı. Ev, jandarmalar, askerler ve polis memurları tarafından boşaltılınca, hanımının şakaklarını sirke ile ovan Sylvie, kalktı, şaşkın haldeki kiracılara baktı.

– Evet, dedi. Ne de olsa iyi bir adamdı...

Bu cümbüş, bu sahne tarafından harekete geçirilmiş duyguların etkisini ve çeşitliliğin herkeste yarattığı büyüyü bozdu. O da kiracılar, birbirlerine baktıktan sonra, hepsi de zayıf ve bir mumya kadar soğuk Matmazel Michonneau'yu bir kenarına çömelmiş, sanki alnındaki gölgenin bakışları anlatımını gizlemeye yetmeyeceğinden korkuyormuş gibi, öne eğmiş olarak buldular. Onlara nice zamandır sevimsiz gelen bu yüz, sanki birden, her şeyini ortaya döktü. Ortaklaşa bir nefreti dile getiren bir mırıltı, tam ses birliği içinde, boğuk boğuk yankı uyandırdı. Matmazel Michonneau bunu işitti ve öylece kaldı, ilk önce Bianchon, yanındakinin kulağına eğildi.

Alçak sesle:

– Bu karı bizimle beraber yemek yemeye devam ederse ben gidiyorum buradan, dedi.

Poiret'den başka, herkes bir anda, tıp öğrencisinin ortaya attığı düşünceyi kabul etti. O da, toplumun desteğinden cesaret alarak, ihtiyar pansiyon kiracısına doğru ilerledi.

– Siz ki Matmazel Michonneau'nun yakın arkadaşısınız, dedi. Kendisine söyleyin, şu andan itibaren bizim yanımızdan ayrılsın.

Şaşıran Poiret:

– Şu anda mı? diye tekrarladı.

Derken yaşlı kızın yanına gitti ve kulağına eğilerek bir şeyler söyledi.

Yaşlı kız bir dişi yılan bakışı ile ev sahibine bakarak:

– Ama benim aylık kiram ödenmiştir, ben burada herkes gibi paramla oturuyorum, dedi.

Rastignac:

– İş sadece bu olsun! Kiranızı geri vermek için aramızda para toplarız biz, dedi.

Yaşlı kız öğrenciye zehirli ve sorgulayan bir bakış fırlatarak:

– Mösyö Collin'i savunuyor, diye söylendi. Neden onu savunduğunu anlamak zor değil.

Bu söz üzerine, Eugène yaşlı kızın üzerine saldırmak, onu boğmak istiyormuş gibi fırladı yerinden. Hainliğini anladığı bu bakış, ruhuna korkunç bir karartı düşürmüştü.

Kiracılar:

– Bırakın şunu, diye bağırdılar.

Rastignac kollarını kavuşturdu ve sessiz kaldı.

Ressam, Mme Vauquer'e seslenerek:

– Matmazel Yehuda ile bitirelim bu işi, dedi. Bakın eğer Michonneau'yu kovmazsanız, hepimiz evden çıkıp gider, üstelik herkese bu evde yalnız hafiyelik mahkûmlarının yaşadığını yayarız. Aksi takdirde, kürek mahkûmlarının alnına damga vuruluncaya ve Paris burjuvası kılığına girip türlü maskaralıklar yapmaları yasak edilinceye kadar, zaten en yüksek toplumlarda meydana gelebilecek olan bu gibi olay hakkında, artık hepimiz hiçbir şey söylemeyiz

Bu nutuk üzerine, Mme Vauquer sanki mucize olmuş gibi yeniden sağlığına kavuştu, kalktı, kollarını kavuşturdu, renkli ve kuru gözlerini açtı.

– Fakat sayın Mösyö, evimin yok olmasını istiyorsunuz demek? İşte Mösyö Vautrin... Ah! Tanrım, dedi. Kendi kendime durarak, ondan dürüst insan diye söz etmekten kendimi alamıyorum! İşte, yeniden bir oda boşaldı, siz ise herkesin yerleşmiş olduğu bir sırada kiralık iki odamın boşaltılmasını istiyorsunuz...

Bianchon:

– Beyler, şapkalarımızı alalım, gidip Sorbonne-Flicoteaux'da akşam yemeğimizi yiyelim, dedi.

Mme Vauquer hangi yolun daha kârlı olduğunu bir anda hesapladı ve Matmazel Michonneau'nun yanına kadar süzülüverdi.

– Bak güzelim, evimin yok olmasını istemezsiniz, değil mi? Bu baylarn beni nasıl zor durumda bıraktıklarını görüyorsunuz; bu akşamlık odanıza çıkınız.

Kiracılar:

– Hayır, kesinlikle olmaz, diye bağırdılar. Derhal çıkıp gitmesini istiyoruz.

Poiret acıklı bir tavırla:

– Ama bu zavallı Matmazel, yemeğini bile yemedi, dedi.

Bir sürü ses:

– Gidip canı nerde istiyorsa orda yesin, diye gürledi.

– Defolsun, casus karı!

– Defolsun, casuslar!

Birden aşkın koçlara verdiği cesaret düzeyine çıkan Poiret:

– Beyler, diye bağırdı, insan bir hanıma saygı gösterir.

Ressam:

– Casusların erkek ya da kadın olması fark etmez, diye bağırdı.

– Kahrolası cinsiyet!

– Defolsun!

Başına şapkasını takan ve Mme Vauquer'in bir şeyler söylediği Matmazel Michonneau'nun yanı başında iskemleye oturan Poiret:

– Bunlar hoş şeyler değil beyler, insan kovmanın da bir yolu yordamı vardır. Biz paramızı ödedik, kalıyoruz dedi.

Ressam gülünç bir tavırla ona:

– Kötü adam, dedi. Kötü adamcık, yürü bakalım!

Bianchon:

– Tamam, siz gitmezseniz, biz gideriz, diye konuştu. Ve kiracılar hep birden salona doğru yürür gibi yaptılar.

Mme Vauquer:

– Matmazel, ne istiyorsunuz siz? diye bağırdı Perişan oldum ben. Kalamazsınız, yoksa bu işi zorla yapmaya kalkarlar.

Matmazel Michonneau ayağa kalktı.

– Gidecek buradan!

– Gitmeyecek!

– Gidecek buradan!

– Gitmeyecek!

Ortaya çıkan nazik durum ve pansiyon sahibesinin zor durumda kalması Matmazel Michonneau'yu gitmek zorunda bıraktı.

Tehdit dolu bir tavırla:

– Ben Madam Buneaud'ya gidiyorum, dedi.

Kalkıp rekabet halinde bulunduğu, bu yüzden de kendine pek iğrenç gelen bir evi seçmesinde, öldürücü bir işaret gören Mme Vauquer:

– İstediğiniz yere gidin, Matmazel, dedi... Buneaud'ya gidin, orada keçileri bile kaçırtacak şaraplar içer ve artık dışardan alınma yemekler yersiniz.

Kiracılar böyle bir sessizlik içinde iki sıra oldular, Poiret, Matmazel Michonneau'ya o kadar sevgiyle baktı, arkasından gidip gitmeme konusunda, öyle kararsızlık gösterdi ki Matmazel Michonneau'nun çekip gidişinden mutluluk duyan kiracılar, birbirlerine bakarak gülmeye başladılar.

Ressam:

– Vay vay vay!.. Poiret! dedi. Haydi hopla! Hop!

Müze memuru meşhur bir romansın şu başlangıcını tuhaf tuhaf okumaya başladı:

"Suriye'ye giderken,

Yakışıklı Dunois..."

Bianchon:

– Haydi canım, gidin siz de istiyorsunuz, herkes kendi zevkini düşünür, dedi.

Yardakçı:

– Herkes sevdiğinin peşinden gider, Virgile'in serbest çevirisi, diye konuştu.

Matmazel Michonneau yüzüne bakarak Poiret'nin koluna girmek ister gibi yaptığından, o da bu çağrıya cevapsız kalmadı ve yaşlı kıza kolunu verdi. Alkışlar patladı, bir kahkaha tufanı koptu.

– Aferin, Poiret!

– Hey gidi koca bunak!

– Apollon

– Poiret!

– Mars

– Poiret! Kahraman Poiret!

Bu sırada içeri, bir postacı girdi, Mme Vauquer'e bir mektup verdi, o da bu mektubu okuduktan sonra iskemlesinin üzerine yığılıverdi.

– Artık evimi yıkmaktan başka çare kalmadı, yıldırım düşüyor evime! Taillefer'in oğlu saat üçte ölmüş. Bu zavallı delikanlının zararına olarak bu hanımlara iyilik dilemenin cezasını çekiyorum. Madam Couture'le Victorine eşyalarını istiyorlar benden. Babasının yanında kalacaklarmış. Mösyö Taillefer dul Couture'ü dadı olarak yanına alsın diye izin vermiyor kızına. Dört daire boşalıyor, beş kiracı eksiliyor!..

İskemleye oturdu ve nerede ise ağlamaklı bir halde:

– Evime uğursuzluk girdi, diye bağırdı.

Sokakta birdenbire duran bir arabanın gürültüsü yankılandı

Sylvie:

– İşte bir uğursuzluk daha! dedi.

Goriot, canlılık içinde parlak ve mutluluktan renklenmiş bir yüzle girdi birden içeri.

Kiracılar:

– Demek Goriot Baba arabaya binmiş, dediler. Dünyanın sonu geliyor!

İhtiyar dosdoğru bir şekilde, köşede düşünceli bir tavırla duran Eugène'in yanına gitti ve onu kolundan tuttu.

Sevinçli bir şekilde:

– Gelin, dedi delikanlıya.

Eugène:

– Olanları bilmiyor musunuz? dedi. Vautrin bir kürek mahkûmu imiş ki kendisini yakaladılar, Taillefer'in oğlu da ölmüş.

Goriot Baba:

– Canım, bundan bize ne? diye karşılık verdi. Ben akşam yemeğini kızımla sizin evde yiyorum, anlıyor musunuz?

– O sizi bekliyor, gelin!

Rastignac'ı hızlıca kolundan çekti. Delikanlıyı zorla sürükledi. Sanki metresini kaçırıyordu.

Ressam:

– Yemeğimizi yiyelim, diye bağırdı.

Tombul Sylvie:

– Hay aksi, dedi. Bugün her şeyde uğursuzluk var, koyun etli fasulyem yanmış. Ne yapalım! Onu böyle, yanmış yersiniz!

Sofrasında on sekiz yerine ancak on insan görünce Mme Vauquer bir tek söz söyleyemedi; fakat herkes onu avutmaya ve neşelendirmeye çalıştı. Gündüzcüler önce Vautrin'le günün olaylarından konuştuysalar da az sonra konuşmalarının o gelişi güzel havasına uydular ve düellolardan, zindandan, adaletten, yeniden çıkarılacak kanunlardan, cezaevlerinden konuşmaya başladılar. Zamanla Jacques Collin'den, Victorine'den ve ağabeyinden binlerce fersah uzaklaştılar. Ancak on kişi oldukları halde, yirmi kişi gibi bağırıp çağırdılar, sanki her zamankinden daha kalabalıklarmış gibi görünüyorlardı. Bu akşam yemeği ile bir gün önceki akşam yemeği arasındaki tek fark bu oldu. Paris'in günlük olaylarında, yarın hırsla yenecek bir başka av bulacak olan bu bencil kalabalığın her zamanki umursamazlığı, ağır bastı. Tombul Sylvie'nin sesinden umuda kapılan Mme Vauquer bile yatıştı.

Eugène'in kendisi arabadaydı ama aklı başka yerlerdeydi sanki. Sanki bir başka dünyadaydı genç adam. Goriot Baba'nın sözlerini duymuyordu bile. Genç adam bütün zekâsına rağmen kendini toparlayamıyordu. Olaylar bayağı etkilemişti bu Güneyliyi. Goriot Baba'nın ise çenesi açılmıştı bir kere:

– Her şey bu sabah bitti. Akşam yemeğini üçümüz beraber yiyoruz, beraber! Anlıyor musunuz? Dört yıldır Delphine'imle, Delphine'ciğimle yemek yemedim. Bütün bir gece onunla olacağım. Bu sabahtan beri sizin evdeyiz. Elbiselerimi çıkarıp, bir işçi gibi çalıştım. Eşyaları taşımaya yardım ettim! Ah! Ah! Onun sofra başında ne kadar tatlı olduğunu bilmezsiniz, benimle ilgilenecektir: "Bakın, baba, şundan yiyin, güzel olmuş..." diyecektir. O zaman, yemek yiyemem. Ne zamandır güzel bir vakit geçirmemiştim onunla!

Eugène ona:

– Yoksa bugün, dünya tersine mi döndü? dedi.

Goriot Baba:

– Tersine mi? dedi. Ama dünya hiçbir zaman böylesine güzel olmamıştır. Sokaklarda yalnız neşeli yüzler, birbirinin ellerini sıkan, hatta birbirine sarılmış insanlar görüyorum; sanki hepsi de kızlarının evinde yemek yemeye, onun benim önümde İngilizler kahvesinin şerefine ısmarladığı güzel bir akşam yemeğini yemeye gideceklermiş gibi mutlu insanlar. Hayır düşünme! Onun yanında biber bile bal gibi tatlı gelir insana.

Eugène:

– Herhalde hayata yeniden doğuyorum, dedi.

Goriot Baba ön camı açarak:

– Hey arabacı, sürsene! diye bağırdı. Haydi, daha hızlı sür, söylediğim yere beni on dakikada götürürsen beş frank bahşiş veririm sana.

Arabacı, bu sözü işitince Paris'i yıldırım gibi geçti.

Goriot Baba:

– Bu arabacı, arabasını sürmüyor, diyordu.

Rastignac ona:

– Beni böyle nereye götürüyorsunuz? diye sordu.

Goriot Baba:

– Evinize, diye cevap verdi.

Araba Artois sokağında durdu. Adamcağız önce indi ve zevkinin doruğunda, hiçbir şey tanımayan bir bekâr adam cömertliği ile arabacıya on frank verdi.

Rastignac'a:

– Haydi, çıkalım, diyerek onu bir avludan geçirip, yeni ve güzel görünüşlü bir evin arka tarafında, üçüncü katta bulunan bir odanın kapısına götürdü.

Goriot Baba kapıyı açma gereği duymadı bile. Therese, Madam de Nucingen'in oda hizmetçisi açtı kapıyı. Eugène kendini, bir dış odadan, küçük bir salondan, bir yatak odası ile bahçeye bakan bir yazı odasından ibaret, çok hoş bir bekâr dairesinde buldu. Döşemesi ve dekoru en güzel, en hoş yerlerle karşılaştırılabilecek olan küçük salonda Delphine'i gördü. Kadıncağız, ocak başındaki bir koltuktan kalktı, ocağın kapağını ocağın üzerine koydu, sevgi dolu, tatlı bir sesle delikanlıya dedi ki:

– Hiçbir şey anlamayan efendimizi, buraya getirmek zorunda kaldık!

Therese çıktı. Eugène Delphine'e sarıldı, doyasıya, sıktı ve sevinçten ağladı. Bunca sıkıntının kalbini ve kafasını yormuş olduğu bir günde, gördüğü ile görmüş olduğu şey arasındaki bu son zıtlık, Rastignac'ta sinirli bir duyarlılık buhranı yaratmıştı.

Eugène, bir tek söz söylemeden, bu son büyücü değneği darbesinin nasıl indiğini de anlamadan, yorgun bir halde koltuğa yığılırken, Goriot Baba, sessizce kızına:

– Seni sevdiğini kesinlikle biliyordum, dedi.

Madam de Nucingen, delikanlının elinden tutarak bu odanın halıları, döşemeleri, tüm ayrıntıları ona Delphine'in odasını hatırlattı. Sadece ölçüleri daha küçüktü.

Ona:

– Haydi, gelin de görün, dedi.

Rastignac:

– Burada bir yatak eksik, dedi.

Kadıncağız kızgın bir halde elini sıkarak:

– Evet, mösyö, diye karşılık verdi.

Eugène, ona baktı ve henüz genç olmasına rağmen, seven bir kadının kalbinde ne kadar gerçek iffet bulunduğunu anladı.

Delphine kulağına eğilerek:

– Siz kendisine her zaman tapılacak o insanlardan birisiniz, dedi. Evet, size bunu söylemeye cesaret edebiliyorum, çünkü birbirimizi çok iyi anlıyoruz: aşk ne kadar canlı ve içten olursa, o kadar da gizli, esrarlı olmalıdır. Sırrımızı kimseye söylemeyelim.

Goriot Baba homurdanarak:

– Ah! Ben herhangi bir kimse olmayacağım, dedi.

– İyi biliyorsunuz ki siz bizsiniz, siz...

– Evet! İşte benim istediğim bu. Benden rahatsız olmazsınız değil mi? Her yerde hazır bulunan, kendisi görülmeden nerede olduğu bilinen bir gizli ruh gibi gideceğim ve geleceğim. Evet, Delphinette, Ninette, Dedel! Sana, "Artois sokağında güzel bir daire var, burasını onun için dayayıp döşeyelim!" derken haklıymışım değil mi? İstemiyordun. Ah! Günlerinin yaratıcısı ben olduğum gibi, sevincinin yaratıcısı da benim. Mutlu olmak için sürekli vermelidir babalar. Sürekli vermek, budur babayı baba eden.

Eugène:

– Nasıl? diye sordu.

– Evet, istemiyordu o, sanki dünya mutluluğa değermiş gibi, insanların kötü konuşmasından çekiniyordu! Ama bütün kadınlar onun yaptığını yapmayı düşünürler...

Goriot Baba kendi kendine konuşuyordu, Madam de Nucingen, Rastignac'ı alıp yazı odasına götürmüştü ki orada, ne kadar hafifçe alınmış olsa bile gene bir öpücük sesi işitildi. Bu oda apartmanın güzelliğine eşitti, hiçbir yerde eksik bir şey yoktu.

Nucingen sofraya oturmak üzere salona dönerken:

– İstekleriniz tam olarak anlaşılmış mı? diye sordu.

Delikanlı:

– Evet, diye karşılık verdi. Fazlasıyla. Yazık, çok yazık! Bu kadar lüks, gerçekleşmiş bu güzel rüyalar, genç, zarif bir hayatın tüm şiiri, hak etmeyecek kadar çok iyi hissediyorum bunları; fakat bunları sizden kabul edemem, henüz o kadar yoksulum ki...

Delphine herhangi bir kuşku ile daha kolayca alay etmek istedikleri zaman kadınların yaptıkları o güzel dudak bükmelerinden birini yaparak hafiften alaycı bir tavırla:

– Aman! Aman! Demek şimdiden karşı geliyorsunuz bana, dedi.

Eugène bu gün boyunca kendini ciddi bir şekilde ve Vautrin'in yakalanışı da, ona az daha içine yuvarlanacağı uçurumun derinliğini göstererek, asil duygularını ve inceliğini o kadar coşturmuştu ki cömert düşüncelerinin böyle okşanarak çiğnenmesini kesinlikle kabul edemezdi. Derin bir keder sardı varlığını.

Madam de Nucingen:

– Nasıl! dedi. Yoksa kabul etmiyor musun? Böyle bir reddedilmenin ne demek olduğunu biliyor musunuz? Bana bağlanmaya cesaret edemiyorsunuz. Sevgime ihanet etmekten korkuyor musunuz yoksa? Eğer beni seviyorsanız, eğer ben sizi seviyorsam, neden bu kadar önemsiz zorluklardan kaçınıyorsunuz? Bu bekâr yuvasını dayayıp döşerken aldığım zevki bilseydiniz, hiç duraksamaz, üstelik özür dilerdiniz benden. Bende sizin olan bir para vardı, bunu kullandım, işte hepsi bu. Kendinizi büyük sanıyorsunuz ama küçüksünüz. Daha fazlasını istiyorsunuz... Ah! dedi Eugène'de tutkulu bir bakış sezerek ama basit şeyler karşısında çekingen davranıyorsunuz. Eğer beni hiç sevmiyorsanız, size hiçbir şey diyemem evet, kabul etmeyin. Kaderim bir tek söze bağlı. Söyleyin! Babacığım, şuna iyi bir şeyler söyleyin, dedi. Bir an sustuktan sonra babasına dönerek. Şerefimiz üzerinde benim kendisinden daha az alıngan olduğumu mu sanıyor acaba?

Bu tatlı ağız kavgasını görüp dinlerken Goriot Baba'da, bir tiryakinin o sarsılmaz gülümseyişi vardı yüzünde. Delphine, Eugène'in elini tutarak:

– Çocuk! Siz daha hayatın eşiğindesiniz, dedi. Birçok kimse için aşılmaz sayılan bir engelle karşılaşıyorsunuz, sizin adınıza bir kadın eli bu engeli ortadan kaldırıyor, siz ise geri çekiliyorsunuz! Fakat başarıya ulaşacaksınız, parlak bir servete konacaksınız, başarı güzel alnınızda yazılıdır. Bugün size verdiğimi o zaman bana geri veremez misiniz? Eskiden kadınlar, gidip kendi adlarına, yarışlarda savaşabilsinler diye şövalyelerine, zırhlar, kılıçlar, miğferler, zincirli zırhtan gömlekler, atlar vermezler miydi? İşte Eugène, benim size sunduğum şeyler zamanın silahlarıdır, bir şey olmak isteyen için gerekli araçlarıdır. Kaldığınız tavan arası, eğer babam Goriot'nun evine benziyorsa, söyleyecek bir şey yok! Ne o, yemek yemeyecek miyiz yoksa? Beni kedere boğmak mı istiyorsunuz? Demek cevap vermiyorsunuz? dedi delikanlının elini sarsarak.

– Ne olur, baba, cevabını verdir, yoksa çıkıp gider de bir daha yüzünü kesinlikle görmem.

Goriot Baba sonsuz mutluluğundan sıyrılıp çıkarak:

– Size kararınızı verdirteceğim, dedi. Dostum Mösyö Eugène, Yahudilerden gidip borç para alacaksınız, değil mi?

Delikanlı:

– Öyle gerekiyor, diye konuştu. Adamcağız cebinden iyice aşınmış kötü bir deri çıkardı.

Odadan çıkararak:

– Tamam! Elimdesiniz, dedi. Ben de Yahudi oldum, bütün faturaları ödedim, işte hepsi de burada. Bu evde ne bulunuyorsa hepsi için tek kuruş borçlu değilsiniz. Zaten büyük bir para değil ancak bin frank kadar bir şey. Bu parayı size ödünç olarak veriyorum! Beni reddemezsiniz Mösyö. Bir kadın değilim ben. Bir kâğıt parçasına şu kadar borcum var diye yazar, zamanı gelince bunları ödersiniz bana.

Şaşkınlıkla birbirine bakan Eugène'le Delphine'in gözlerinden aynı anda birkaç damla yaş döküldü. Rastignac elini ihtiyara uzattı ve elini sıktı.

Goriot:

– Ne var bunda yahu? İkiniz de benim çocuklarım değil misiniz? dedi.

Madam de Nucingen:

– Yalnız, zavallı babacığım, nasıl yaptınız bu işi? diye sordu.

Adamcağız:

– Tamam!.. İşte geldik konumuza, diye karşılık verdi. Yakınına getirmek kararını sana verdirdiğim zaman, bir gelin gibi öteberiler satın almaya kalktığını görünce, kendi kendime: "Sıkıntıya düşecek!" dedim. Avukat, servetini ele geçirmen için kocana karşı açılacak davanın altı aydan fazla süreceğini söylüyor. Güzel. Bunun üzerine kalkıp on bin beş yüz franklık sürekli gelirimi sattım; edindiğim beş bin franklık gelirle, pek sağlam bir şekilde iki bin franklık rant sağladım. Paranın geri kalanı ile de tüccarlarınıza borçlarınızı ödedim çocuklarım. Benim yukarıda, elli ekü olan bir odam var, günde iki frankla prensler gibi yaşayabilirim. Para bile arttırırım. Hiçbir şey eskitmem, neredeyse elbise de lâzım değil, işte on beş gündür ki kendime: "Çok mutlu olacaklar!" diyerek için için güldüm. Mutlu değil misiniz?

Babasının dizlerine çocuk gibi oturan Madam de Nucingen:

– Ah, baba, baba! dedi.

Babasını öpücüklere boğdu, sarı saçları ile yanaklarını okşadı, bu sevinçli, parlak yaşlı yüze gözyaşları döktü.

– Babacığım, baba diye size derler! Hayır, yeryüzünde sizin

gibi bir baba daha yoktur. Eugène sizi önceden de seviyordu, şimdi ise daha çok sevecek!

Kızının yüreğinin kendi yüreği üzerinde çarptığını, on yıldır duymamış olan Goriot Baba:

– Ama çocuklarım, dedi. Ama Delphinette, beni sevinçten öldürmek mi istiyorsun yoksa! Yorgun yüreğim zayıf düşüyor. Evet, Mösyö Eugène, artık anlaşmış bulunuyoruz!

Ve adamcağız kızını o kadar vahşice, o kadar tutkuyla sıkıp sıkıyordu ki, kadıncağız şöyle konuştu:

– Baba!.. Canımı yakıyorsun.

Goriot Baba sararak:

– Demek canını yakıyorum! dedi.

Kızına insanüstü bir acıyla baktı. Bu babalık İsa'sının yüzünü gereğince resmetmek için, insanların kurtarıcısının, dünyanın mutluluğu uğruna çekmiş olduğu korkunç acıyı resimlemek üzere, palet prenslerinin yaptıkları resimler üzerinde karşılaştırmalar yapmak gerekirdi. Goriot Baba parmaklarının fazla sıkmış olduğu eli yavaşça öptü.

Sorgulayan bir gülümseyişle:

– Hayır, hayır, canını yakmadım değil mi? dedi. Bağırışınla beni incittin. Bize pahalıya mal oluyor bu, dedi kızının usulca öptüğü kulağına eğilerek: Ama onu anlamalı; yoksa küser.

Eugène bu adamın sonsuz fedakârlığı karşısında şaşırıp kalmıştı ve onu, genç yaşta inanç sayılan şu saf hayranlığı açığa çıkararak inceliyordu.

– Bütün bunlara layık olmaya çalışacağım, diye bağırdı delikanlı.

– Ey Eugène'im benim, bu sözünüz ne kadar güzel. Ve Madam de Nucingen öğrenciyi alnından öptü.

Goriot Baba:

– O senin için Matmazel Taillefer'in milyonlarını reddetti, dedi. Fakat o, o kızcağız seviyordu sizi; artık kardeşi ölünce, Karun kadar zengin oldu.

Rastignac:

– Neden bunlardan söz ediyorsunuz? diye bağırdı. Delphine delikanlının kulağına:

– Eugène, diye fısıldadı. Ben şimdiden bu akşamın özlemini çekiyorum. Ah, ben, ben sizi çok seveceğim! Hem de her zaman.

Goriot Baba:

– Evlendiğinizden bu yana yaşadığım en güzel gün bu işte! diye bağırdı. Ulu Tanrı bana istediği kadar acı çektirebilir, yeter ki bu acı sizin yüzünüzden olmasın, kendi kendime diyeceğim ki: O yılın şubatında, insanların ömürleri boyunca olamayacakları kadar mutlu oldum bir süre.

– Bana bak, Pifinef dedi kızına,

– Çok güzel, değil mi? Söyler misiniz, onun tatlı renklerine ve güzel gamzesine sahip olan hiçbir kadın gördünüz mü? Görmediniz, değil mi? İşte bu güzel kadın benim eserim. Bundan böyle, sayenizde kendimi mutlu hissettikçe, bir kat daha güzelleşecektir. Ben cehenneme gidebilirim komşum, dedi, cennetteki yerimi size vermem gerekirse, veriyorum. Yiyelim, yiyelim, her şey bizimdir.

– Zavallı babacığım!

Goriot Baba kalkıp kızının yanına gitti, başını ellerinin arasına alıp saç örgülerinin orta çizgisinden öperek:

– Bilseydin, yavrum, dedi. Beni ne kadar kolayca mutlu edebilirdin; arada sırada beni görmeye gel, yukarıda olurum, sadece bir adımlık yolun var. Haydi, söz ver bana gelecek misin?

– Tamam, sevgili babacığım.

– Bir daha söyle.

– Tamam, canım babacığım.

– Sus, duydum, yavrum. Mutluyum artık. Yemeğimizi yiyelim.

Bütün gece çocukça sevinçler içinde geçti Goriot Baba delilikte onlardan aşağı kalmıyor, öpmek için kızının ayaklarına kapanıyordu; uzun uzadıya gözlerinin içine bakıyordu. Başını elbisesine sürtüyordu; en genç ve en sevdalı âşığın yapabileceği çılgınlıkları yapıyordu kısacası.

Delphine, Eugène'e:

– Görüyorsunuz, dedi. Babam bizimle beraber olunca, tamamen onunla ilgilenmek gerek. Bu da çok sıkıcı olur bazen.

Daha önceden birkaç kez kıskançlık damarları kabaran Eugène, bütün nankörlüklerin özeti olan bu sözü kınayamıyordu.

Eugène odanın dört bir yanına bakarak:

– Acaba daire ne zaman bitecek? diye sordu. Bu gece birbirimizden ayrılacak mıyız yoksa?

Delphine, tilkice bir tavırla:

– Evet ama yarın akşam yemeğini yemeye bana geleceksin Eugèneciğim, dedi. Yarın İtalyanlar Günü.

Goriot Baba:

– Ben de arka yerlerde olurum, diye konuştu.

Gece yarısı idi. Madam de Nucingen'in arabası bekliyordu. Goriot Baba ile öğrenci bu amansız iki aşk arasında tuhaf bir anlatım çatışması yaratan coşkunlukla Delphine'den söz ederek Vauquer Evine döndüler. Eugène, hiçbir şahsi çıkarın lekelemediği baba sevgisinin sürekliliği ve sonsuzluğu ile kendi sevgisini ezdiğini saklayamıyordu. Tapılan yaratık baba için duru ve güzeldi, tapınışı da bütün geçmiş ve gelecekle birlikte artıyordu. Mme Vauquer'i sobasının başında, Sylvie ile Christophe arasında yalnız buldular, ihtiyar kadın Kartaca yıkıntıları üzerindeki Marius gibi duruyordu yerinde. Sylvie ile dertleşerek, elinde kalan iki kiracıyı bekliyordu. Lord Bayron Tasse'a katlanması zor sıkıntılar çektirdiği zaman bile bunlar, Mme Vauquer'in ağzından dökülenlerdekinin derin gerçekliğinden çok uzaktılar.

– Sylvie, yarın sabah sadece üç fincan kahve pişirilecek. İşte böyle! Evim bomboş, insanın yüreğini parçalamaz mı bu? Müşterilerim olmadan hayatın anlamı ne olabilir ki? Hiçbir şey. İşte insanlarından yoksun evim. Hayat eşyalarda... Başıma bütün bu felaketleri getirmek için Tanrı karşısında ne suç işledim ben? Fasulye ve patates hazırlıklarımız yirmi kişiye göre ayarlanmıştı. Polis girdi evime! Demek ki yalnız patates yiyeceğim! Yol vereceğim demek Christophe'a!

Savois'li uyuyordu, aniden uyandı:

– Madamcığım?

Sylvie:

– Zavallı çocuk! Sanki bir çoban köpeği, dedi.

– Ölü bir mevsim, herkes yerine yerleşmiş. Bana nereden müşteri çıkacak? Çıldıracağım. Ya şu Michonneau olacak cadının Poiret elimden alıp götürmesi! Peşinden bir fino köpeği gibi tin tin giden bu adamı kıskıvrak bağlamak için acaba ne yapıyordu ona?

Sylvie başını sallayarak:

– Ah! Madam, dedi. Bu yaşlı kızlar yok mu, onların bilmediği hınzırlık yoktur bu dünyada.

Dul kadın:

– Bir kürek mahkûmu yapıp çıktıkları şu zavallı Mösyö Vautrin, dedi. Eh Sylvie, böyle olacağına bir türlü inanamıyorum. Böyle, ayda on beş franklık konyaklı kahve içen, borcunu tıkır tıkır ödeyen bir adam!

Christophe:

– Aynı zamanda çok cömertti! diye konuştu.

Sylvie:

– Bu işte yanlışlık var, dedi.

Mme Vauquer:

– Olur mu canım, kendisi itiraf etti, diye başladı yeniden. Ya bütün bu gibi şeylerin benim evimde, bir kedinin bile geçmediği bir sokakta olmasına ne denir? Kesinlikle düş görüyorum. Çünkü biliyorsun ya, XVI. Louis'nin başına gelen felaketi gördük, imparatorun düştüğünü gördük, geri geldiğini ve gene düştüğünü gördük, bütün bunlar, olağan şeylerdendir. Ne var ki burjuva pansiyonlarına göz dikmeyi aklım almıyor, insan kraldan vazgeçebilir ama daima karnını doyurmak zorundadır; hem de, Conflans ailesinden gelen, namuslu bir kadın bütün bu güzel yemekleri verdiği halde, dünyanın sonu gelmezse... Ama işin gerçeği bu, sonu gelmiş dünyanın!

Sylvie:

– Söylenenlere bakılırsa başınıza iş açan Matmazel Michonneau'nun, üstelik bin ekülük mükâfat alacağını düşünüyorum da, diye bağırdı.

Mme Vauquer:

– Bana ondan söz etmeyin, alçağın biri zaten! dedi. Bununla yetinmeyip, bir de kalkıp Buneaud'ya gidiyor! Fakat o her şeyi yapar, vaktiyle ne işler çevirmiştir, öldürmüştür, çalmıştır. Şu sevgili adamcağız yerine onun kürek mahkûmu olması gerekirdi...

Bu sırada, Eugène'le Goriot Baba kapıyı çaldılar.

Dul kadın içini çekerek:

– Ah! Geldi benim iki vefalı müşterim, dedi.

Burjuva pansiyonunun başına gelen felaketleri ancak zorlukla hatırlayan iki vefalı, öyle sözü dolandırmadan, artık Antin Yolu'nda kalacaklarını bildirdiler ev sahibelerine.

Dul kadın:

– Ah, Sylvie, son şansım da işte elden gitti, dedi.

– Bana ölüm darbesi indirdiniz, baylar! Mideme oturdu bu. Bir demir çubuk var şuramda, işte beni on yıl ihtiyarlatan bir gün. Yemin ederim aklımı oynatacağım! Fasulyeleri ne yapmalı? Anlaşıldı, burada yalnız kalıyorsam, yarın sana da yol göründü Christophe, hoşça kalın baylar, iyi geceler.

Eugène Sylvie'ye:

– Buna ne oldu böyle? diye sordu.

– Ne olacak! Bütün bu olanlardan sonra herkes çekip gitti. Bu da kafasını karıştırdı. Şimdi de, ağladığını işitiyorum, rahatlaması açısından ağlamak iyi gelecektir ona. Hizmetinde bulunduğum süre içinde ilk olarak gözyaşı döküyor.

Ertesi gün, Mme Vauquer, kendi deyimine göre, aklını başına toplamıştı. Bütün kiracılarını kaybetmiş ve hayatı tersine dönmüş bir kadın gibi üzgün görünmekle beraber, aklı başında idi. Madam Vauquer alanlara alışmıştı. Gerçek acının, derin bir acının. Artık yoldan geçen biri ha bu boşalan pansiyona bakmış, ha kaybettiği sevgilisine bakmış. İkisi de aynıydı Vauquer'in gözünde. Eugène, yatılılığı birkaç gün sonra sona erecek olan Bianchon'un, hiç şüphesiz gelip kendi odasını tutacağını; müze memurunun, birçok kez Madam Couture'ün dairesini tutmak arzusunu göstermiş olduğunu ve artık kısa zamanda, gene müşterilerine kavuşacağını söyleyerek kadıncağızı avuttu.

Dul kadın, yemek salonuna kederli bir bakış fırlatarak:

– Tanrı duyar sizi, sayın bayım! Fakat burada bir uğursuzluk var. On güne varmaz, ölüm de gelir buraya, görürsünüz. Bakalım kimi alacak?

Eugène yavaş bir sesle Goriot Baba'ya:

– İyi ki taşınıyoruz, dedi.

Sylvie telaş içinde koşup gelerek:

– Madamcığım, dedi. Üç gündür Mistigris'i ortalıkta görmedim.

– Ah, kedim öldüyse, bizi bırakıp gittiyse, ben...

Zavallı dul kadın sözünü tamamlayamadı, ellerini kavuşturdu ve bu korkunç tahminden dolayı kendini bitkin bir şekilde koltuğa bıraktı.

Öğleye doğru, postacıların Pantheon semtine geldikleri saatte, Eugène güzel zarflı, Beausèant armasını taşıyan bir mektup aldı. Bu mektubun içinde bir aydır sözü edilen, Vikontes'in konağında verilmesi gereken büyük balo için Mösyö ve Madam de Nucingen'in adına yazılmış bir davetiye vardı. Bu davetiyeye Eugène için birkaç satır eklenmişti:

"Mösyö, duygularımın Madam de Nucingen'e anlatılmasını zevkle üzerinize alacağınızı düşündüm; benden istemiş olduğunuz davetiyeyi size yolluyorum ve Madam de Restaud'nun kız kardeşini benimle tanıştırmakla beni sevindirmiş olacaksınız. Artık bu güzel bayanı bana getiriniz, yalnız dikkat edin ki bütün sevginize sahip olmasın, size karşı beslediğim sevginin karşılığı olarak bana çok şey borçlusunuz.

Vikontes DE BEAUSEANT"

Eugène bu yazıyı bir daha okurken:

"Ama..." dedi içinden. "Madam de Beausèant Baron de Nucingen'i istemediğini bana açıkça bildiriyor."

Kendisine vereceği haberle mutluluktan havalara uçacağına inandığı Delphine'in evine gitti. Madam de Nucingen banyoda idi. Rastignac, bir yıllık arzunun konusu sayılan bir metrese sahip olmaya istekli, ateşli bir delikanlı için doğal sabırsızlıklar içinde, oturma odasında bekledi. Bunlar gençlerin hayatında bir daha rastlanmayan heyecanlardandır. Bir erkeğin bağlandığı sahici bir kadının, yani Paris toplumunun istediği beraberliklerin parıltısı içinde karşısına çıkan kadının, hiçbir zaman rakibi yoktur. Paris'te aşk, hiçbir zaman başka aşklara benzemez. Burada erkekler olsun, kadınlar olsun, sözde çıkara dayanmayan sevgileri üzerinde herkesin düzgün bir şekilde ortaya döktüğü beylik sözlerin süslü gösterişlerine kulak asmazlar. Bu ülkede, bir kadın yalnız kalbini ve duygularını tatmin etmekle, hayatın yoğurduğu bin türlü övünmelere karşı yerine getirilmesi gerekli bir sürü zorunlulukları olduğunu da çok iyi bilir. Hele bu açıdan aşk kesinlikle övüngen, hayâsız, savurgan; şarlatan ve tantanacıdır. XIV. Louis'nin sarayındaki bütün kadınlar Matmazel de la Valliere'de Dük de Vermandois'nın dünya sahnesine girmesini kolaylaştırmak için kolluklarını yırtarken, bu kollukların her birinin bin eküye mal olduğunu o büyük Prense unutturan aşkın çekiciliğini kıskandılarsa, insanlığın geri kalanından ne beklenebilir acaba? Genç, zengin ve unvan sahibi olunuz, gücünüz yeterse daha da fazlasını olunuz; bir puta sahipseniz, putun önüne ne kadar çok yakılacak günlük getirirseniz, o da size o kadar içten davranır. Aşk bir dindir, tapınışının da bütün diğer dinlerinkinden daha pahalıya mal

olması gerekir; çabuk geçer ve geçişini yıkıntılarla damgalamak
isteyen sokak çocuğu gibi geçer. Duygunun yüceliği, tavan arala-
rının şiiridir; bu zenginlik olmazsa, aşk ne duruma düşerdi bura-
larda? Paris düzeninin bu sert yasalarında istisnalar varsa, bunlar
yalnızlık içinde görülür. Toplumsal öğretilerin zerre kadar peşin-
den sürüklenmemiş olan, pırıl pırıl, duru yasalardır bunlar. Yeşil
gölgelerine bağlı, kendileri adına her şeye yazılmış olan ve yankı-
larını kendi varlıklarında gördükleri sonsuzluğun dilini dinle-
mekten mutlu, dünyada kalanlara merhamet duyarak, acılarını iç-
lerine gömerek, melek kanatlarını bekleyen suları olan herhangi
bir kaynak yakınında yaşayan ruhlarda görülür. Fakat büyüklük-
leri önceden tatmış olan delikanlıların çoğuna benzeyen Rastig-
nac, sosyete dünyasına tepeden tırnağa silahlı çıkmak istiyordu.
Bu âlemin ateşini tatmıştı, belki de kendinde ona hükmetme gü-
cünü de seziyordu ama bu tutkunun ne yollarından ne de amacın-
dan haberi vardı. Hayatı dolduran duru ve kutsal bir aşk olma-
yınca, bu iktidar susuzluğu güzel bir şey olabilir; her türlü çıkarı
bir yana atmak ve bir memleketin büyüklüğünü amaç edinmek
yeter. Fakat öğrenci henüz insanın hayatın akışını görebildiği ve
hayat üzerinde yargıya vardığı yere gelmemişti. Taşrada yetişmiş
çocukların gençliğini yapraklar gibi saran taze ve tatlı düşüncele-
rin büyüsünü, o zamana kadar üzerinden silkip atamamıştı büs-
bütün. Paris'teki Rubicon'u atlayıp atlamama konusunda hep te-
reddüt etmişti. Ateşli meraklarına rağmen, gerçek soylunun şato-
sunda sürdüğü tatlı hayat hakkında bazı gizli düşüncelerini sak-
lamıştı. Bununla beraber, son kuşkuları bir gün önce, kendisini
dairesinde görünce ortadan kalkmıştı. Soyluluğun verdiği mane-
vi faydalardan nice zamandır hoşlandığı gibi, servetin maddi fay-
dalarından da zevk alarak, taşralı insan kılığını sırtından çıkarıp
atmış ve yavaş yavaş içinde güzel bir gelecek bulduğu duruma
gelmişti. Şimdi, biraz da kendisinin sayılan bu güzel bekleme
odasında keyiflice oturmuş, Delphine'i beklerken, kendini geçen
yıl Paris'e gelmiş Rastignac'tan öyle uzak buluyordu ki, manevi
bir görüş etkisiyle ona bakarak, onun şu anda kendi kendisine
benzeyip benzemediğini geçiriyordu içinden.

Therese içeri girdi:

– Madam odasında, diyerek içini titretti.

Delphine'i, ateşin başında, koltuğuna uzanmış, taze ve din-
lenmiş buldu. Onu böyle muslin dalgaları üzerine yayılmış gör-
mekle, meyvesi çiçeğinin içinde yaşayan o çok hoş Hindistan bit-
kilerine benzetmemek imkânsızdı.

Delphine heyecanla:

– Sonunda gelebildiniz demek, dedi.

Eugène, yanına yaklaşıp elini öpmek için kolunu tutarak:

– Tahmin edin bakalım size ne getirdim, dedi.

Madam de Nucingen davetiyeyi okurken bir sevinç çığlığı at-
tı. Nemli gözlerini Eugène'e çevirdi ve bir gurur coşkunluğunun
ateşi içinde onu kendine çekmek için kollarını boynuna doladı.

– Demek bu mutluluğu size borçluyum öyle mi? Sonra kula-
ğına yaklaşıp; ama Therese tuvalet odasında, dikkatli olalım!
Evet, buna bir mutluluk adını vermeyi göze alıyorum. Sizin saye-
nizde elde edilince, bir onur zaferi olmaktan ileri gitmiyor mu?
Beni kimse bu âleme tanıtmak istemedi. Şu anda beni belki de Pa-
risli bir kadın gibi küçük, değersiz, uçarı buluyorsunuz; ama şu-
nu da unutmayın ki dostum, ben sizin için her şeyi feda etmeye
hazırım ve Eren–Germain semtine gitmeyi her zamankinden faz-
la arzuyla istiyorum, sizin orada bulunmanızdandır bu.

Eugène:

– Madam de Beauséant'nın, Baron de Nucingen'i balosunda
görmek istemediğini söyler gibi bir havası var, siz de öyle düşün-
müyor musunuz? diye sordu.

Delphine, mektubu Eugène'e verirken:

– Evet, öyle, dedi. Bu kadınlarda küstahlık dehası vardır.
Ama olsun, gideceğim. Kız kardeşim de orada olacak, çok hoş bir
tuvalet hazırladığını biliyorum. Sesini alçaltarak, yine korkunç
kuşkulardan kurtulmak için gidecek oraya. Hakkımda çıkan de-
dikoduları biliyor musunuz? Bu sabah Nucingen bana gelip açık-

tan açığa dün kulüpte bunlardan konuşulduğunu söyledi. Hey Tanrım! Kadınların ve ailelerin şerefi, neye bağlı! Zavallı kardeşimde kendimi saldırıya uğramış, yaralanmış hissettim. Bazı kimselere bakılırsa, Mösyö de Trailles yüz bin franga yükselen borç senedi imzalamış, bunların hemen hepsinin süresi gelmiş, bu yüzden hakkında kovuşturma yapılacakmış. Bu durum karşısında kardeşim, elmaslarını, görmüş olduğunuz, Madam de Restaud'nun annesinden gelen o güzel elmasları kalkıp bir Yahudi'ye satmışmış. Kısacası iki gündür, yalnız bundan söz ediliyor. Artık Anastasie'nin bir lame elbise yaptırmasını, Madam de Beausèant'ın konağında bütün parıltısı ile elmaslarını takmış olarak ortaya çıkıp bütün gözleri üzerine çekmesini anlıyorum. Ama ben de ondan geri kalmak istemem. O hep beni ezip geçmeye çalışmıştır, kendisine her zaman yardımlarda bulunduğum halde parası olmayınca çıkarıp hep para verdiğim halde, bana karşı hiçbir zaman iyi olmamıştır... Ama insanları kendi halinde bırakalım; bugün, kesinlikle mutlu olmak istiyorum.

Rastignac sabahın saat birinde hâlâ Madam de Nucingen'in yanında bulunuyordu, kadın da ona, âşıkların ayrılık sözlerini, gelecek mutluluklarla dolu ayrılık sözlerini bol bol sunarken, kederli bir ifadeyle dedi ki:

– Ben çok korkak ve çok kuruntulu bir insanım. Ne derseniz deyin. Mutluluğumu korkunç bir felaketle ödeyeceğimden korkuyorum.

Eugène:

– Çocuk! dedi.

Madam de Nucingen:

– Ya! Demek bu akşam çocuk olan benim? diye karşılık verdi.

Eugène ertesi gün ayrılacağından emin olarak Vauquer Evine döndü; bu yüzden yol boyunca bütün delikanlıların dudaklarında henüz mutluluğun tadı varken daldıkları o güzel düşlere kaptırdı kendini.

Rastignac kapısının önünden geçerken...

Goriot Baba:

– Nasılsın? diye sordu. Eugène:

– Nasıl olsun? diye karşılık verdi. Yarın tüm olanları anlatırım size.

Adamcağız:

– Hepsini, değil mi? diye bağırdı. Yatın bakalım şimdi. Yarın mutlu hayatımıza başlıyacağız.

Ertesi gün, Goriot ile Rastignac, artık burjuva pansiyonundan ayrılmak için yalnız bir mektup getirecek postacının tatlı keyfini beklerlerken, öğleye doğru, tam Vauquer Evinin kapısında duran bir konak arabasının gürültüsü Neuve-Eren Genevieve sokağında yankı uyandırdı. Madam de Nucingen arabasından indi, babasının hâlâ pansiyonda olup olmadığını sordu. Sylvie'nin olumlu karşılığı üzerine, hızlıca merdivenleri çıktı. Eugène komşusundan habersiz bulunuyordu odasında. Sabah kahvaltısı yaparken, saat dörtte Artois sokağında buluşacaklarını söyleyerek, Goriot Baba'ya, kendi eşyalarını da alıp götürmesini rica etmişti. Fakat ihtiyar, taşıyıcılar aramaya gittiği zaman, Eugène, çabucak okuldaki yoklama sırasını savdığından, besbelli aklına esip, kendi borcunu da ödeyecek olan Goriot Baba'ya bu işi bırakmayarak, Mme Vauquer ile hesap görmek üzere kalkmış, kimselere görünmeden gelmişti. Ev sahibesi dışarı çıkmıştı. Eugène içinde bir şey unutup unutmadığına bakmak için odasına çıktı, borcunu ödemiş olduğu gün, içine umursamazlıkla atmış olduğu, Vautrin'e imzalatılmış açık senedi masasının çekmecesinde gördüğünden, bu fikrinden dolayı kendini alkışladı. Odasında ateş olmadığı için, bu senedi küçük parçalara bölüp yırtmak üzere iken, Delphine'in sesini tanıyarak, hiçbir gürültü etmek istemedi. Kadının kendisinden hiçbir sırrı gizlemeyeceğini düşünerek, onu dinlemek için de durdu. Sonra, ilk sözlerinden itibaren, baba ile kız arasındaki konuşmayı dinleyecek kadar ilginç buldu. Delphine:

– Babacığım, mahvolmamam için servetimin hesabını sormak düşüncesi iyi ki tam zamanında aklınıza gelmiş! Konuşabilir miyim?

Goriot Baba boğuk bir sesle:

– Evet, ev boş, diye karşılık verdi. Madam de Nucingen:

– Neyiniz var babacığım? diye sordu.

İhtiyar:

– Sanki başıma bir balta darbesi indirdin, diye karşılık verdi. Tanrı seni affetsin kızım! Seni ne kadar çok sevdiğimi bilemezsin; bunu bilseydin, hele ortada kötü bir şey yoksa, bana kalkıp böyle şeyler söylemezdin. Birazdan Artois sokağında buluşacağımız halde beni aramaya gelmen için, bu kadar önemli olan şey neydi?

– Ah! Babacığım, insan bir felakete uğrayınca ne yapacağını bilebilir mi? Deli gibiyim! Avukatınız bir zaman sonra ortaya çıkacak olan belâyı bilse daha önceden yol gösterirdi. Sizin eski ticaret tecrübeniz bize yararlı olacaktır. Artık insanın boğulurken bir dala tutunması gibi sizi bulmağa koştum. Mösyö Derville Nucingen'in kendisine bin türlü zorluk çıkardığını görünce, mahkeme başkanının izninin çabucak alınabileceğini söyleyerek bir dava açacağım diye onu korkutmuş. Nucingen onu da, kendimi de mahvetmemi isteyip istemediğimi sormak üzere bu sabah odama geldi. Ben de ona bütün bunlardan hiçbir şey anlamadığımı, bir servetim olduğunu, servetimin sahibi olmakta hakkım olduğunu, bu anlaşmazlık ile ilgili olan her şeyin avukatımı ilgilendirdiğini, kesinlikle bilgisiz olduğumu ve bu konuda hiçbir şey dinleyecek durumda olmadığımı söyledim. Siz de böyle söylememi tavsiye etmemiş miydiniz?

Goriot:

– Evet, diye karşılık verdi.

Delphine:

– Bunun üzerine kalktı, işleri hakkında bana bilgi verdi, diye konuştu gene. Bütün sermayesi ile benim paralarımı yeni başlamış işlere yatırmış. Bu yatırımlar için de açıktan büyük paralar koyması gerekmiş. Eğer drahomamı bana geri vermesi için kendisini zorlarsam, bilançosunu ortaya dökmek zorunda kalacakmış. Oysa bir yıl beklemek isterse sonunda bütün mallarıma sahip olacağımı söyleyerek paramı birtakım toprak işlerine yatırırsam bana serveti iki, hatta üç katı bir servet iade edeceğine şerefi üzerine yemin ediyor. Canım babacığım, kendisi içten idi, beni korkuttu. Davranışından dolayı benden özür diledi, bana özgürlüğümü geri verdi, işleri benim adım altında yürütmesinde kendisini tamamen yetkili kılmam şartıyla, arzuladığım gibi yaşamama izin verdi. Bana iyi niyetini kanıtlamak için, gayrimenkul almak üzere yapılacak dürüst anlaşmaların iyice düzenlenip düzenlenmediklerini her görmek isteğimde, Mösyö Derville'ye çağıracağına söz verdi. Kısacası eli kolu bağlı bir şekilde bana teslim oldu. Ticaret evinin iki yıl daha yönetimini istiyor. Bana verdiğinden başka kendim için hiç bir şey harcamamamı da istedi benden. Bütün yapabileceğinin dış görünüşleri korumaktan ibaret olduğunu, dansözünü kovduğunu, onurunu zedelemeden spekülâsyonlarının sonuna varmak için, en sıkı ama en mutlak tasarrufa kalkmak zorunda kalacağını kanıtladı bana. Ona kötü davrandım, iyice kızdırıp fazlasını öğrenmek için her şeyi kuşkuyla karşıladım. Bana defterleri gösterdi, sonunda da ağladı. Ben hiçbir zaman bu duruma düşmüş insan görmemiştim. Delirmişti, kendini öldüreceğini söylüyor, hezeyanlar geçiriyordu. Beni üzdü.

Goriot Baba:

– Sen de bu saçmalıklara inandın öyle mi?.. diye bağırdı. Sahtekârın biridir o! Ben iş hayatında Almanlara rastladım. Bu adamların hemen hepsi de iyi niyetlidirler, yürekleri temizdir; ama açık yüreklilik ve saflıkları iş hayatında değişiverir birden. Kurnaz ve şarlatan olmaya başladılar mı, artık bu yolda herkesten önde giderler. Kocan aldatıyor seni. Kendini çok sıkışmış bir halde gösteriyor, ölü numarası yapıyor, kendi adı altındakinden daha çok senin adın altında rahat bir şekilde çalışmak istiyor. Ticaretinin kaderinden kendini koruyarak bu durumdan faydalanacak, ikiyüzlü olduğu kadar kurnaz, üstelik kötü çocuğun biri bu. Hayır, olmaz, kızları her şeyden yoksun bırakarak Pere–Lachaise'e gitmem. Gene de biraz anlarım ticaret işlerinden. Kalkıyor, paralarını birtakım işlere yatırdığını söylüyor; şu halde, çıkarları, değerler, senetler, anlaşmalarla ispat edilmiştir! Bunları oraya çıkarsın, seninle de işini bitirsin.

Biz de en iyi spekülâsyonları seçer, kaderlerine razı olurlar. Böylece Baron Nucingen'in mal bakımından ayrı karısı, Delphine Goriot adına göre düzenlenmiş senetleri elimize geçiririz. Ama bu adam, bizi aptal mı sanıyor? Seni servetsiz, ekmeksiz bırakmak fikrine iki gün dayanabileceğimi mi sanıyor? Buna değil bir gün, bir gece, iki saat bile katlanamam! Bu düşünce doğru ise yaşayamam. Nasıl bir şeydir bu! Ömrümün kırk yılı çalışayım, sırtımda çuvallar taşıyayım, şıpır şıpır terleyeyim, bütün hayatımca sizler için, bana her işi, her yükü hafifleten meleklerim için kendimi her şeyden yoksun bırakayım; sonra da, bugün, servetim, ömrüm, yok olup gitsin öyle mi! Bu beni kudurtup öldürecek. Yerde ve gökte bulunan en kutsal ne varsa onlar adına söylüyorum, durumu ortaya çıkaracak, defterleri, kasayı, yapılan işleri bir bir gözden geçireceğiz! Servetinin olduğu gibi yerinde durduğunu bana kanıtlamadan uyumam yatmam, hiçbir şey yemem. İyi ki mal bakımından ayrısın; iyi ki dava vekili olarak Üstad Derville'ye, dürüst bir insana sahipsin. Tanrı hakkı için! Milyoncağızımı, elli bin franklık gelirimi, ömrünün sonuna kadar koruyacaksın, aksi takdirde Paris'i karıştırırım! Ama mahkemeler hakkımızı yerse Millet Meclisi'ne başvururum. Para bakımından seni rahat ve mutlu bilmek... İşte bu düşünce benim tüm dertlerimi hafifletiyor ve acılarımı dindiriyordu. Para, hayattır. Para her şeyi yapar. Şu koca Alasaslı kütük, bize ne masal okuyor kuzum? Delphine, seni zincire vuran ve mutsuz eden bu koca hayvana, sakın boyun eğme. Sana ihtiyacı varsa, onu bir güzel ıslatırız, doğru yola bile getiririz. Aman Tanrım, başım ateş içinde, beynimde bir şey mi var beni yakan. Delphine parasız kalmış öyle mi! Ah! Fifine'im benim, sen ha! Ne demek bu! Nerede eldivenlerim benim? Haydi, gidelim, ben gidip derhal her şeyi, defterleri, işleri, kasayı, yazışmaları görmeyi istiyorum. Artık servetinin hiç bir tehlikede olmadığını kanıtladıktan, bunu da gözlerimle gördükten sonra rahata kavuşacağım ancak.

– Sevgili babacığım, ihtiyatlı ve soğukkanlı olalım!.. Bu işe küçük bir intikam hevesi sokar ve düşmanca niyetler beslerseniz, mahvolurum. O sizi tanır, sizin telkininizle, servetim için endişelenmemi pek yerinde bulur; fakat size yemin ederim, bu servet onun elinde. Elinde kalmasını da istemiştir. Bütün serveti alıp kaçabilecek, bizi de burada beş parasız bırakacak adamdır o alçak! Peşinden mahkeme kapılarına koşarak taşıdığım adın şerefini bizzat lekelemeyeceğimi iyi bilir. Hem güçlü, hem de zayıftır. Ben her şeyi iyice araştırdım. Eğer kendisini sıkıştırırsak, mahvolurum sonra ben.

– Desene alçağın biri bu?

Delphine ağlayarak kendini bir iskemle üzerine attı:

– Evet, öyle, babacığım, dedi. Beni bunun gibi bir insanla evlendirmiş olmak acısını sizden saklamak için söylemek istemiyordum bunu size! Gizli alışkanlıklar ve vicdan, ruh ve beden, her şey ona uyuyor! Korkunç bir şey!.. Ondan nefret ediyor ve küçümsüyorum onu. Evet, bana bütün söylediklerinden sonra bu alçak Nucingen'e saygı duyamam artık. Bana anlattığı ticaret oyunlarına girmeyi göze alan bir adamda en ufak incelik yoktur, korkularım da ruhunu iyice okumuş olmamdan ileri geliyor. O, benim kocam, bana kalktı, açık bir şekilde özgürlüğümü teklif etti, bu ne demektir bilir misiniz? Felâket halinde, onun elinde bir âlet olmayı kabul edersem, yahut adımı kullanmasını istersem.

Goriot Baba:

– İyi güzel ama kanunlar var! İyi hoş ama bu gibi davalar için Grêre Alanı var! diye bağırdı; eğer cellât yoksa ben kendi elimle kullanırım giyotini.

– Hayır, baba, ona karşı kanun yoktur. Caf caflı sözlerini bir yana bırakarak, ne dediğini iki kelime ile dinleyin: "Ya her şey kaybedilmiştir, beş parasız kalmış, mahvolmuşsunuzdur; zira sizden başka birini seçemezdim suç ortağı diye, ya da giriştiğim işlerin altından kalkmam için beni kendi halime bırakırsınız, diyor bu alçak. Açık değil mi bu? Kadın dürüstlüğüm ona yetiyor; servetini kendisine bırakacağımı, benim de kendiminkiyle yetineceğimi biliyor. Mahvolmayı göze almak zorunda kalacağım hileli ve hırsızca bir ortaklık bu. Vicdanımı satın alıyor ve karşılığını da dilediğim gibi Eugène'in karısı olmama izin vererek ödüyor. Hatalar işlemene izin veriyorum, sen de beni bırak, zavallı insanları mahvederek cinayetler işleyeyim diyor. Bu söylediği de yeter derecede açık değil mi? Onun ticarî işler dediği şey ne biliyor musunuz? Kendi adına boş arsalar satın alıyor, sonra bu arsalara hayali adamlar tarafından evler yaptırıyor. Bu adamlar yapılar için bütün inşaat müteahhitleri ile kalkıp anlaşmalar yapıyorlar, uzun vadeli senetlerle borçlarını ödüyorlar ve az bir komisyon karşılığında, makbuzlar veriyorlar kocama. Bizimki de böylece yapıların sahibi oluyor, o adamlar da kandırılmış müteahhitlere olan borçlarını iflâs ederek ödüyorlar. Nucingen ticaret evinin adı zavallı inşaatçıların gözlerini kamaştırmaya yardım etmiştir. Ben bunu anladım. Şunu da anladım ki Nucingen, gerektiğinde, büyük paraların ödendiğini kanıtlamak üzere, Amsterdam'a, Londra'ya, Napoli'ye, Viyana'ya yüklü paralar göndermiştir. Bunları nasıl ele geçirebiliriz?

Eugène, besbelli ki odasının döşemesine düşen Goriot Baba'nın dizlerinin çıkardığı ağır sesi duydu.

İhtiyar:

– Ey Tanrım, ben sana ne yaptım? Kızım böyle bir sefilin eline düşmüş, isterse kızımın her şeyini alır.

– Beni affet, kızım! diye bağırdı.

Delphine:

– Evet, ben bir uçurumda isem, bunda belki sizin de suçunuz vardır, dedi. Evlendiğimiz zaman aklımız o kadar az çalışıyordu ki! Dünyayı, para işlerini; insanları, töreleri bilir miyiz biz? Babalar bizim adımıza düşünmelidirler. Canım babacığım, size hiç kızmıyorum, bu sözden dolayı beni affedin. Bu işte şüphesiz suçlu olan benim. Hayır, hiç ağlamayın, baba, dedi babasını alnından öperek.

– Sen de ağlama, Delphine'ciğım benim. Ver gözlerini öperek sileyim. Haydi! Yeniden aklımı başıma alacak ve kocanın karıştırdığı işlerin düğümünü çözeceğim.

– Hayır, bana bırak bu işi. Onu yola getirmesini bilirim. Beni seviyor, şu halde, onu bir miktar parayı hemen benim adıma mala yatırmaya ikna etmek için üzerindeki etkimden faydalanacağım. Belki de, Alsas'taki Nucingen Şatosu'nu kendi adıma satın alabilirim, bunu istiyorum. Yalnız, defterlerini, işlerini araştırmak için yarın gideriz. Mösyö Derville ticarî konulardan hiç anlamıyor... Hayır, yarın gelmeyin. Kızdırmak istemem. Madam de Beausèant'ın balosu var öbür gün, orada güzel, rahat görünmek, sevgili Eugène'imi de sevindirmek istiyorum!.. Haydi, odasına girip onu görelim.

Bu sırada, Neuve-Eren-Genevie'ye şöyle diyen sesi işitildi:

– Babam odasında mı?

Bu durum, kendini yatağına bırakıp uyur gibi yapmayı görünmeyi çoktandır düşünen Eugène'i kurtardı besbelli. Delphine kız kardeşinin sesini tanıyarak:

– Ah! babacığım, Anastasie'den size söz edildi mi? diye sordu. Onun evinde de bazı tuhaf şeyler gelmiş başına galiba.

Goriot Baba:

– Neymiş bu şeyler? dedi. Sonum geldi demektir. Zavallı başım çitte belaya dayanamaz.

Kontes içeri girerken:

– Merhaba babacığım, dedi.

– Ya! Demek sen de buradasın öyle mi, Delphine?

Madam de Restaud kız kardeşine rastlamaktan sıkılmış gibi göründü.

Barones:

– Merhaba, Nasie, dedi. Burada oluşuma yoksa şaşırdın mı? Her gün gelir, görürüm babamı.

– Ne zamandan beri?

– Sen de gelseydin, bilirdin bunu. Kontes ağlamaklı sesle:

– Çok talihsizim. Mahvoldum, zavallı babacığım! Ah! Mahvoldum bu sefer.

Goriot Baba:

– Neyin var, Nasie? diye bağırdı. Her şeyi anlat bize, yavrum. Goriot Baba'nın yüzü gittikçe sararıyordu!

– Delphine, haydi yardım et ona, merhamet göster, gücüm yeterse, daha çok seveceğim, seni!

Madam de Nucingen kız kardeşini iskemleye oturtarak:

– Zavallı Nasie'ciğim, dedi. Konuş. Sen bizde her zaman için her şeyi bağışlayacak kadar seni seven iki insan görürsün yalnız. Bilirsin ya, aile sevgileri en güvenilir sevgilerdir.

Kardeşine kolonya koklattı da Kontes kendine gelebildi.

Goriot Baba:

– Bu acılar öldürecek beni! dedi. Haydi, diye konuştu, çalı çırpı ateşini karıştırarak. İkiniz de yaklaşın. Üşüyorum. Neyin var Nasie? Çabuk söyle, öldürüyorsun beni...

Zavallı kadın:

– Peki, dedi. Kocam her şeyi biliyor. Düşünün baba, Maxime'in, birkaç zaman önceki şu borç senedini hatırlıyorsunuz değil mi? İşte, bu senet ilk senet değildi. Daha önce de birçok senedini ödemiştim. Ocak ayı başlarında, Mösyö de Trailles bana çok kederli görünüyordu. Hiçbir şey söylemiyordu bana; ama sevilen insanların yüreğini okumak çok kolaydır, ufak bir belirti yeter. Hem önsezilerde var. Diyeceğim hiç görmediğim şekilde çok candan, çok muhabbetliydi, ben de her zaman için mutluydum. Zavallı Maxime! Aklınca, bana veda ediyordu. Beynime bir kurşun sıkmak istiyorum, dedi! Sonunda ona öyle yalvardım, öyle yakardım ki iki saat dizlerine kapandım... Yüz bin frank borcu olduğunu söyledi bana! Ah! Baba, yüz bin frank! Deliye döndüm. Bu kadar paramız yoktu, hepsini ben yemiştim...

Goriot Baba:

– Hayır, bu kadar parayı bulamazdım, çalmak hariç, dedi. Fakat gidip çalardım, Nasie! Gidip çalardım.

Can çekişen bir insanın hırıltılı bir sesi gibi ve güçsüzlüğe uğramış babalık duygusunun can çekişmesini andıran son söz üzerine, iki kardeş de bir an için durdular. Uçuruma atılmış bir taş gibi, bu uçurumun derinliğini gösteren, bu umutsuzluk çığlığı karşısında acaba hangi bencil duygusuz kalabilirdi?

Kontes'in gözlerinden yaşlar akmaya başladı:

– Benim olmayan bir şeyi kullanarak buldum bu parayı baba, dedi.

Delphine heyecanlandı ve başını kız kardeşinin omzuna koyarak ağladı.

Ona:

– Demek doğruymuş hepsi! dedi.

Anastasie başını öne eğdi, Madam de Nucingen onu içtenlikle kucakladı, sevgiyle öptü ve göğsünde sıkarak:

– Sen burada, açıklama yapmak zorunda kalmadan sevileceksin her zaman, dedi.

Goriot uyuşuk bir sesle:

– Meleklerim, diye konuştu. Evlenmeniz neden hep bana acı çektirdi?

Sıcak ve coşkun bir sevginin bu belirtilerinden cesaretlenen Kontes:

– Maxime'in hayatını kurtarmak için, kısacası bütün mutluluğumu kurtarmak için, bildiğiniz o tefeciye, hiç bir şeyin duygulandırmadığı, cehennem kaçkını adama, şu Mösyö Gobseck'e tuttum. Mösyö de Restaud'nun candan çok sevdiği aile elmaslarını, ailesininkileri, kendi aileminkileri, hepsini götürdüm, sattım. Sattım! anlıyor musunuz? O kurtuldu! Ama ben, öldüm. Restaud her şeyi öğrendi.

Goriot Baba:

– Kimden öğrendi? Nasıl? Geberteyim onu! diye bağırdı.

– Dün, beni odasına çağırttı. Gittim... Anastasie, dedi tuhaf bir sesle bana... –Ah, sesi yetti, her şeyi anladım...- 'Elmaslarınız nerede?' Odamda dedim. Hayır, dedi yüzüme bakarak, şurada, komodinin üzerinde. Mendili ile kapattığı mücevher kutusunu gösterdi bana. Bunların nereden geldiklerini biliyor musunuz? dedi bana. Dizlerine kapandım... ağladım, nasıl bir ölümün beni beklediğini öğrenmek istediğimi sordum kendisine.

Goriot Baba:

– Böyle söyledin öyle mi! diye bağırdı. Yemin ederim ki ben yaşadığım müddetçe, herhangi birinize kötülük edecek olanı, canlı canlı! Evet, onu öyle parça parça ederim ki...

Goriot Baba sustu, sözler boğazında düğümleniyordu.

Anastasie:

– Kısacası kardeşim, ölmekten zor bir şey istedi benden. .Benim duyduğum sözü Tanrı hiçbir kadına duyurmasın!

Goriot Baba:

– Bu adamı öldüreceğim, dedi. Ama ancak bir canı var, bana iki can borçlu. Söyle, ne istedi senden? dedi yeniden Anastasie'ye bakarak:

Kontes devam ederek:

– İşte dedi, biraz sustuktan sonra yüzüme baktı: Anastasie, dedi bana. Ben her şeyi sessizliğe gömüyorum, birlikte yaşayacağız, çocuklarımız var. Mösyö de Trailles'i öldürmeyeceğim, belki canını alamam ama ondan kurtulmak için, insan adaleti ile karşılaşabilirim. Onu sizin kollarınızda öldürmek, çocukların, lekelemek olur. Yalnız, çocuklarınızın da babalarının da, benim de mahvolmamam için, iki şart koşuyorum size. Söyleyin: Benim bir çocuğum var mı? Evet dedim. Hangisi? dedi. Ernest, büyük oğlumuz. Peki, dedi. Şimdi, bundan sonra bana bir tek hususta boyun eğeceğinize yemin edin bakalım. Yemin ettim, istediğim zaman mallarınızın satışını imzalayacaksınız.

Goriot Baba:

– İmzalama! diye bağırdı. Kesinlikle imzalama bunu. Ah! Ah! Mösyö de Restaud, siz bir kadını mutlu etmenin ne olduğunu bilmiyorsunuz, kadın dediğiniz nerede ise oraya gidip arar bulur mutluluğu, siz ise demek onu ahmakça güçsüzlüğünden dolayı cezalandırıyorsunuz?.. Ben, ben buradayım, olduğun yerde dur! O herif bundan sonra beni yolu üzerinde bulacaktır.

– Ne için rahat etsin. Ah! varisini koruyor! Güzel, güzel. Oğlunu kaçırırım onun! Benim de torunum. Ben onu, bu çocuğu götürebilirim kesinlikle! Onu köyüme götürür, orada bakarım ona, sen canını sıkma. Ben onu, bu canavarı susturmasını bilirim kızım, derim ki: "İşte karşı karşıyayız! Oğluna kavuşmak istiyorsan, kızımın malını geri ver, bırak gönlünce yaşasın kızım."

– Babamcığım benim!

– Evet, baban hepsini yapar bunların! Ah! gerçek bir babayım ben. Bu sözde soylu sayılan herif kızlarıma kötü davranmasın. Hay aksi şeytan! Damarlarımda ne var biliyorum. Bir kaplan kanı var damarlarımda, bu iki adamı parça parça etmek istiyorum. Vay, çocuklarım! Demek hayatınız böyle öyle mi? Ama bu ölümüm demektir benim... Ben artık bu dünyada olmayınca siz ne yapacaksınız? Babaların çocukları kadar yaşamaları gerekirmiş. Tanrım, ne kötü düzenlenmiş senin dünyan! Bize söylediğine göre, senin de bir oğlun varmış oysa. Çocuklarımız yüzünden acı çekmemize engel olabilirdin. Sevgili meleklerim, nasıl şey bu burada oluşunuzu sadece acılarınıza borçluyum. Bana yalnız gözyaşlarınızı gösteriyorsunuz. Peki, öyle olsun, beni seviyorsunuz, görüyorum bunu. Gelin, dertlerinizi söylemeye gelin buraya! Yüreğim geniştir, her şeyi alabilir... Evet, bu yüreği boşuna parçalayacaksınız, parçaları gene de baba yürekleri yaratır. Acılarınızı üzerime almak, sizin adınıza acı çekmek isterdim... Ah! küçükken ne mutluydunuz...

Delphine:

– Sadece o günlerimiz çok güzeldi, dedi. Büyük ambarda, o çuvalların tepesinden aşağı kaydığımız zamanlar nerede? Anastasie, heyecandan yerinde duramayan babasının kulağına:

– Babacığım, hepsi bu değil, dedi. Elmaslar yüz bin franga satılmamıştı. Maxime için soruşturma açıldı. Topu topu on iki bin franklık daha borcumuz var ödenecek. Uslu duracağına, bir daha kumar oynamayacağına dair bana söz verdi. Bu dünyada bana artık onun aşkından başka bir şey kalmıyor, bu aşkı o kadar pahalıya ödedim ki kaybedersem ölürüm. Ben bu aşka mutluluğumu, onurumu, iç huzurumu hatta çocuklarımı feda ettim. N'olur!.. Bari Maxime yardımcı olun da, şerefli yaşasın, kendisine bir mevki kazandırabilecek çevreye girebilsin. Şimdi, o bana yalnız mutluluğu borçlu değil, beş parasız kalacak olan çocuklarımız da var. Eren–Pelagie'ye girerse her şey mahvolur.

– Bende bu kadar para yok, Nasie... Artık hiç, bir şeyim yoktur. Hiç bir şeyim kalmadı artık! Dünyanın sonu geldi. Ah! Dünya yıkılacak, hiç şüphesiz. Haydi, gidin, şimdiden şüphesiz. Ah! Elimde daha gümüş kemerlerim, hayatımda ilk edindiğim şeyler, altı parça sofra takımım var. Kısacası ancak bin iki yüz franklık ömür boyu gelirim var...

– Sürekli gelirinizi acaba ne yaptınız?

– İhtiyaçlarım için bu küçük geliri kendime ayırarak sattım onları. Fifine'e bir daire döşemek için on iki bin frank gerekti.

Madam de Restaud, kız kardeşine dönerek:

– Delphine, oturduğun yerde mi bu daire? diye sordu.

Goriot Baba:

– Ne önemi var bunun? diye atıldı. On iki bin frank çoktan harcandı.

Kontes:

– Anlıyorum, dedi. Mösyö de Rastignac için harcandı. Ah! Zavallı Delphine'im, dur. Bak ben ne hallere düştüm.

– Canım, Mösyö de Rastignac, sevgilisini mahvedecek yaradılışta bir delikanlı değildir.

– Teşekkür ederim, Delphine... İçinde bulunduğum şu buhranlı durumda, senden daha iyi davranış beklerdim; ama sen hiçbir zaman sevmedin beni.

Goriot Baba:

– Öyle söyleme, o sever seni, Nasie! diye bağırdı. Seni sevdiğini daha önce de söylemişti bana. Senden söz ediyorduk, senin güzel olduğunu ve kendisinin yalnızca sevimli olduğunu söylüyordu bana, o!

Kontes:

– O! dedi yeniden, O soğuk bir güzeldir.

Delphine kızararak:

– Bu böyle de olsa, dedi. Nasıl davrandın bana karşı? Kabul etmedin beni, gitmek istediğim bütün evlerin kapılarını bana kapattın, kısacası beni üzmek için en ufak fırsatı bile kaçırmadın hiçbir zaman. Bense, kalkıp, senin gibi, bu zavallı babadan, servetini, birer birer çekmeye mi geldim ve onu bu duruma düşürmeye mi geldim? İşte eserin kardeşim. Ben, fırsatım oldukça babamı gördüm, Onu kovmadım, kendisine ihtiyacım olduğunda gelip ellerini yaladım. Bu on iki bin frankı benim için harcadığını bile bilmiyordum. Tutumlu bir insanım ben! Bilirsin bunu. Zaten, babam bana armağanlar verdiği zaman, bunları kesinlikle istemedim.

– Sen burada mutluydun. Mösyö de Marsay zengindi, bunu iyi bilirsin. Sen her zaman için altın kadar kötü oldun. Hoşça kal, benim artık ne kardeşim var ne de...

Goriot Baba:

– Sus, Nasie! diye bağırdı.

Delphine kardeşine:

– Artık hiç kimsenin inanamadığı bir yalanı ancak senin gibi bir kardeş tekrarlayabilir! Sen bir canavarsın.

– Çocuklarım, çocuklarım, susun, yoksa gözünüzün önünde kendimi öldürürüm.

Madam de Nucingen devam etti:

– Bak Nasie, affediyorum seni, dedi. Şanssızsın sen. Ama ben senden daha iyi bir insanım. Sana yardım etmek için her şeyi yapmaya, hatta kocamın odasına girmeyi göze aldığım sırada bana bunu söylemek yıktı beni. Kocamın odasına ne kendi çıkarım için girebilirim ne de... Dokuz yıldır bana yaptığın kötülüğe uygundur bu.

Baba:

– Çocuklarım, çocuklarım, öpüşünüz! dedi. Birer meleksiniz siz.

Goriot'nun kolundan tuttuğu ve babasının sarılışını silkip atan Kontes:

– Hayır, bırakın beni, diye bağırdı. Kocam bile ondan daha çok merhamet eder bana. Sanki kendisi tamamıyla suçsuz!

Madam de Nucingen:

– Mösyö de Trailles'ın bana iki yüz bin franktan fazlaya patladığını söylemektense Mösyö de Marsay'e borçlu olarak bilinmeyi tercih ederim, diye karşılık verdi.

Kontes kardeşine doğru bir adım ilerleyerek:

– Delphine!. diye bağırdı.

Barones soğuk bir tavırla:

– Sen bana iftira ediyorsun, bense sana gerçeği söylüyorum, diye karşılık verdi.

– Delphine, sen bir...

Goriot Baba atıldı, Kontesi tuttu ve eliyle ağzını kapayarak konuşmasına engel oldu.

Anastasie:

– Aman Tanrım! Baba, bu sabah elinizi nereye sürdünüz acaba? diye sordu.

Zavallı adam ellerini pantolonuna silerek:

– Evet, evet, hata yaptım, dedi. Ama sizlerin geleceğini bilmiyordum, taşınıyorum.

Kızının öfkesini kabartan bir azarlama duymuş olmaktan dolayı mutluydu.

– Ah! dedi yerine oturarak. Yüreğimi parçaladınız, ölüyorum

çocuklarım. Beynimin içi sanki ateş gibi yanıyor kavruluyor. Artık nazik olun, birbirinizi sevin! Öldüreceksiniz yoksa beni. Delphine, Nasie, haydi canım, ikiniz de haklısınız, ikinizin de hataları var. Bak dedi, yaşlı gözlerini Baronese çevirerek. Kardeşine on iki bin frank lâzım, arayalım bunu. Birbirinize öyle bakmayın - Delphine'in önünde diz çöktü... Beni mutlu etmek için kardeşinden özür dile, dedi kulağına. Bak, o daha mutsuz!

Acının, babasının yüzünde yarattığı vahşî ve çılgın anlatımdan dehşete düşmüş Delphine:

– Zavallı Nasie'ciğim, dedi. Ben hata yaptım, öp beni.

Goriot Baba:

– Ah! Beni rahatlatıyorsunuz, diye bağırdı. Fakat on iki bin frangı nereden bulmalı? Birine bedel olarak askere mi yazılsam acaba?

İki kardeş babalarının etrafını çevirerek:

– Yoo! Babam! dediler. Olmaz, olmaz.

Delphine:

– Bu düşüncenizden dolayı, Tanrı sizi mükâfatlandıracak ama buna ömrünüz yetmez! Değil mi Nasie? dedi.

Kontes:

– Hem sonra bu, denizdeki bir su damlacığına benzer zavallı babacığım, diye onayladı.

Umutsuzluğa düşmüş yaşlı adam:

– Ama insan kendi kanıyla hiçbir şey yapamaz mı? diye bağırdı. Seni kim kurtarırsa kendimi o kurtarıcıya adarım, Nasie! Onun için bir adam öldürürüm. Vautrin gibi davranır, zindanı boylarım! Ben...

Yıldırımla çarpılmış gibi durdu. Saçlarını yolarak:

– Artık hiçbir şeyim kalmadı! dedi. Çalmak için nereye gideceğimi bilseydim ama çalacak bir şey bulmak da zor artık. Hem sonra bankayı soymak için adam ve zaman gerekli. Haydi canım, ben ölmeliyim, ölmekten başka yapacak bir şeyim yok artık benim.

Evet, ben artık hiçbir işe yaramıyorum, baba değilim ben artık! Hayır. O benden yardım bekliyor, onun bana ihtiyacı var! Ama ben, sefil ve meteliksizim. Ah! İhtiyar sefil, kendine ömür boyu gelir sağladın, oysa kızların vardı senin! Yoksa sevmiyor musun sen onları? Geber, köpek gibi geber! Evet, ben bir köpekten de aşağılığım, bir köpek bile böyle davranmazdı! Ah! Başım... Yanıyor!

Başını duvarlara vurmasına engellemek için çevresini saran iki genç kadın:

– Hayır, baba, kendinize gelin artık, diye bağırdılar.

Yaşlı adam hıçkırıyordu. Eugène, ürkerek, Vautrin'den geri alınmış, pulu daha büyük bir parayı gösteren senedi aldı; rakamını değiştirdi, bunu Goriot adına on iki bin franklık düzgün bir senet haline getirdi ve içeri girdi. Kâğıdı uzatarak:

– İşte ihtiyacınız olan bütün paran Madam, dedi. Uyuyordum, konuşmanız uyandırdı beni. Böylece Mösyö Goriot'ya ne kadar borcum olduğunu öğrenmiş oldum. İşte kırdırabileceğiniz senet, bunu kesinlikle ödeyeceğim.

Kontes yerinden kıpırdamadan, senedi tutuyordu elinde. Sararak ve öfkeden, kızgınlıktan, kudurganlıktan; titreye titreye:

– Delphine, dedi, Tanrı şahit olsun ki, senin her şeyini bağışlıyordum; fakat bu! Nasıl, Mösyö burada imiş, sen de bunu biliyordun! Ona sırlarımı, hayatımı, çocuklarımın hayatını, utancımı, şerefimi açığa vurmama fırsat vermekle intikam alma küçüklüğünü gösterdin! Defol!.. Sen artık benim hiçbir şeyim değilsin, nefret ediyorum senden, gücümün yettiği her kötülüğü yapacağım sana ben...

Öfkeden sözü kesildi ve boğazı kurudu.

Goriot Baba:

– Ama o benim oğlumdur, çocuğumdur, kardeşindir, kurtarıcındır senin! diye bağırıyordu. Haydi, öp onu, Nasie! Bak, ben, ben nasıl öpüyorum onu, çılgın gibi Eugène'i kucaklayarak.

– Ey çocuğum! Ben sana bir babadan da yakın olacağım, bir aile olmak isterim seninle. Tanrı olmak isterdim, o zaman evreni ayaklarının dibine getirirdim.

– Haydi! Haydi öp onu, Nasie! Bu bir insan değil, bir melek bu, gerçek bir melek!..

Delphine:

– Onu kendi haline bırak baba, şimdi delirdi, aklı başında değil onun, dedi.

Madam de Restaud:

– Deli? deli öyle mi! Ya sen, sen nesin öyleyse? diye sordu Goriot Baba bir kurşunla vurulmuş gibi yatağının üstüne düşerken:

– Çocuklarım, devam ederseniz öleceğim, diye bağırdı. Beni öldürüyor bunlar! diye inledi.

Kontes, bu sahnenin şiddetinden şaşkına dönen, kımıldamadan duran Eugène'e baktı.

Delphine'in hızlıca yeleğini çözdüğü babasına dikkat bile etmeden, onu duruşuyla, sessiyle, bakışıyla sorguya çekerek:

– Mösyö?.. dedi.

– Madam, borcumu ödeyecek ve susacağım, diye karşılık verdi.

Delphine, baygın haldeki ihtiyarı, kaçıp giden kız kardeşine göstererek:

– Babamızı öldürdün, Nasie! dedi.

Adamcağız gözlerini açarak:

– Onu affediyorum, dedi. Durumu korkunçtur ve daha aklı başında olan bir insanı bile delirtebilir. Avut onu Nasie, ona iyi davran, ölüm halinde bulunan babana, bunu, bu sözü ver, dedi elini sıkarak Delphine'e.

Kadıncağız müthiş bir korku içinde:

– Sizin neyiniz var? diye sordu. Baba:

– Hiç, hiç, diye karşılık verdi. Şimdi geçer. Alnımı sıkan bir şey var, hafif bir baş ağrısı. Zavallı Nasie, ne acı günlere kaldın!

Bu sırada, Kontes yeniden içeri girdi, babasının dizlerine kapandı:

– Beni affet babacığım! diye yalvardı.

Goriot Baba:

– Haydi, dedi. Beni şu an daha da üzüyorsun. Kontes, yaşlı gözlerle, Rastignac'a:

– Mösyö. Acılarımdan dolayı haksızlık ettim. Benim için bir sırdaş ve kardeş olacak mısınız? dedi elini uzatarak.

Delphine ona sarılarak:

– Nasie, dedi, Nasie'ciğim benim, her şeyi unutalım.

Diğeri:

– Hayır, diye karşılık verdi. Ben, ben unutmayacağım bunu!

Goriot Baba:

– Meleklerim, diye konuştu. Gözlerimde bulunan perdeyi kaldırıyorsunuz, sesiniz bana hayat veriyor. Haydi, sarılın birbirinize... Kucaklaşın bakalım...

– Peki, Nasie, bu senet seni kurtaracak mı?

– Umarım. Haydi, baba, şunu imzalamak ister misiniz?

– Hay aksi, ne ahmağım ben, az daha unutuyordum! Fakat hastalandım, Nasie, bana sakın gücenme. Birini yolla da sıkıntını atlattığını bildir bana. Hayır, ben gelirim. Yok canım, gelemem, artık kocanın yüzünü göremem, onu hemen öldürürüm yoksa. Mallarının elinden alınmasına gelince, o zaman gelirim. Çabuk git yavrum, öyle davran ki Maxime akıllansın artık.

Eugène uyuşup kalmıştı.

Madam de Nucingen:

– Bu zavallı Anastasie her zaman sinirlidir ama her şeye rağmen yüreklidir, dedi.

Eugène, Delphine'in kulağına eğilerek:

– Senedi imzalatmak için geri döndü, dedi.

– Sahi mi? diye açtı gözlerini iri iri... Açıklamayı göze alamadığı düşünceleri Tanrı'ya havale etmek istercesine gözlerini yukarı kaldırarak:

– Sahi olmasını isterdim. Ama kendinizi ondan koruyun Mösyö Eugène, diye karşılık verdi delikanlı.

–Evet, o her zaman hilecidir, zavallı babam da numaralarına inanır.

Rastignac ihtiyara:

– Nasılsınız, Goriot Babacığım? diye sordu.

İhtiyar:

– Uyumak istiyorum, diye karşılık verdi.

Eugène:

– Bu akşam İtalyanlara gel, dedi. Babamın nasıl olduğunu söylersin bana. Yarın, taşınacaksınız Mösyö. Odanızı görelim... Aman! Ne korkunç bir yer! diye haykırdı. Fakat siz babamdan da kötü durumdaymışsınız. Eugène, çok iyi davrandın. Elimden gelse, sizi daha çok severdim; fakat çocuğum, eğer zengin olmak istiyorsanız, on iki bin frangı böyle sokağa fırlatıp atmamalısınız. Kont de Trailles kumarcıdır. Kardeşim bunu anlamak istemiyor. Avuç avuç altın kaybetmeyi ya da kazanmayı bildiği yerlere gidip on iki bin frangı bulurdu oralardan.

Bir inilti onları yeniden Goriot'nun odasına döndürdü, onu inleyen dudakları arasından, iki sevgili şu sözleri işittiler:

– Mutlu değil onlar!

İster uyusun isterse uyuklasın, bu sözün söylenişi kızının içine öyle işledi ki babasının yattığı yer yatağına yaklaştı ve babasını alnından öptü. O da şöyle diyerek gözlerini açtı:

– Delphine'dir bu...

Kadıncağız:

– Nasılsın bakalım? diye sordu.

İhtiyar:

– İyiyim, dedi. Sen merak etme, kalkacağım. Gidin, çocuklarım, gidin, mutlu olun.

Eugène evine kadar Delphine'e eşlik etti; fakat Goriot'yu içinde bıraktığı durumdan kaygılanarak, onunla yemek yemeyi reddetti ve gene Vauquer Evine döndü. Goriot Baba'yı sofraya oturmak üzere ayakta buldu. Bianchon tel şehriyecinin yüzünü rahatlıkla inceleyecek bir şekilde yerleşmişti yerine. İhtiyarın ekmeğini alıp da bakalım hangi undan yapılmış diye kokladığını görünce, öğrenci, bu davranışta iş bilinci denebilen şeyin hepten bir yokluğunu sezince, uğursuz bir hareket yaptı.

Eugène:

– Yanıma gel bakalım, Cochin'in yatılısı Mösyö, dedi.

Bianchon ihtiyar kiracıya yakın olacağı için yanına seve seve geldi.

Rastignac:

– Nesi var? diye sordu.

– Yanılmıyorsam, durumu kötü!.. Başından olağanüstü bir şey geçmiş olsa gerek, pek yakında baş gösterecek bir beyin kanamasının tehdidi altında olduğunu sanıyorum. Yüzün alt bölümü durgun olduğu halde, bak, yüzün üst çizgileri farkında olmadan alna doğru çekiliyor! Sonra gözler serumun beyne doğru akışını bildiren özel durumdalar. Gözleri ince bir tozla dolmuş denemez mi? Yarın sabah durumun ne olduğunu daha iyi öğrenirim.

– Bunun bir ilacı var mı?

– Hiçbir ilâcı yok. Aşağılara, bacaklara doğru bir tepki uyandırmanın yolu bulunabilirse, ölümü belki geciktirilebilir; ama eğer yarın akşama kadar belirtilerin sonu gelmezse, zavallı adamcağız mahvolmuştur. Hastalığın hangi olaydan kaynaklandığını biliyor musun? Ağır bir darbe yemiş ki bu darbe altında ruhu sarsılmış olacak.

Rastignac iki kızın sürekli babalarını üzdüklerini düşünerek:

– Evet, dedi.

– Hiç değilse, diyordu Eugène içinden, Delphine babasını sever, sever!

Akşam, İtalyanlarda, Rastignac Madam de Nucingen'i fazla

telâşa düşürmemek için bazı tedbirler aldı.

Eugène daha bir şey söylemeden kadıncağız:

– Merak etmeyin, diye karşılık verdi. Babam sağlamdır. Yalnız, bu sabah, onu biraz sarstık. Servetlerimiz söz konusu. Bu felaketin korkunçluğunu düşünüyor musunuz? Bir zamanlar ölümcül sıkıntılar diye baktığım şeye karşı, sevginiz beni duygusuz bırakmasaydı, yaşayamazdım. Bugün benim için bir tek korku var artık, bir tek mutsuzluk var, o da bana yaşama sevincini tattıran aşkı kaybetmektir. Bu duygunun dışındaki şeyler beni ilgilendirmiyor, artık dünyada hiç bir şeyi sevmiyorum. Siz benim için her şeysiniz. Eğer zengin olma mutluluğunu duyuyorsam, bu benden daha çok hoşlanmanız içindir. Söylemek ayıp olacak ama ben evlat olmaktan çok seven kadınım. Neden? Bilmiyorum. Bütün hayatım size bağlı. Babam bana bir kalp verdi ama siz çarptırdınız o kalbi. Bütün herkes beni ayıplayabilir, bana kızmak hakkına sahip bulunmayan siz, beni karşı konulmaz bir duygunun yarattığı suçlardan aklarsanız kimse umurumda değil. Oh! Hayır, bizimki kadar iyi bir babayı sevmemek imkânsızdır. Eninde sonunda kötü evliliklerimizin doğal sonuçlarını görmemesine engel olabilir miydim? O neden bu evliliklere engel olmadı? Bizim yerimize düşünmek ona düşmez miydi? Bugün biliyorum, o da bizler kadar acı çekiyor; ama ne yapabiliriz biz buna? Onu avutmak! Kesinlikle avutamayız onu. Boyun eğişimiz ona şikâyetlerimizden daha çok acı veriyordu ama şikâyetlerimizin kötülüğü üzmüyordu kendisini. Hayatta her şeyin acı olduğu durumlar vardır.

Eugène, gerçek bir duygunun böyle temiz bir şekilde ortaya dökülüşünden içi sevgiyle dolarak, ağzını bile açmadı. Parisli kadınlar çok zaman sahte, kendini beğenmişlik sarhoşu, bencil, uçarı, soğuk insanlarsa da gönülden sevdikleri zaman, tutkularına öbür kadınlardan daha fazla duyguyu feda ederler besbelli. Bütün küçüklükleriyle büyürler ve erişilmez olurlar. Bundan başka Eugène, bir kadının içini derin bir sevgiyle doldurduğu ve aklını başından aldığı zaman en yerinde duygular üzerinde karar vermek için gösterdiği aşırı ve doğru anlayışa da hayran olmuştu. Madam de Nucingen, Eugène'in suskunluğu karşısında biraz tuhaflaştı.

– Ne düşünüyorsunuz böyle? diye sordu.

– Hâlâ söylediğinizi. Şimdiye kadar sizi, beni sevdiğinizden fazla sevdiğimi sanıyordum.

Delphine gülümsedi ve konuşmayı görgü kurallarının sınırı içinde bırakmak için, duyduğu zevkle yetindi. Temiz ve içten bir aşkın titreyişlerini hiç duymamıştı. Birkaç söz daha söylese, tutamayacaktı kendini.

Konuşmayı değiştirerek:

– Eugène, dedi. Yoksa neler olduğunu bilmiyor musunuz? Bütün Paris yarın Madam de Beausèant'ın konağında olacak. Rochefidelerle d'Ajuda Markisi hiçbir şey duyurmamak için anlaşmışlar; ama Kral yarın evlenme anlaşmasını imzalayacakmış. Zavallı yeğeniniz ise henüz hiçbir şey bilmiyor. Daveti iptal edemez, Marki ise balosunda bulunmayacak. Yalnız bu serüvenden söz ediliyor.

– Sosyete dünyası da bir alçaklığı herkese yayıyor, üstelik ortak oluyor bu alçaklığa! Madam de Beausèant'ın bu durumdan öleceğini bilmiyor musunuz yoksa?

Delphine gülümseyerek:

– Hayır, dedi. Siz bu tür kadınları bilmezsiniz. Ama bütün Paris yarın konağına gelecek onun, ben de gideceğim oraya! Bu mutluluğu size borçluyum üstelik.

Rastignac:

– Acaba bu da, Paris'te söylenen o saçma dedikodulardan biri olmasın? diye sordu.

– Gerçeği yarın öğreniriz.

Eugène Vauquer Evine dönmedi. Yeni dairesinin tadını çıkarmamaya gönlü olmadı. Evet, bir gece önce, Delphine'den gece yarısından sonra saat birde ayrılmak zorunda kalmıştı ama bu kez evine dönmek üzere kendisinden saat ikiye doğru ayrılan

Delphine oldu. Ertesi gün oldukça geç saate kadar uyudu. Öğleye doğru Madam de Nucingen'i bekledi, o da gelip kendisiyle yemek yedi. Genç ruhlar bu güzel mutluluklara öyle düşkündüler ki bizim delikanlı Goriot Baba'yı neredeyse unutmuştu. Kendisinin olan bu güzel şeylerin her birine alışmak onun için uzun bir bayram oldu sanki. Madam de Nucingen, her şeye yeni bir değer veren varlığıyla yanı başındaydı. Bununla birlikte, saat dört sularında, Goriot Baba'nın bu evde oturmaktan nasıl bir mutluluk elde ettiğini düşününce, onun durumunu hatırladılar. Eugène, hasta olduğu takdirde, adamcağızı hemen buraya getirmek gerektiğini söyledi ve Vauquer Evine koşmak üzere Delphine'den ayrıldı. Ne Goriot Baba, ne de Bianchon sofradaydılar,

Ressam delikanlıya:

– Korkulan oldu, dedi, Goriot Baba kötürüm oldu. Bianchon yukarıda yanında. Adamcağız kızlarından birini, Kontes de Restaurama'yı görmüş. Sonra sokağa çıkmak istemiş ve hastalığı azıp büsbütün ilerlemiş. Toplum en güzel süslerinden birinden yoksun kalmış olacak. Rastignac merdivene doğru koştu.

– Hey! Mösyö Eugène!

Sylvie:

– Mösyö Eugène! Madam sizi çağırıyor, diye bağırdı.

Dul kadın delikanlıya:

– Mösyö, dedi, Mösyö Goriot ile siz 15 Şubat'ta çıkacaktınız. Ayın on beşi geçeli bakın üç gün oluyor, ayın on sekizine geldik; kendiniz ve onun için bana bir aylık para ödemelisiniz; fakat Goriot Baba'ya kefil olmak isterseniz, sözünüz yeter benim için.

– Neden? Güvenmiyor musunuz?

– Neden güvenecekmişim! Ayol adamcağızın aklı iyice başından gider de ölürse, kızları bir metelik bile vermezler bana, bütün her şeyi ise on frank etmez adamın. Son sofra takımlarını da bu sabah götürdü, bilmem neden. Delikanlı gibi giyinip kuşanmıştı, Tanrı bağışlasın beni, allık sürmüştü galiba yüzüne, bana gençleşmiş gibi geldi.

Eugène dehşetle titredi ve bir felaket sezinledi:

– Her şeye kefil oluyorum, dedi.

Goriot Baba'nın odasına çıktı. İhtiyar yatağında yatıyordu. Bianchon da yanındaydı.

Eugène ihtiyara:

– Merhaba baba, dedi.

İhtiyar hoş bir şekilde gülümsedi ve cam gibi gözlerini ona çevirerek karşılık verdi:

– Kızım nasıl?

– İyi. Ya siz?

– Fena değilim...

Bianchon Eugène'e odanın bir köşesine çekti:

– Onu yorma, dedi.

Rastignac:

– Nasıl? diye sordu.

– Ancak bir mucize kurtarabilir onu. Sulu kanlanma başlamış bulunuyor, hardal lapası koyduk; iyi ki hardal lapalarını duyuyor, etkilerini gösteriyor bunlar.

– Başka bir yere taşınabilir mi?

– İmkânsız... Onu burada bırakmak, her türlü beden hareketinden ve her türlü heyecandan uzak tutmak gerek...

Eugène:

– Bianchon'cuğum, dedi. Biz ikimiz bakarız ona.

– Az önce hastanemin başhekimini getirttim.

– Ne dedi?

– Yarın akşam son sözünü söyleyecek. Gündüz işini bitirdikten sonra geleceğine dair bana söz verdi. Ne yazık ki bu adamcağız bu sabah bir tedbirsizlik yapmış ama bir türlü nedenini söylemek istemiyor. Bir katır kadar inatçı!.. Kendisiyle konuştuğum zaman, duymamış gibi hareket ediyor, bana karşılık vermemek için de uyuyor, ya da gözleri açık olunca inlemeye başlıyor. Sabaha karşı dışarı çıkmış, yaya olarak Paris'te dolaşmış, kim bilir nereye gitmiş. Değerli gördüğü neyi varsa alıp götürmüş hepsini, anlaşılmaz işler görmüş ama derken gücünü kaybetmiş! Kızlarından biri gelmiş bu sabah.

Eugène:

– Kontes mi? diye sordu. Uzun boylu, parlak gözlü ve iyi biçimli, zarif ayaklı, ince belli bir esmer mi?

– Evet.

Rastignac:

– Beni onunla biraz yalnız bırak, dedi. Gidip kendisiyle konuşayım, bana her şeyi söyler.

– Bu arada ben de gideyim de yemek yiyeyim. Yalnız, kendisini pek heyecanlandırmamaya bak; henüz az da olsa umudumuz var.

– Merak etme.

Yalnız kaldıkları zaman Goriot Baba, Eugène'e:

– Yarın güzel bir şekilde eğlenecekler, dedi. Büyük bir baloya gidiyorlar.

– Baba, bu sabah ne yaptınız da, bu akşam yatağa düşecek kadar rahatsızlandınız?

– Hiç.

Eugène:

– Anastasie geldi mi? diye sordu.

Goriot Baba:

– Evet, dedi.

– Peki ama sakın benden hiçbir şey gizlemeyin. Ne istedi gene sizden?

İhtiyar konuşmak için olanca gücünü toplayarak:

– Ah! dedi. Çok üzgündü, inanın çocuğum! Elmaslar işinden beri Nasie'nin beş parası yok. Bu balo için kalkmış, kendisine bir mücevher gibi yakışan, bir lame elbise ısmarlamış. Terzisi, namussuz karı, ona borç vermek istememiş, oda hizmetçisi de elbiseye karşılık avans olarak bin frank ödemiş. Zavallı Nasie, nasıl düşmüş bu duruma! Bu beni çok üzdü. Fakat oda hizmetçisi, şu Restaud denen herifin Nasie'ye karşı hiçbir güveni kalmadığını görerek, parasını alamamaktan korkmuş, ancak bin frank verilirse elbiseyi teslim etmek üzere kalkıp terzi ile anlaşmış. Balo yarın, elbise hazır, Nasie ise umutsuz. Rehine vermek için ödünç olarak sofra takımlarını istedi. Kocası da onun tarafından satılmış olduğu söylenen elmasları bütün Paris'e göstermek üzere baloya gitmesini istiyor. Bu canavara diyebilir mi ki: "Bin frank borcum var, öder misiniz? diyemez. Bunu anladım ben. Kardeşi Delphine çok güzel bir elbise giyerek bu baloya gidecek. Anastasie küçük kardeşinden geri kalmamalı. Hem sonra durmadan ağlıyor, zavallı yavrum! Dün yanımda on iki bin frangım olmamasından dolayı öyle utandım ki bu hatayı affettirmek için sefil hayatımın geri kalanını verirdim. Görüyorsunuz ya, her şeye katlanmak gücünü kendimde bulmuştum ama son parasızlığım yüreğimi parçaladı. Ah! Ah! Hiçbir şey demedim, birden kalktım, elbiselerimi giydim; sofra takımını alt yüz franga sattım, ömür boyu gelir senetlerimin bir yıllığını da, Gobseck Baba'ya dört yüz franga veriverdim. Adam sen de! Kuru ekmek yerim! Gençliğimde kuru ekmek yetiyordu bana, şimdi de yeter haydi haydi. Hiç değilse, iyi bir gece geçirir ya, Nasie'ciğim. Işıl ışıl elbise içinde görünecek. Bin frangım şurada, yastığımın altında. Zavallı Nasie'ye mutlu edecek şeyin başımın altında olması içimi ısıtıyor. Victorine denen rezil hizmetçisini kovabilir. Hizmetçilerin efendilerine güvenmemeleri görülmüş şey midir! Yarın sabah iyileşirim, Nasie saat onda gelir. Beni hasta zannetmelerini istemem, yoksa baloya gitmezler, bana bakarlar. Nasie yarın beni çocuğu gibi öpecektir, okşayışları iyileştirecektir beni. Kısacası, bin frangı ilâca yatırmaz mıydım? Bunu benim Büyük Kurtarıcı'ma, Nasie'me vermeyi tercih ederim. Hiç değilse, acısı içinde avuturum onu. Ömür boyunca gelir sağlamak hatasından da böylece kurtulurum. Kızcağız uçurumun dibinde bulunuyor, ben ise, onu oradan kurtaracak güçte değilim artık. Oh! yeniden ticarete başlayacağım. Tohum almak için Odessa'ya gideceğim. Buğdaylar orada bizimkilerden üç kat daha ucuza satılıyor. Tahılın işlenmeden sokulması yasaktır ama kanunları yapan adamcağızlar buğdaydan yapılan şeylerin ithalini de yasaklamayı düşünmüşler. Ha hay!.. Bunu, bu sabah buldum ben! Nişasta işinde çok paralar kazanılır.

Eugène ihtiyara bakarak, içinden: "Delirmiş..." dedi.

– Haydi canım, sakin olun, konuşmayın...

Bianchon yukarı çıkınca yemek yemek için Eugène aşağı indi. Sonra ikisi de biri hekimlik kitaplarını okuyarak, diğeri ise anasına ve kız kardeşlerine mektup yazarak, geceyi hastaya nöbetleşe beklemekle geçirdiler. Ertesi gün hastada beliren işaretler, Bianchon'a göre, umut vericiydi; fakat bu işaretler ancak iki öğrencinin yapabildiği ama hikâyeye çağın utanç verici cümlesini sokmanın imkânsız olduğu sürekli işler istediler. Adamcağızın zayıflamış bedenine yapıştırılan sülüklerin yanı sıra yakılar, ayak banyoları, daha başka şeyler yer aldı ki bunlar için zaten iki delikanlının gücü ve fedakârlığı gerekiyordu. Madam de Restaud gelmedi; bir adam gönderip parasını aldırdı.

Bu duruma sevinen baba:

– Kendisinin geleceğini sanıyordum. Ama önemli değil, üzülürdü, dedi.

Akşamın saat yedisinde, Therese Delphine'in bir mektubunu getirdi:

"Ne yapıyorsunuz bakalım, dostum? Yoksa daha sevilir sevilmez ihmal mi edileceğim? O kalpten kalbe akan sırdaşlıklarda, duyguların nasıl değiştiklerini görerek, her zaman için sadık kalanlardan ayrılmanız imkânsız, bir güzel ruh gösterdiniz bana. Mose'nin Duası'nı dinlerken söylediğiniz gibi: "Kimileri için, bu aynı ezgidir; kimilerine göre de musikinin sonsuzluğudur!" Bu akşam Madam de Beausèant'ın balosuna gitmek için sizi beklediğimi düşünün. Gerçekten, Mösyö d'Ajuda'nın anlaşması bu sabah sarayda imzalanmış, zavallı Vikontes de bunu ancak saat ikide öğrenmiş. Bir idam cezasının yerine getirilmesi gerektiği anda insanların Grere alanına akın etmesi gibi, bütün Paris konağına gidecek. Bu kadının acısını saklayıp saklamadığını, gururlu bir şekilde ölüp ölmediğini görmeye gitmek korkunç değil mi? Dostum, daha önceden onun konağına gitmiş olsaydım, kesinlikle bu kez gitmezdim oraya; ama artık o konuklar kabul etmeyecektir, harcamış olduğum tüm çabalar da boşa gidecektir. Durumum başkalarınınkinden çok ayrı. Zaten, ben oraya sizin için gideceğim. Sizi bekliyorum. Saat ikiye kadar yanımda olamazsanız, bu ihaneti bağışlayıp bağışlamayacağımı bilmem." Rastignac eline bir kalem aldı ve şu karşılığı yazdı: "Babanızın yaşayıp yaşamayacağını öğrenmek için bir hekim bekliyorum. O ölüm döşeğinde. Sonucunu gelip bildiririm size ve bunun bir ölüm kararı olmasından korkuyorum. Baloya gidip gitmeyeceğinize siz karar verin. Binlerce sevgi..."

Hekim saat sekiz buçukta geldi ve adamakıllı bir kontrolde bulunmadan, ölümün pek yakın olduğunu düşünmediğini söyledi. Birbiri ardından düzelmeler ve bozulmalar olacağını, adamcağızın hayatının da, bilincinin de bunlara bağlı olduğunu söyledi.

Doktorun son sözü:

– Hemen ölse daha iyi olur, oldu.

Eugène Goriot Baba'yı Bianchon'un ellerine bıraktı ve henüz aile anlayışına göre, her türlü sevinci ortadan kaldırabilen acı haberleri Madam de Nucingen'e bildirmeye gitti.

Kendinden geçmiş gibi görünen ama Rastignac'ın dışarı çıktığı sırada yatağında doğrulan Goriot Baba:

– Eğlenmesine baksın söyleyin ona, diye bağırdı.

Delikanlı Delphine'in karşısına acı içinde çıktı ve onu saçlarını yapmış, ayakkabılarını giymiş, artık balo elbisesini giymeye hazır halde buldu. Fakat ressamların tablolarını tamamladıkları fırça vuruşlarına benzeyen son hazırlıklar, tuvalin zemininden bile daha fazla zaman alıyordu.

Delphine:

– Ne o! Giyinmediniz mi? diye sordu.

– Ama Madam, babanız...

Kadın delikanlının sözünü ağzında bırakarak:

– Gene babam! diye bağırdı. Ama benim babama karşı görevlerimi siz öğretemezsiniz bana. Babamı uzun zamandan beri tanırım. Bir tek söz bile söyleme Eugène. Sizi ancak giyindiğiniz zaman dinlerim. Therese evinizde her şeyi hazırladı, arabam hazır, binin; gidip gelin. Baloya giderken konuşuruz babamdan. Erken gitmeli; yoksa arabaların arasından sıkışırsak, saat on birde ulaşırsak kendimizi mutlu sayarız.

– Madam...

Bir kolye almak için oturma odasına koşarken:

– Gidin! Bir tek kelime bile söylemeyin, dedi. Therese bu zarif baba öldürücülüğünden dehşete düşen delikanlıyı iterek:

– Haydi, gidin, Mösyö Eugène! Kızdıracaksınız madamı, dedi.

Delikanlı en hüzünlü, en cesaret kırıcı düşünceler içinde giyinmeye gitti. Sosyete dünyasını, bir insanın ayağını bastı mı boğazına kadar battığı bir çamur denizi gibi görüyordu.

– Burada ancak adi suçlar işleniyor! dedi içinden. Vautrin daha büyük diye düşündü.

Toplumun üç büyük ifadesini, itaati, mücadeleyi ve isyanı görmüştü genç adam. Aile, sosyete dünyası ve Vautrin. Bunlar arasından bir seçim yapmayı göze alamıyordu. İtaat can sıkıcı, isyan imkânsız, mücadele ise sonucu belirsizdi. Düşüncesi onu alıp aile ocağına götürdü. Bu sakin hayatın temiz heyecanlarını hatırladı, sevildiği insanlar arasında geçmiş günleri özlemle andı. Aile yuvasının doğal yasalarına uyarak, bu gözle insanlar burada tam, sürekli sıkıntılardan uzak bir mutluluk sürüyorlardı. Düşündüğü bu güzel şeylere rağmen, aşk adına erdemi dile getirerek, temiz ruhların inancını gidip Delphine'e anlatmak cesaretini bulamıyordu kendinde. Başlamış eğitim, şimdiden meyvelerini vermişti. Daha şimdiden bencilce seviyordu. Anlayışı ona Delphine'in yüreğinin yaratılışını tanıma fırsatını vermişti. Baloya gitmek için gerekirse babasının cesedini çiğneyebileceğini seziyordu ama içinde ne anlayışlı bir insan rolünü oynama gücü, ne onun hoşuna gitmeme cesareti, ne de ondan ayrılmak büyüklüğü vardı.

– Bu durumda ona karşı haklı olmamı, o hiçbir zaman affetmeyecektir, dedi içinden.

Sonra hekimlerin sözlerini yorumlamaya başladı; Goriot Baba'nın sandığı kadar tehlikeli şekilde hasta olmadığını düşünerek teselli buldu. Kısacası, Delphine'i haklı çıkarmak için öldürücü hükümler verip durdu. Kadıncağız babasının ne durumda olduğunu bilmiyordu. Babasının yanına gitseydi, adamcağız onu baloya gönderirdi. Aslında anlayış nedir bilmeyen toplumsal yasa, çok zaman, apaçık suçun yaratılışlardaki ayrılığın, çıkarlardaki ve durumlardaki farklılığın aileler arasına soktukları sayısız değişmelerle bağışlandığı yerde mahkûm eder. Eugène kendini aldatmak istiyordu ve vicdanını sevgilisine feda etmeye hazırdı. İki gündür, hayatında her şey değişmişti. Kadın bu hayata kendi karışıklıklarını sokmuş; aileyi unutmuş, kendi çıkarı için her şeye el koymuştu. Rastignac'la Delphine birbirlerinden en şiddetli zevk almak için gerekli koşullarda rastlamışlardı birbirlerine. Bütün uygun şartlarla gelişmiş olan aşkları sevgileri öldüren şeyle, hasretle büyümüştü. Bu kadına sahip olunca, Eugène onu bu zamana kadar sadece özlemiş olduğunu anladı, onu ancak mutluluğun ertesi günü sevdi. Belki de aşk ancak zevkin tanınmasıdır. Alçak ya da yüce olsun, kendisine drahoma olarak getirdiği zevkler ve kendisinden almış olduğu bütün zevkler için seviyordu bu kadını. Öyle ki Delphine de Tantale'ın açlığını giderecek, ya da kurumuş boğazının susuzluğunu geçirecek olan meleği seveceği kadar seviyordu Rastignac'ı.

Madam de Nucingen balo elbisesi ile geri döndüğü zaman delikanlıya:

– Peki, babam nasıl? diye sordu.

Eugène:

– Çok kötü, diye karşılık verdi. Bana aşkımızın bir delilini göstermek isterseniz, hemen gidip kendisini görelim.

– Pekâlâ, gideriz ama balodan sonra. Benim iyi yürekli Eugène'im, kuzum, bana ahlâk dersi verme, gel.

Hareket ettiler. Eugène yolun bir bölümünde tek bir kelime bile etmedi.

Delphine:

– Neyiniz var canım? diye sordu.

Eugène dalgın bir sesle:

– Babanızın can çekiştiğini duyuyorum, dedi.

Ve gençliğin coşkun diliyle, Madam de Restaud'nun kendini beğenmişlikle yaptığı zalimce davranışı, babanın son fedakârlığının yaratmış olduğu öldürücü bunalımı ve Anastasie'nin lame elbisesinin neye mal olacağını sayıp dökmeye başladı.

Delphine ağlıyordu.

– Çirkinleşeceğim, diye söylendi.

Gözyaşları dindi.

– Gidip babama hizmet edeceğim, yanı başından ayrılmayacağım, dedi.

Rastignac:

– Ya!.. İşte seni böyle görmek isterdim, diye bağırdı.

Beş yüz arabanın feneri Beausèant konağının etrafını aydınlatıyordu. Donatılmış kapının iki yanında da atlı bir jandarma duruyordu. Sosyete dünyası öyle kalabalık akın ediyorlar, sessizliği sırasında bu kadını görmek için hepsi de öyle istekli davranıyorlardı ki Madam de Nucingen'le Rastignac içeri girdiklerinde, konağın alt kat salonları, çoktan dolmuştu bile. Bütün sarayın, sevgilisini XIV Louis'nin aldığı büyük Matmazelin konağına akın ettiği zamandan bu yana, hiçbir yürek acısı Madam de Beausèant'ınki kadar ses getirmemişti. Bu olayda, yarı Kral sülâlesi sayılan Bourgogneların son kızı başına gelen felaketin altında ezildiğini gösterdi ve ancak kendi tutkusunun başarısına hizmet ettirmek için kendini beğenmişliklerini kabul ettiği sosyete dünyasına son anına kadar hükmetti. Paris'in en güzel kadınları tuvaletleri, gülümsemeleri ve kahkahaları ile salonları canlandırıyorlardı. Sarayın en gözde erkekleri, elçileri, bakanları, her alanda meşhur olmuş; göğüsleri nişanlar, madalyalar, renk renk kordonlarla dolu kişiler, Vikontes'in çevresini sarıyorlardı. Orkestra, musikinin ezgilerini kraliçesi için bomboş sayılan bu sarayın yaldızlı tavanları altında çınlatıyordu. Madam de Beausèant sözde dostlarını kabul etmek için giriş salonunun kapısı önünde ayakta duruyordu. Beyazlar giyinmişti, sadece örgülü saçlarında hiçbir süs olmadan, sakin görünüyor, yüzünde ne acı, ne gurur, ne de yapma sevinç belirtmiyordu. Ruhunu hiç kimsenin okumasına imkân yoktu. Mermerden bir niobe olduğunu söyleyebilirdiniz. Yakın dostlarına gülümseyişi kimi zaman alaycı oldu fakat herkese gene olduğu gibi göründü, mutluluk ışıklarının kendisini aydınlattığı zaman nasılsa gene o kadar öyle oldu ki en duygusuzlar bile, genç Romalıların ölüm anında gülümsemesini bilen gladyatörü alkışlaması gibi ona hayran kaldılar. Sosyete dünyası kadın hükümdarlarından birine veda etmek için bezenmişti sanki.

Vikontes, Rastignac'a:

– Gelmeyeceksiniz diye endişeleniyordum, dedi.

Delikanlı bu sözü bir sitem zannederek üzgün bir sesle:

– Madam, sonuncu giden olmak üzere geldim, diye karşılık verdi.

Vikontes elini eline alarak:

– Peki, dedi. Siz burada kendisine güvenebildiğim tek insansınız belki. Dostum, her zaman için sevebileceğiniz bir kadını seviniz. Hiçbir kadını da terk etmeyiniz.

Rastignac'ın koluna girdi ve onu içinde oyun oynanan salona, bir kanepeye götürdü.

– Haydi bakalım, dedi ona, Markinin evine gidin. Jacques benim oda uşağım, sizi oraya götürecek ve size kendisine verilmek üzere bir mektup teslim edecektir. Ona yazmış olduğum mektupları istiyorum. Hepsini size vereceğini umarım. Mektuplarımı alırsanız, odama çıkınız. Bana haber verirler.

Bu sırada gelen, en iyi dostu, Düşes de Langeais'yi karşılamak için kalktı. Rastignac yola çıktı, Rechefide konağında Marki d'Ajuda'yı istetti, Marki geceyi burada geçirmek zorunda idi ve delikanlı onu bulmuştu. Marki onu alıp evine götürdü, öğrenciye bir kutu verdi ve dedi ki:

– Mektupların hepsi bunun içinde.

Gerek balo olayları ve Vikontes hakkında sorular sormak, gerekse belki de daha sonraları olduğu gibi, evliliğine şimdiden pişman olduğunu söylemek için Eugène'le konuşmak istiyor gibiydi fakat gözlerinde bir gurur şimşeği çaktı ve en soylu duygularının sırrını gizlemede acınacak cesareti gösterdi.

– Benim hakkımda kendisine hiçbir şey söylemeyin, azizim Eugène.

Kederli bir sevgi davranışı ile Rastignac'ın elini sıktı, kendisine yol gösterdi. Eugène, Beausèant konağına döndü, Vikontes'in odasına götürüldü, burada bir yolculuk hazırlıkları gördü. Ateşin yanına oturdu, sedir ağacından yapılmış çekmeceye baktı ve derin bir hüzne daldı. Ona göre, Madam de Beausèant'ta İlyada tanrıçalarının ölçüleri vardı.

Vikontes içeri girerek ve elini Rastignac'ın omzuna dayayarak:

– Ah! dostum!.. dedi.

Delikanlı, kuzenini gözleri yaşlı, bir eli titrek, öbür eli havada buldu. Kadın birdenbire kutuyu aldı, ateşe attı ve yanışını seyretti.

– Dans ediyorlar! Hepsi eksiksiz olarak geldi, oysa ölüm geç gelecek. Susun! dostum, dedi bir şeyler söylemeye hazırlanan Rastignac'ın ağzını bir parmağıyla kapayarak, bundan öyle artık ne Paris'i ne de sosyete dünyasını hiç görmeyeceğim. Sabahın saat beşinde, kendimi unutturmak için Normandiya'nın ta içerlerine gideceğim, öğlenin üçünden beri hazırlıklarımı yapmak, anlaşmalar imzalamak, bazı işler görmek zorunda kaldım. Ona kimseyi gönderemezdim...

Durdu.

– Orada bulunacağı kesindi...

Acının ağırlığı altında ezilerek, gene durdu. Böyle anlarda, her şey acıdır ve bazı sözlerin söylenmesi imkânsızdır.

– Kısacası, bu son hizmet için size güveniyorum, dedi gene. Size dostluğumun bir delilini göstermek istiyordum. Sizi sık sık düşüneceğim. Bu niteliklerin o kadar bende de olduğu bir dünya ortasında siz bana iyi ve soylu, genç ve saf göründünüz. Sizin de beni bazen düşünmenizi umarım. Bakın, dedi bakışlarını etrafına çevirerek. İşte içine eldivenlerimi koyduğum çekmece. Baloya ya da tiyatroya gitmeden önce bu çekmeceden eldivenlerimi her alışımda, kendimi güzel hissederdim, çünkü mutluydum, bu çekmeceye ancak güzel bir düşünce bırakmak üzere el sürerdim, içinde benden çok şey vardır, artık var olmayan bir Madam de Beausèant kaldı, bu çekmeceyi kabul ediniz; onu, Arterim Sokağı'ndaki evinize götürmelerini söyleyeceğim. Madam de Nucingen bu akşam çok güzel, onu sevin. Eğer bir daha birbirimizi göremezsek, dostum, bana candan davranan sizin için, emin olun ki iyi dileklerde bulunacağım. Aşağı inelim, onların ağladığını düşünmelerini istemem, önümde çok uzun bir zaman var, ben ɒu ebedîlikte yalnız olacağım ve kimse benden gözyaşlarımın hesabını sormayacak. Haydi, şu odaya bir daha bakalım.

Durdu. Gözlerini eliyle bir an kapadıktan sonra gitti, gözlerini sildi, soğuk suyla yıkadı; öğrencinin koluna girdi.

Rastignac böyle soyluluğa tutulan bu ıstırabın heyecanı kadar güçlü bir duyguya, hayatında henüz rastlamamıştı. Baloya dönünce Eugène, Madam de Beausèant'la her tarafı dolaştı. Bu dolaşma, güzel kadının dostlarına son ve ince dikkatiydi. Az sonra iki kız kardeşi, Madam de Restaud ile Madam de Nucingen'i gördü. Kontes, kendisi için son derece yakıcı sayılan, takmış olduğu tüm elmaslarıyla muhteşemdi. Bu elmasları son kez taşıyordu. Gururu ve aşkı ne kadar güçlü olursa olsun, kocasının yüzüne bakamıyordu. Bu görünüm Rastignac'ın düşüncelerindeki hüznü azaltacak durumda değildi. İki kız kardeşin elmasları altında Goriot Baba'nın acından kıvrandığı yoksul yatağını gördü, üzgün duruşu Vikontesi yanılttığından, o da kolunu onun kolundan çekti.

– Haydi gidin! Sizi bir zevkten yoksun bırakmak istemem, dedi.

Eugène, az sonra, yarattığı etkiden dolayı mutlu, içine girmeyi umduğu sosyete dünyasından gördüğü ilgileri öğrencinin ayakları altına sermenin heyecanı içinde bulunan Delphine tarafından yakalandı.

Kadın:

– Nasie'yi nasıl buldunuz? diye sordu.

Rastignac:

– O, babasının ölümünü bile bir senet gibi kırdırmış, dedi.

Salonların kalabalığı, saat sabahın dördüne doğru azalmaya başlıyordu. Az sonra müzik duyulmaz oldu. Düşes de Langeais ile Rastignac büyük salonda yalnız kaldılar. Vikontes, orada yalnız Rastignac'ı bulacağını umarak, kendisine: "Bu yaşta, bir köşeye çekilmekle hata ediyorsunuz! Bizden ayrılmayın..." diye tekrarlayarak yatmaya giden Mösyö de Beausèant'a veda ettikten sonra, kalkıp gelmişti.

Düşesi görünce, Madam de Beausèant bir şaşkınlık çığlığı koparmaktan kendini alamamıştı.

Madam de Langeais:

– Niyetinizi anladım, Clara, dedi. Bir daha dönmemek üzere gidiyorsunuz; fakat beni dinlemeden ve birbirimizle anlaşmadan gitmeyeceksiniz.

Arkadaşını kolundan tuttu, onu öbür salona götürdü ve gözlerinin içine yaşlı gözlerle bakarak, onu kollarının arasında sıktı ve yanaklarından öptü.

– Sizden soğuk bir şekilde ayrılmak istemiyorum dostum, bu çok acı bir pişmanlık olur sonra. Bana kendinize güvendiğiniz gibi güvenebilirsiniz. Bu gece büyüklük gösterdiniz, ben de size layık olduğumu hissettim, bunu da size kanıtlamak istiyorum. Size karşı hatalarım oldu, her zaman iyi olamadım, affedin beni dostum. Sizi üzmüş olan her şeyi çirkin buluyorum, sözlerimi geri almak isterdim. Aynı acılar ruhlarımızı birleştirdi, içimizden hangimizin daha mutsuz olacağını da bilmiyorum. Mösyö de Montriveau bu akşam burada değildi, anlıyor musunuz? Sizi bu baloda görmüş olan, sizi bir daha unutmayacaktır, Clara. Ben, son bir hamlede bulunacağım. Başaramazsam, bir manastıra çekileceğim! Ya siz, siz nereye gidiyorsunuz bakalım?

– Tanrının beni yeryüzünden sileceği güne kadar, sevmek, dua etmek üzere, Normandiya'ya, Courcelles'e. Vikontes bu delikanlının beklediğini düşünerek, duygulu bir sesle:

– Gelin Mösyö de Rastignac, dedi.

Öğrenci dizini yere koydu, yeğeninin elini tuttu ve öptü.

Madam de Beausèant:

– Elveda, Antoinette! dedi. Mutlu olunuz. Size gelince, siz zaten mutlusunuz, gençsiniz, bir şeye inanabilirsiniz, dedi öğrenciye. Ben bu dünyadan ayrılırken, ölüm halindeki bazı ayrıcalıklı insanlar, dindar kadınlar gibi, etrafımda içten heyecanlar bırakmış olacağım.

Rastignac, Madam de Beausèant'ı yolculuk arabasında gördükten, bazı halk dalkavuklarının inandırmak istedikleri gibi en üstün insanların gönlün yasası dışında olmadıklarını ve kedersiz yaşamadıklarını kanıtlayan gözyaşlarını dökerek son vedalaşmasını da gördükten sonra saat beş sularında ayrıldı. Eugène, ıslak ve soğuk bir havada Vauquer Evine yürüyerek döndü.

Rastignac komşusunun odasına girince Bianchon:

– Zavallı Goriot Baba'yı kurtaramayacağız, dedi.

Eugène uyuyan ihtiyara baktıktan sonra:

– Dostum, haydi git, dedi. Arzularını sınırladığın mütevazı ömür yolunu izle. Ben cehennemdeyim ve orada kalmaya mecburum. Sosyete dünyasının kötülüğü hakkında sana ne söylerlerse inan! Onun altın ve mücevherlerle kaplı dehşetini resimleyebilecek bir juvenal yoktur.

Ertesi gün Rastignac, Bianchon tarafından öğleden sonra ikiye doğru uyandırıldı. Kendisi dışarı çıkmak zorunda idi, sabahleyin durumu iyice kötüleşmiş olan Goriot Baba'ya bakmasını rica etti.

Tıp öğrencisi:

– Adamcağızın iki günlük ömrü yok, dedi. Belki de daha altı saat yaşayamaz, bununla beraber hastalıkla uğraşmaktan vazgeçemeyiz. Tedavisi çok pahalı olacak. Onun hasta bakıcıları kesinlikle biz olacağız; ama beş param yok. Ceplerini yokladım, dolaplarını karıştırdım, sonuç sıfır. Aklı başında olduğu bir sıra sordum, bana beş kuruşu bile olmadığını söyledi. Acaba, senin paran var mı?

Rastignac:

– Yirmi frangım kaldı, diye karşılık verdi. Yalnız bu parayı gidip kumara yatıracağım, kazanacağım.

– Ya kaybedersen?

– Damatları ile kızlarından isterim.

Bianchon:

– Ya onlar da vermezlerse? diye sordu. Şu anda en önemli olan para bulmak değil, adamcağızı ayaklarından kalçalarının yarısına kadar sıcak bir hardal lapasına sarmak gerekiyor. Bağırırsa, umut var denebilir. Alacağımız bütün ilâçların parasını ödemek için eczacıya uğrayacağım şöyle. Zavallı adamın bizim hastaneye götürülmemesi çok acı, orada daha iyi bakılırdı. Haydi gel, seni yerine yerleştireyim, ben gelmeden de sakın yanından ayrılma onun.

İki delikanlı ihtiyarın upuzun yattığı odaya girdiler. Eugène bu büzülmüş, rengi atmış ve iyice bitkin düşmüş bu yüzde gördüğü değişiklikten dehşete düştü.

Sefil yatağa eğilerek:

– Baba, nasılsınız bakalım? dedi.

Goriot solgun gözlerini Eugène'e dikti ve tanıyamadan dikkatli dikkatli baktı. Öğrenci bu bakışa dayanamadı, gözleri yaşardı.

– Bianchon, pencerelere perde geçirmek lâzım değil mi?

– Hayır, hava şartları bozmaz artık onu. Terlese ya da üşüse çok daha iyi olurdu. Ancak ilâçları kaynatmak ve daha bir yığın şey hazırlamak için bize gene de ateş gerekli. Sana odun alabileceğimiz zamana kadar işimize yarayacak çalı çırpı göndereceğim. Dün ve bu gece, senin odununla zavallı adamın bütün çalı çırpısını yaktım. Hava nemliydi, duvarlardan su sızıyordu. Odayı yine de kurutamadım. Christophe yerleri süpürdü, içerisi bir ahıra dönmüştü. Ardıç yaktım, müthiş kokuyordu.

Rastignac:

– Nasıl iştir bu, Tanrım! dedi. Ya kızları ne yaptı?

Rastignac'a büyük beyaz bir kâse göstererek:

– Eğer su içmek isterse, bundan verirsin ona, dedi. Şikâyeti olur da, karnı sıcak ve katı olursa, kendisine tenkiye yapmak üzere Christope'un yardımına başvurabilirsin... Biliyorsun, aşırı bir heyecana kapıldığı, çok konuşmaya başladığı, en sonunda çılgınlığa benzer bir şey göründüğü takdirde ise onu kendi haline bırak. Bu fena bir işaret sayılmaz. Ama Christophe'u Cochin Hastanesine yolla. Bizim doktor arkadaşım ya da ben gelir, kendisine vantuz çekeriz. Biz bu sabah, sen uyurken, Doktor Gall'ın bir öğrencisi, Hotel-Dieu'nün ve bizim hastanenin başhekimleriyle büyük bir konsültasyon yaptık. Bu baylar dikkate değer belirtiler gördüklerini söylediler, oldukça önemli bazı bilimsel noktaları aydınlatmak için de hastalığın gidişatını izleyeceğiz. Bu baylardan biri serumun baskısının, ötekinden çok bir organ üzerinde olursa, özel olayları geliştirebileceğini ileri sürüyor. Konuşacağı takdirde, sözlerinin ne gibi düşüncelerle ilgili olacaklarını anlamak için, dikkatle dinle onu. Bunlar hafıza, nüfuz, muhakeme etkileri olursa, maddi şeylerle ya da duygularla uğraşırsa; hesap yapar, geçmişe dönerse; kısacası bize eksiksiz bir bilgi verecek durumda olmalısın. Bütün düşüncelerin ve anıların kafasına birden bire doluşması mümkündür. Şimdi içinde bulunduğu anlayışsızlık durumundan kurtulamayarak ölür. Bu gibi hastalıklarda her şey tuhaftır!

– Şiş bu taraftan delinirse, dedi Bianchon hastanın kafasının arkasını göstererek. Bir çok örnekleri görüldüğü gibi tuhaf durumlar meydana gelebilir. Beyin, yeteneklerinin bazılarını yeniden kazanır ve ölüm artık daha geç gelir. Şu kanlar beyinden uzaklaşabilir, yönü ancak otopsi ile anlaşılan yollar izlenebilir. Tedavisi mümkün olmayanlar koğuşunda aptal bir ihtiyar var ki safra akıntısı omurga kemiğine yürümüş; çok acı çekiyor ama yaşıyor.

Eugène'i tanıyan Goriot Baba:

– İyi eğlendiler mi? diye sordu.

Bianchon:

– Off!.. Bütün aklı fikri kızlarında, dedi. Bu gece bana yüz kereden fazla: "Dans ediyorlar! Elbisesini giymiş!" dedi. Onları isimleri ile çağırıyordu. Durmadan: "Delphine! Benim Delphine'ciğim! Nasie!" deyişleriyle, yemin ederim ağlatıyordu beni. Yemin ederim, diye ekledi tıp öğrencisi, ağlamamak elde değildi.

İhtiyar:

– Delphine, dedi. Burada değil mi? Burada olduğunu iyi biliyordum.

Gözlerine gelen çılgınca bir oynaklıkla duvarlara ve kapıya bakıyordu.

Rastignac ihtiyarın yanında yalnız kaldı, yatağın ayak ucuna oturdu ve gözlerinin hali insana korku ve azap veren bu başa dikti.

– Madam de Beausèant kaçtı, bu ise ölüyor, dedi içinden. İyi insanlar bu dünyada uzun zaman kalamıyorlar. Yüksek ve soylu duyguların aşağılık, küçük, basit bir toplumda yaşamaları nasıl mümkün olabilir?

Bulunmuş olduğu balodaki hayaller yeniden gözlerinde canlandı ve bu ölüm yatağına görünüşü ile karşıtlık oluşturdu. Bianchon birden göründü.

– Bak, Eugène, şimdi bizim başhekimi gördüm ve koşa koşa buraya geldim. Eğer aklının başına geldiğine dair belirtiler görünüşe, konuşursa, ensesinden göğsünün altına kadar hardalla saracak şekilde, bol bir lapa üzerine yatır, hemen bizi çağırt.

Eugène:

– Sevgili Bianchon, dedi.

Tıp öğrencisi dine yeni girmiş birinin bütün ateşiyle:

– Oh! Bilimsel bir olay karşısındayız, dedi.

Eugène:

– Anlaşıldı, diye konuştu. Bu zavallı ihtiyara sevgiyle sadece ben bakıyorum demek.

Bianchon, bu söze aldırış etmeyerek:

– Beni bu sabah görseydin, böyle söylemezdin, dedi. İşini bilen hekimler yalnız hastalığı görürler; ben ise henüz hasta ile uğraşıyorum sevgili dostum.

Rastignac'ı, ihtiyarla gelmesi gecikmeyecek olan bir bunalımın korkusu içinde bırakarak, kalkıp gitti.

Goriot Baba, Eugène'i tanıyarak:

– Siz burada mısınız sevgili yavrum? dedi.

Öğrenci elini eline alarak:

– Daha iyisiniz değil mi? diye sordu.

– Evet, başım bir mengenede sıkışmış gibiydi ama yavaş yavaş geçiyor şimdi. Kızlarımı gördünüz mü? Nerede ise gelirler, hasta olduğumu öğrenir öğrenmez koşacaklardır, Jussienne sokağında bana titizlikle bakmışlardı!.. Tanrım! Onları kabul etmek için odamın temiz olmasını isterdim. Bir delikanlı bütün çalı çırpımı yaktı.

Eugène ona:

– Christophe'un gürültüsünü duyuyorum, dedi. Delikanlının size yolladığı odunu çıkarıyor.

– İyi! Ama odunun parasını nasıl ödemeli? Oğlum, beş param yok benim. Hepsini verdim, hepsini. Merhamete muhtacım. Lame elbise güzel miydi bari? –Ah, içim yanıyor!..

– Teşekkür ederim, Christophe! Tanrı sizi ödüllendirecek oğlum; benim artık hiçbir şeyim yok.

Eugène uşağın kulağına eğilerek:

– Sana da, Sylvie'ye de paranızı ben ödeyeceğim, dedi.

– Kızlarım geleceklerini size söylediler, değil mi Christophe? Bir kere daha git kendilerine, sana beş frank veririm. Kendimi iyi hissetmediğimi, ölmeden önce onları bir kere daha kucaklamak, görmek istediğimi söyle kendilerine. Söyle bunu onlara fakat fazla korkutma.

Eugène'in bir işareti üzerine, Christope dışarı çıktı.

Yaşlı adam:

– Geleceklerdir, dedi yeniden. Ben onları bilirim. O iyi yürekli Delphine'im, ölürsem kendisini ne kadar üzmüş olacağım! Nasie de öyle. Ölmek istemezdim, onları üzmemek için. Ölmek, benim temiz yürekli Eugène'im, artık onları görmemektir. Ölümden sonra gidilen yerde kesinlikle canım sıkılacak. Bir baba için, cehennem çocuklarından uzak olmaktır, onlar evlendiğinden beri bunun böyle olduğunu da öğrendim. Benim cennetim Jussienne sokağıymış. Söyleyin kuzum, cennete gidersem, ruh olarak yeniden bu dünyaya gelip etraflarında dolaşabilirim. Böyle şeylerin söylendiğini duydum. Doğru mudur? Şu an onları Jussienne sokağındaki halleriyle görüyor gibiyim. Sabahleyin aşağı inerlerdi: Günaydın baba, derlerdi. Onları dizlerime oturtur, onlara olmadık oyunlar, türlü şakalar yapardım. Tatlı tatlı okşarlardı beni. Her sabah birlikte kahvaltı eder, birlikte akşam yemeğini yerdik, kısacası babaydım, çocukluklarımdan zevk alırdım. Jussienne sokağındayken, küstahlığa kalkışmazlardı, kibar âlemi hakkında hiç bir şey bilmezler, ölesiye severlerdi beni. Tanrım neden hep çocuk kalmadılar böyle? –Of, yanıyor içim, başım çatlayacak gibi... Ah! Ah! Bağışlayın çocuklarım! Ne kadar gerçek acı varsa, ben işte o kadar acı çekiyorum, sizler alıştırdınız beni acıya iyice. Ey Tanrım! Sadece elleri ellerimde olsaydı, acımı hiç hissetmezdim.

– Geleceklerini düşünüyor musunuz? Christophe öyle aptaldır ki! Ben kendim gitmeliydim doğruca. O, onları görecek. Ama siz dün balodaydınız. Nasıl olduklarını bana anlatır mısınız? Hastalığım hakkında hiçbir şey bilmiyorlardı, değil mi? Yoksa dans etmezlerdi zavallı yavrucaklar! Ah! Artık hasta olmak istemiyorum. Bana daha çok ihtiyaçları var. Servetleri tehlikede. Üstelik ne kocalara düştüler! İyi edin beni, iyi edin beni! –Ah, öyle acı çekiyorum ki!.. Ah! Ah! Ah!.. Anlıyorsunuz ya, beni iyileştirmelisiniz, para lâzım çünkü onlara, ben ise bu parayı nerede bulacağımı biliyorum. Odesa'ya çubuk nişasta yapmaya gideceğim. Ben işini bilen bir insanım, milyonlar kazanacağım -Ah, çok canım yanıyor!..

Goriot acıya dayanabilmek için bütün gücünü bir araya toplamaya çalışıyor görünerek, bir an sessiz kaldı.

– Burada olsalardı, üzülmezdim, dedi. Ama neden şikâyet etmeliyim ki?

Hafif bir uykuya daldı ve bu uyku uzun sürdü. Christophe geri geldi. Goriot Baba'nın uyuduğunu zanneden Rastignac, uşağın işini nasıl gördüğünü kalkıp yüksek sesle anlatmasına dikkat etmedi.

Uşak:

– Mösyö, dedi, önce Madam la Kontesin evine gittim ama kendisiyle konuşmanın imkânını bulamadım, kocasıyla önemli işler konuşuyormuş. Ben direnince, Mösyö de Restaud bizzat yanıma geldi ve bana dedi ki: 'Mösyö Goriot ölüyor mu? Yapacağı en uygun hareket de budur. Benim önemli işleri bitirmek için Madam de Restaud'ya ihtiyacım var, her şey sona erince gidecektir.' dedi. Bu bay öfkeli görünüyordu. Ben çıkmak üzere iken, görmediğim bir kapıdan Madam girdi bekleme odasına. Bana dedi ki: Christophe, kocamla tartışma halinde olduğumu babama söyle, kendisinden ayrılamam; çocuklarımın hayatı söz konusu; yalnız, her şey bitince, geleceğim, Madam la Baron'a gelince, o da başka hikâye! Ne kendisini gördüm, ne de kendisiyle konuşabildim. 'Ah!' dedi oda hizmetçisi bana, 'Madam balodan saat beşi çeyrek geçe eve döndü, uyuyor; öğleden önce uyandırırsam, beni azarlar sonra. Beni çağırınca, babasının rahatsızlığının artmış olduğunu söylerim kendisine.' Boş yere yalvardım! Ama olmadı!.. Mösyö le Baron'la konuşmak istedim, o da dışarı çıkmıştı.

Rastignac:

– Demek kızlarının ikisi de gelmeyecek! diye bağırdı. Kendilerine birer mektup yazacağım.

Yaşlı adam sefil yatağında doğrularak:

– İkisi de gelmeyecek! diye konuştu. İşleri var, uyuyorlar, gelmeyecekler. Bunu biliyordum. Çocukların ne olduklarını anlamak için ölmek gerekmiş... Ah! dostum, evlenmeyin, çoluk çocuk sahibi olmayın sakın! Siz onlara hayat verirsiniz, onlar size ölüm verirler. Siz onları dünyaya getirirsiniz, onlar sizi dünyadan kovarlar. Hayır, gelmeyecekler! Bunu on yıldan beri biliyordum. Kimi zaman bunu kendi kendime söylerdim ama inanmaya cesaret edemezdim.

Gözlerinin kızıl kenarına her gözünden iki damla yaş aktı.

– Ah, zengin olsaydım, servetimi saklasaydım, onlara vermemiş olsaydım, burada olacaklar, yanaklarımı öpmeye doymayacaklardı! Bir konakta otururdum, güzel odalarım, uşaklarım, benim için yakılmış ateşim olurdu. Onlar da kocalarıyla, çocuklarıyla birlikte ağlarlardı alabildiğine. Bütün bunlara sahip olacaktım. Fakat şimdi hiçbir şeyim yok! Para her şeyi sağlar, kızları bile. Ah! Param, nerede? Bırakacak hazinelerim olsaydı, yaramı sararlar, üzerime titrerlerdi; seslerini duyar yüzlerini görürdüm. Ah! Sevgili çocuğum, biricik yavrum, terkedilmişliğimi ve yoksulluğumu daha çok seviyorum! Hiç değilse, bir bahtı kara sevildi mi, sevildiğinden düpedüz emin olur. Hayır, zengin olmak isterdim, o zaman kendilerini görürdüm. Ama kim bilir? İkisi de taş yürekli. Ben onları, beni sevemeyecekleri kadar severdim. Bir baba her zaman zengin olmalıdır, huysuz atlar gibi tutabilmelidir çocuklarının dizginlerini. Oysa ben diz çökerdim önlerine. Sefiller! On yıldır bana karşı gösterdikleri hallerini layık olduğu gibi taşıyorlar! Evliliklerinin ilk zamanlarında bilseniz nasıl titrerlerdi üzerime! Ah! Ne korkunç acılar çekiyorum! Her birine neredeyse sekiz yüz bin frank vermiştim. Ne onlar, ne kocaları bana kabalık edemezlerdi. Beni evlerine alıyorlardı. Yerim her zaman hazırdı sofralarında. Kısacası kocalarıyla birlikte yemek yerdim, bana saygılı davranırlardı. Sanki hâlâ bir şeylerim varmış gibi. İşlerim hakkında hiç bir şey söylememiştim. Kızlarına sekiz yüz bin frank veren bir adam saygı gösterilecek bir adamdı. Üzerime titrerlerdi ama param içindi bu. Yaşanılacak gibi değil bu dünya. Ben, ben gördüm bunu! Beni arabayla tiyatroya götürürlerdi, akşam toplantılarında istediğim kadar da kalırdım. Kısacası, kızlarım olduklarını ve babaları olduğumu söylerlerdi. Hâlâ kurnazımdır canım. Gözümden hiçbir şey kaçmadı. Her şeyi anladım ve yüreğim yaralandı. Bütün bunların yapmacık olduğunu görüyordum düpedüz; ama dert çaresizdi. Evlerinde aşağı sofradaki kadar rahat değildim. Ne diyeceğimi hiç bilmezdim. Bu yüzden, bu sosyete kişilerinin kimileri damatlarımın kulağına eğilerek sorarlardı: 'Kim bu Mösyö?'

– Para babası, zengindir, derdi damatlarım.

– Vay canına! derlerdi ve altınlara karşı gösterilen saygıyla bakarlardı yüzüme. Fakat arada sırada onları zor duruma düşürmüşsem, suçlarımın cezasını fazlasıyla çekerdim! Zaten, dünyada kusursuz bir insan var mıdır? Yara varmış gibi yanıyor başım! Ölmek için gereken acıyı çekiyorum şu an, sevgili Mösyö Eugène ama bu acı, kendisini küçülten bir söz söylediğimi anlatmak için Anastasie bana ilk defa baktığı zaman duyduğum acının yanında hiç kalır. Bakışı bütün damarlarımı açmıştı. Ertesi gün, kendimi avutmak için Delphine'e gittim, orada da onu öfkelendiren bir sersemlik ettim. Bu yüzden deli gibi oldum. Sekiz gün ne yapacağımı bilemeden yaşadım. Serzenişlerinden korkarak, gidip onları görmeyi göze alamadım. Böylece kızlarımın evlerinden kovuldum. Ey Tanrım! Mademki çektiğim yoksulluğu, acıları biliyorsun; mademki beni ihtiyarlatan, değiştiren, öldüren, saçlarımı ağartan, zaman içinde yediğim hançer darbelerini saydın, neden bana bugün de acı çektiriyorsun? Onları çok sevmenin günahını ödedim. Sevgimden dolayı benden intikam aldılar, bana cellâtlar gibi işkence ettiler. Ne yapalım, babalar öyle ahmaktır ki onları o kadar çok seviyordum ki kumara dönen bir kumarcı gibi gittim yeniden evlerine. Kızlarım, benim kederimdir; sevgililerimdir, her şeyimdir kısacası! İkisinin de bir şeylere ihtiyacı vardı, birtakım süslere ihtiyacı vardı; bunları oda hizmetçileri söylüyordu bana, ben de iyi karşılanmak için istediklerini kendilerine verirdim!.. Ama sosyete dünyası içinde nasıl davranacağım konusunda bana gene bazı ufak tefek dersler verirlerdi. Bunun için en ufak bir zaman bile kaybetmezlerdi. Benim yüzümden utanç duymaya başlıyorlardı. İşte çocuklarını iyi yetiştirmenin sonu budur. Bu yaşımda, okula da gidemezdim ya. Müthiş acı çekiyorum, Tanrım! Doktorlar! Doktorlar! Beynimi açsalardı, daha az acı çekerdim. Kızlarım, kızlarım! Anastasie! Delphine! Onları görmek istiyorum. Jandarmayla bulup getirin onları, zorla getirin! Adalet benden yanadır, her şey benden yanadır, tabiat, medenî kanun. İtiraz ediyorum! Babalar ayaklar altına alınırsa vatan mahvolacaktır. Bu kesindir. Toplum, dünya, babalık üzerinde yürür, çocuklar babalarını sevmezlerse yıkılıp gider her şey. Ah! Onları görmek, dinlemek, bana ne derlerse desinler, seslerini duyayım yeter ki acılarımı dindirir bu, hele Delphine. Ama söyleyin onlara, buraya geldiklerinde, yüzüme her zamanki gibi öyle soğuk soğuk bakmasınlar. Ah!.. Benim iyi kalpli dostum, Mösyö Eugène, bakıştaki altın renginin birden kül renkli kurşuna çevrilmesinin ne anlama geldiğini siz bilmezsiniz. Gözlerinin artık üzerimde parlamadığı günden beri, burada hep kışta yaşadım; artık sadece yenecek acılarım vardı, ben de acılarımı yedim! Alçaltılmak, hakaret görmek için yaşadım. Onları öyle seviyorum ki bana verdikleri yüz kızartıcı küçücük bir zevkin bedelini hakaretlerle ödüyorum. Kızlarını görmek için bir babanın kendisini gizlemesi! Ben hayatımı verdim onlara, onlar ise bana bugün bir saatlerini vermeyecekler! Susuzum, açım, yüreğim yanıyor, can çekişimi hafifletmeye gelmeyecekler, ölüyorum; çünkü öldüğümü hissediyorum. Ama onlar demek babasının cesedini çiğnemenin ne olduğunu bilmiyorlar! Bir Tanrı vardır göklerde, bizler, biz babalar istemesek bile o alır intikamımızı. Olmaz! Gelecekler! Gelin, sevgililerim, gelin gene beni öpmeğe, son bir öpücük, sizler için Tanrı'ya yalvaracak, iyi kızlar olduğunuzu söyleyecek, sizi savunacak olan babanızın, babanızın son isteğini yerine getirin! Hem gerçekten sizler masumsunuz. Masumdur onlar dostum! Bunu herkese söyleyin, benim yüzümden kendilerine bir zarar gelmesin. Her şey benim hatamdandır, kendimi ayaklar altında çiğnetmeye ben alıştırdım onları. Ben, ben hoşlanıyordum bundan. Kimseyi ilgilendirmez bu, ne insan adaletini, ne de Tanrı adaletini. Benim yüzümden onları cezalandırırsa Tanrı adil davranmamış olur. Ben nasıl davranacağımı bilemedim, haklarımdan vazgeçmek ahmaklığını gösterdim. Onlar için alçalabilirdim! Ne yaparsınız! Bir babanın göstermiş olduğu kolaylığın ortaya çıkardığı çürümüşlük karşısında en güzel yaratılış, en güzel ruhlar bile mahvolurdu. Aşağılık herifin tekiyim ben, haklı olarak cezamı çektim. Kızlarımın bozulmalarının tek sorumlusu benim, onları ben şımarttım. Bugün onlar zevk sürmek istiyorlar, eskiden şekerleme istedikleri gibi. Genç kızlıklarında her akıllarına esen şeyleri gerçekleştirmek için hep izin verdim. On beş yaşında arabaları vardı. İsteklerine hiçbir zaman engel olunmadı. Tek suçlu benim, fakat sevgi yüzünden suçluyum. Sesleri yüreğime nasıl bir mutluluk verirdi, bunu bilemezsiniz. Seslerini duyuyorum, geliyorlar. Ah!.. Evet, gelecekler. Kanun babasının ölümünü gelip görmeği emreder. Kanun benden yanadır. Hem bu çok kısa bir yolculuğa bakar. Öderim karşılığını. Kendilerine bırakacak milyonlarım olduğunu yazın onlara. Şeref sözü veriyorum. Odesa'ya gidip İtalyan makarnaları yapacağım. Bu işin bilirim yolunu. Milyonlarca frank para kazanacağım, para. Kimse düşünmedi bunu. Buğday ya da un gibi, oradan oraya taşınırken hiç bozulmaz bu. Heh he! Nişasta, milyonlar var bu işte! Yalan konuşmazsınız, milyonlar deyin onlara, ne çıkar para tutkusuna kapılarak gelseler bile, çok kandırmış olurum ama onları da görürüm ya. Kızlarımı istiyorum! Ben yarattım onları, benimdir onlar! dedi Eugène'e sefil yatağında doğrularak, beyaz saçları dağınık olan ve tehdidini belirtebilecek bir baş işareti göstererek:

Ben kızlarımı isterim. Onlar dünyaya benim sayemde geldiler. Onlar benimdir! diye bağıdı.

Eugène ona:

– Haydi, yatın yatağınıza, Goriot Babacığım, dedi. Yazacağım onlara. Gelmezlerse, Bianchon döner dönmez, ben gideceğim.

Yaşlı adam hıçkıra hıçkıra:

– Gelmezlerse mi? diye tekrarladı. Öleceğim, bir sinir buhranı içinde öleceğim! Kan beynime sıçrıyor! Şu an bütün hayatımı görüyorum. Aldatıldım! beni sevmiyorlar, hiçbir zaman da sevmediler! Açık bu... Gelmedilerse, bundan sonra da gelmezler. Ne kadar gecikirlerse, bana bu sevinci tattırma istekleri de o kadar azalacaktır. Ben onları bilirim. Hiçbir zaman dertlerimi, acılarımı, ihtiyaçlarımı anlayamadılar, ölümümü de anlayamayacaklar. Benim kendilerini nasıl sevdiğimi anlayamadılar. Evet, bunu anlıyorum, onlar uğruna her şeyimi feda etme alışkanlığı, yaptığım her şeyin değerini hiçe indirdi. Gözlerimi çıkarmak isteseler, onlara: Çıkarın gözlerimi! derim. Çok budalayım. Her baba kendi babaları gibidir sanıyorlar. İnsan her zaman kendi değerini bilmelidir. Benim intikamımı çocukları alacak. Ama buraya gelmek, onların çıkarınadır. Can verişlerini tehlikeye düşürdüklerini haber verin onlara. Bir tek suçla bütün suçları işliyorlar... Ama gidin haydi, deyin ki onlara, gelmemek, bir baba katili olmak demektir! O kadar cinayet işlediler ki bari bunu işlemesinler. Gidip onlara benim bağırdığım gibi bağırın: "Hey, Nasie! Hey, Delphine! Gelin babanıza, size kul köle olan ve acı çeken babanıza! diye haykırın. Gelmiyor hiç kimse, gelmiyor! Bir köpek gibi mi gebereceğim yoksa ben? İşte ödülüm, baştan atılmak. Aşağılık bunlar, alçak bunlar. Nefret ediyorum onlardan, lanet okuyorum onlara. Onlara bir daha lanet okumak için, gece tabutumdan kalkacağım, kalkacağım, öyle ya, öyle dostlarım, haksız mıyım? O kadar kötü davranıyorlar ki o kadar olur!.. Ne diyorum? Delphine'in burada bulunduğunu bana haber verdiniz değil mi? O diğerlerinden iyidir... Siz benim oğlumsunuz, Eugène, siz! Sevin onu, bir baba olun ona. Öbürü çok kederli. Ya servetleri! Ah! Tanrım! Ölüyorum, daha fazla yanıyor canım! Kesin başımı, bana yalnız yüreğimi bırakın.

Yaşlı adamın iniltileriyle haykırışlarının aldığı durumdan ürperen Eugène:

– Christophe, gidip Bianchon'u çağırın, diye bağırdı. Bana da bir araba getirin. Gidip kızlarınızı bulacağım Goriot Babacığım, onları getireceğim size.

Yaşlı adam içinde aklın parladığı son bir bakışla Eugène'e bakarak:

– Zorla! Zorla getirin! Polisten, jandarmadan, herkesten yardım isteyin! dedi. Hükümete, Kral'ın savcısına söyleyin, onları getirsinler bana, ben istiyorum bunu!

– Ama lanet okudunuz kendilerine.

Şaşıran ihtiyar:

– Kim demiş bunu? dedi. Kendilerini sevdiğimi, kendilerine taptığımı iyi biliyorsunuz! Onları görürsem iyileşirim... Haydi, gidin sevgili çocuğum, gidin! Siz, siz iyi bir insansınız; size teşekkür etmek isterdim ama size can çekişen bir adamın dualarından başka verecek hiçbir şeyim yok. Ah! Size karşı olan borcumu ödemesini söylemek için hiç değilse Delphine'i görmek isterdim. Öteki gelmezse, diğerini getirin bana. Gelmek istemezse artık kendisini sevmeyeceğinizi söyleyin. Sizi o kadar seviyor ki gelecek. Su verin! İçim yanıyor! Başıma bir şey koyun. Beni kızlarımın elleri kurtaracak, hissediyorum bunu... Tanrım! Ben gidersem servetlerini kim koruyacak onların? Onlar için Odesa'ya gitmek, Odesa'da, orada makarna yapmak istiyorum.

Eugène can çekişen adamı kaldırarak ve sol koluna alarak, sağ elinde de içi ilâç dolu bir kâse tutarak:

– İçin şunu, dedi.

Yaşlı adam titrek elleriyle Eugène'in elini tutarak:

– Siz babanızı ve annenizi kesinlikle çok seversiniz! dedi. Onları, kızlarımı görmeden öleceğimi anlıyor musunuz? Hep susuz olmak ve hiçbir zaman içmemek, işte on yıl böyle yaşadım... İki damadım kızlarımı öldürdüler. Evet, evlenmelerine sonra kızlarım razı olmadı. Babalar, Meclis'e söyleyin de evlilik üzerine bir kanun çıkarılsın! Kısacası, kızlarınızı seviyorsanız, onları evlendirmeyin. Damat bir kızdaki her şeyi bozan, her şeyi kirleten bir alçaktır. Artık kimseler evlenmesin! Kızlarımızı elimizden alan şey bu, ölürken bile onları artık yanımızda göremeyiz. Babaların ölümü üzerine bir kanun çıkarın. Korkunç bir şey bu! İntikam! Gelmelerine engel olan damatlarımdır... Öldürün onları!.. Restaud'ya ölüm, Alsaslıya ölüm, onlar benim katilim!.. Ya öldürülsünler ya da kızlarımı versinler!.. Ah! Bitti, onları görmeden ölüyorum!.. Onları!.. Nasie! Fifine, haydi, gelin artık! Babanız gidiyor...

– Goriot Babacığım, haydi, kendinize gelin, sakin olun. Kımıldamayın, düşünmeyin.

– Onları görmemek, işte ölüm bu!

– Onları göreceksiniz.

Şaşkın ihtiyar:

– Sahi mi? diye bağırdı. Ah! Onları görmek! Onları görecek, seslerini duyacağım. Mutlu öleceğim. Eee, evet, yaşamak istemiyorum artık, buna dayanamayacağım artık, acılarım gittikçe artıyor. Fakat onları görmek, elbiselerine dokunmak, ah! Yalnız elbiselerine dokunmak, bu çok bir şey değil; ama onların bir şeyini duyayım! Saçlarını getirtin bana onların... isti...

Başı bir topuz darbesi yemiş gibi yastığa düştü. Elleri kızlarının saçlarını tutmak istercesine çarşafta çırpındı.

Bir çaba göstererek:

– Onları kutsuyorum, dedi; kutsuyor...

Birden kendinden geçti. Bu sırada, Bianchon içeri girdi.

– Christophe'a rastladım, dedi, sana bir araba getirecek.

Sonra hastaya baktı, zorla göz kapaklarını açtı, iki öğrenci sıcaklığı gitmiş ve donuk bir göz gördüler.

Bianchon:

– Bu hastalıktan kurtulamayacak, umudum kalmadı.

Nabzını tuttu, yokladı, elini adamcağızın kalbine koydu.

– Makine hâlâ işliyor; yalnız, bu durumda felaket bu, ölmesi daha iyi olur!

Rastignac:

– Doğru söylüyorsun, öyle, dedi.

– Senin neyin var? Ölü gibi, sapsarısın.

– Dostum, sızlanışlar ve feryatlar duydum. Bir Tanrı var! Oh! Evet, bir Tanrı var ve o bize en güzel bir evren yarattı, yoksa dünyanın hiçbir anlamı yok. Bu bu kadar fecî olmasaydı, hüngür hüngür ağlardım ama kalbimle midem müthiş sıkılıyor.

– Baksana, birçok şey lâzım olacak; nereden para bulmalı?

Rastignac saatini çıkardı.

– Al, hemen rehine koy bunu. Bununla ben ilgilenemem, bir dakika bile kaybetmekten korkuyorum, bir taraftan da Christophe'u bekliyorum. Cebimde beş kuruş bile yok, dönüşte arabacıma para vermeli.

Rastignac merdivene koştu. Helder sokağına, Madam de Restaud'nun konağına gitmek üzere yola çıktı. Yolda, tanığı olduğu korkunç olaydan korkan hayali, büsbütün öfkesini artırdı. Bekleme odasına gelip de Madam de Restaud'yu görmek isteyince kendisine, onu göremeyeceğini bildirdiler.

Oda uşağına:

– Ama ben, can çekişen babasının yanından geliyorum, dedi.

– Mösyö, Mösyö le Kont'tan kesin emirler aldık...

– Mösyö de Restaud burada ise kayınbabasının ne durumda olduğunu söyleyin ve kendisiyle hemen konuşmam gerektiğini bildirin.

Eugène uzun bir müddet bekledi.

– Belki su anda ölüyor, diye düşünüyordu.

Oda uşağı onu birinci salona aldı, burada Mösyö de Restaud öğrenciyi ayakta, oturtmadan, içinde ateş yanmayan bir ocak önünde kabul etti.

Rastignac:

– Mösyö le Kont, dedi. Kayınbabanız şu anda yoksul bir tavan arasında can çekişiyor, odun alacak parası bile yok; besbelli ölecek ama kızını görmek istiyor...

Kont de Restaud soğuk bir tavırla:

– Mösyö, dedi. Benim Mösyö Goriot'ya pek az sevgi duyduğumu anlamış olmalısınız. Madam de Restaud ile kendi ahlâkını bozmuştur, hayatımı mahvetmiştir, o benim için huzurumu bozan bir düşmandır. İster ölsün, ister yaşasın, hepsi bence bir. Ona karşı duygularım işte bunlar. Herkes beni kınayabilir ama ben de herkesin düşüncesini hafifsiyorum. Şu sırada ahmakların ya da başkalarının hakkımda ne düşünecekleriyle uğraşmaktan daha çok önemli işlerim var yapılacak. Madam da Restaud'ya gelince, o da dışarı çıkacak durumda değil. Zaten evinden ayrılmasını da istemiyorum. Babasına söyleyin ki bana karşı, çocuğuma karşı olan işlerini bitirir bitirmez, kendisini görmeğe gidecektir. Babasını seviyorsa, birkaç dakika sonra serbest olabilir...

– Bay le Kont, davranışınız hakkında hüküm vermek bana düşmez, karar sizin; ama doğruluğunuza güvenebilir miyim? Öyle ise kendisine babasının yaşayacak bir günlük ömrü kalmadığını, onu başucunda görmediği için kendisine lanet ettiğini söyleyeceğinizi bana söz verin.

Mösyö de Restaud, Eugène'in konuşmasının yarattığı öfkeden şaşkına dönerek:

– Ona bunu kendiniz söyleyin, dedi.

Rastignac, Kont'un eşliğinde, Kontes'in her zaman oturduğu salona girdi. Kadını gözleri yaşlı ve ölmek isteyen bir kadın gibi koltuğa gömülmüş buldu. Kadın kendisinde acıma uyandırdı. Rastignac'a bakmadan önce, maddi ve manevi baskı altında kalmış kuvvetlerinin mutlak bir teslimiyetini ortaya döken ürkek gözlerini kocasına dikti. Kont başını salladı, o da konuşmasına izin verildiğini anladı:

– Bayım her şeyi duydum. Babama söyleyin ki içinde bulunduğum durumu bilseydi, beni affederdi... Bu işkenceyle karşılaşacağımı hiç düşünmemiştim, gücümün üstündedir bu Mösyö!

Fakat sonuna kadar dayanacağım, dedi kocasına. Anayım ben. Görünenlere rağmen, kendisine karşı suçsuz olduğumu söyleyin babama! diye bağırdı Eugène'e umutsuz umutsuz...

Eugène kadının içinde bulunduğu korkunç durumu anlayarak, karı kocayı selamladı ve dehşet içinde oradan ayrıldı. Mösyö de Restaud'nun tavrı, girişimlerinin boş olduğunu göstermişti ona, Anastasie'nin artık serbest olmadığını anladı. Madam de Nucingen'e koştu, onu da yatağında buldu.

Delphine:

– Hastayım dostum, balodan çıkarken soğuk almışım; bir göğüs nezlesinden korkuyorum, doktoru bekliyorum.

Eugène sözünü keserek:

– Çok hasta da olsanız, dedi. Babanızın yanına sürüne sürüne gitmelisiniz. Sizi çağırıyor! Haykırışlarının en hafifini duymuş olsaydınız, kendinizi hiç de hasta hissetmezdiniz.

– Eugène, babam belki söylediğiniz kadar hasta değildir; ama size karşı en ufak bir hata işlersem umutsuzluğa düşerim ve istediğiniz gibi hareket edeceğim. O, bilirim, bu dışarı çıkışta hastalığım ölüme çevrilirse artık kederinden ölür. Ne yapayım, doktor gelir gelmez ben de kalkıp giderim... Ah! Neden saatiniz üzerinizde değil artık? dedi zinciri görmeyince.

Eugène kızardı.

– Eugène, Eugène, eğer sattınızsa, kaybettinizse eğer onu... Ah! Sonu sonra çok kötü olur bunun!

Öğrenci Delphine'in yatağına eğildi ve kulağına dedi ki:

– Saatimin ne olduğunu bilmek mi istiyorsunuz? Peki, öğrenin bakalım! Babanızın bu akşam sarılacağı kefeni satın alacak parası yok. Saatiniz rehine kondu, artık benim de meteliğim yoktu.

Delphine birden yatağından fırladı, yazı masasına koştu, oradan kesesini aldı, Rastignac'a uzattı. Zili çaldı ve bağırdı:

– Gidiyorum oraya, gidiyorum oraya Eugène; bana elbisemi giyecek kadar zaman verin; bir canavar olurdum yoksa! Haydi, sizden önce gideceğim!

– Therese, diye bağırdı oda hizmetçisine, Mösyö de Nucingen'e benimle hemen konuşması için yukarı gelmesini söyleyin.

Eugène, kızlarından birinin gelişini ölüm döşeğindeki adamcağıza bildirebileceğinden mutlu, sanki sevinçli bir şekilde Neuve-Eren-Genevieve sokağına geldi. Arabacısına hemen borcunu ödeyebilmek için kesesini karıştırdı. Bu genç, pek zengin, pek zarif kadının kesesinde yetmiş frank vardı. Merdivenin sonuna gelince, Goriot Baba'yı Bianchon tarafından tutulmuş doktorun gözü önünde, hastanesinin cerrahı tarafından kendisine ameliyat yapıldığını gördü. Arkasına vantuz çekiliyordu, bilimin son çaresi, tek çare...

Doktor:

– Hissediyor musunuz? diye sordu.

Öğrencinin geldiğini fark eden Goriot Baba karşılık verdi:

– Geliyorlar, değil mi?

Cerrah:

– Kurtulabilir, konuşuyor, dedi.

Eugène:

– Evet, diye karşılık verdi. Delphine arkamdan geliyor.

Bianchon:

– Sürekli kızlarından bahsetti, kazığa oturtulan bir adamın, söylendiğine göre suyu arzulaması gibi o da kızlarını arzuluyor...

Doktor, cerraha:

– Kesin, dedi. Artık yapacak hiçbir şey kalmadı, kurtaramayız onu.

Bianchon'la cerrah hastayı o yoksul yatağına yüzükoyun yatırdılar.

Doktor:

– Yalnız çamaşırını değiştirmek gerekecek, dedi. Hiç bir umut bile kalmasa, gene de ondaki insanlığa saygı göstermeliyiz.

Ben tekrar gelirim Bianchon, dedi öğrenciye. Bir daha rahatsızlanırsa kendisine afyon veriniz.

Cerrahla doktor çıktılar.

Yalnız kaldıkları zaman Bianchon Rastignac'a:

– Haydi, Eugène, cesaret oğlum! dedi. Şimdi sırtına bir gömlek geçirmek ve yatağını değiştirmek gerekiyor. Git Sylvie'ye söyle de yukarı çarşaf çıkararak gelip bize yardım etsin.

Eugène aşağıya indi ve Mme Vauquer'i Sylvie'yle birlikte sofrayı hazırlamakla meşgul buldu. Rastignac'ın kendisine söylediği ilk sözler üzerine dul kadın, ne parasını kaybetmek, ne de müşterisini kaçırmak isteyen kuşkulu bir satıcı kadının ekşice hoş tavrını takınarak, yanına yaklaştı.

– Mösyö Eugène, dedi. Benim gibi, siz de biliyorsunuz ki artık Goriot Baba'nın beş parası yoktur. Gözünü kapamak üzere olan bir adama çarşaflar vermek demek, bunları kaybetmek demektir, kaldı ki birini de kefen olarak elden çıkarmak gerekecek düpedüz. Hem, siz de bana yüz kırk frank borçlusunuz, bu borca kırk franklık çarşafla, bazı ufak tefek şeyler. Sylvie'nin size getireceği mum parasını da ekleyin, bütün bunlar en az iki yüz frank edecektir ki benim gibi zavallı bir dul kadın bu kadar parayı feda edemez. Eee, insaflı olun, Mösyö Eugène, uğursuzluğun ocağıma çöktüğü beş gündür epey zarara girdim. Söylediğiniz gibi, bu adamcağız bu günlerde gidecek olsaydı, üste on ekü verirdim. Müşterilerimin huzuru kaçıyor. Hiç yoktan onu hastaneye kaldırtacağım. Kısacası, kendinizi benim yerime koyun. Benim evim ne de olsa hayatımdır, hayatım.

Eugène hemen Goriot Baba'nın odasına çıktı.

– Bianchon, nerede saatin parası?

– Şurada masanın üstünde, üç yüz altmış küsur frank kaldı. Aldığım para ile bütün borçlarımı ödedim. Emniyet sandığının makbuzu paranın altında.

Rastignac, şaşkınlık içinde yuvarlanırcasına merdivenden indikten sonra:

– Alın Madam, dedi. Kapatın hesaplarınızı. Mösyö Goriot evinizde uzun zaman kalamayacaktır, ben de öyle...

Dul kadın yarı neşeli, yarı üzgün, iki yüz frangı sayarken:

– Evet, ayakları önde çıkacak, dedi.

Rastignac:

– Bu işi bitirelim, dedi.

– Sylvie, çarşafları ver, sonra da gidip yardım ediver bu baylara.

Mme Vauquer Eugène'in kulağına eğilerek:

– Sylvie'yi unutmayın, dedi. İki gecedir uyumadan bekliyor.

Eugène arkasını döner dönmez, yaşlı kadın aşçı kadına koştu:

– Tersine çevrilmiş, "7" numaralı çarşafları aldı. Adam, sen de! Bir ölü için çok bile bunlar, diye fısıldadı kulağına.

Merdivenin birkaç basamağını çoktan çıkmış bulunan Eugène, ev sahibi dul kadının sözlerini işitmedi.

Bianchon ona:

– Haydi, dedi. Gömleğini giydirelim. Dik tut şunu.

Eugène yatağın baş ucuna geçti ve can çekişen adamı tuttu, Bianchon da gömleğini çıkardı. Adamcağız göğsünde sanki bir şey saklamak istiyormuş gibi bir harekette bulundu, anlatılacak derin bir acısı olan hayvanlara yaraşır biçimde, garip çığlıklar attı.

Bianchon:

– Tamam! Anladım! dedi. Demin vantuz vurmak için çıkarıp aldığımız saçtan örülme bir zincirle bir madalyonu istiyor. Zavallı adam! Bunu gene boynuna geçirmeli. Ocağın üstünde duruyor.

Eugène gidip açık sarı saçlarla, şüphesiz Madam Goriot'nun saçlarıyla örülmüş bir zinciri aldı. Madalyonun bir yüzünde– ANASTASIE, öbür yüzünde ise DELPHINE adını okudu Yüreğinin yine yüreği üzerinde dinlenen örneği madalyon içindeki saçlar öyle inceydiler ki, iki kızın ilk çocukluk yıllarında kesilmiş olmaları gerekirdi. Madalyon göğsüne dokununca, görülmesi korkunç bir sevinci haber veren derin bir "ah" çıktı. Sıcak sevgilerimizin dönüp geldikleri bilinmedik merkeze çekilir gibi görünen duygululuğunun, son yankılarından biriydi bu. Çizgileri, kısılmış yüzü, hastalıklı bir sevinç ifadesi aldı. İki genç, düşüncenin ölümünden sonra da hâlâ yaşayan bir duygu gücünün bu korkunç parlayışından hayrete düşerek, keskin bir sevinç çığlığı atan ölüm yolcusunun başı ucunda sıcak gözyaşları döktüler.

Adamcağız:

– Nasie!.. Fifine!.. dedi.

Bianchon:

– Hâlâ yaşıyor, diye konuştu.

Sylvie:

– Yaşaması neye yarar? diye sordu.

Rastignac:

– Acı çekmeye, diye karşılık verdi.

Bianchon, kendisi gibi yapması için arkadaşına bir işaret yaptıktan sonra kollarını, hastanın bacakları altından geçirmek üzere eğildi ki bu anda Rastignac da yatağın öbür yanında kollarını sırtının altından geçirmek için uğraşıyordu. Sylvie orada, hasta kaldırıldığı zaman çarşafları çekip yeni getirdiklerini sermek için hazır bir halde bekliyordu. Besbelli gözyaşlarından aldanan Goriot Baba, ellerini uzatmak için son güçlerinden yararlandı, yatağının iki yanında öğrencilerin başlarına rastladı, başlarını şiddetle saçlarından yakaladı ve yavaşça şu sözler duyuldu:

"Ah!.. Meleklerim!"

Söylediği bu iki kelimeden, bu iki mırıltıdan sonra ruh uçup gitti. Evet, Goriot Baba ölmüş, ruhu Tanrı'ya ulaşmıştı.

Bu babanın son ifadesi bir sevinç iç çekişi olabilirdi. Bu soluk bütün hayatının ifadesi oldu, gene de aldanıyordu. Goriot Baba sefil yatağına saygıyla yatırıldı. Bu andan sonra yüzü, artık insan varlığı için zevk ve acı duygusunun düğümlendiği bir çeşit beyinsel bilinçten yoksun bir makinede, hayat ve ölüm arasında geçen savaşın kederli izini sakladı. Yok oluş için artık yalnız bir zaman sorusu vardı.

– Böyle birkaç saat kalacak, sonra da fark edilmeden ölecek, can bile çekişmeyecek. Beyin iyice baskıya uğramış olmalı.

Bu sırada merdivende, soluk soluğa gelen bir genç kadının ayak sesi duyuldu.

Rastignac:

– Çok geç geliyor, dedi. Delphine değildi, Therese'di bu, oda hizmetçisi.

– Mösyö Eugène, dedi, bu zavallı Madamın babası için istediği para yüzünden, bayla Madam arasında şiddetli bir kavga oldu. Madam bayıldı, doktor geldi, kendisinden kan almak gerekti, bağırıp çağırıyordu: "Babam ölüyor, babamı görmek istiyorum!" Feryatlarıyla çırpınıyordu. Kısacası, yürek parçalayan çığlıklar...

– Yeter, Therese. Gelse bile şimdi gereksiz bu, Mösyö Goriot tamamen kendinden geçti.

Therese:

– Zavallı adamcağız, demek bu kadar kötü durumda, dedi.

Sylvie:

– Bana ihtiyacınız yok artık, bari gidip yemeği hazırlayayım, saat dört buçuk, diye dışarı çıkarken, merdiven başında az daha Madam de Restaud ile çarpışıyordu.

Kontes'in kederli ve korkunç bir görünüşü vardı. Bir tek mumla, iyice aydınlatılmış ölüm yatağına baktı ve babasının içinde hayatın son titreşimlerinin çırpındığı yüzünü görünce de gözyaşları döktü.

Bianchon saygı göstererek odadan ayrıldı.

Kontes, Rastignac'a:

– Evden daha erken ayrılamadım, dedi. Öğrenci hüzün dolu bir baş işareti ile bu sözü onayladı. Madam de Restaud babasının elini aldı ve öptü.

– Beni affedin babacığım! Sesimin sizi mezardan çıkaracağını söylerdiniz; öyle ise pişmanlık duyan kızınızı kutsamak için bir an olsun hayata dönünüz. Duyun sözlerimi. Müthiş bir şey bu! Sizin kutsamanız artık bu dünyada görebileceğim tek kutsamadır. Herkes benden nefret ediyor, beni sadece siz seviyorsunuz. Çocuklarım bile nefret edecekler benden. Beni de yanınızda götürünüz, sizi sever, size bakarım, duymuyor artık... çıldıracağım...

Diz çöktü, kendinden geçmiş bir halde bu kalıntıyı inceledi.

Eugène'e bakarak:

– Felâketimin hiçbir eksik tarafı kalmadı, dedi. B. de Trailles, ortada korkunç borçlar bırakarak gitti, beni aldattığını da öğrendim. Kocam kesinlikle affetmeyecektir beni, servetimi olduğu gibi eline bıraktım. Bütün hayallerimi yitirdim. Yazık çok yazık! Bana tapan -babasını gösterdi- biricik kalbe kimin için ihanet ettim! Onun değerini bilemedim, başımdan attım, türlü kötülük ettim ona, ne alçakmışım meğer!

Rastignac:

– O yaptıklarınızı biliyordu, dedi.

Bu sırada, Goriot Baba gözlerini açtı, bir can verişin etkisiyle açtı. Kontesin umudunu yükselten davranış ölüm yolcusunun gözünü görmekten daha az korkunç değildi.

Kontes:

– Beni duyuyor mu? diye bağırdı. Duymuyor, diye söylendi yatağın yanına oturarak.

Madam de Restaud babasını beklemek arzusunda bulunduğundan, Eugène de bir parça bir şey yemek için aşağıya indi. Kiracılar şimdiden toplanmışlardı.

Ressam:

– Desene, yukarıda ufak bir yolculuk var galiba? diye sordu.

Eugène:

– Charles, hazin bir konu üzerinde daha az alay edebilirsiniz sanırım, dedi.

Ressam:

– Burada artık gülmekte mi yasak? diye sordu. Ne var ki bunda? Ne de olsa kendinden geçmiş. Bianchon söyledi.

Müze memuru:

– Ne olacak, dedi. Yaşadığı gibi ölecek.

Kontes:

– Babam öldü! diye bağırdı.

Bu korkunç çığlık üzerine, Sylvie, Rastignac ve Bianchon yukarı çıktılar ve Madam de Restaud'yu bayılmış buldular. Ayıldıktan sonra, kendisini bekleyen arabaya taşıdılar. Eugène onu Madam de Nucingen'in evine götürmesini söyleyerek, Therese'e teslim etti.

Bianchon aşağı inerken:

– Evet! öldü, dedi.

Mme Vauquer:

– Haydi, baylar, sofraya, çorba soğuyacak, dedi. İki öğrenci yan yana oturdular.

Eugène Bianchon'a:

– Şimdi ne yapmalı? diye sordu.

– Gözlerini kapadım ve yatağa uygun bir vaziyette yatırdım. Belediye doktoru gidip haber vereceğimiz ölümü tespit edince, bir kefene sararlar ve gömerler. Ne olmasını istiyorsun?

Bir kiracı, adamcağızın tavırlarını taklit ederek:

– Ekmeğini artık böyle incelemeyecek, dedi.

Tekrarlayıcı:

– Yeter artık! baylar, dedi, Goriot Baba'yı bırakın canım, artık kafamızı şişirmeyelim onunla, çünkü bir saattir hep ama hep onun sözü ediliyor. Güzelim Paris şehrinin ayrıcalıklarından biri de kimsenin dikkatini çekmeden insanın doğup, yaşayıp ölmesidir. Şu halde medeniyetin imkânlarından faydalanalım. Bugün altmış insan ölmüştür, bizleri Paris'in tüm ölülerine acındırmak mı istiyorsunuz? Goriot Baba ölmüş, ne mutlu ona! Onu eğer bu kadar seviyorsanız, gidip başında bekleyin, bizi de bırakın, şöyle rahat rahat yemeğimizi yiyelim.

Dul kadın:

– Evet, doğru, ölüm onun için en iyisiydi!.. Zavallı adamın hayatı boyunca başı dertten kurtulmamış.

Eugène'e göre, babalığı temsil eden bir insan için söylenen tek ölüm ağıtı bu oldu. On beş kiracı her zamanki gibi konuşmaya koyuldu. Eugène'le Bianchon yemeklerini bitirip etraflarına bakınca, çatallarla kaşıkların gürültüsü, konuşmalara karışan gülüşler, bu obur ve vurdumduymaz yüzlerin değişik ifadeleri, umursamazlıkları, her şey onları dehşete düşürdü. Gece ölünün yanında kalacak ve dua okuyacak bir papaz bulmak için sokağa çıktılar. Adamcağıza karşı yapılacak son görevlerini ayırabildikleri azıcık para ile ölçmek zorunda kaldılar. Akşamın saat dokuzuna doğru ceset, bu çıplak odada, iki mum arasında, açılır bir karyolaya yerleştirildi ve bir papaz gelip yanına oturdu. Yatmadan önce Rastignac, yapılacak dini tören ve cenaze masrafı hakkında dinsel bilgiler topladıktan sonra, bütün cenaze harcamalarını karşılanabilmesi için kâhyalarını göndermelerini yalvararak, hem Baron de Nucingen'e ve hem de Kont de Restaud'ya birer yazı yazmak istedi. Onlara Christophe'u gönderdi, sonra yorgunluktan bitmiş bir durumda yattı ve uyudu. Ertesi sabah, Bianchon'la Rastignac gidip ölümü haber vermek zorunda kaldılar, saat ikiye doğru da ölüm tespit edildi. Aradan iki saat geçmesine rağmen, iki damadın hiçbiri para göndermemişti, kendi adlarına da kimse gelmemişti. Böylece Rastignac papazın parasını kendi cebinden ödemek zorunda kalmıştı. Sylvie adamcağızı bir kefene sarıp dikmek için on frank istemiş olduğundan, Eugène'le Bianchon, ölünün yakınları hiç bir şeye karışmak istemezlerse, harcamaların hepsini zorlukla karşılayabileceklerini hesapladılar. Bu yüzden olacak, tıp öğrencisi hastanesinden, ucuza bulup getirdiği bir yoksul tabutuna cesedi kendi eliyle yerleştirdi.

Eugène:

– Şu rezillere bir oyun oyna, dedi. Pere-Lachaise mezarlığında, beş yıllığına gidip bir yer satın al, Kilise ile Cenaze Kurumu'na da üçüncü sınıf bir tören ısmarla. Damatlarla kızlar paranı ödemeyi reddederlerse, mezar taşına şöyle yazdırırsın: Kontes de Restaud ile Barones de Nucingen'in babaları, iki öğrencinin para yardımı ile gömülen, Mösyö Goriot burada yatmaktadır.

Eugène ancak Mösyö ve Madam de Nucingen'le Mösyö ve Madam de Restaud'nun evlerine boşuna başvurduktan sonra, dostunun nasihatini tuttu. Kapıdan içeri bir adım bile atmamıştı. Kapıcıların ikisi de kesin emirler almışlardı.

– Bayla Madam, kimseyi kabul etmiyorlar; babaları öldüğünden büyük bir keder içinde bulunuyorlar.

Eugène fazla üstelemek gerekmediğini bilecek kadar Paris'in sosyete dünyası hakkında tecrübe sahibiydi. Delphine'e ulaşabilmenin imkânsızlığı içinde kalınca, yüreği derin bir hüzünle doldu.

– Bir mücevher satın da, babanız son yerine uygun bir şekilde götürülsün, diye yazdı kapıcı odasına.

Bu pusulayı zarfladı ve baronun kapıcısına Madama vermesi için bunu Therese'e teslim etmesini rica etti; ama kapıcı bu yazıyı Baron de Nucingen'e verdi, o da tutup ateşe attı. Bütün hazırlıklarını tamamladıktan sonra, Eugène saat üçe doğru orta sınıf pansiyona döndü, bu ıssız sokaktaki, bu tek kanadı açılan kapı önünde, iki iskemle üzerine konmuş, ancak siyah bir çuha ile örtülmüş tabutu görünce de bir damla gözyaşı dökmekten kendini alamadı. Henüz kimsenin el değdirmediği, kötü bir su serpme aygıtı, ağzına dek kutsanmış su dolu gümüş kakmalı bir bakır kâse içinde yüzüyordu sanki. Kapıya kara örtü bile gerilmemişti. Bu, tüm gösterişten yoksun cenaze, ne arkasından geleni, ne dostu, ne yakını bulunmayan, yoksulların cenazesiydi. Hastanesinde bulunmak zorunda olan Bianchon, kilisede ne yapmış olduğunu bildirmek üzere, kalkıp Rastignac'a bir pusula yazmıştı. Öğrenci kilise töreninin pek pahalı olduğunu, harcamaları daha az olan törenle yetinmek gerektiğini, bir yazı ile Christophe'u cenaze kurumuna yolladığını bildiriyordu ona. Eugène Bianchon'un yazdıklarını okuyup bitirirken, Mme Vauquer'in ellerinde, içine iki kızın saçlarının konulduğu altın halkalı madalyonu gördü.

– Bunu almaya nasıl cesaret ettiniz? diye sordu.

Sylvie:

– Hayret! Yoksa onu bununla mı gömmeliydiler yani? diye karşılık verdi. Sonra heyecanla devam etti; altın bu altın!

Eugène kızarak:

– Evet! dedi, iki kızına ait olan tek şeyi bari beraberinde götürsün.

Cenaze arabası gelince, Eugène tabutu kaldırttı, açtırdı ve Delphine'le Anastasie'nin genç, bakir ve saf oldukları, adamcağızın can çekişirken dediği gibi, henüz akıl yürütemedikleri bir zamanı dile getiren hatırayı saygıyla adamcağızın göğsü üstüne koydu. Zavallı adamı Neuve-Eren-Genevive sokağına pek yakın kiliseye, Eren-Etienne du Mont'a götüren arabaya, iki mezarcı ile beraber, yalnız Rastignac'la Christophe eşlik ettiler. Oraya gelince, ölü alçak ve karanlık bir küçük hücreye kondu, öğrenci bu hücrenin çevresinde boşu boşuna Goriot Baba'nın iki kızını aradı. Kendisine birkaç bol bahşiş kazandırmış olan bir kimseye karşı son görevlerini yerine getirmek zorunda olduğunu sanan Christophe'la yalnız kaldı, iki papazı, koro çocuğu ile kilise hademesini beklerken Rastiganc, tek bir söz söylemeden, Christophe'un elini sıktı.

Christophe:

– Evet, Mösyö Eugène, dedi. Hiçbir zaman sesini yükseltmeyen, kimseye zararı dokunmayan ve hiçbir zaman kötülük etmeyen iyi ve dürüst bir insandı. İki papaz, koro çocuğu ile kilise hademesi geldiler ve dinin parasız dua okuyacak kadar zengin olmadığı bir dönemde yetmiş franga yapılabilen her şeyi yaptılar. Kilise adamları bir mezamir, Libera'yı, De Profodis'i okudular. Âyin on dakika sürdü. Bir papazla, bir koro çocuğu için ancak bir tek kilise arabası vardı ama onlar Eugène'le Christiophe'u da yanlarına almayı kabul ettiler.

Papaz:

– Başka gelen yok, dedi. Geç kalmamamız için, çabuk gitmeliyiz, saat beş buçuk.

Bununla beraber, tabutun cenaze arabasına konulduğu anda armalı ama içi boş iki araba, Kont de Restaud'nunkiyle Baron de Nucingen'in arabaları geldi ve cenazeyi Pere-Lachais'e kadar izlediler. Saat altıda Goriot Baba'nın cesedi mezara indirildi. Mezarın çevresinde kızlarının adamları bulunuyordu ama öğrencinin parası ile adamcağızın ruhuna okunması gereken kısa dua biter bitmez kilise adamları ile birlikte gözden kayboldular. İki mezarcı örtmek için tabutun üzerine birkaç kürek toprak attıktan sonra doğruldular, içlerinden biri, Rastignac'a seslenerek, bahşişlerini istedi. Eugène cebini karıştırdı ama cebinde hiçbir şey bulamadı, Christophe'tan bir frank borç almak zorunda kaldı. Aslında pek önemsiz sayılan bu olay, Rastignac'ı korkunç bir acıya boğdu. Akşam oluyor, nemli bir alaca karanlık sinirleri bozuyordu, mezara baktı ve buraya son delikanlılık gözyaşını, temiz bir yüreğin kutsal heyecanlarının kopardığı o yaşı, düştükleri topraktan ta göklere yükselen o gözyaşlarından birini gömdü. Kollarını kavuşturdu, bulutları seyretti ve onu böyle gören, Christophe da kendisini bırakıp gitti.

Yalnız başına kalan Rastignac, mezarlığın yukarısına doğru birkaç adım yürüdü ve Seine'in iki kıyısı boyunca kıvrılıp yatan ve ışıkların parıldamaya başladığı Paris'i gördü. Gözleri Vendome meydanının sütunu ile Invalides'in Kubbesi arasına, içine girmeyi istemiş olduğu yere takıldı. Âdeta aç bir şekilde baktı. Bu uğuldayan arı kovanına, balını şimdiden emiyora benzeyen bir bakış gönderdi ve şu büyük sözleri söyledi:

– Şimdi sadece ikimiz kaldık.

Sonra da, topluma karşı ilk meydan okuma hareketi olarak, Madam de Nucingen'in konağına akşam yemeğine gitti.